叶兆言

王金发考

人民文学出版社

图书在版编目(CIP)数据

王金发考/叶兆言著.—北京:人民文学出版社,2015
(叶兆言中篇小说)
ISBN 978-7-02-010828-2

Ⅰ.①王… Ⅱ.①叶… Ⅲ.①中篇小说-小说集-中国-当代 Ⅳ.①I247.5

中国版本图书馆 CIP 数据核字(2015)第 055668 号

特约策划 杜 晗
责任编辑 宋 强
封面插画 阮筠庭
封面设计 高静芳

出版发行 人民文学出版社
社 址 北京市朝内大街 166 号
邮政编码 100705
网 址 http://www.rw-cn.com
印 制 山东临沂新华印刷物流集团
经 销 全国新华书店等
字 数 300 千字
开 本 890×1240 毫米 1/32
印 张 14.5
版 次 2015 年 10 月北京第 1 版
印 次 2015 年 10 月第 1 次印刷
书 号 978-7-02-010828-2
定 价 45.00 元

目录

战火浮生（挽歌Ⅰ）

1

江赓没想到车站会这么萧条。有关战争如何残酷的各路小道消息，正扇动着黑颜色的翅膀，人心惶惶地到处流传。售票的小窗口被一块木板堵得十分严实，他有些犹豫地敲了一下堵在那儿的那块木板，随着咚咚的回响，从里面似乎传出了人声。过了半天，他又轻轻在木板上敲了几下。木板被移开一段距离，一张肥胖的脸从半个窗口中透出来，不耐烦地白了江赓一眼。

“我想要一张去望亭的车票。”江赓不明白自己什么地方出了差错，惹得对方这么不高兴。

“你去望亭?”肥胖的脸立刻笑了，立刻有声有色，“这兵荒马乱的，人家都从那儿死里逃生逃出来，你倒好，想去找死?”

江赓不介意地笑笑，将钱递过去。

肥胖的脸一边找钱，一边嘀咕，脸上的笑已经没了：“年轻人，别活得不耐烦，好端端去送死。没听说前几天，一个和你差不多的人，说是奸细，二话没说，一枪就给崩了。”

这样的日子里出门是有些不合时宜。江赓接过车票和找的零钱，掉头便走，走出去了几步，停下来仔细看车票上的时间。外面升起了雾，江赓心情有些沉重地从湿漉漉的雾里走过，去检票口。检票口根本没人，他在那儿站了一会儿，隐隐约约看得见铁轨上停的机车。

一列火车头轰隆轰隆冲进车站，一阵刺耳的刹车声。从车头上跳下一位全副武装的青年军官，急匆匆往外奔，跑到江赓面前，一把抓住他的衣服，气急败坏地问他电话在什么地方。江赓摇了摇头，给他看手中的车票。青年军官用北方话骂了一句娘，朝四处大声喝道：“喂，有人没有！”空荡荡的车站大厅传来了嗡嗡的回声，青年军官恶狠狠地朝大厅外跑去。

又恢复到最初的寂静。江赓举起车票，看了看，穿过检票口，走到了月台上。空空的月台仿佛梦幻中的世界，一切都是静止的，除了雾一会儿浓一会儿淡在变化。江赓找到了他将乘坐的那趟列车，车上一个人影也没有。车票上的时间已经到了，他孤零零地站在那儿，东张西望不知所措。

一个小时过去了，雾散了，太阳从东面的大楼旁边照过来，他依然孤零零站在月台上，依然东张西望，仿佛被遗弃在那儿的孩子。

机组人员总算来了，穿着油迹斑斑的工作服，正在车头上乱忙。江赓走过去，询问列车什么时候能开。一个手上戴着副脏手套的年轻司机上上下下打量江赓，说他也不知道列车什么时候才能开。

“你去哪儿？”

“望亭。”

手上戴着脏手套的年轻司机不相信地又看了一眼江赓：“你去望亭？”正在车头上干着活的其他人，也停下了手中的活，一起对他看。江赓让他们看得很有些不好意思。

“喂，你买了彩票没有？”

“什么彩票？”

“江浙战争决胜券。嗨，头奖四千块呢！”

江赓摇了摇头。这次交战的双方是江浙军阀，鏖战方酣，不知鹿死谁手，上海有善于投机的人，立即发行了江浙战争决胜券。决胜券分红绿两种颜色，浙红而江绿，印得十分简陋，券面上除了中文，还附有英文，各两万张，每张售银一圆，中头奖者，可获四千大洋，然后依次递减，一直到十奖。十奖之外，凡买了获胜一方的奖券，可收回原来的本钱的一半。性命攸关的军阀混战成了游戏，大家都争着买彩票，决胜券顿时争涨至五倍。

火车磨磨蹭蹭三个小时以后才发车，没几节车厢，更没有几个旅客。

江赓找了个位子胡乱坐下，发现他那节车厢只有几个披麻戴孝哭哭啼啼赶着去奔丧的人。火车开出去不久便停了，一停又是大半天，一位查票的老头唱歌似的吆喝了一声，走过来，对着那几个穿着丧服的旅客瞅了几眼，看了看他们手中捏着的票，也懒得仔细检查，径直走到江赓面前，满脸堆笑仿佛遇到熟人一样。江赓心中感到疑惑，把票递了过去。

“先生这是去望亭。”查票的突然严肃起来，“这几天，那一带可是最吃紧了。喂，先生，二等车去吧？”

那边奔丧的旅客中有一位号啕大哭开了。查票的老头回了一下头，继续说：“跟这帮人坐一起，也太委屈你先生了，又不要你多加多少钱的，稍微有那么一点点，意思意思就行。跟你说，这兵荒马乱的，你出门，还就是坐二等车保险。坐了二等车，你就是有身份的人。这一路过去，不知还有什么意外呢！”

江赓终于被查票的说动，站起来，和查票的一起往二等车厢走。

走过一节空车厢，见一群大兵呼啸着正往车上爬。江赓跟在查票的后面，从大兵身边用力挤过，查票的一边挤，一边连声打招呼。江赓无意中回头，发现身后那节空车厢，转眼之间，已被一拥而上的大兵占据。

好不容易到了二等车厢，条件自然是好多了。查票的不住地夸口，夸了好一阵，才依依不舍离去。“怎么样，你看看多干净。出门在外，要我说有的钱实在不应该省的。先生，要是平常，你花这钱，哪能坐二等车？”

车厢里现在只剩下江赓一个人。火车停在一个很小的车站上，从车上望出去，看得见一排木栅栏围着的小月台，月台上荷枪实弹的士兵站在那儿放哨，木栅栏外，来来往往的大兵像天上飘动的云彩飘过来飘过去，又好像课间休息嬉闹着的小学生，混乱了一阵突然没了踪影。

陌生人什么时候出现在月台上，江赓没有注意到。火车好像在小站上生了根。阳光灿烂，月台的木栅栏外是大片的田野，已经见不到大兵的田野上蹦蹦跳跳飞着几只觅食的灰喜鹊。江赓伏在玻璃窗上，心有感触地看着外面的世界。军阀跟闹着玩似的混战，生灵涂炭，世界变得毫无生机。

陌生人是突然出现在江赓眼前的。荷枪实弹的士兵一直极呆板地竖在那儿站着岗。江赓心不在焉地看着月台上的士兵。穿着长衫的陌生人，站在那儿和一名军官谈笑风生，很显然已经说了很长时间的话。车头上的汽笛终于呜呜地叫了一声，陌生人向军官挥手致意，转身上了车。火车开始慢慢向前驶去，月台上荷枪实弹的士兵，那位和陌生人说笑的军官，变得越来越小，消失在江赓的视线里。车窗外又呈现出大片大片丰收在望的稻田，一队溃兵正沿着铁路线退下来，一个头上绕着绷带的中士站在高高的路基上，冲着低处的小河撒尿，一边撒尿，一边回过头来，望着身边风驰电掣的火车。

关着的车厢门突然打开，陌生人在查票的引导下，走进二等车厢。

2

火车在天完全黑了的时候才到达望亭站。江赓和陌生人不约而同站了起来，往车门口走。他们都有些为对方的举动感到意外。没有人来替他们打开车门，陌生人走在前面，在车门口那儿站了一会儿，毫不犹豫地打开车门，跳下车。

小小的月台见不到一个人影。秋风带着些凉意吹过来，一阵哗哗啦啦的树叶声，细细的一道月牙已经挂在了天上。火车迟疑了一下，缓缓开出去，所有的车厢都是空的。乱哄哄的大兵显然早在他们之前就下了车。轰隆轰隆的声音响过之后，江赓听见不远处一只狗有一声无一声地叫着。他看了看站在那儿和他一样有些犹豫的陌生人，沿铁路线往前走了一段，然后左拐，向码头走去。陌生人紧紧地跟在他身后。

码头离车站不远。空空的码头正如江赓事先预料的一样，河水微微发亮，倒映着天上的星星和月牙。江赓和陌生人不约而同往码头边的小村子走去，拣了一家从窗户里透出灯光的人家敲了门。门吱的一声，推开一道缝，一位极瘦弱的中年人探出头来。

“有没有船？”陌生人问道，“能搞条船送我去米村吗？”

江赓听说陌生人将和自己去同一地方，心里不由得咯噔一下。

“哪里还有船，就是有船，我们也不敢送客人。”

这一带因为打仗，所有的船都被军方征集。从门缝里射出的灯光照在陌生人有些发愁的脸上，他咬了咬嘴唇，不死心地问：“真的一条船都搞不到？”

极瘦弱的中年人小眼睛在江赓和陌生人身上滴溜溜打转，很为难地摇摇头：“就是有船，也——米村，几十里路呢，不行，太乱了，恐怕没有人敢去。”

陌生人感觉到了一点希望，转过身来，问江赓去什么地方。“怎么，你也去米村？”和江赓最初的反应一样，陌生人为这巧合感到十分吃惊。不过他似乎立刻镇定下来，非常平静地说：“钱方面吗，我们自然会多出一些。”

“船倒是有一条，”极瘦弱的中年人一边说，一边情不自禁地哆嗦，“阿三那条船，来征集船只的时候，阿三正好出去送货，巧也巧了，就他这条船还在，要不然，你们去问问他看。不过，钱少的话，他怕是也不肯送的。”

阿三家就在隔壁，已经上床睡觉，被喊起来以后，揉着惺忪的眼睛，漫天要了一阵价，总算答应下来。于是草草收拾了一下，连夜上路。船歇在村头河岸边的一株大柳树下，天很黑，江赓在上船的时候，差一点跌到水里去。陌生人一把扶住了他，待他站稳了，二话没说，又把手松开。江赓心慌意乱，竟然忘了致谢，等想到了，事情已过去，只得作罢。

船向南驶去，刚开始是逆风，船唇响着汩汩的水声，很吃力地往前走。是一条半新半旧的低篷船，后艄有两支橹，阿三和那极瘦弱的中年人一人一支，摇橹时，每一回扳动，都得用一个肩膀往前一顶，一条腿往下一顿。风越来越大，阿三摇了几下，就非常粗野地骂一声娘。船总在离岸不远处航行，橹声一对一答，单调地呜咽着。沿河的堤岸，稀稀落落生长着高大的古树，若有若无的村屋，偶尔传来一两声枪声，划破天空，为阴森森的夜晚增添了恐怖的色彩。

江赓和陌生人裹紧了衣服坐在舱里，愁眉苦脸相对无言。小桌子上一盏锡烛台里，点着半截红烛，风从外面钻进来，火苗跳着舞蹈。黄黄的烛光照亮了舱中的一切，除了那张小桌，靠后壁的一块可以当作小床的平板上，放着一床大红花被褥。陌生人抽着烟卷，舱里青烟袅绕，他对着大红被褥看了一会儿，扫了一眼江赓，发现江赓正盯着自己看，不由得笑了。

“你也去米村？”这句话熬到这会才说，很有点可笑。陌生人自己也觉得说了句废话，接着问，“你去那儿，有什么事？”

“我回去看一个朋友。”

“看一个朋友？这兵荒马乱的，大老远的，就为看一个朋友？”

江赓苦笑笑，事到如今，想后悔也来不及，他早知道自己执意要回去看望病危的仲癸，实在有些荒唐。“你去米村干什么？”他随口反问道。

“我，”陌生人十分尴尬地笑了，“我也去看朋友。”

船掉了一个头，变逆风为顺风，扯足了篷，速度顿时快了许多。

阿三把脑袋钻进舱里，问坐舱里的二位，是不是肚子饿了，要不要弄些吃的。陌生人立刻响应说，赶快随便弄些热的东西来充点饥。阿三说：“要是不嫌弃的话，有糖芋头，热一热就可以吃。”说完便出去忙，不一会儿，果然端来两碗热气腾腾的糖芋头。江赓和陌生人都饿极了，狼吞虎咽，吃了一碗，又各人添了一碗。

“站住！”岸边突然有人大叫，“把船拉过来。”紧接着是稀里哗啦的枪栓的声音。

阿三连声说：“不好，要拉船了。”只当着没听见，拼命地摇橹，那边当兵的气得大骂，先朝天上放了一枪，然后便向船上射击。子弹尖叫着落在小船周围，都打在了水面上。陌生人连忙吹灭了烛光，和江赓一起伏在船舱里不敢动弹。过了一会，枪声停止了，只听见急急忙忙的橹声吱吱咔咔响着，一场虚惊终于结束。

江赓在舱里摸了半天，找到了一盒火柴，划着了，重新把那支剩下一点点的红烛点上，然后拉开小桌的抽屉，又拿了一根新的红烛，在残烛上点着了，取下残烛，换上新的红烛。陌生人从口袋里摸出一个卷烟盒来，递了一支烟卷给江赓，江赓客气了一下，接了过来。两人在红烛上点燃烟卷，吧嗒吧嗒抽起来。江赓平时是不抽烟的，抽着抽着，呛住了，大声咳嗽。陌生人笑了笑，提议还是把灯熄了好，免得再引起什么麻烦。江赓觉得有道理，噗的一声，将红烛再次吹灭。黑暗中，只剩下两支燃着的烟卷一明一暗地闪着。

茫茫长夜仿佛没有尽头，东方好不容易露出了鱼肚白，米村就要到了。江赓和陌生人木桩似的站在甲板上，远远地已经可以看到村头那株高大的银杏树。米村是江赓生长的地方，那里的人他应该都认识。“你打算去看谁?”他捋了捋被雾打湿了的头发，向陌生人发出了询问。

“江南牧人。”

3

江赓冒着兵荒马乱掉脑袋的危险，回乡看望仲癸的时候，仲癸大口大口地吐着血，正在死亡线上挣扎。肺病的结核杆菌毫不留情地折磨着他。这位米村最显赫家族的最后嫡传，似乎已经知道自己的末日即将来临，在一阵剧烈的难过以后，他躺在床上，十分平静地向仆人老康交待后事。

通往水上庄园的活动小桥早已高高吊起，漆得锃亮敲上去像石头一样坚硬的棺材，就放在离仲癸不远的地方。沿楼道上去的小门被钉子钉住了，陪在仲癸身边的只有一个年老的仆人老康。临终的仲癸把自己关在一个几乎是封闭的环境里，所有的食物和用具，都从唯一没有钉死的小窗户吊上吊下。在通往天国的旅途中，仲癸仿佛已看到江赓穿过兵荒马乱的岁月，毫不迟疑地向他奔来，在大口大口吐血的间歇中，他斩钉截铁地告诉老康，最后一颗棺材钉没钉好之前，任何人不许踏进已经封闭了的小屋。

仲癸的祖上是前清的封疆大臣。到了父亲那一辈，做官做腻了，万念俱灰，回到老家过田园生活。米村地处偏僻，仲癸的思想却不落后保守。父亲过世以后，作为新的当家人的仲癸立志要办三件事。第一是办所小学，教育宗族乡党之子女。第二是办一家诊疗所，救人一命，胜造七级浮屠。江赓曾是仲癸所办小学的第一位教师，国文，史地，数学，体育，音乐以及图画手工课无所不教。在很长一段时间内，仲癸既是江赓旧学方面的恩师，又是他唯一的挚友。他们曾一起攻读商务印书馆办的函授学校，每到考期，题目寄来了，两人限时做完，然后相互检查互相订正。奇文共欣赏，疑义相与析，虽然年龄相差许多，对未来的一致看法，使得仲癸和江赓成了亲密无间的忘年之交。

学校的事务后来主要由江赓负责。小学校一度办得有声有色轰轰烈烈。由于江赓的表现出色，仲癸开始把精力用在开办诊疗所上。还是在父亲在世的时候，仲癸便上过上海丁福保仲祜的函授学校，以后又遍读丁氏的医学书数十种。多少年来，他刻苦钻研医术，做了大量的准备工作，一旦时机成熟，他亲自去上海买了大量药品，然后回来正式开业，免费替人治病施药。

米村最显赫家族的继承人，成了人们心目中的传奇人物。小学和诊疗所办了以后，仲癸却为他立志要办的第三件事呕心沥血，吃尽了苦头。这第三件事便是创办一张白话报纸。这实在是一个发了疯的念头。新式的小学和诊疗所造福乡里，谁都觉得这是一件好事，偏偏老派的人看不惯。尽管新文化运动在北京在全国的各大城市如火如荼，但是越是偏僻的地方，保守的势力越是强大越是像回事。仲癸创办的本地的第一张白话报，仿佛是晴天里的霹雳，又仿佛是干柴遇火火上浇油，小小的米村顿时掀起轩然大波。这张专程送到上海去油印的，16开小册子差不多的几十份小报，在闭塞的乡下人的头脑里，灌输了一连串天方夜谭似的新奇观点，茶余饭后，漫长夏夜纳凉的门板上，人们津津乐道大谈已经一再歪曲了的小报内容。既然男人可以娶妾嫖娼，女人为什么不能找个把面首小白脸乐一乐。男女平等的口号变成了男盗女娼大家都可以不是东西的代名词。

老派的保守势力终于告状告到了县城，县城管不了，又告到省城。书呆子兮兮的仲癸，好事做过了头，竟成了当地连续发生的几桩私通事件的幕后策划和罪魁祸首。在袁世凯密谋复辟称帝的那年秋天，保守势力终于大获全胜打赢了官司，省里下公函到县里，然后县里又派了两个瘦骨嶙峋的公差，风尘仆仆赶到米村，查封了正准备问世的第二期小报。

这场新与旧的较量使得仲癸斯文扫地名声狼藉。胆小怕事的佃户把自己的小孩从小学接了回去，重读之乎者也重读《三字经》和《龙文鞭影》，不敢再让孩子领教人是猴子变的荒唐思想。新式教育这颗老派人的眼中钉终于被连根拔除，小小的诊疗所也不能幸免。贪图小恩小惠的家妇甚至不愿意再找仲癸医治自己的头痛脑热。大好的形势发生了不可思议的逆转，关于仲癸种种不利的谣传到处流传。

仲癸正是在这个不幸的季节开始了从此永不间断的咳嗽。他的三大志愿遭到了迎头猛击和灭顶之灾。一个秋风秋雨愁煞人的夜晚，一盏白瓷罩的台式洋油灯下，通过一架德国造的显微镜，仲癸无意中发现了自己痰中的血丝。随着淡淡的血丝越来越多越来越粗，他不得不启程去上海，找他那位从来不曾见过面的医学导师丁先生仲祜诊治。诊治的结果令人感伤和悲哀，虽然仲癸刚过不惑之年，他已得了当时称之为绝症的肺痨。

病情恶化之快之神速，远远地超过了人们的预料。从上海回来还不到一个月，仲癸开始大口大口地吐血。鲜红的血吐在白的手绢上，沉甸甸的，像是包着一团湿乎乎的什么东西。仲癸的脸纸一样苍白，两眼直直地捧着手绢，渗出来的血滴仿佛散了线的珠子似的，连续不断地往下掉，以至于伺候仲癸的年轻女仆小花当场吓晕过去。

连续十年，仲癸都在死亡线上挣扎。十年本身就是一个了不得的奇迹。十年里，甚至连江赓也无法弄明白，自己究竟多少次专程赶回去和仲癸诀别。死神的影子一直在仲癸的身边徘徊，在人海茫茫的大上海，江赓一想起当年朝夕相处相濡以沫的仲癸，想到这位自己人生旅途中的良师益友，心灵深处便洋溢着一种别样的情感。他的心像拨动过的琴弦一样颤动，天涯芳草，海枯石烂，无论什么样的借口，都不能阻挡他要见仲癸最后一面的决心。

4

江赓提升为部门主任的第二天，听说仲癸的病情又一次恶化。十年来，这样的消息并不是第一次得到，然而这一次江赓所受到的震动和以往的几次截然不同。对于江赓来说，好运气和坏事一向是比翼双飞同时降临。显然提升是对他几年来兢兢业业工作的充分肯定，当江赓的上司面带笑容，宣布有关他的任命决定的时候，江赓没有喜出望外，却为可能会出现的坏事吓得不知所措。

仲癸病情恶化的消息是从仲癸的一位远房亲戚那里得到的。江赓被破格提拔的新闻不胫而走，在上海的同乡立刻设宴为他祝贺。

虽然江浙军阀就在附近大动干戈，但是十里洋场的上海依然歌舞升平无动于衷。酒足饭饱，仲癸的远房亲戚面红耳赤，把一张臭烘烘的嘴凑到江赓的耳朵边，小声地问他知道不知道仲癸快不行了。

一声不响的江赓的突然退席，使得正在酒席上坐着的同乡目瞪口呆，说不出的别扭和难过。江赓作为主人不告而别，既引起了在座的胡乱猜疑，更引起了大家觉得他才做官就搭臭架子的愤慨。仲癸的远房亲戚后悔不迭，他想起了仲癸以往给他写信时，要他千万瞒着江赓的一再忠告。送君千里，终有一别，明摆着仲癸已不可能有生还的希望，而江赓似乎赌着气，一定要亲眼看见仲癸咽了气，才算了却他作为挚友的最后心愿。仲癸一次次病危，江赓一次次赶去诀别，这场景一次一次，不断重复没完没了。

不过这次和以往截然不同，一种强烈的不祥预感，从一开始就萦绕在江赓的心头。像不可分割的整体中的一部分一样，江赓坚信这一次诀别，将是真正意义的最后一次。他发现自己整个地失去了信心，无论如何也没办法摆脱死神在他心灵深处投下的阴影。几乎没有任何犹豫，还是在半路上，江赓便迫不及待地给他的上司挂电话请假。不管他的上司会怎么想，打电话前，江赓已经打定主意，无论是否得到允许，他都要坐第二天的头班车赶回米村。

“你能不能再考虑考虑，”上司原则上同意了他的请求，可是不得不婉言劝说，让他考虑一下如此兵荒马乱之际，贸然前去是不是有些不明智，“过不了几天，局势也就明朗化了。到那时，你再去，不是更好吗？”

“不，到那时，恐怕就来不及了。”这话刚说出口，江赓感到胸中一阵刺痛。虽然他对于结局已大致明白，但是他不愿意再从自己的嘴里说出不吉祥的字眼来。挂了电话，江赓茫然地从街上走过，胡乱回忆着早已消逝了的往事。他神情恍惚，时不时和来往的行人迎面碰撞。很难想像他的一生如果没有仲癸会是什么模样。已故的江赓父亲是一个从来不懂得顾家的浪荡子，他天生了克妻的恶作剧般的运气，江赓的生母在江赓两岁时病故以后，每隔3年，他便要死一位妻子。丧妻和再娶成了江赓父亲生活中反复出现的两桩不大不小的事。江赓的成长是在不同的继母的照料下完成的。当他到了读书年龄的时候，那位所有继母中最疼他的黄氏，在丈夫赌输了钱打算卖去家中最好的东岗上的三亩田的那天晚上，手中挽着长长的白布，发誓她将和那东岗上的三亩田共存亡。江赓的父亲在黄氏的威胁下，总算放弃卖地的打算。黄氏从丈夫手里夺过地契，连夜带着小江赓赶到新婚不久的仲癸那里，扑通一声跪在了地上。

二十几年前的往事仿佛就在眼前浮现。在大上海繁华的街道上行走着，江赓的心里一边惦记着仲癸的病情，一边热泪盈眶地怀念黄氏。回到住处，看门人老杨见他通红的眼睛不禁大吃一惊。“怎么了，江先生？”看门人老杨父子两人住在一间极小的屋里，老杨时常以江赓为榜样，教导自己的儿子小杨。

“没什么。”江赓耸了耸肩膀，很勉强地露出些笑容，走进自己的房间，关上门，一头扎在床上，难过地想大哭一场。

紧接着是必然无疑的一夜失眠。漫漫长夜，从窗户里看得见外面大楼顶上闪烁的霓虹灯。大大小小的汽车在马路上奔驰而过，不远处住着锡克兵的军营里，尖尖的喇叭又吹起了熟悉的调子，就那么简单的几个音阶，悠悠地上去再缓缓下来。江赓躺在黑暗里，迷迷糊糊心神不定，好像肉身的自己和灵魂的自己已经一分两爿，一爿继续躺在床上，另一爿却在黑暗中升华，穿过时间和空间的障碍，飞过霓虹灯的高楼，飞过肚肠一样缠绕着都市的马路，飞过硝烟弥漫军阀正在鏖战的战场，重新回到生他养他的米村。早已死去的黄氏又一次复活，一手拿着东岗三亩田的地契，一手挽着他，又一次跪倒在仲癸面前。“大少爷，你救救这孩子。”黄氏语无伦次泣不成声，“这三亩田的地契，我把它搁你这了，你是有名的大好人，这三亩田，迟早，迟早也是卖，迟早也要被他那不争气的老子卖掉。大少爷，就搁你这了。你让这孩子念点书，识几个字，让他将来有出息，有点出息，和他那老子不一样。”

仲癸执意不肯收下的那张地契，临了终于被江赓父亲卖了换酒喝。黄氏最终也没有逃脱几尺白布悬梁自尽的命运。一切似乎都是命中注定的。江赓在被黄氏领去向仲癸求情的第三天，开始正式拜仲癸为师，先学《千字文》，“天地玄黄，宇宙洪荒”，然后是《唐诗三百首》。江赓的进步之神速让仲癸感到非常意外，《唐诗三百首》读到一半，仲癸便尝试着让他读曾巩子固的《寄欧阳舍人书》。他要求江赓按照自己的见解去读这篇文章，反复读细细读，读到自己觉得好的句子，就加上圈点，或者是在文章的空白处，写下个人的想法，怎么想就怎么写。“你是有异禀的人，不好好读书，实在是罪过。”仲癸不得不承认江赓是他遇到过的最好的学生，而且正是因为江赓的出色表现，更坚定了仲癸立志办学教育救国的雄心。有幸得到仲癸的栽培，是江赓一生中最伟大的福分。在这位恩师孜孜不倦的教导下，江赓的成绩突飞猛进。

桐城姚鼐的《古文辞类纂》，在一段时间内，成为江赓跟着仲癸反复研读的唯一的一部书。虽然年纪还小，江赓写文章时，已深得桐城派的义法。仲癸并没有让他在旧的古文中完全淹没，就像在辛亥革命的浪潮中，替江赓剪去辫子一样，仲癸不惜破费，花重金去上海买了各式各样的新书新杂志新报纸，毫不犹豫地和旧的世界彻底决裂。他们像新出世的婴儿，拼命地吮吸新生世界的营养成分。当时严复所译的社会学著作颇受有识之士的青睐，从少年完成了向青年过渡的江赓，在仲癸家的书斋里，开始和仲癸一起研读《群学肄言》。这时候的江赓，尽管远在穷乡僻壤，却像最时髦的都市里的新派人物那样，养了两撮黑黑的小胡子，不时发出些忧国忧民的感叹。严复所译的《群学肄言》最初还是金陵刻线装书，和后来风行的商务印书馆的铅印本不大一样。多少年以后，当江赓心情沉重地重返米村，从黑夜里航行了一夜的船上跳下来，忐忑不安向仲癸家走去的时候，仿佛当年日日赶到老地方去用功读书一样，江赓觉得自己正在又一次走向仲癸的书斋。

水上庄园非常别致地建造在水中央，通过一道细细的长堤，一座活动的小桥，米村最显赫的家族多少年来就隐居在这风景独秀的地方。江赓沿着长堤缓缓走过去，在小桥边上站住，深深地吸了几口气，朝桥那边叫了一声。

“江先生，怎么会是你？”仲癸家的仆人阿福大吃一惊，揉着眼屎汪汪的眼睛，不相信地问，“什么时候回来的？”

江赓告诉他自己刚刚到达。

“哎哟，江先生是上海来。”阿福更加吃惊，“不得了，不得了，不是正打着仗吗？江先生胆子实在是大！”说着便要把架起来的小木桥放下来，突然想起了什么，连忙住手。

“仲癸现在到底怎么样了？”江赓轻轻松了一口气，等阿福把桥放下来。

阿福看了一眼高高吊在那儿的活动小桥，隔岸和江赓聊开了：“你也真是的，江先生，这兵荒马乱的，你回来干什么？大少爷那脾气你还不知道，你就是回来了，他也不会见你的！”

“阿福，现在仲癸到底怎么样了？你快说呀。”

“大少爷是说不行就不行了。跟你说江先生，这一次是真过不去了，大少爷现在就躺在棺材旁边，只等着咽了气就装进去。哪有吐血这么吐法的，人都得吓死，不要说了，不要说了。”阿福在对岸一边说，一边摇头，脸部的表情变得十分恐怖。

江赓刚有些松弛的心情又立刻沉重，让阿福快把桥放下来。

阿福的头摇得更厉害，连声说：“这不行，这不行，江先生，你回去吧，少爷早就关照过的。你江先生既然回来了，就好好在家歇几天，等时局太平了，赶快回上海。”

江赓已经预感到会是这么一回事，很疲惫却又有些不太甘心地说：“阿福，你把小桥放下来。”

5

陌生人和江赓分手以后，在米村的小街上无目的地闲逛。战争的阴影笼罩在这小小的镇上，街面上见不到什么人，雾正在升起来。陌生人朝孤零零的一个小馄饨担走去，卖馄饨的还没开始做生意，慢吞吞生着火，一块一块地添着木柴，用一把破芭蕉扇哗啦哗啦扇了几下。陌生人在一旁无动于衷地看着，摸出怀表看了看时间。

三三两两的人出现在街面上，都是匆匆忙忙的样子，好像都记着战争就在他们身边。陌生人要了一碗馄饨，搁了一大把蒜叶，用调羹慢慢地吃着。卖馄饨的不时地和街面上走过的人打招呼，都是抬头不见低头见的熟人，都用一种奇特的眼神，打量着形迹可疑的陌生人。

“江南牧人是不是住在那间房子里？”陌生人吃到一半，抬手指了指路边的一幢矮房子，随口问道。

卖馄饨的仿佛没有听到，继续热心地和过路的人打招呼。陌生人又问了一声，卖馄饨的看了他一眼，摇摇头说不知道。陌生人的眼睛瞪大了，似乎很有些疑惑和吃惊。隔了一会，陌生人又问江南牧人到底住在什么地方，卖馄饨的继续摇头，比上一次摇得更有力。

一个留着长长的白胡子戴着瓜皮帽的老头，领着一个四五岁的小男孩，来到馄饨摊前。老头付了钱，要了一碗馄饨给小男孩吃。陌生人笑着和那小男孩挤了挤眼睛，向老头打听江南牧人的住址。

“江南牧人？”老头捋了捋白胡子，上上下下对陌生人打量了一阵，“这位客人怕是从上海下来的吧？”

陌生人点点头。

老头按捺不住得意，眉开眼笑，对卖馄饨的说：“这只有上海人，或者是在上海混过的人，才会知道‘江南牧人’这四个字。要不然，我们这儿，谁知道什么江南木人土人。阿兴，你知道这江南牧人是谁？”

陌生人和卖馄饨的都仰起脖子等下文，老头像拿出什么杀手锏似的，憋了一会儿，有板有眼地说：“这江南牧人，就是阿三。”

陌生人和卖馄饨的不同程度地吃了一惊。陌生人紧锁着眉头，怀疑是出了什么差错，卖馄饨的不当一回事地说：“我当是谁，原来是找三先生的。不错，三先生就住那儿。”他指了指陌生人先前指过的那间矮房子，“这位先生找他有什么事？”

陌生人不动声色地笑了笑，又一次和站在那儿一本正经吃馄饨的小男孩挤了挤眼睛。小男孩扎着个小辫子，莫名其妙地看着陌生人，白了他一眼，继续认真吃馄饨。老头说：“这兵荒马乱打着仗，先生从上海下来，一路好走不好走？”

陌生人说：“不太好走。”

老头一双见多识广的小眼睛突然亮了，眨巴了几下说：“听说这一次交火，浙江的卢永祥，有一种毒气弹，一打出去，人就死光了。我们米村这地方，只要这么一颗，保证一个人剩不下来。”

卖馄饨的听得目瞪口呆。

陌生人说：“那叫氯气弹。”

“毒气弹。”老头坚持着说。

“叫氯气弹。”

“你非要不相信，”老头有些不高兴，“氯气弹会不会死人？”

“当然会死人。”

“那不就是毒气弹吗？”老头宽宏大量地笑了，笑眼前这位上海来的客人偏要跟自己犟，于是把脸转向卖馄饨的，换了个话题。“上海可是个热闹的地方，那年我去上海，差一点就叫汽车轧死。当时也是运气，我朝前一个大步，那汽车像老虎一样，从我背后刷地一下蹿过去。我真是矫健，要不然，一条性命就留在上海了。”老头摸了摸小孩的头，小孩吸着鼻涕目不斜视地只顾吃馄饨，“上海那地方，实在是人多。阿兴你是不知道，人一到了上海，电灯光在房顶上闪呀闪，眼睛立刻就花了。”卖馄饨的听人说过几次上海，大眼睛瞪大了溜溜地发亮，反正没生意做，兴致勃勃听老头卖弄。“还有阿三，当年在上海，可真是不得了。提起江南牧人，没有不知道的。那报纸上，哪一天没有他阿三的文章？”

“阿三还有过这么神气的日子？”卖馄饨的阿兴不相信地问。

“人不可貌相，水不可斗量。当年的阿三真是个人物，都叫他江南牧人，上海堂子里的女人，谁不是拿了大把的银子出来，争着结交他，都指望他在报纸上写几个字捧捧场——”

陌生人突然把还没吃完的馄饨碗搁在馄饨担上，转身向路边不远处的那间矮房子走过去。老头的话似乎依然还在他耳边响着。一条狗不知从什么地方腾地一下钻出来，冲着他汪汪乱叫。一个穿着红衣服的小女孩跑出来把狗唤了回去。陌生人慢慢地走着，很快到了那间矮房子面前。不仅矮而且破烂的房子，在陌生人的脸上引起一种很复杂的表情。门前是一块空空的场地，场地的边上是一株高大的梧桐树，树上有几只灰喜鹊叽叽喳喳地叫。已经升起来的太阳，透过梧桐树的大叶子，把斑斑驳驳碎了的阳光洒在那间矮房子的粉墙上。白颜色的粉墙上脏得不堪入目，一道手指般粗的裂缝，曲曲折折仿佛一条游动着的蛇，蜿蜒向上一直伸入屋梢。陌生人走到门前，试探地问了声：“有人在家吗?”屋子里似乎没动静。陌生人压低了嗓子，又问了一声，就听见屋子里有人有声无气地说道：“谁啊？干什么?”紧接着是一阵喘不过气来的咳嗽，一口痰在喉咙口打转转。一只猫在咳嗽的间歇中，细声细气地叫了一声。陌生人抬手轻轻一推，门吱呀一声，打开了。

6

江赓耷拉着脑袋从街上走过，他知道仲癸因为自己是极易传染的肺病，所以一向拒绝别人拜访。事实上，早在去火车站买火车票时，他就有过这种见不了面的预感。仲癸的固执己见和他的乐善好施一样不同于平常人。为了求见病中的仲癸，江赓已经碰过无数次钉子，这一次也不会是例外。不过江赓一直揪紧着的心情终于有些放松。只要仲癸还活着，还剩下最后一口气，江赓便不放弃和他见上最后一面的希望。

战争阴影下的米村和江赓想像中的故乡，几乎没有一点变化，一切都和过去一样。时代在发展，社会在前进，米村给人的感觉却是老牛破车奄奄一息，永远处在时代和社会之外。江赓的出现给人们带来了短暂的惊奇，经过敷衍性的招呼和问候，大家纷纷向他打听战争什么时候能够结束。战争谁胜谁负和米村没有任何关系，人们唯一的愿望就是兵荒马乱的岁月快快变成历史。

江赓回到了他出生的那幢房子里。继母戚氏因了他的突然到来，惊喜万分哇哇哇大叫。戚氏是江赓的最后一任继母，是黄氏的姨表姐妹。黄氏悬梁自尽以后，江赓的父亲又续娶了天生是哑巴的戚氏。

戚氏养的那条大黑狗早已不认识江赓，对着他气势汹汹地一阵咆哮，被戚氏打了一下以后，大黑狗夹着尾巴，远远地躲在门后，龇牙咧嘴地监视着他。戚氏手舞足蹈对着江赓乱比画，江赓似懂非懂点着头，不时地指指旁边的小凳子，让她坐下来。戚氏哇哇哇比画了一阵，又搬了张小凳子，拉着江赓面对面一起坐下。

江赓心里一阵难过，眼泪差一点流下来。戚氏伸出细细的手指，在他脸上捏了捏，又比画来比画去。江赓知道她的意思是说他人瘦了。戚氏总是使他不知不觉地想起早已过世的黄氏，在过去的岁月里，黄氏待他远胜过自己的亲生母亲。江赓永远也忘不了黄氏悬在梁上的可怕场面。出事的前一天晚上，江赓的父亲喝足了酒，像揍贼一样痛打黄氏。他一件件剥去黄氏的衣服，用事先准备好的小竹梢，没头没脑一阵狠抽，打得黄氏仿佛受了惊的兔子满屋子乱窜。江赓父亲的意思是要把黄氏从此逐出门去，然而黄氏在屋子里东躲西藏，四处抓东西在身上掩盖，一声声惨叫，坚决不肯离家一步。那一年江赓 11 岁，缩在柴堆边上，看着喝醉了酒的父亲肆无忌惮地凌虐。精疲力竭的父亲终于倒在床上死猪一般呼呼大睡，黄氏穿上衣服，端着摇摇晃晃的油灯，在柴堆边找到仍然缩在那儿瑟瑟发抖的江赓。她把他搂在怀里，在他额头上亲着，含着眼泪跟他说话，说她对不起他，无脸再活在这个世上。她让他一定要好好地听仲癸的话，好好地跟仲癸学，长大了要做个有出息的人，千万不要像他爹那样。

第二天，当江赓从仲癸那里读完了书回来，黄氏早已像一条熟透了的黄瓜似的挂在了梁上。他发了疯地大叫了一声，朝门前的空场上狂奔过去。这是他有生以来受到的最大惊吓。等到他被别人搀着，再次送回家的时候，黄氏已从梁上被摘了下来，直挺挺地躺在门板上，父亲正跪在一旁抚尸大哭。黄氏的娘家人并没有跑来大吵大闹，嫁出去的女儿泼出去的水，何况黄氏和其表哥有私情的传闻早就家喻户晓。江赓的父亲后悔莫及，过分悲痛的表演为他下一步成功地续娶戚氏留下了伏笔。

虽然江赓的父亲和戚氏生活在一起的日子并不长，但是相对长的一个时期内，他的确有了改邪归正的表现。江赓父亲戒了一段时间的酒，心情好时，竟然也会像黄氏生前一样，坐在后门槛上，看正在竹园里用着功的儿子大声读书。可惜好景不长，父亲临了还是老病再犯故态复萌，不仅恢复了喝酒，而且和过去一样以毒打老婆取乐。戚氏的福气在于自己男人说去就去，还没来得及克死她的时候，就先一步见了阎王。不幸这样的字眼向来就有多种解释，过早地守寡对戚氏来说，实在不失为一种幸运。

戚氏的年龄和江赓相差很小，对于如何处理和这位继母的关系，江赓一直感到很为难。又聋又哑的戚氏的智力永远相当于一个涉世不深的小女孩。她蒙头转向地活着，朦朦胧胧无忧无虑，非常寂寞地活在人际的沙漠里。自从江赓开始有了固定收入以后，他总是从上海定期给她汇钱回来。他为戚氏取了一个正式的名字，并向一位搞印刷的朋友要了用来排版的铅字，用细绳子捆牢了，让戚氏当做取汇票时的图章。戚氏把他看做唯一的亲人，每一次见到他都兴奋不已。

江赓吃了一小碗水煮鸡蛋。在他吃鸡蛋的时候，戚氏已经把他的房间收拾干净。江赓回到了自己房间，斜躺在小床上。他的本意只是稍稍休息一会儿，然而刚刚合上眼睛，不知不觉便进入了梦乡。在梦里深处，江赓又一次见到了对人世充满眷恋的黄氏。黄氏看上去比以往更黑更瘦也更疲倦，但是却充满一种对他荣归故里的由衷的高兴。为了讨得黄氏的欢心，江赓迫不及待地把自己荣升为主任的消息告诉了她。无论是在梦中或者是现实生活中，这都是他第一次把自己的提拔主动告诉别人，他从来就不是那种爱卖弄和表白的人。当江赓腮上挂着泪珠醒过来的时候，时间已在梦境里过了中午。戚氏聚精会神地守候在他身边，犹豫再三，不知道是不是应该叫醒他。一顿尽可能丰盛的午餐已经准备好了。江赓像过去在家时天天做过的一样，取了一块毛巾，出后门，去河边洗脸。晴空万里阳光灿烂，他蹲在河边，望着清澈见底的河水出神。不一会儿，戚氏便像受惊的鸭子，哇哇哇叫个不歇地让他去吃饭。

江赓决定到黄氏的坟上去看一看。米村并没有太多值得他留恋的地方。他为仲癸而来，只要能再一次见到仲癸，他也就可以心满意足尽兴而归。他准备黄昏时再去仲癸那里，力争和仲癸见上最后一面，如果可能便在第二天赶回上海。既然他能够冒险回到米村，他坚信自己同样能够冒险回到他想去的任何地方。

黄氏葬在东岗的高坡上。高高低低乱糟糟一片坟丘，江赓径直向黄氏的坟走过去。戚氏孩子气地跟着他，走到江赓父亲的坟那里，手舞足蹈比画着，哇哇哇大叫江赓。江赓叹了一口气，走到戚氏面前，完全是为了让她高兴，在自己父亲坟上磕了三个头。戚氏表情庄重地看着江赓，突然龇牙咧嘴怪声怪气大笑起来。江赓的情绪整个让戚氏给破坏了，他走到黄氏坟前，心情沉重脑子里一片空白。空旷的坟场显得十分荒凉，他站在那块极薄的墓碑前面，扑通一下跪了下去，不明白自己在这一时刻说什么才好。黄氏的坟上开满了黄黄的野菊花，戚氏自顾自摘了几朵野菊花，插在自己头上。

看过了黄氏的坟，江赓突然改变了主意，决定现在就动身去看望仲癸。他非常笨拙地做着手势，终于让戚氏明白是请她一个人先回去。戚氏满脸疑问，对着他的脸看了好一会儿，有些不太乐意地走了。江赓依依不舍又看了一眼乱糟糟的坟场，转身向仲癸家走去。

7

陌生人早是个孩子的时候就知道江南牧人的大名。

江南牧人在20年前的上海文坛上是个了不得的人物，专写辞藻纷披的言情骈俪小说。卅六鸳鸯同命鸟，一双蝴蝶可怜虫，都是些缠绵悱恻生离死别的故事，害得上海滩一班有钱有闲的少奶奶，读着读着，便伤感起来，和书中的人物一起淫啼浪哭。少奶奶之外，几乎是只要识几个字的婊子，就一定是江南牧人的热心读者，见了他的名字就要掉眼泪。江南牧人一段时间内，几乎是为女人们活着的。他最走红的时候，上海有名无名的大报小报，无一不刊登他的文言小说。虽然出身寒门，江南牧人却是当时十里洋场上自视最高的才子，不仅擅写骈四俪六的文章，而且号称诗书无敌。他的诗据说是有八千首，其中精选出来的一部分诗编写了集子，布面烫金印工考究，不是有钱的阔佬没人敢买。他的字更是值钱，先学的是褚河南，在楷书上打好了基础，然后学二王，学颜平原，上追汉隶北魏，下窥清朝诸家，五花八门，样样都有一些。既能用大笔写小字，又能用湿笔或枯笔写条幅。

当年的上海文坛，提起江南牧人，响当当香喷喷甜津津。可惜江南牧人向来不懂得珍惜自己的声名，天生一个浪荡子，有了几个钱，赶紧狂嫖滥赌，并且毫不客气地沾上了阿芙蓉癖。为伊消得人憔悴，衣带渐宽终不悔。约稿笺像雪片一样向他飞过来，他很快江郎才尽，整天委靡不振，永远睡不醒，见了谁都是不住地捂着嘴打哈欠。只要口袋里还有一分钱，就摆名士派头绝不动笔。反正来钱也容易，缺钱花就借高利贷，要不便就让人捉刀代笔，别人写好了，他拿来润润色，签上自己的名字送去换钱。书店和报社的老板都不和他计较，好歹他那名字是金字招牌，什么文章往上一贴，能卖掉能赚钱就行。渐渐地好端端的牌子也做砸了，落花流水春去也，江南牧人这样老派的文坛才子有违时代潮流，再也不吃香喝辣。书店和报社顿时翻脸不认人，又像当年涎着脸求他一样，都转向去求穿洋装写白话小说的新派作家。

很长一段时间内，江南牧人流落在上海滩靠卖字为生。他的名声本来是靠骈俪体的言情小说，小说一旦失去读者，他的字便也一落千丈，很少再有人问津。落水凤凰不如鸡，时过境迁，花钱如流水的日子一去不返，他只得痛苦不堪地在贫穷的日子里受煎熬。上海滩是个花花世界，没钱的人连做梦都不自在。他越混越潦倒，总算把那口鸦片戒了，可狗改不了吃屎，有钱无钱一样嫖一样赌。大咧咧地到处赊账到处借钱，临了欠了一屁股债逃回米村，再也不敢重回上海。

多少年以后，陌生人推开吱嘎作响的破门，走进那间阴暗的小房子时，江南牧人正躺在床上，被一口浓痰堵得喘不过气来。房间里脏乱不堪的景象让陌生人大吃一惊，少年时代听说过的江南牧人的神奇故事，加上了一层感伤色彩后，又一次出现在陌生人的大脑里。陌生人此行的目的，是为某达官贵人已经病危的老母亲求一张江南牧人的墨宝。达官贵人于字画一窍不通，出了一笔不小的赏钱，让精通字画的陌生人务必在近期内圆满完成任务。现在，眼看着大功即将告成，潦倒到了极点的江南牧人就在面前。陌生人若有所失心情压抑，不知道自己冒着兵荒马乱的危险，为了几个字赶到这儿来，究竟值得不值得。

迎门的一张桌子上，两只用过的饭碗上歇着好几只红头苍蝇，受了惊吓猛地飞起来，在空中嗡嗡盘旋，然后又回到饭碗上。一只瘦骨嶙峋的黑猫悄悄走到陌生人面前，试探性地叫了一声。江南牧人咳了半天，好歹算是喘过气来，从床上侧起身，恶声恶气地问道："找我有什么事？"

陌生人看着眼前这位鸦片鬼似的干瘪老头，不得不又一次怀疑自己找错了地方。有关这位浪荡子的潦倒，陌生人早有耳闻，但是不愿意相信眼前这位就是自己要找的江南牧人，他迟疑了一下，说："我想找一位曾经叫过江南牧人的先生。"

"江南牧人，哼，他早死了！"

"他死了!"陌生人一惊，很快明白过来，不太甘心地说，"先生莫非就是当年大名鼎鼎的江南牧人?"

江南牧人又一次被一口浓痰堵得喘不过气来，咳了半天，将痰十分潇洒地吐在一个用来当做痰盂的玻璃瓶里，眼睛朝上一翻，很做作地说："大名鼎鼎不敢当，不要找什么江南牧人了，江南牧人早他妈死了。你找他干什么?"

"江南牧人——"

"跟你说别提什么江南牧人，你再提，我让你出去!"

接着让陌生人大吃一惊的是，江南牧人像吸足了鸦片似的，突然精神焕发地下了床，细细的手指绷直了，对着陌生人，傲气十足地说："不错，我就是江南牧人，你怎么知道的?"

陌生人笑了笑，情不自禁地对周围看看，一股夹着尿臊的霉味，直往鼻子里冲。那只瘦骨嶙峋的黑猫纵身跳上桌子，在那两只黑乎乎的空饭碗里嗅来嗅去，突然伸出爪子去抓空中嗡嗡飞着的苍蝇。一条缺了条腿的长凳横在地上。江南牧人走到陌生人面前，盯着陌生人脚上的一双皮鞋看。"喂，你从哪儿来的?"

"上海。"

"上海?"江南牧人吓了一跳，刚有的一点点神气立刻没了，"你从上海来? 有……什么事?"

陌生人又一次对四周看，不堪入目的墙壁上，见不到一张字画。到处都是蜘蛛结成的网和苍蝇屎。落满灰尘的小窗台上，放着一架不小的砚台，砚台旁边的笔架上，挂着几支多少年不曾用过的秃毛笔。陌生人弯下腰，将地上缺了腿的长凳扶了起来，又吹了吹桌上的积灰，从随身带着的背包里，取出一叠纸，取出砚台笔墨，一股脑都放桌上，然后看着江南牧人，不说话。

江南牧人说："怎么，到了今天，还有人想求我的字?"

陌生人从怀里掏出一叠银元，一块接着一块，在桌上一字排开。

江南牧人顿时眉开眼笑，顿时神气十足："要我写字，照过去的规矩——"

陌生人冷眼看着他，从怀里摸出一小块烟土。

8

江赓又一次沿着细细的长堤，走到那座活动的小桥前面。小桥过去在白天通常是放下的，然而现在却高高地吊了起来。江赓对着桥那边大声叫，阿福应声出现，跑过来一见是江赓，缩起脑袋就想溜。江赓大声叫住他。

"江先生，不是我不让你过来，实在是大少爷关照的。再说，你就是过来了，也没用。现如今，不要说是你江先生，就是我们，也见不到大少爷。你知道的，大少爷这么做，也是为了大家好，是不是?"

江赓站在桥这边，望着桥那边的阿福，心情沉重地说："阿福，你把桥放下来，让我再见仲癸一面。"

"江先生，回去吧!"阿福叹着气，摆摆手，"唉，和大少爷一样，你们实在都是好人，你就死了这条心吧。大少爷一言既出，驷马难追。你再磨也没用，还是回去歇歇，等时局太平了，赶快回上海。"

“我今天和仲癸见一面，明天一早就走。”

“哎哟哟，江先生，歇几天，千万歇几天。这打着仗，子弹又不长眼睛，既然回来了，还是等时局太平了，再走。大少爷也就在这几天了，你反正来也来了，索性等一等，等把后事办完了再走。”阿福说着，掉头往里跑去，江赓急得又连声大叫。阿福没办法，只得再退回来，说：“江先生，你也为我们底下人想想，虽说大少爷从来不为难我们，可我们，江先生这你也知道，向来是少爷的话，说一是一，不敢马虎。而且说好谁也不见，这是大少爷一再关照的，我们可不敢乱做主。再说，大少爷眼见着就不行了，我们做底下人的，可不敢再让他心里头不痛快。江先生还是请回吧！”

阿福和老康都是仲癸家的老仆人，江赓知道阿福说的话句句属实。自从仲癸确诊自己是得了肺痨以后，就一直避免和江赓正面接触。他的医学知识使他明白防止传染最有效的措施就是隔离。十年来，江赓在和仲癸见面这一点上，碰了无数个钉子，双方的固执己见都到了接近荒唐的地步。一方坚决要见，一方坚决不见，最后总有一方不得不让步。“阿福，我跟你说，我既然回来了，不达目的，我是不会走的。”江赓好像有些赌气地说了这么一句。

“江先生，真的还是回去吧。”阿福说完这句，头也不回地走了。这次是真走，转眼没了影子。江赓孤零零留在小桥这边，看着对岸发呆，心头一阵阵发怵。河对岸，仲癸正在死亡线上挣扎。也许一次剧烈的发作，他便会永远离开人世。也许他已经处于昏迷阶段，在弥留之际，他仍然神志不清地说着：“叫江赓走，我不见他，叫他走。”

“我不会走的，在见到你最后一面之前，我是不会走的，”江赓在小桥边自言自语地说着，“我绝不会走。”他的决心已定，不达目的誓不罢休。正是午后最宁静的时刻，晴空万里，几只野鸟在天上自由自在地飞翔。离江赓不远处，一个农家的孩子正坐在牛背上放牛，那孩子似乎对江赓产生了兴趣，不住地回过头来，盯着江赓看。一共四头牛，其中一头是正在吃奶的小牛，小牛在河岸边充满欢乐地东跑西窜，一会儿停下来随意吃几棵小草，一会儿奔向母牛，饿极了似的脑袋用力撞击母牛肥大的乳房。

江赓站在细细的长堤上发呆。这条长堤和长堤尽头用活动小桥隔开的水上庄园，是仲癸祖父在世时最伟大的杰作。在米村人的心目中，大动土木的浩大工程给他们留下了终身难忘的印象。长堤尽头田园风格的水上庄园，不仅带有不可知的神秘色彩，而且像可望不可求的天堂一样让人心驰神往。在最初与世隔绝的隐居生涯中，细细的长堤上，来来往往的只是仲癸家的仆人。活动小桥几乎总是吊在半空中，很少有人看到仲癸家的人走过桥来，自然也没有人走过桥去，到神秘的庄园里去做客。

很长时间内，仲癸的父亲是庄园里唯一的主人，他亲自过问了儿子的各门功课，为仲癸的旧学打下了非常厚实的基础。和完全采取封闭式教育的祖父不一样，仲癸的父亲为自己的儿子留下了一扇通向世界的窗户，这扇窗户就是允许正在接受知识的仲癸，订阅上海十里洋场上出版的各种新书新报。新的思想正是从这扇小窗户里吹到了仲癸的心田。当地唯一的一位邮差应运而生，每隔十天半月，邮差便走过细细的长堤，跨过放下来的活动小桥，将一大叠洋溢着油墨气味的邮件送到仲癸手里。

在父亲死后的七七四十九天，成为庄园新主人的仲癸，十分果断地让底下人放下了活动小桥，开始有计划地实施他策划已久的革新方案。米村历史上第一座新式小学，在一个阳光明媚的日子里正式开了学，不分男女老幼，凡乐意识字学点知识的人，都可以在小学里免费读书。仲癸像父亲为他授课一样，成为实验小学的第一位兢兢业业诲人不倦的教师。一切都按照计划有条不紊地进行着。仲癸私下教授的学生江赓在十五岁的时候，成为实验小学的第二位教师。到了二十岁的时候，实验小学的重担便几乎全落在了江赓身上。

江赓永远也不会忘记自己第一次上课的情形。小而简陋的教室里，大大小小十几号人，都睁大着眼睛看着他，吓得他不知所措，一句话也说不出来，最后不得不仓皇逃出教室。十五岁的江赓孩子气地逃了出去，然后又像被捉住的贼一样，被仲癸教训一顿重新塞进教室。江赓已经记不住自己第一次上课时，对坐在下面的学生说了些什么，他只记得自己一个劲儿地在黑板上写字，端端正正写了一黑板，再红着脸大声地叫下面坐着的学生跟着他念。

“你要是害怕的话，就应该迎着上，要不然你永远都是害怕。”令人心惊胆战的第一课后，仲癸对江赓课上得好与坏不作任何评价，语重心长地跟他讲了一番大道理。

江赓的学生中，年纪大的足以当他的父亲。实验小学最初只是一个扫盲识字班。在年纪大的学生中，有一位刻苦用功的学生是江赓堂房伯伯。多少年以后，国民政府定都南京，这位堂房伯伯荣任了本地第一任乡行政局局长。已故的仲癸家的水上庄园，便是在这位江局长的倡议下，改建成了后来曾在全省闻名的一所中学。仲癸立志教育临了惨遭流产的雄心，终于在他死后结下了丰硕成果。小小的米村虽然地处僻远，却因为出了大量的人才，在中国教育史上占据了重要的一页。一本有关人才统计的小册子显示，本省人士有幸列入世界及各类名人辞典，或当选为学部委员政协委员人大代表的，和米村中学发生过联系的人竟占了总数的十分之一。这个统计数据还显示，即使是在全国范围内，作为平民教育的一块样板，米村涌现的人才也是名列前茅。

站在细细的长堤上，站在吊起的活动小桥边，江赓仿佛又回到了十五岁。那时候他天天走过长堤走过小桥，白天为学生上课，晚上去仲癸的书斋，听仲癸解析姚鼐的《古文辞类纂》。随着年龄的变化，江赓在米村人心目中的地位也与日俱增。在仲癸的书斋里，江赓一天天长大成熟。那实在是一段值得怀念的日子。仲癸终于和他一起告别旧的古文，投身于轰轰烈烈的新文化运动。他们一字一句地细心研读《群学肄言》，凡遇不认识的生字僻典，必查抄字典弄明白方肯作罢。一段时间内，金陵刻线装书《群学肄言》的各页眉端处，贴满了长短宽窄不等的纸条，纸条上皆工楷小字，既有关于生字的注音释义，又有读书时的心得。他们曾为某页某行的“榰”字，查遍了《康熙字典》。让人疑惑不解的是，字典中竟然没有这个字，又查找了别的工具书，都没有，因此不得不怀疑“榰”是译者严复自己制造出来的。

“榰”，曾遍查《康熙字典》，未得其字，只有“窨”字，读

yìn 音，解地窖。盖中国地下室仅一土穴，西洋地下室加木制，严氏乃特造此字耳。

9

"江先生，你果然没有走，"阿福突然出现在小桥对面，感叹不已地和江赓招呼道，"你也实在太死心眼了，我就知道你不肯走的。"说着，弯腰去解拴在木桩上的绳子，缓缓把活动小桥放了下来。

江赓脸上露出了惊喜之色，大步走过桥去。

"你就是过来了，又有什么用，跟你说，如今连我们都见不到大少爷。"

一阵失望立刻再次涌上江赓的心头。阿福在前面引着路，要把江赓往书斋带。江赓不甘心地停下步，和阿福商量说："仲癸现在在哪儿？阿福，你还是让我见一见吧。"

阿福满脸愁云，眯细着眼睛看了一会江赓，说："江先生，实在不是我们做底下人的不给你面子。也只有你了，外面乱成这样，会冒险回来。眼见着大少爷不行了，这次是真的过不去了，人就躺在棺材边上，你说我阿福难道不想成全你？我想，我太想了。可也只有少爷，只有少爷，人说咽气就要咽气，还是说一不二。江先生你知道，大少爷说他那毛病，传染起来，不得了，所以就是我们做底下人的伺候他，也是关照我们一再小心。凡是他用过的东西，都不让我们再碰。告诉你江先生，大少爷这前前后后烧掉的，讲给人听都罪过。江先生，我是看你一个人傻站在那儿，不忍心，所以私下做了个主，让你在大少爷的书房待一会儿。”

江赓走进那对他来说曾经是太熟悉的书斋。阿福唯唯诺诺地又说了几句，一扭头走了。仲癸的书斋建在水上庄园的最东面尖角上，三面环水，推开窗，是一片很大的湖面。沿墙都是书架，书是横放的，为了便于翻阅时查找，在每本书的侧面，仲癸都用毕恭毕敬的小楷抄录了书名。书斋中央是一张落满灰尘的大书桌，上面放着文房四宝和新式的自来水笔。江赓和仲癸当年曾在这张桌子上一起读书，夏日里湖面上吹来凉爽的晚风，挂在屋檐上的风铃轻轻地响着。他们读着读着，离开桌子走到窗前，望着晚霞下波浪起伏的湖水，对美好的未来充满憧憬。春去秋来，光阴似箭，冬日里下起了罕见的鹅毛大雪，书斋里温暖如春，仲癸不住地往大炭盆里添炭，红红的炭火映着仲癸手书的“在水中央”的大横匾。

离书斋不远是个水榭，俗称旱船，用毛竹搭的顶，榭中“天半朱霞”的一块匾是仲癸祖父的亲笔。那一年小学校排演了一场文明戏，其舞台就是在水榭上，是江赓写的剧本，经过仲癸的润色。一场纪念孔子诞辰的戏轰轰烈烈开了场。方圆几十里的老百姓闻讯赶来，湖面上歇满了大大小小的船只，都从船上探出头来，一边看戏，一边叽叽喳喳说笑吃瓜子。这次用心良苦的演出，多少年来一直流传着，作为一个非常可耻的笑柄，为顽固的保守派提供了向仲癸进攻的重磅炮弹。刚开始一切都进行得极度顺利，小演员时不时地忘记了台词，引得下面在船上看着戏的观众哈哈大笑。戏终于进入高潮，小演员忙中出错，系得过紧的裤带突然崩断，慌忙去抢，哪里来得及，裤子当众落到脚背上。

一个小小的笑话立刻变成了重大新闻，没几天便传到上海小报记者的耳朵里，于是一则《阳货欲见孔子》为标题的文章，作为花边新闻，十分耀眼地出现在各家报纸上。一场原意为纪念孔子的演出，结果却演变为一次对孔子的公然亵渎。这时候仲癸创办的本地第一张白话报刚刚问世，偏僻闭塞的米村，仿佛平空中响起了惊雷，俨然一跃为全县新文化新思想的中心和策源地。有关仲癸的流言蜚语像瘟疫似的开始四处传播，各种各样莫须有的罪名，接二连三地往他身上栽。

事态的发展大大超出了意外，正当仲癸和江赓感觉良好，书生气十足地讨论着下一步行动计划时，保守派的恶状已从县城告到了省城。袁世凯正式承认了丧权辱国的“二十一条”之修正案，复辟称帝的呼声顿时甚嚣尘上，美其名曰的“讨论国体问题”引起轩然大波。“二次革命”早已经流产，国民党被迫转入地下，或藏身于租界，或亡命于日本，一时很难有所作为。著名的蔡锷将军在妓女小凤仙的掩护下，悄悄潜往日本，去香港，然后再绕道越南，进入云南昆明，准备发动轰轰烈烈的讨袁战争。

两个瘦骨嶙峋的公差正是在这个时代的节骨眼上，形迹可疑地出现在米村，他们的任务是前来查封正准备问世的第二期白话报。在米村唯一的一家小酒店里，两位公差一边喝酒，一边偷偷打听仲癸家的住址。土制的米酒有着很强的后劲，一位公差不知不觉多喝了一碗酒，走在细细的长堤上，大大咧咧地便要往水里跳。另一位公差手忙脚乱地拉住他，累得一阵阵出冷汗。待他们走过活动小桥时，那位已经喝醉了的公差突然回过头去，吐得另一位公差满裤子都是污秽。

庄园里弥漫着呕吐物的恶臭，两位公差走了以后，恶臭持续了很久也散不开。一纸公文宣告了仲癸所花的全部努力付之东流。第二天，江赓发现自己班上的学生竟然有一半没来。过了几天，班上的学生仿佛黄鼠狼拖鸡，原来不曾来的没有再来，留下的一半中又少了一半。“江老师，娃儿能识几个字就可以了，乡下人难道还指望娃儿将来——”学生的家长起先找话对江赓搪塞，很快就直截了当地问他，“是不是大少爷要吃官司了？”

江赓在学校办不下去的那年春天离开了米村。临行前，他去仲癸那儿告别。正是乍暖还寒的早春二月，麦苗青青柳色新，菜花兴致勃勃地含蕾欲放，突然下起了春天里罕见的大雪。在重新升起炭火的书斋里，江赓和仲癸相对无言。炭火一阵阵发红，书斋里的温度逐渐升高。仲癸止不住地大声咳嗽起来。

“读万卷书行万里路。”好不容易停住咳嗽，仲癸万念俱灰地对江赓说，“天下之大，足够你去好好闯荡一番。我只恨自己不能和你一样，男儿志兮天下事，但有进兮不有止。你放心去吧。”

“我们很快还会在这儿见面，我去了日本，即刻寄信过来。”

“来信，一定要把地址写清楚了。”仲癸慎重其事地提醒着，“地址千万不能搞错。”在此后的几年里，仲癸负责了江赓在日本留学的一切费用。他总是按时把钱汇到江赓手里，唯一的一次例外，便是那次换了地方，江赓忘了及时将新地址通知仲癸。日本的 N 市是有名的产美人的地方，江赓在 N 市一待就是三年，三年里留学生的苦读生涯使他忘记了许多烦恼。追逐 N 市的美人在支那留学生中成了最时髦的事，只有江赓无动于衷问心无愧。他抵制住了漂亮的女房东的大胆诱惑，关键时刻毫不犹豫地一走了之。

江赓去了日本东部的一个小城市。小城市风景秀丽，给他留下了终身难忘的可耻记忆。事态的发展大大出乎意外，在N市，他抑制住了女房东赤裸裸的挑逗，然而在这个日本东部没有一点名望的小城市里，江赓却发现自己面对房主人十七岁的女儿雪子，那个矮矮胖胖有着一双明亮大眼睛的姑娘，竟然心潮起伏久久不能平静。房主人的女儿雪子根本算不上绝色，嘴里有一颗金牙，脸上永远是甜蜜的微笑。日本的女子那时候都不穿裤子，身上贴肉只围着一条色彩鲜艳的短围裙，外面就是一件长袖的衣服，衣服上也没有纽扣，腰里缚着一条一尺多宽的带子，后面结着一个方结。走路的时候，前面的衣服一步一步地掀开，色彩鲜艳的短围裙衬着的白白的大腿，便隐隐约约露出来。按说早在N市的时候，江赓对这种诱惑已司空见惯，漂亮的女房东在他隔壁敞着门换衣服，他照样目不斜视没有一丝杂念，但是十七岁的雪子的天真无邪，常常让他感到一种不可抑制的冲动。

坐在风景如画的窗前读书的时候，江赓发现自己情不自禁，老是偷眼张望晾在空场上粉红色的短围裙。雪子跪在地上和他说话，那双搁在膝上纤嫩的白手，仿佛一直在他眼前飘动，撵都撵不走。江赓发现自己再也没办法像过去那样发奋读书，那样用刻苦和用功读书产生的疲劳来忘却一切。他的耳朵不知不觉地便会竖起来，捕捉着雪子发出的任何一点信息。即使是在梦的深处，雪子洗澡时发出的泼水声，一样撩拨得他心猿意马方寸全乱。一个星期六的下午，江赓和往常一样，坐在那儿用功读书，雪子笑容可掬地来替他收拾房间。她跪在那儿使足了全身力气，吭哧吭哧擦着地板，两只肥肥胖胖的大脚，像两只小白鹅似的在地板上不安分地移来移去。收拾完房间，雪子又伏在茶几边和江赓说笑。她丝毫不理睬江赓的局促不安，不理睬他那变得越来越沉重的呼吸，一边无忧无虑信口说着，一边咯咯咯大笑。胸前过分饱满的乳房，像一对活蹦乱跳的小动物一样动个不歇。江赓不是那种善于说笑的男子。雪子一阵阵清脆的笑声中，他忍不住一次次地脸红。吃过晚饭已经很长时间，雪子也早走了，然而江赓仍然可以感受到空气中她的存在，呆呆地坐在黑暗中发怔。天花板上，老鼠奔过来奔过去，叽叽叽忙着争食打架。窗外是一株不小的梧桐树，夏日的微风吹过来，他的房间就在二楼，树叶子哗啦啦就在耳边响。风忽然停了，万籁俱寂，传来了清晰的泼水声。江赓老僧人般安静地在地板上枯坐了一会儿，然后悄悄起身，蹑手蹑脚地下了楼。

这是一幢孤零零的房子。江赓神不知鬼不觉地来到外面，看了看满天的星星，深深吸了一口气。前后不远处都是稻田，黄黄的灯光从浴室的玻璃窗里射出来，他鬼使神差地走到了浴室的玻璃窗前。房主人已经洗好澡了，房东太太正在为他拿替换衣服。江赓看着房主人一边穿衣服，一边推门出去，临出门的时候，对太太嘟嘟囔囔说了句什么。门嘭的一声带上了，房东太太动作缓慢地脱衣服，然后慢吞吞跨进洗澡桶。江赓像木桩似的钉在那儿一动不动，心惊胆战无地自容。过了很久很久，房东太太总算洗完，抖动着肥大的奶子，大声地唤雪子也来洗澡。雪子终于来了，她站在赤条条的母亲身边，将澡桶里的水倒掉，再往里添热水。水添好以后，她迟迟不脱衣服，笑着和母亲没完没了地说话。说了一会儿话，极快地脱去衣服，像鱼似的跳进浴桶。她母亲站在浴桶旁边拿了衣服正要穿，突然又把手上的衣服放下，赤条条地弯下腰去，为浸在浴桶里的雪子洗起澡来，肥大的白屁股像一面墙似的对着站在黑暗中的江赓。

10

江南牧人拎着一块鲜红的猪肉，神气活现地出现在小酒店里，尖声尖气大叫大嚷："掌柜的，有什么好吃的，拿出来叫阿三尝尝。我阿三可是有些日子没照顾你的生意了。来，有好吃的，只管给我拿来。"

老掌柜将信将疑地看着他。小酒店既卖酒，又有一截小柜台，卖些点心饼干及日用杂货。江南牧人的穷极潦倒是有了名的，老掌柜坐在柜台边上，对他看了一会儿，笑着说："今天什么日子，阿三会这么高兴？"

"是我高兴还是你高兴，跟你说，今天是你发财的日子。"江南牧人让他看看手上拎着的鲜肉，从怀里摸出一枚银元，往桌上一扔，抬起眼睛，十分轻蔑地看着正朝他走过来的小酒店老掌柜。看了一会儿，又从怀里摸出一枚银元，继续往桌上扔，"见了这钱，眼睛就发亮了是不是？掌柜的，我阿三的脾气你是知道的，这吃上头——"

老掌柜连连赔笑："那是，那是，阿三的嘴，那是有名的刁嘴。好吃不好吃，瞒不过你阿三。阿新，快出来，见见三老爷。"阿新是小酒店的少掌柜，满脑子一套崭新的经营方式，早不把他老子那些手腕放在眼里，老掌柜叫他的时候，他正在那盘算如何开办一家正经八百的杂货铺。门帘一掀，阿新从里屋出来，见是江南牧人，不屑一顾地扫了一眼，侧着脸看着他老子，神情明摆着有些嫌他多事。这一切都自然落在江南牧人眼里，他深深地叹口气，说："壮士觍颜，皆因长铗无钱。我阿三实在是潦倒狠了，难怪少东家看着不顺眼。少东家，别说是你，我自己看着我也不顺眼。"

老掌柜一向对儿子是让三分，很尴尬地在一旁赔笑说："阿三，你随意，随意。"

江南牧人抓起桌上的两枚银元，依旧放进怀里，拎着那块鲜肉，大摇大摆地走到那截柜台前，拧开柜台上放着的一个玻璃瓶盖，手伸进去，捞了一块点心，拿出来，看看，闻闻，放在嘴边吹一下，扔一旁的秤盘里。手再伸进玻璃瓶拿第二块，仍然是看看，闻闻，吹一下，然后"当"的一声，扔秤盘里。不一会，秤盘里便小山似的堆起来，老掌柜称了称，故意让秤翘老高的，忙不迭地抓住秤杆，刚要开口说好听的，江南牧人做了个手势，不让他说："好，替我包好了，搁那儿，我一会儿带走。哎，怎么到这会儿，酒还没给我准备好？"

老掌柜说："哎哟，把这事忘了。阿新，赶快拿一坛酒出来，这坛马上到底了，这酒，阿三是不喝的。"

阿新不太乐意地去重新拿酒。江南牧人看着他的背影，酸溜溜地说："掌柜的，少东家眼里自然是不会再有我阿三的了，落水凤凰不如鸡，想当年，当年，不说这个，不说这个——"

"阿三，这世道就这样，年轻人，看着上了些岁数的，眼里就别扭，你阿三不往心里去。这肉——知道了，知道了，我这就叫阿新娘给你亲自做，这你放心。你阿三什么人，那点怪毛病，我全知道。”

江南牧人搔到痒处地笑了笑，说：“多搁油，我就不怕好吃。”

“你放心，好吃的东西，就怕没人会吃。”

阿新搬了一坛酒出来。江南牧人就站在柜台边，端起酒碗，很响地吮了一口，有滋有味品味半天。老掌柜拎着肉进里屋，让老婆赶快加工，自己又走出来，和阿新一起站那儿看江南牧人慢吞吞喝酒。江南牧人也不知多少日子没沾过酒腥，一边喝，一边感叹。阿新说：“喂，阿三，你哪儿来的钱？”

“哪儿来的？”江南牧人端着酒碗，充满深情地看碗里面晃悠悠的酒。“钱这玩意儿，不是偷来的，便是抢来的。少东家，你说这钱能从哪儿来？”他把酒碗重新放在柜台上，把怀里揣着的银元一枚枚掏出来，整整齐齐排在桌上，眉开眼笑地说，“这玩意儿是身外之物，既然是偷来的，抢来的，赶快把它换酒喝掉才是，让你们赶快把钱赚足才是。这叫识时务者为俊杰，你们说对不对？”

阿新说：“阿三，你干吗一有了钱，非吃光用光。跟你说，我正筹划着开个杂货铺，你把钱投在我杂货铺上，日后支息金过日子，多好。有钱的时候，想想没钱的日子，多好。”

江南牧人依旧慢慢地喝酒，脸已经红了，笑呵呵地对老掌柜说：“怎么，少东家要开杂货铺了？”这话题到这就算结束。江南牧人继续慢慢喝酒消磨时间，等老板娘把肉做好，一碗肉狼吞虎咽，痛痛快快一扫而光。吃完了，大大咧咧算了账，将已包好的那包点心往怀里一揣，抹着油嘴便去找李寡妇。李寡妇是米村名声最不好的女人，江南牧人当年从上海逃回来，所有的钱都扔在了李寡妇身上。李寡妇就一个独生女儿，叫小桃，嫁出去不到一年，男人得病死了。她没有李寡妇的姿色，然而仗着年轻泼辣，引得一群后生就像苍蝇见了血，谁见了都要撩拨她几句。婆家留不住她，也不敢留她，于是回娘家跟娘做伴。江南牧人到了李寡妇家，径直往里走，一路走，一路尖着小嗓子叫："大宝，大宝。"

大宝是李寡妇的小名，已经有许多日子没听人这么叫过她了，一时不知道是谁在叫谁，伸长了脖子往外看，见是江南牧人，又好气，又好笑。"我当是谁呢，怎么会是你这个活宝，"李寡妇五十出头，牙已掉了几颗，一说话便漏风，"脸这么红，喝了酒啦？"

江南牧人走过去，一嘴的酒气直往李寡妇脸上冲。李寡妇竖起手掌，在鼻子前面扇了扇，眉头直皱。江南牧人说："小桃呢？"

小桃应声出来，笑着说："怎么会是阿三？"

"不像话，不像话，我和你娘好的时候，你才这么高。"江南牧人伸出手示意了一下，"你那时候还穿着开裆裤，蹲地上撒尿，你现在竟然也叫我是阿三，不像话。大宝，你说是不是太不像话了？"

小桃说："那我叫你什么，叫'爹'？"

江南牧人赶紧答应，李寡妇扬手做要打他的模样，江南牧人也不躲，春风满面地看着李寡妇。小桃在一旁为他那副滑稽腔调笑弯了腰。李寡妇说："你快死走吧，别叫我说出不好听的来。"江南牧人说："好啊，我爱听的，就是不好听的。"说着，从怀里摸出那包点心，"这点心专给说不好听话的人吃，有什么不好听的，说呀！"

李寡妇嘴张了几次，竟然说不出话来。

小桃说："今儿撞了鬼，阿三怎么想起来买些点心孝敬我娘。"娘儿俩已打开点心，各人挑了一块尝起来。李寡妇门前的牙不好，嫌硬，嘴咧开着，尽量往里塞，以便用旁边的牙齿咬断。小桃飞快地吃了一块，又抓起一块，用力咬了一块下来，笑着说："阿三，你买这么硬的点心，不是害我娘吗，有你这么孝敬人的？拍马屁都不会拍。"

江南牧人按捺不住浑身的得意，说："你看，还叫我阿三，谁说我光是拍你娘的马屁，就不能拍拍你小桃的马屁。"

"放你妈的屁，你拍老娘的马屁干什么？老不死的，真不是东西，难怪我娘要骂你。"

"你娘怎么会舍得骂我，虽然打是疼骂是爱，你娘哪会舍得。"

李寡妇说："阿三，今儿怎么有空跑来寻开心？"

"今儿有空。这话说的，告诉你大宝，我天天有空，缺的只是这个。"江南牧人揉了揉胸前，"这怀里不揣点货色，我阿三的脾气你还不知道，你说我敢来吗？我可是做着梦，都想着你和小桃呢。"

"听这话，你难道发了什么横财？"

"算不上横财。"

"你别怕，我们娘俩不会跟你借钱。"小桃走上前，手便要往江南牧人的怀里伸，"有多少钱呀，拿出来，叫我们开开眼。对了，你别老说想着我娘和我，我娘是我娘，我是我，你可把话说清楚了。"

"我自然是都想了，你娘跟我是老姘头，我哪能忘得了她，你呢，嫩得挤得出水，你说我能不想。"江南牧人捧住了小桃的手，十分肉麻地亲着。

“放你妈的屁，放你妈的臭屁！”李寡妇恨得咬牙切齿，“你也这一把年纪了，怎么这么不要脸？”

“我有钱遮着脸，这脸皮也就厚了。哎，你们娘俩，一家人，有什么好吃醋的。大宝，我上回搁你这儿的烟枪还在不在？你把它找出来，我们今天玩个花样，抽几口大烟过过瘾，然后再好好地乐一乐，怎么样？”

小桃甩了甩手，连声说：“算了吧，大烟我可不吃，大烟鬼我见过，没烟抽时，屎都肯吃的。你别害我们上当好不好。”

“你问你娘，你问她呀，就那么几口，你想上瘾，它还舍不得让你上呢。小桃，你太嫩了，这你不懂，就着大烟的劲儿，干起那事来，你问你娘，你问！”

李寡妇说：“别问我，我不知道。”说着，当真翻箱倒柜地找那杆烟枪，一边找，一边嘀咕，“阿三，都到了这年头了，从哪儿弄来的大烟？唉，这烟枪早不知让我扔哪儿去了，一时急着要找，到哪儿找去？”小桃忽然提示说橱顶上看看，李寡妇站在床沿上，往落满灰尘的橱顶上一看，还果真在，“撞了鬼，怎么搁这儿了？”

“也不知猴年马月，反正有一次老鼠闹得慌，我扔上去打老鼠的。”小桃说了，忍不住大笑，“阿三，你都这一把年纪了，还想怎么乐一乐？”

“一把年纪又算得了什么，人老心不老，没听说‘风月中哪在乎年纪少，老成人历练过手段高，着人知趣千般妙’。再说，我人也不能算老，别瞧我一把骨头，看着都不顺眼，不瞒你小桃，我这肚里也是刚下去一斤多黄汤一斤肉，你说我老不老？”

“你那是饿狠了！”

11

江赓在那个给他留下可耻记忆的第三天，离开了日本东部的小城市，回到了N市，很快又返回祖国。可耻的记忆仿佛噩梦，很长一段时间内，一直追随着他。那天晚上，和悄悄下楼时的情形一样，江赓蹑手蹑脚重新回到自己的房间。他咚的一声跪在地板上，陷入深深自责的苦海中不能自拔。一个小时以后，雪子头上裹着一块毛巾，出现在他的房间门口，神情严肃地问他刚刚干什么事了。江赓脸上的血差一点要涌出来，心口咚咚直跳。不过他很快镇定下来，因为雪子显然是在问他在房间里干了什么。多少年以后，在仲癸的书斋里，江赓心急如焚，为仲癸的健康担惊受怕，他情不自禁地又一次想到了雪子。江赓的突然离去，给天真无邪的雪子造成了极大的痛苦。当她流着眼泪不肯为他送行的那一时刻，他突然明白那位叫做雪子嘴里镶着一颗金牙的异国少女，已经深深地爱上了自己。少女纯洁的爱使他更加自惭形秽。

直到踏上返回祖国的轮船，江赓才发现过去的几年里，他在异乡的国土上是多么的孤独。巨大的孤独像茫茫的黑夜，像高高悬在天空之上的一弯冷月，像海面上自由来去的不可捉摸的海风。轮船在淡淡月光下的海洋上乘风破浪，江赓的心头一阵阵揪紧和难过。在此后的工作中，他兢兢业业认真负责，深得爱才的上司的欢心。

好好地工作是他摆脱内疚的唯一办法。他觉得自己必须好好地活着，必须对得起待他如亲娘的黄氏，必须对得起他的恩师和挚友仲癸。

黄氏早已死了，仲癸也正在走向死亡。江赓独自一人在仲癸的书斋里，重温着过去的孤独。一切似乎都是事先安排好的。“我死了以后，你若是回到米村，不妨到这书斋里来坐坐。”江赓回国以后，第一次回米村看望仲癸，仲癸那时候还肯见他，只是让他坐远一些，不许靠近。说这话时的仲癸已确定自己将不久于人世。他睁着大大的眼睛，对刚从异邦归来的江赓有许多话要说，一时又不知从何说起。

“你会好的，你一定会好的。”风尘仆仆的江赓在那天无数遍地重复这句话的意思，“世界上没有治不好的病！”

“这世界本身就是一场治不好的病，”仲癸苦笑着挥了挥手，不让江赓走近自己，“你到显微镜那儿去看看，看看显微镜下面我的痰，你就知道我的病情已经有多严重。”

通过那架德国造的显微镜，江赓和仲癸根据商务印书馆的函授课本，在学习生物课的时候，曾经观察过青蛙的受精过程。江赓站起来，缓缓走到显微镜旁边，低下脑袋，俯在显微镜上，心慌意乱地看了一会儿，淡淡一笑，说了几句无关痛痒的话，面有难色地看着仲癸。仲癸坐在铺着老羊皮褥子的竹躺椅上，脸上是一层完全不属于健康的红颜色，一阵阵的咳嗽。“你日后在上海，应当好好工作，万万不可儿女情长，老惦记着这边。有生必有死，早终非命促，我们从此便算是告别了。你的前途，如日中天，一定要好自为之。天意毕竟不可违的，我已经认了命，虽死之日，犹生之年。‘子交手兮东行，送美人兮南浦。波滔滔兮来迎，鱼鳞鳞兮媵予。’你放心去吧！”

仲癸似乎早就把生死置之度外，心平气和说完了这番话，由衷地笑起来。江赓一生中唯一违背仲癸意愿的事，就是一次次不听劝地赶回米村。世界上再漫长的事情也会有个了结。那种强烈的不祥预感又一次涌到江赓的心头，一切都到了应该结束的时候。从书斋的一扇窗子看出去，水上庄园呈现出一种不同寻常的宁静。一位年老的女仆从一间矮房子里匆匆跑出来，神色慌乱东张西望，连连招手喊什么人。

外面依然阳光灿烂，已经接近黄昏，刺眼的太阳从西窗射进来，把窗格的图案投在落满灰尘的大书桌上。江赓走到窗前，迎着阳光往湖面上远望。茫茫的湖面上只有一条小船，慢慢地走着，有气无力，好像来自一个毫不相干的王国，来自一个没有战争没有生死界限的自由王国。过于沉闷的气氛使江赓透不过气来，他用力把窗推开。秋天里清新的气息扑面而来，像一阵旋风一样冲击着密封的书斋里死气腾腾的霉味。

江赓在落日的余晖里走出书斋。他不准备在水上庄园探险，硬找到仲癸藏着的什么地方。既然处于弥留之际的仲癸不肯见他，他觉得自己必须服从一个他所尊敬的人的最后意志。他已经在书斋里待了不少时候，应该心满意足尽兴而归。沿着石子铺的小径，他向庄园外走去，一种摆脱了压抑心情的轻松涌上心头。他觉得就算是这么在书斋里待一待，也已经足够了，即使最终见不到仲癸，他也不会后悔自己这次冒险回米村。

江赓在跨过活动小桥的时候，遇到了迎面过来的玫和阿福。阿福大声说："江先生，怎么这就走了？"玫穿着一条黑裙子，身上披一块极大的淡紫色纱巾，一双黑黑的大眼睛看着江赓，表情很沉重的样子。江赓没想到会遇到玫，他愣了一会儿，脸带微笑地和玫打招呼。玫也露出微笑，说外面这么兵荒马乱，问他从上海回来的时候，一路上有没有遇到什么麻烦。江赓继续微笑，说没有。

玫是仲癸的表妹，江赓当年教书的时候，她曾是他班上最活跃的女学生。玫的父母一直打算让女儿嫁给仲癸，玫自己对表哥也非常中意。虽然年龄相差大了一些，但是江赓坚信如果不是仲癸身患绝症，他们完全可以成为一对十分恩爱的夫妻。仲癸的原配蔡氏婚后一直不曾生养，早在还没有病故之前，她就极力劝仲癸找一位如夫人。玫读书的时候，就寄宿在仲癸家里，蔡氏对玫的无微不至的照顾，仿佛她是自己的嫡亲妹妹或是女儿。

江赓站在活动小桥边和玫说了一会儿话。说了什么，他有些心不在焉，自己也不明白。阿福说："江先生既然来了，干吗急着走，晚上就在这儿吃饭吧，正好有玫小姐陪着嘛，吃了晚饭再走。"

"不，我回去吃晚饭。说好了的，我得回去吃。"

"玫小姐，你看，你来了，他又要走了。"尽管玫已出嫁，阿福仍然一口一个玫小姐，"江先生，再待一会儿。"

"你什么时候回上海呢？"玫看着他，关心地问。

"我，我也说不准，也许还要待几天，也许就是明天。"江赓点点头，他看见玫脸上露出失望的神情，连忙补了一句，"走以前，我会再来一趟的。"

玫似乎松了一口气："那好，我们明天见。"

阿福笨嘴笨舌地还想留他，江赓既然已说了自己要回家，当然再没有反悔的道理。他和玫点点头，神情严肃地转过身子，沿着细细的长堤往回走。玫的突然出现，在他已经平静的心灵深处引起一阵新的波澜。事实上，自从他第一次见到玫，江赓的心里就产生了一种完全不同寻常的感情。他非常苦恼地发现自己很轻易地便爱上了这位漂亮的女学生。玫的倩影老在他眼前飘来飘去。那是一种埋葬得太深的爱，因为从一开始，江赓就觉察到了玫对表哥非同一般的兴趣。就像他倾慕她一样，玫也是一往情深地爱上了自己的表哥。有一天吃过晚饭，江赓像往常一样去仲癸的书斋，从石子铺的小径上走过的时候，他无意听见了仆人们的议论。他们用肯定的口吻议论玫将成为他们未来的女主人。那时候，仲癸的太太蔡氏已经病入膏肓。一个女仆用十分羡慕的口气说，玫过门不久，便能为米村最显赫的家族增添新的继承人。

很长一段时间内，江赓的内心充满了一种犯罪感。他总是情不自禁地要想到玫。上课时，他的眼睛不敢往玫坐着的方向看，而且常常因为他猛然意识到玫正坐在下面看着自己，便脸红得难以继续把课上下去。向学生提问的时候，他从来不敢喊玫的名字，以至于有一次玫会当着仲癸的面，问他为什么不喊她起来发言。

江赓的脑子里乱成了一团麻，回到自己家时，天正在灰蒙蒙地暗下来。戚氏已站在门口望了无数次，一见他，立刻面露喜色，哇哇哇直叫。酒菜全已备好，小酒店买的酒，菜仍然是炒鸡蛋，新煮的芋苗。江赓坐下来喝酒，招呼戚氏跟他一起吃，戚氏一个劲儿地摇手，心满意足地站在旁边看着。江赓有些后悔没在水上庄园多待一会儿，也许玫正是为他而来的，时过境迁，江赓知道玫出嫁以后，并不称心。玫的丈夫是个做衣服的裁缝，仗着一点手艺，长年在外做生意赚钱，听说已经偷偷地娶了小老婆。多少年来，尽管他一再有意避免和玫正面接触，然而多多少少地都能得到一些关于玫的消息。事实上，正像他一心想成全仲癸和玫那样，仲癸也是一心一意地想成全他们。

江赓一个人喝了不少酒，晕乎乎地一头倒在床上。床头的桌子上搁着一盏洋油灯，戚氏站在他身边，被他一声不响的模样吓得不知所措。黄黄的灯光使江赓又一次回忆起在日本的日子，N 市那个明目张胆挑逗他的漂亮女房东，让他丢魂失魄让他中了邪的天真的雪子，毫不相干地和玫的形象掺和在一起。戚氏终于忐忑不安地去了，江赓躺在床上神魂颠倒，心里怀着一些对仲癸的内疚，迷迷糊糊睡着了。天快亮的时候，阿福提着风灯，气急败坏地跑了来，揉着红红的眼睛说仲癸已经咽了气。

12

陌生人守在矮房子前已大半天，始终见不到江南牧人的踪影。太阳一寸寸向西边移过去，陌生人忍无可忍，一推门走进了矮房子。随着那股夹着尿臊气的霉味扑鼻而来，他十分惊奇地发现自己所要求的字，已经写好了胡乱堆放在桌上。

江南牧人在第二天的黎明时分才回来，拖着个快要散架的身子，一路痛苦不堪地哼着走进来，摇摇晃晃便要往床上钻。在外面守了一夜的陌生人上前一把拉住他，硬把他拽到桌子前面，审贼似的问他：“我等了一夜，你跑哪儿去？”

“我？”

“这是你写的字？”

江南牧人站在那儿腿肚子直打晃，哆嗦着说：“是——我呀。”

“是你，”陌生人冷笑着，十分肯定地说，“那你就不是江南牧人，你敢蒙我，骗我的钱。”

江南牧人腿一软便想往地上坐，陌生人轻轻一提，拎小鸡一样又把他拎起来。“我不是江南牧人，我，我他妈是，是谁？”江南牧人形容枯槁，比陌生人最初见过的模样更干瘪，更憔悴，更像一个刚从坟墓里爬出来的饿死鬼。“你饶了我吧，让我歇一会儿，行不行？好吧，我不是江南牧人，我不是。”

“你真是江南牧人？”

江南牧人终于一屁股坐在地上，上气不接下气，说：“你说我是，我就是，你说我不是，我就不是。”

陌生人说不出的沮丧，看着坐在地上跟死狗差不多的江南牧人，俯下身子一字一句地问：“这字不是你写的？”

“我也想最好那字不是我写的，可，偏偏就是——我写的！”

陌生人不相信地连连摇头：“我不相信这是江南牧人的字，江南牧人的字我见过，就算如今的笔力差了，说什么也不会写成这样。”他一把又从地上拎起江南牧人，指着其中的一个字说，“这个字，多少有一点江南牧人的意思，可这个字，江南牧人怎么会这么写，你别想蒙我。”陌生人随手拿起搁在桌上的毛笔，蘸了点水，砚台里掭了几下，一口气写了三个字，“你看看，你给我好好地看看，我写的，是不是更像一些？江南牧人的字，再差，也不至于会差到这种地步。”

江南牧人想重新坐在地上，叫陌生人拎着，坐不下去，只好哈欠连天地趴在桌子上。“我老了。人要老，这有什么办法？”江南牧人突然变得像一个受了委屈的孩子，“好也罢，歹也罢，反正这字，就是我写的。你花钱买我的字，我字给你了，我们两清，谁也不欠谁的。”

“就这字，也想卖钱？”

“你想反悔也不行，你有本事，找大宝和小桃要去，我把钱都扔她们身上了！”江南牧人快活地笑起来。笑了一阵，竟然趴在那儿睡着了，惊天动地打起呼噜来。

失望至极的陌生人在米村找了一天的船，竟然没有一个人愿意冒险送他去望亭。江南牧人的形象像一只苍蝇似的堵在胸口，让他一阵阵地感到恶心。黄昏时，他已经整个地失去了信心，突然在街上遇见夹在一支出殡队伍中的江赓，他见到救星一样叫住了他，忙不迭地叫江赓赶快弄一条船。

江赓看着和自己一般沮丧的陌生人，立刻想到是到了去找一条船的时候。一切都已经结束了，仲癸按照自己的意愿咽了气，并且死了以后，也没有让江赓见上最后一面。根据他生前的愿望，他断气一小时以后，便立刻装入棺材，在没有钉上最后一颗钉子之前，任何亲友不许走近。水上庄园的仆人们忠实地执行了主人的遗嘱，当江赓接到阿福的通知赶去，流着眼泪要冲上楼见一见仲癸的遗容时，他被毫不客气地阻挡在楼下。玫在一旁伤心地抽泣，她突然走到江赓身边，头一低，倒在他肩膀上大声地哭起来。玫过分悲哀的哭声在寂静的水上庄园显得阴森恐怖，传出去很远很远。江赓站在黑暗中，仰着头，望着楼上灯火通明的房间，听那咚咚咚的敲棺钉的声音，心里仿佛有刀子在绞，一阵一阵撕裂般地疼痛。

仲癸终于裹着白被单装进了棺材，最后一颗钉子钉好以后，一直封闭着的小门很吃力地被打开了。江赓扶着不住打颤的玫，沿着窄窄的楼道上了楼。楼道实在太窄了，临了，漆得又黑又亮的棺材，只能十分准确地镶嵌在楼道里，小心翼翼地滑下来。棺材终于放在了客厅里供大家瞻仰。悲痛欲绝的玫一次次哭得喘不过气来。天亮的时候，闻讯而来的人们，带着好奇的心情纷纷走过活动小桥，聚集在水上庄园不肯离去。大家趁机在庄园里转来转去，为已失去最后一位传人的显赫家族的庞大遗产七嘴八舌。

木制的活动小桥因为过多的人从上面走过，发出了充满警告意味的吱吱叫声。根据仲癸生前的安排，当天下午便把棺材抬到墓地去埋葬。沉重的棺材不得不装在一条船上，然后送上岸，然后由八条壮汉抬着，庄严地向前行进。阳光好得不能再好，两把火炬和几只灯笼引着路，后面是吹鼓手，是高高挑在竹竿上的引魂幡及铭旌。阿福捧着一个大烧纸斗，边走边向路边撒纸钱。江赓和玫始终在一起，玫没完没了地抽泣，江赓一次又一次地安慰她。

陌生人在街上和出殡的队伍相遇时，一切的仪式都快结束，稀稀拉拉的队伍再次拥向水上庄园。江赓招招手，示意陌生人到队伍里来，一边走，一边把陌生人介绍给玫。玫瞪着红红的眼睛，看了看陌生人，点点头，赶快把眼睛转向旁边。“我们什么时候能走？”陌生人心神不定地问。

“今天就走，”江赓毫不犹豫地说，“我们今天就走。”

“能搞到船？”

“能搞到。”

出殡的队伍沿着细细的长堤，又回到活动小桥边。桥边点着一堆柴火，大家排着队，一个接着一个从火堆上跨过去。玫先过去了，下来是江赓，江赓过去以后，回过头来，发现陌生人已跟着他进了水上庄园。

玫说：“你今天真的要走？”

江赓不敢去看她的眼睛。

“什么人死了？”陌生人的突然出现，立刻引起了许多人的好奇。然而陌生人似乎并不在乎别人会怎么想，他以同样的好奇，瞪大了眼睛东张西望，随口问道：“喂，真能搞到船？”

这天夜里，江赓与陌生人又一次结伴同行，和来到米村时一样，雇了条船去望亭。依然是兵荒马乱的岁月，天上依然是一小块细细的月牙。小船在一个叫做丫头的男人的操作下，慢慢地向前行驶。夜色狰狞，小船始终不敢离岸太远。在半夜的时候，突然听见了后面响着卜卜的机器声。不一会儿，一艘运兵的小火轮火烧火燎地赶了上来，船头上站着荷枪实弹的士兵，丫头连忙把小船往岸边划。小火轮开过时掀起的巨大波浪，差一点把小船弄翻。随着小火轮越来越远，从害怕变得愤怒的丫头，一边摇橹一边破口大骂。骂了一阵，丫头用大腿夹住橹休息。他伸手在脸上抹去一把汗水，问坐在黑暗中一声不吭的江赓：“江先生，世道这么乱，你们回来干什么？”江赓和陌生人无言以对。丫头又问，“妈妈的，你们说刚刚险不险？喂，江先生，这刻几点了？”

1924 年 9 月爆发的江浙大战，双方动员了十七万余人马，战线延至数百里地区，至同年的 10 月 13 日结束。厮杀了四十个整天，官兵战死，无辜人民罹难，军费消耗，物资被劫，损失之重使人痛心疾首。根据《江苏兵祸调查纪实》，仅江苏一省的 9 个县，人民死伤的数字就有 1700 多，财产损失的总数达 7200 多万元。江赓和陌生人几经风险，在战争结束的前一天，平安地回到上海。

1992 年 3 月

殇逝的英雄（挽歌Ⅱ）

1

老人瘦骨伶仃地坐在晒台上，居高临下，注视着灰蒙蒙的街道。天早已大亮，雾正从地上升起来，一道一道，一团一团，不断变化莫测，有时像远处奔驰而来的白马，身上冒着汗淋淋的热气，猛地被勒住了缰绳，前蹄高高地扬起；有时又像地上新冒出来的小树，摇摇晃晃摆动着身体，充满魔力和诱惑。老人一动不动地坐在那儿，心静如水。自从老伴咽气，轰轰烈烈悲伤欲绝的二十小时过去了，老人只是到了这一刻，才感到一种真正的平静。人好歹要死的，迟早都是死，老人早就对死亡有一种超然的态度。他知道老伴会死在自己前头，这是一种注定，是天意的必然安排。事实上，很长一段时间内，老人都在盼望这一天。

一个小男孩骑着一辆既破又旧的自行车，从雾里面穿过。雾几乎是突然之间变浓的。老人知道小男孩是去取牛奶。牛奶站就在拐弯角上，那里是居委会和垃圾站，有一个小幼儿园，一个老年人俱乐部。到了下午，老年人俱乐部门口一定热闹非凡，唱戏的听戏的，说笑话的听笑话的，孩子气地欢聚一堂。转眼间，小男孩已经取了牛奶，再次出现在老人的视野里，既破又旧的自行车丁零当啷一路响着。

一直到雾整个地散开，老人都坐在那一动不动。小男孩从雾里极快速骑过的慢镜头，把老人带进了过去的岁月。丁零当啷的金属碰撞声仿佛音乐伴奏，老人一下子回到了四十年前。四十年前的雾也像今天这样一般浓，一般变化莫测，一般充满魔力和诱惑。那时候的小六子只是个十岁的小男孩，正纠缠着他的三哥洵华，苦苦哀求洵华教他骑车。洵华搭足了架子不肯教。当时是中学校长的老人勃然大怒，毫不犹豫地站在小六子一边，大声训斥洵华，让他在三天之内，一定要教会弟弟骑自行车。要是小六子学不会呢，洵华非常委屈地说，他学不会也怪我。怪你，当然怪你，老人当时近乎不讲理地说。干吗你不教他，干吗你不教他，洵华有力地反问着，泪水在眼眶里打转。

小六子果然在三天内学会了骑车。也是一辆既破又旧的自行车，刚学会骑车的小六子兴致勃勃围着学校的操场绕圈子。操场上有学生在跑步，在背书，小六子兴致勃勃，兴致勃勃的小六子在雾里穿来穿去。老人背着手站在操场上，面带微笑，不断地接受他的学生们的问候。小六子在雾中出现消失出现消失，好几次差点撞到别人身上。哐啷一声，自行车终于摔倒了，小六子不好意思地爬起来，搓了搓手上的泥，红着脸偷看了老人一眼，手忙脚乱再次跨上自行车，用力往前蹬。

对小六子的过分宠爱给老人带来了一生的麻烦。老伴在咽气前不久曾问过老人，除了小六子，他究竟还真心喜欢过谁。扪心自问，老人自己也不明白小六子之外，还有谁可能真心喜欢。老伴带着她那无尽的妒嫉和怨恨离开了人世。在最后的日子里，老太太啰哩啰嗦，用尽可能歹毒的语言狂轰乱炸。老人的耳朵里老是嗡嗡回响，他的眼前不时飞过闪闪发亮的小星星，喉咙口永远一股铁锈的味道。

死神的阴影仿佛一条忠实的狗一样，这些年来，一直小心翼翼尾随着他们。和老伴的肥胖形成强烈的对比，太高太瘦的老人更像一条风干的带鱼。那是真正意义的皮包骨，布满了斑点的皮肤紧紧地裹在了老人的每一块骨头上，骨头在皮肤下一动一动，好像随时随地会戳出来。老人不相信人死了以后还会有知觉，他不相信英年早逝的小六子会在彼岸世界踮起脚来，依依不舍地眺望这边的世界。这边的世界实在没什么让人留恋。自从小六子告别人世，老人已对活着这词失去了兴趣。寿则多辱，人活在那儿老是不死本身就是一种惩罚。

雾越来越浓，渐渐吞没了街道，吞没了沿街的矮房子。老人坐在晒台上，平静得就像一座雕像。老伴的尸体一直到昨天晚上才拖走。连续好几个小时，她直挺挺躺在那里一动不动，和生前常有的姿势一模一样。老伴躺在那一动不动地生气，是老人晚年生活中最常见的一个情景。这情景让老人沮丧和厌倦，他在这样的场面里总是垂头丧气丢魂失魄。死神吐一口唾沫就可以把他们淹死，生命的游戏早就可以结束。无休止的等待已经太长太久。漫长的晚年活生生地把痛苦像拉橡皮筋似的拉长了，拉得像一幅扭曲变形的图画，像刚被油炸过的麻花。这一天的到来最终消解了死亡的本义，当老人看着黑黑的殡仪馆的车子缓缓开进院子的时候，他的儿子媳妇大叫车子来了，几乎所有的人都拥到了晒台上，老人最初的疑惑就是，一时明白不了那黑黑的面包车究竟该把谁拖走，是瘦骨伶仃的他，还是躺在床上一动不动仿佛仍在生气的老伴。他突然感到害怕和恐慌，人声沸腾，一阵忙乱一片激动，没一个人意识到了他的存在，人们大声说话，非常放肆地号啕，穿黑衣服的殡仪馆的工作人员出现在门口，一脸的不耐烦，不怀好意地瞪了老人一眼。老人感到窒息，喘不过气来，喉咙口那股铁锈一般的味道引起他一阵阵恶心。

连续许多天，老人大清早便坐在晒台上发怔。他显得平静如水，仿佛是非常珍惜来之不易的机会，天不亮赶紧坐在老地方。前来奔丧的小辈们懒得和他口舌，各路人马会师，好容易见了一面，天南海北的话说不完。天天照例都是深更半夜睡觉，轻易不睡，睡了也不肯醒。事实上，老人坐在那发怔的时候，几乎所有的小辈们都沉浸在梦乡深处酣畅大睡。“爷爷，奶奶在时，你是不是天天也这么坐晒台上呢？”一个孙子被尿憋醒，睡眼惺忪奔进厕所，哗啦啦好一阵声响，像发现新大陆似的走到晒台上，孩子气十足地问老人。这个孙子自己也是快做父亲的人了，然而却永远像一个长不大的少年儿童。他站在晒台上往下面看，看看街道，看看街道那边的大楼，打了一个寒战，缩着脖子问老人：“火葬场你去不去？”

“火葬场那地方，临了，谁都得去。”老人说。

“哎呀，我是说你去不去？”

“迟早都得去。”

“搞什么名堂，我是说，我是说你去不去，我的意思是奶奶今天火化，你去不去？你不要瞎理解好不好。”

老人对火葬场有一种特殊的感情。多少年来，他从来没有放弃过一次可能的机会。火葬场的氛围很容易让他回忆起逝去的当年。尽管十多年过去了，当年既小而且破的火葬场已经迁了两次，早就面目全非，但是火葬场低回的哀乐，柔肠寸断的抽泣，歇斯底里的号啕大哭，黑纱，白巾，花圈，拍照的，被拍照的，死者的亲属，死者的朋友和敌人，死者的领导，所有这些都让老人感到一种重温旧梦的亲切。小六子的追悼会像拍摄过的胶卷一样定了型，在老人的思维中，追悼会上的每个细节都已经固定，如照片一般随时随地再现出旧时的意义。已经僵化的老人的记忆，永远也抹去不了化石似的情景。当老伴直挺挺地躺在玻璃罩里的时候，老人泪眼婆娑看着她整过容的脸庞，脑子中跳跃的形象却是小六子。早逝的小六子占据了老人心灵太多的空间。

十多年的变化太大，然而老人在巨大的变化之中，感受不到多少变化。小六子太早地去了另一个世界，太早了，这残酷的现实像六十年前的大清洗一样，彻底摧垮了老人的意志。老人懵懵懂懂糊里糊涂活了一辈子，越活越小，越活越专注越偏执越认死理。老伴心平气和地躺在那儿，神色安然理直气壮地接受别人的瞻仰。赶来送别的儿女们个个泪流满面，老态龙钟的大女儿迎华率先号啕，你也哭我也哭大家痛哭。哭得最伤心的是那几位还不懂事的重孙重孙女，一个比一个哭得更响更热闹。老人局外人一样被排斥在旁边，诚惶诚恐不知所措。多少年来，习惯上老人总是让老伴占上风。他像忍受自己可怕的气管炎一样，忍受着老伴的唠唠叨叨。老伴的嘴就像自来水龙头，轻轻一拧，源源不断的牢骚便会哗哗地淌出来，先是一道溪流，然后流成一条小河，最后就是决堤的洪水泛滥。

致悼词的是老三洵华。已经满头白发的洵华老来官运亨通，他的坎坷经历完全可以写成一部传奇故事。悼词用近乎纯官方的语言写成，历数了死者一生的丰功伟绩。在洵华抽泣着念着伤感华丽的悼词时，话语不断的大厅里，忽然一阵出奇的安静，所有的来宾都仰起脸来。是地方就放着挽联花圈的大厅里回响着洵华结结巴巴的悼词。老人被安排端坐在死者的遗像前面，孤零零地面对着大庭广众。除了开头的那几句话，老人聚精会神地听，思想的野马很快便在过去的岁月里自由来去。六十多年的夫妻生活显然太长了一些，即使是死神也不能弥合那种老来生厌的裂痕。新婚之夜的情景仿佛就在眼前，那是老人一生中最得意的巅峰时代，他大名鼎鼎神气活现，当地的小报以通栏标题报道了他的婚事。六十年前的老人也曾经算是叱咤风云的人物，被誉为职业革命家，被誉为劳工代表工人领袖。他按捺不住英雄美人的得意，阴差阳错地娶了一位才华出众相貌如花似玉的名门闺秀。作为一位无产阶级的模范，娶一位既是封建残余的地主阶级，又是新生的正在走向堕落的资产阶级的千金小姐，这桩婚事事实上从一开始就受到了组织的坚决反对。革命尚未成功，同志仍须努力。他被指责为革命意志衰退，思想意识薄弱和右倾。闪电般的爱情结束了老人一生中最辉煌的岁月。他沉浸在粉红色温柔的蜜月里，忙得头昏脑涨，整日就像喝醉酒一样。蜜月刚刚过去，他便由当地的第一号革命人物，降为第三号。

洵华的悼词太冗长了一些，加上结结巴巴的哽咽，不止一次出现大段大段空白差不多的停顿。老人坐在那胡思乱想随心所欲，不受任何时间和空间的限制。漫长的悼词终于念完，人群立刻大乱，纷纷向外拥去。老人抬起头来，满脸怕被遗弃的恐惧。他的照片离挂在这间大厅的日子显然不会太远。越是死到临头，越怕死，他哆哆嗦嗦站起来，手抖着，颤动的嘴喊不出声。潮水般退去的人流似乎已经忘记了老人的存在。很快，大厅里除了花圈挽联，除了老伴和蔼可亲的遗像，只剩下老人孤零零一个人。

“你们干脆也把我和你奶奶一起烧掉算了，”老人对隔了好一会儿才进来搀扶他的孙子抱怨说，“干吗还要管我，你们索性都不要管我好了。”

“爷爷，你怎么了？”

“我和你奶奶一样，我也死了。”

老人在孙子的搀扶下，缓步走出大厅，耳边隐隐约约听到一阵哀乐。他感到死神就在身后紧跟着，而且正在不怀好意地奸笑。眼前都是一些不认识的陌生人，嬉笑怒骂痛哭，什么样的表情都有。一群戴孝的孩子表情严肃地从老人眼前走过，站在大厅门口，充满好奇心地往大厅里看。突然远处有人声嘶力竭地大叫，身穿白颜色孝服的孩子们回过头来，略一犹豫，撒腿便向招呼他们的方向奔过去。老人眼花缭乱的印象中，仿佛飞过去一串白鸽，又好像是一群受了惊吓拍打着翅膀的白鹅。老人的孙子在边上解释，说这一定是郊区农民家的孩子，又说都什么年代了，这样的打扮实在有些滑稽。

“我们这是干什么？”老人发现自己被孙子领到一棵小树下面，孙子指了指树阴下的一块石头，命令老人坐下去。

“爷爷，你坐在这儿别动，听见没有？”

“这儿怎么了？”

“反正你别动，到时候会喊你的，”孙子伸长了脖子，往举行遗体告别的那排房子望过去，“我过去看一看，真荒唐，中国人太他妈多了，连遗体告别都得排队。你别动，听见没有？”

孙子猛地转身，扬长而去。老人看着孙子和自己一般细长的身影，一拱一拱，消失在乱哄哄的人群中。他又一次意识到自己不愿意被一个人留下来。虽然火葬场的氛围一度让老人感到亲切，虽然老伴的去世让他觉得轻松，虽然他自己对死亡毫无畏惧，然而老人不能不感到一种死神离得太近的别扭。这些年来，死神一直像影子一样围着老人转，他丝毫不怀疑自己睡着了便再也醒不过来。人老了，什么样的稀奇古怪都算不了意外。他甚至相信自己喉咙口那股铁锈差不多的味道就是死神嘴里哈出的臭气。坐在小树的阴影下，孤零零的老人无所事事，哀乐低回，老人再次感到恶心想吐。远近都是人，都是不相干的陌生人，老人两眼昏花，像一名遭遗弃的孩子似的，小心翼翼东张西望。

2

多少年来，老人遇上情绪不好的时候，便忍不住恶心想吐，岁月已将老人性格中的棱角磨圆。六十年前，踌躇满志叱咤风云的老人曾率领十多个纠察队员，在城北仓库死守了三天三夜。大清洗的血雨腥风使得这座新生的工业城市变得阴森恐怖。子弹刷刷刷地打在天花板上，当时还是非常年轻的老人用一支极短的铅笔头，在一个撕破的联珠牌卷烟匣子上，给新婚的妻子写遗书。他已经做好了必死的准备，革命者不怕流血牺牲，他不愿意偷生怕死而被人取笑一辈子。城北仓库已被死死围住，和他一起战斗的纠察队员非死即伤。在一间所有玻璃都被打碎的房间里，一名纠察队员按住不断往外涌的肚肠，视死如归地笑着说："大胡子，这下好了，我们都要见马克思了。"有些发绿的肚肠给老人留下了终身印象，他扶着纠察队员往似乎更安全一些的墙角走去，从窗口飞进来的子弹差点打在他们的脑袋上。

"不要紧，你还不会死呢，"他安慰那位脸色像纸一样苍白的纠察队员，"我们还可以熬几天。"

"熬，熬多少天也是死。谁怕死？我们才不怕死呢，可惜我们看不到革命成功的那一天了。大胡子，我们是大老粗，死了无所谓，你是个人才，死，可惜，太他妈可惜了。"

大胡子是老人革命时的称呼。他当年曾经发过誓，革命不成功，绝不剃掉胡子。在通缉赤匪的布告中，不仅有一张大胡子的照片，而且附注说明，不排斥在逃的大胡子为了活命，临时剃去胡子的可能性。多少年来，老人早养成了天天刮胡子的习惯。即使是卧床不起的日子里，摸上去胡子拉碴的感觉，也足以让他起鸡皮疙瘩，感到一种非常的不适应。作为叱咤风云的革命者大胡子，在革命的血雨腥风中已经永远地死了。老人摆脱不了对死去战友的一种负罪心理，这种心理压迫着他，使他永远觉得自己是一具行尸走肉。在梦的深处，老人无数次地重温旧时旧情旧景，无数次重复重逢，叠现出无数个不同新义的自我。有时候，老人坚信偷生也是一种艺术。有时候，老人却为自己没有痛痛快快去死，恨得咬牙切齿暴跳如雷。当他扶着那位肚肠向外涌的纠察队员坐在墙角的时候，看着那双脏兮兮的手，抖抖索索硬把肚肠子往里塞，老人第一次产生了自己领着这一帮人贸然去死，究竟是否有意义的怀疑。作为纠察队大本营的城北仓库，有足够的枪支弹药和民众捐献的整袋整袋的饼干。也许还能再坚持几天，甚至十几天。然而几天也好，十几天也好，说到底不过是一种死亡形式的拖延。

“大胡子，马克思见了我，他会不会认识我？”肚肠被打出来的纠察队员说完这句话，头突然用劲一扭，便死在老人的怀抱里。枪声依然噼噼啪啪响个不停。空气中火药的焦味交织着血污的腥味令人作呕，对死亡意义的短暂怀疑一闪而过，他产生的一个简单的念头，就是冲向窗台，充满仇恨地射击完枪膛里的每一粒子弹。既然死亡已经注定，早走一步很可能才是真正的幸运。他慢慢地放平死难战友的遗体，抹上战友半睁半合的眼睑，猛地直起身来，在幸存纠察队员的惊叫声中，拎着手枪，缓缓走向窗台，轻轻但是极度沉着有力地咳了一声，对窗外叫道：

“对我开枪吧，帝国主义的走狗们，开枪，你们开枪。”他挥舞着手枪，高大的身影镶在窗框上，像一幅圣人准备受难的油画，“我让你们打死好了，怕死，怕死就不是革命者。”

出乎意外的一片寂静。也许是他的气势把对方吓住了，也许对方接到了要活捉大胡子的命令，不仅没人开枪，而且连一个活着的人影子都见不到。事实上刚学会打枪的大胡子，被夸张地描述成一名百发百中的红色土匪，他的出现引起对方阵营中一阵残酷的惊慌。没有人敢从隐蔽处贸然地走出来，无数双眼睛偷窥着动静，无数支枪像被磁力吸着似的瞄着他。“开枪，你们开枪呀，”令人窒息的寂静停顿了很长一段时间，他显得茫然并且不知所措，拎着的手枪完全没有目的地乱指一气，“开枪呀，你们这帮走狗。”

对方阵营中有个嘶哑的声音终于答话，“大胡子，死到临头了，投降吧！”声音是从一个垃圾箱后面传过来的。

“放你妈的狗屁，有胆子的过来，老子打死你们一个够本，打死两个赚一个，来呀。”一位已经受了伤的纠察队员坐在地上，龇牙咧嘴忍着痛苦，对外面恶狠狠地叫着。

“大胡子，识相一些，放下武器，说不定还能有条生路。”垃圾箱后面嘶哑的声音再次劝降。

“革命者永远不投降。”

“算了吧，你们的特派员都投降了，你们何苦还要顽抗到底。特派员李本先生难道不是革命者？”

特派员李本是组织在该城市蹲点的最高级领导。这是一位曾经见过列宁，并且有过几次和孙中山先生进行长谈历史的特殊人物。作为一名具有传奇经历的外来特派员，李本对大胡子在该城市的一举一动极不满意。如果不是考虑到大胡子在民众中的广泛影响，不是考虑到大胡子已经取得的特殊地位，李本很可能彻底撤了他的职。大胡子由本地的一号人物降到第三位，立刻在劳工中引起沸沸扬扬的议论。李本在会场上大声批评大胡子的思想右倾，批评他的革命意志衰退，会场下面顿时传来嘘嘘的口哨声。一个瘦瘦小小的年轻人站起来，非常愤怒地指责李本，“为什么敢娶资产阶级的小姐就不是革命，难道只允许资产阶级睡我们无产阶级的女人？”要不是大胡子站出来主持会议，高姿态地认错和自我批评，混乱不堪的会场出现什么样的局面都不奇怪。形势的发展证实了李本的判断绝对正确，他不仅预见到反动派会有的镇压，而且毫不怀疑轰轰烈烈的革命，会在反动派的镇压下，很轻易地彻底失败。大清洗开始的那天夜里，四处都是枪声，最先传来的消息便是李本遇害。随着时间的流逝，当年的风云人物一一作古，高大魁梧的大胡子已经成了瘦骨嶙峋的老人，如烟的往事好像和自己已没什么关系，然而李本遇害的消息传来以后的激动，李本站在城北仓库前面劝大家放下武器的情景，却不断交替在老人脑海里再现。

李本出人意料地出现在大家面前。拎着手枪做好了必死准备的大胡子突然感到一阵恶心，眼前顿时发黑。他第一次感受到了那种从来没有过的悲哀。虽然他的所作所为，一直不曾让特派员觉得满意过，但是他对李本总有一种特殊的尊敬心理。他把他奉为革命的前辈，当做自己的引路人。李本遇害的消息是他决定率人进攻警察局的最直接原因。很难用笔墨描写他当时的激动心情，面对力量悬殊杀红了眼的反动派，除了仇恨，他没有产生过一点点的害怕。甚至装备精良的敌人也没想到会遇到如此棘手的抵抗。当他带着愤怒的纠察队冲向警察局，在街上和正准备前来查封总工会的军队相遇的时候，他表现出了一种临危不乱的大将风度。愤怒的纠察队员像撵鸭子似的向军队扑过去，逼得惊慌失措的大兵连连后退溃不成军。纠察队员的行动受到了群众的支持，一时间到处喊打，两名掉队的士兵东躲西藏，临了，活生生让情绪高昂的群众教训小偷一样地揍了一顿。重新集结的军队终于大开杀戒，街上到处躺着尸体，血成了一道道小溪，源源不断地向低洼处流去。

城北仓库是革命的最后一个据点。他克制住对新婚妻子缠绵感伤的思念，全心全意地钻在牛角尖里不出来，打算和同生共死的十几个纠察队员一起去见马克思。李本的出现使他感到了意志上的崩溃，他显然上了一个大当。连续几天，他一直陷于痛苦自责之中。噼噼啪啪的枪声足以让一个糊涂人从梦中惊醒过来，他摆脱不了李本的遇害和自己思想右倾有牵连的阴影。除了为李本报仇之外，他几乎不能想像究竟还能做点别的什么。当他站在窗台上，欢呼子弹向自己飞来的时候，李本有些驼背的身影，像幽灵一般出现在仓库前那块空场的角上。这实在是个太尴尬的场面。幽灵一般驼着背的李本先是闭口不说话，耷拉着脑袋站在那儿，沉默了好一会，非常失望地说："大胡子，算了，投降吧，到了这一步，抵抗还有什么用。革命完了，革命已经完了。大胡子，你这是干什么？"

众目睽睽之下，大胡子的手枪在空中画了个半圆，竖在那指向了自己的胸口，猛地勾动扳机，"砰"的一声，他狠狠地抖动了一下，像一袋装满面粉的口袋，慢慢地向下滑，最终消失在窗台后面。

3

这颗子弹竟然奇迹般地没有要老人的命。经过多少天的昏迷，他醒过来的第一个印象，就是美丽的妻子毫无表情地站在窗前发怔。美丽的妻子仿佛一尊雕像，黎明的阳光正从窗外照过来，歪歪斜斜洒在她的身上，好像是披了一层金纱。一时间他不可能明白到底发生了什么事。他发现自己完全置身一个陌生的世界里，式样华贵的吊灯壁灯落地台灯，高大的落地玻璃窗，生铁浇铸的架子上挂着盐水瓶，眼泪似的水珠不紧不慢地滴着。他挣扎着试图动一动，一阵剧痛使他身不由己地大叫。雕像一样美丽的妻子立刻转身向他飞奔过来，他眼前一黑，再一次昏了过去。这以后，醒来昏过去，昏过去再醒来，如此反复循环了无数次。实在是不幸中的大幸，子弹正巧打在两根肋骨的中间，呈波纹状从体内穿过，擦伤了桑叶式的小肺尖，然后再从背部穿出。这一来为医生省去了许多麻烦，既然子弹已经穿了出来，外科手术便变得没有必要。剩下的问题是，鲜血从擦伤的肺尖流入腹腔，不时地从口角往外涌，因此一定得赶快把血止住，垂死挣扎了好几天，渐渐地血总算止住。腹腔内还有许多瘀血，考虑到害怕影响心脏，医生决定不用针筒抽出血水，而是采取保守的留待自干。

事实证明医生的诊断千真万确，几天以后，病人沿着死亡线走了一截，终于脱离危险。为老人治病的是一位极有名望的日本籍医生。他是老人岳父留学日本时结识的朋友，千里迢迢到中国来行医，在这座新型的工业城市已经待了好多年。这位主攻外科的优秀医生，不仅擅长于运用那把闪亮的手术刀，而且对心理学颇有研究。他的最重要的一个诊断就是，既然病人命不该绝，便需要安心养病长期休养，不能再生消极的念头。人既是不死，就有义务好好地活。病人一定要放宽眼界，换句话说，对于自杀未遂的人，精神的安慰远比药物的治疗更为关键。心存活下去的念头是最好的一帖药。

那一年老人还没有满三十岁。然而他开始对生命充满了厌倦，厌倦的情绪从此伴随老人走过了孤独的一生。年轻美丽的妻子在一旁没完没了地流眼泪。躺在病床的日日夜夜比死亡更难于叫人容忍，来自心灵和肉体的双重痛苦用力拍打着翅膀，轮番向他进攻。他瞒过了妻子细心挑剔的眼光，把护士小姐发给他的安眠药一片片积存下来，打算凑足了一个整数，然后一次吞下。革命已经失败，他觉得自己别无选择义不容辞。他必须不成功便成仁地对死去的战友负责。自从李本在城北仓库前露面，用完全不再是特派员那气势夺人的语调，而是整个失去了信心的沮丧的声音劝降，老人就失望到了极点。生命的意义受到了最严重的挑战，他实在鼓不起继续活下去的勇气。在后来的日子里，变节投降的李本官运亨通，在国民政府中历任要职，并且安度了一个幸福的晚年。与此相反，老人却拖着沉重的历史负担，一生坎坷跌跌爬爬屡遭不幸。

对老人来说，活下来或许比痛痛快快死了更糟糕。年轻美丽的妻子发现了藏在枕头底下的安眠药，披头散发地和他大闹了一通。这是几十年夫妻生活中第一次大吵大闹。老人第一次领教了大家闺秀的厉害，她全不顾护士的阻拦，歇斯底里哭喊着扑向病床，抢过枕头，不管三七二十一便往男人身上抡。“活够了，我也活够了，要死，大家一起死！”老人记忆中妻子首次的歇斯底里大发作让他终生难忘。她哭着闹着，趁大家不注意，突然抓起收缴到的那一把安眠药，猛地塞进嘴里，迅速咽下肚子。

小小的私人医院乱成一片。除非老人放弃自暴自弃的念头，否则他的妻子坚决拒绝灌肠治疗。对于一位怀孕已经5个月的女人来说，她的这要求一点也不过分，不用说是面对自己心爱的妻子，就算是对完全陌生的女人，老人也明白自己不可能为了固执己见，置他人死地而继续不闻不问。革命早已失败了，他发现到了这一刻，连一点讨价还价的余地都没有。叱咤风云的大胡子一去不返，他知道自己不得不做一定的让步。这种让步仿佛女人的失贞，是一场攻坚战中最后的堡垒，事实上只要有了第一步，便无所谓第二步第三步。

一个月以后，老人在妻子的搀扶下，总算可以下床试探着走几步。接着是出院，去妻子家做上门女婿。坐在特制的轮椅上，妻子常常推着他去自家的花园散步，呼吸沁人心脾的新鲜空气。这是一种完全与世隔绝和坐牢没有任何区别的生活。虽然有特务的监视，虽然新的地方长官仍然有意要把他处死，但是考虑到他丈人在当地的名望，考虑到这位乡贤名流和最高当局的密切关系，地方长官不能不投鼠忌器。经过绝对秘密的磋商，在当事者根本不知道的情况下，报纸上公开发表了老人的悔过书。这封整个由人代笔的悔过书成了老人一辈子洗不清的污点。

老人为这封悔过书吃尽了苦头，然而老人从来没有向人披露过悔过书的来龙去脉，他不想强调或者重申悔过书与自己毫无关系。他不想以此为借口而使自己得到解脱。明摆着的事实是，没有这种形式的悔过，他的性命便无法保留。既然他已经不打算壮烈牺牲，既然他已经做好了偷生的准备，有什么必要斤斤计较，勉勉强强去挣那完全掉了价的面子。皮之不存，毛将焉附。贪生怕死的罪名是生成的眉毛长成的痣，铁板上钉的钉，他想赖也赖不掉。老人剃去了赫赫有名的大胡子，变得英俊潇洒绅士气十足，但是从他眼睛里流露出的忧郁和孤独，却像白纸上写得端端正正的黑字，一笔一画清清楚楚。

一直到老人的长子蹒跚学走路，他都没有出过丈人家的大门。

寄人篱下的岁月使他更加沉默寡语，正像岳母永远看不起他一样，他对既信菩萨又是虔诚基督教徒的丈母娘也一肚子意见。这时候他妻子已经故伎重演，又一次大腹便便，眼看着就要再生产。妻子的频频怀孕在漫长的夫妻生活中，曾经非常严重地干扰了他们的情绪。过分的压抑使得老人性欲总是处于亢奋状态，而他妻子在更年期前，因为接二连三地生产难产越来越性冷淡。在老丈人家度过的日日夜夜，是他一生中最窝囊的时刻。尽管他不愿低下高傲的脑袋，可是他不得不忍受来自仆人们的白眼。“狗眼看人低。”他只能在枕头边向妻子发这样的牢骚，“资产阶级不是东西，资产阶级的走狗更不是东西。”

老人终于在一个细雨绵绵的春天，拖儿带女离开了丈人家。他始终弄不清丈人家一共用了多少仆人。剥削阶级的豪华奢侈看多了，老人对贫困的自食其力的平民生活充满一种向往。火车的汽笛拉响，一道蒸汽巨龙似的冲向站台。浑身珠光宝气的岳母瞪了他一眼，泪汪汪地和女儿外孙外孙女吻别。火车好不容易总算开了，车站上的人变得越来越小，路边东倒西歪的旧房子纷纷往后退，新型的工业城市仿佛枯萎的花朵，又好像是褪色的字画，在细雨绵绵中逐渐消失。过去的火热生活已经无影无踪，叱咤风云的工人领袖劳工代表职业革命家等等光荣头衔，都成了明日黄花过眼烟云。生活兜了个不小的圈子，老人拖儿带女，又回到了他出生的那座小县城。这是个典型的江南小县城，古老富裕而且绝对保守。他回到了他的母校，当地最有名望的一所中学，先是当兢兢业业的教务长，然后升任校长。在他的主持下，这所中学培养了大量的人才。多少年以后，在校友的通讯录上，有幸列入世界名人辞典的就有十几位。在一次盛大的校庆活动中，名成功就的校友们济济一堂，烘云托月大谈校长的德政。闪光灯不停地放出一道道蓝光，已经八十多岁老态龙钟的老人被安排坐在最显眼的位置上，众目睽睽热闹非凡。老人一向有便秘的毛病。这一次却因为紧张，肚子突然咕咕乱叫起来。这是地道的神经性肠胃炎，他的肠子仿佛打了结，一阵阵的绞痛令他坐立不安。也是校友的县长的发言略为长了一些，旁征博引谈笑风云，丝毫没有注意到痛苦不堪的老人的脸色像死人一样难看。

4

老人所主持的中学位于县城边的小山脚下。春天来时，山坡上开满了野杜鹃花，红红的杜鹃花是绿色世界中一团团燃烧着的火。老人全身心投入到了教育事业当中。自从革命不成功就不剃胡子的誓言被打破，老人养成了日日醒来第一件事就是刮胡子的习惯。这个习惯将一直持续到老人咽下最后一口气。在他当校长的日子里，老人总天不亮就爬起来，黑暗中非常娴熟地刮尽刚刚长出来的胡碴，洗了脸，推门出去，在小学校的操场上慢慢走几圈，然后赶到学生宿舍，细声细气地把睡梦中的孩子们唤醒。淘气的学生送给他一个非常滑稽可笑的绰号，形象地称他为老妈子。他们不相信这位英俊忧郁的校长曾经叱咤风云，比自己所听说过的革命者还要革命，他们觉得他过于婆婆妈妈，什么屁大的事都要管。

操场旁边有一条弯弯曲曲的小河，天终于亮了，孩子们有的在操场上跑步，有的在做操，有的却沿着小河，一边散步，一边念念有词地背课文。失去锐气的老人依然保持了一种近乎迂腐的固执，他对学生不容置疑地严格要求，直到几十年以后，他的学生才体会到先苦后甜的种种好处。古老富裕绝对保守的小县城为中学良好的学风提供了理想的外部环境，能在这所学校念书的几乎都是成绩优秀的富家子弟，此外就是那种出身寒门发愤读书的苦读生。学校成了老人远离政治的避风港，是他忘却了过去并且不考虑未来的桃花源。任凭世事变化，几十年如一日。当那次声势浩大的校庆活动结束以后，老态龙钟的老人捧着鲜花，精疲力竭地被专车送回宾馆，在弟子的扶持下上了楼，老人迫不及待地进了卫生间，坐在抽水马桶上痛苦呻吟，他的弟子们则在外面师母长师母短地叫个不停。这一天是老人一生中最辉煌的一天，到了晚上，老人看出老伴心情也不错，按捺不住发自内心的得意，向她宣布说，自己活了这么多年，老觉得是白活了，其实好好想想，自己好歹也能算是个教育家。

“你怎么算是个教育家，”老伴多年来已经成了习惯，只要老人高兴，她便立刻翻脸不高兴，“何苦客气呢，你就是教育家。”

“我这一辈子，桃李满天下，想到这一点，也够了，也心死了。”老人自言自语上了床，他觉察到了老伴的脸色突然不好看，今天是一个让人开心的日子，他不想招惹她发一大堆牢骚，故意把话题一转，“搞这么个活动有什么意思，人这么多，花这么多的钱，把人累得要死。”

“累得要死有什么关系，心里高兴，这心里多高兴啦?”

老人的兴致勃勃遭受到了迎头痛击。这一生里，尤其是到了晚年，老人一直处于老伴的迎头痛击之中。他唯一的对抗就是沉默，正像喋喋不休蛮不讲理是老伴的有力武器一样，死不开口是老人反击的杀手锏。人老了，会变得比自己想像的讨厌更讨厌。一生相依为命的伴侣，到头来却反目为仇，演变成一种真正意义的敌对。老人坐进了被窝筒，喉咙口又涌现出那种铁锈一样的恶味，他看了一眼正在脱衣服打算睡觉的老伴，老伴充了气一般肥胖的体形中，依然残存着当年的风韵。和不愿意追寻当年叱咤风云的往事相仿佛，老人懒得再去追寻多年夫妻生活中曾经有过的恩爱。老伴气喘吁吁也上了床，坐进被筒里，开始漫无边际地大发牢骚。在牢骚的旋律中，瘦骨伶仃的老人坐在那儿打起呼噜，呼噜声惊天动地，老伴却毫无知觉，坚定不移地说个不停，越说越有精神，越说越愤怒。老人忽然惊醒，声色恐惧地问："你说什么？"

"我说什么，"老伴继续无主题的牢骚变奏，"你说我说什么？"

老人抹了抹嘴边的口水，无所适从。愤怒的老伴喘了口气，用最恶毒的语言开始诅咒。反反复复都是差不多的词，都是老一套，积蓄了一生的怨恨，恨不能一下子就都发泄出来。老人非常犹豫地看着她，自己好像是个犯了错误的小学生，完全是低头认罪的样子。

老伴说："你要睡，就钻到被子里去睡，反正是睡。"

"你也睡吧，"老人打了个哈欠，小心翼翼蛇一样往被子里钻，"今天都累了，大家早点睡。"

老伴说："你睡好了，怕什么，我不会不让你睡的。"老人突然意识到自己完全醒了，他躺在那儿一动不动，做出又一次沉醉梦乡的样子。老伴说："你什么时候不是说睡就睡，你睡好了，什么大家都累，要累，你累，我不累。我们天生的贱骨头，不懂得累的。”老人已经睡意全无，更糟糕的是他明白老伴知道他没睡着。这是一幕不断重复的喜剧和闹剧。等到老伴牢骚发完，心满意足地睡了，恭候老人的肯定是失眠的长夜。老伴的牢骚终于进入了尾声，她看了看躺在那儿裹着被子仿佛一截木头似的老人，聚集了最后的敌意说：“你是狗屁的教育家，狗屁，教了一辈子的书，哄着一帮孩子，别太得意，太当回事！”

老人像是地上的一截枯树枝，被人踩了一下，啪的一声，直挺挺地翘了起来，不服气地问：“我怎么得意，我怎么得意了？”

“我还当你睡着了呢？”老伴故意做出吃惊的表情，胖胖的脸上突然有了短暂的笑意，“噢，原来是装睡。”

老人整个地泄了气。漫长的不眠之夜张大了嘴，正在前面悠悠闲闲地等着他，这残酷的现实让他不寒而栗。“今天这么累，你凭什么不让我安安生生睡觉，”老人哆嗦了一阵，悻悻地说，“一天到晚就是啰嗦，啰嗦，也不知道有个完。”一阵强烈的冲动直往上涌，他突然打算痛痛快快地吵上一架。然而，话唠叨完的老伴已经收兵，只当什么也没听见，慢吞吞地下了床，像幽灵似的走进卫生间，抽水马桶的水箱连续被拉响，过了好一会儿，当她胖胖的身影再一次出现在老人面前时，仿佛什么也没发生过，她觉得奇怪地看了看僵坐在那儿的老人，问他为什么不睡。她很关心地问老人，是不是有什么地方不舒服。

不一会，老伴的呼噜伴随着某种兴奋响开了。老人烦躁不安地生着闷气。老夫老妻彼此都太了解，都知道最后结局是怎么回事。

寿多则辱，到了晚年，老人时常用这句话自慰。活着就是受罪，人既然不愿意死，就必须老老实实受点罪。人生中总是充满着莫名其妙的滑稽。他知道老伴明天一早醒来，第一件事，就是向他道歉。她就是这么个太神经质的女人，因为爱，因为自己为了爱付出的太多，常常表现为不近情理的乖戾。她容不得老人的快乐和不快乐，老人高兴她不高兴，老人真不高兴，她也不高兴。漫漫长夜没有尽头，漫漫长夜刚刚开始，老人无可奈何地叹了一口气，在老伴兴奋的呼噜声中，一截一截小心翼翼地往被子里钻。

5

老人自己也弄不清妻子究竟怀了多少次孕。多少年来，地处小县城的老人不止一次想到过避孕，他小心翼翼地收集各种资料，偷偷地请教医生，带有某些冒险意味地服用乱七八糟的草药偏方。年轻美丽的妻子简直就是一架生产机器，她的肚子老是不断地凸起来，大腹便便，然后一朝分娩，再进入下一轮的循环。年轻时的老人，除了小六子，对所有的子女都有一种说不出的厌恶。和他对学生的态度截然相反，这位绝对称职的校长，却从来不是合格的父亲。孩子们叽叽喳喳的吵闹对他来说，一向是难以容忍的折磨。他总是像暴君一样，声色俱厉地大喊大叫。

除了小六子，所有的孩子对老人都充满了畏惧。严厉的父亲成了童年欢乐中的阴影，结果是孩子们都成了只知道用功读书的好学生。进入全国第一流名牌大学对孩子们而言简直算不了什么。事实上，在子女教育方面，老人烦神烦得最多的是钱。太多的子女给家庭经济带来严重问题，那么多的嘴都得吃饭，得缴学费，老人中学校长的薪水远远不够开支。让每一位子女顺利念完大学完全可以称得上是奇迹。作为一位了不得的贤内助，老人的妻子不仅含辛茹苦拖大了自己的子女，而且接二连三地带大了别人的孩子。很难想像从小娇生惯养，在奴仆成群的环境中长大的千金小姐，为了不多的津贴，竟然屈尊为别人带小孩。那时候，老大老二老三都在大学里读书，老四老五念中学，小六子还是个小学生。校长夫人替别人带孩子实在是一件丢面子的事。在无数个失眠的长夜，冷静下来的老人想到妻子作出的种种牺牲，心里便涌现出一种极为复杂的感情，爱和恨像电线似的交织在一起，分都分不开。

早在四十岁的时候，老人便想到自己很快就会死。死的恐惧像梦魇一样一直纠缠着他。毫无疑问，从他身上穿过去的那颗子弹，很可能留下致命的后遗症。一遇上天阴下雨，老人浑身的骨头仿佛是生了锈，所有的动作都变得僵硬，变得不肯听从自己大脑的支配。到了六十岁的时候，经过一场把所有子女都招来告别的大病，老人瘦得只剩下了一副骨架。从那以后，他一直就是那么瘦骨伶仃，那模样给人的感觉，就好像几根用螺丝拧在一起的骨头。也许是孩子太多的缘故，老人始终不太像一个称职的父亲，他在子女面前常常表现得蛮不讲理。除了小六子，其他的子女都可能为了一点微不足道的小错误，被痛痛快快地揍一顿。

只有小六子是个最大的例外。作为一个不称职的父亲，老人把一个父亲能给予儿子的溺爱统统给了他。谁也解释不清这究竟是怎么一回事。过分的受宠使得小六子和哥哥姐姐们形成了明显的对立。小六子总是处于不败的地步，在父亲的庇护下，他成了家里面的小帝王。太多的孩子使老人始终不能明白究竟怎样才能当好一个父亲，他把对前面几个子女忽略的关怀，包括对那几位未满周岁就早殇的孩子的歉意，集中到了小六子一个人身上。自从有了小六子，老人从家庭中的暴君，一下子变成慈祥的圣诞老人，变成只属于小六子一个人的保护神。

如果不是因为生病早殇，老人前前后后应该有十一个小孩。妻子一碰就怀孕对老人来说，实在是不可避免的灾难。除了老大老二平安无事之外，以后生下来的孩子，一个比一个多灾多病。自然顺序中的老三老五老六老九老十都是死于三岁之前。孩子的频频死亡极大地刺激了父母的精神状态，很长一段时间内，老人的妻子沉浸在悲哀之中不能自拔。她把自己的爱平均地分给了每一位子女，任何一位死去的孩子都是在她心头上挖去了一块肉。也许是受妻子的影响，老人对早殇的孩子充满内疚。小六子在父母的哀伤之中来到人世。他是所有孩子中病得最多最久的一个。自从哇哇落地，就没断过和医生的往来。为他一个人花费的医药费，比其他几位孩子加在一起还要多。把小六子从死神手里夺回来绝不是轻而易举，事实上有几次，完全绝望的父母除了祷告和苦苦哀求神灵，已经想不出一点点办法。甚至连医生也觉得小六子能活下来是桩奇迹，既然最新最好的药对他毫无作用，那么剩下的唯一一条路，便是听天由命，乖乖地躺在那儿等候死神的呼唤。

小六子完全继承了父母的优点，是一张一眼望过去就让人感叹的漂亮面孔。喜欢他的女孩子多得根本就数不清。还是在上小学的时候，班上的女同学就为了争他和谁最好吵个不歇。“你简直成了个贾宝玉，喂，这样下去，你非给女孩子宠坏了不可，”他的班主任有一次忍不住说，“你应该表现得像一个男子汉，别老是和女孩子在一起玩。”班主任是一个大学刚毕业的长辫子姑娘，她在对未婚夫描述小六子的外貌时，因为过多的赞美，曾经引起未婚夫的强烈不满。妒嫉的未婚夫甚至躲在校门口偷偷观察，一直到确信小六子的确是个半大不小的毛孩子，才如释重负地放下心。在新婚之夜，已经尝到了甜头的新郎对依然梳着长辫子的新娘说：“我们生个儿子，也像你那学生一样漂亮，怎么样？”冒昧的新郎一点也没意识到，他的这番话引起了新娘生理上的厌恶。结果是，心满意足的新郎在一旁呼呼大睡，翻来覆去的新娘却几乎一夜没睡，痛苦地思索着自己生出来的儿子会是一个怎么样不讨人喜欢的家伙，有其父必有其子，受过高等教育的新娘对遗传学的理论充满仇恨。

小六子上了大学。他在众多的女孩子面前显得六神无主。和哥哥姐姐的遭遇不一样，小六子从小饱受爱的教育。作为一家之主的老人对他有一种非常的宠爱。老人的偏心使家庭内部许多事没道理可讲。“小六子反正是对的，”所有的孩子都用这句话来表达自己的强烈不满，“小六子要摘天上的月亮，你怎么不去为他摘呀？”令人不解的是，尽管所有的孩子都和小六子有过不愉快的口舌，但是始终没有形成一个反对小六子的统一战线。父亲对小六子的偏爱引起了强烈的妒嫉，同时也引起爱的感染。哥哥姐姐们对小弟弟的爱远胜于争风吃醋。在爱的环境中长大的小六子，虽然有时候会来一点任性的小脾气，然而他永远都是以爱对人，除了爱，他似乎不知道还应该怎么样。在恋爱的季节里，小六子起码给一打的女孩子造成了误会。他对主动向他进攻的女性一概来者不拒。他乐意和每个可爱的女孩子交朋友，交那种最一般的朋友。作为一个天生的好孩子，他坚定不移地遵守校规，坚决不打算在读大学的时候谈恋爱。现在还没到谈恋爱的时候成了他阻止和女孩子关系进一步发展的常用借口。

小六子在无意中伤了许多女孩子的心。他不得不做出自己根本无意谈恋爱，做出对异性好像没有任何欲念的样子。扮演纯洁的天使对他来说，一点不感到困难。多少年来，他在别人的心目中，本来就像天使一样活着。他用微笑对待所有的人，既然别人对他从来没有过什么坏心，他也不可能用恶意报答别人。和过多的女孩子在一起的经历，使他的性格变得越来越温柔，他小心翼翼尽可能公平地和不同的女孩子交往。当他还不知道自己究竟应该爱上谁的时候，事实上他已经爱上了一位姑娘。在众多的女孩子中间，这是唯一一位不向他大献殷勤表示爱慕的姑娘。她是小六子大学的同班同学，长得并不漂亮，极矮的个头，大大的一双眼睛，不知不觉地便流露出掩藏不住的忧郁。小六子完全是被她眼里流露出的忧郁迷惑住了，那双美丽的大眼睛里埋着太多的矿藏，这矿藏像魔似的吸引着他去冒险。那是“文化大革命”刚刚开始的时候，那位偷偷被小六子爱上的姑娘因为家庭成分不好，一天到晚胆战心惊。轰轰烈烈的造反运动如火如荼，大学校园成了革命的熔炉，铺天盖地的大字报，是领导是教授便揪出来批斗，成分不好的姑娘就像过街老鼠。

姑娘的亲生父亲是历史反革命，早在镇反运动中就被处决。她的继父是伪警察，所谓四类分子。小六子因为能写一手好字，成了造反派战斗队里的宣传委员，有机会便去找姑娘聊天，动员她也参加造反派。姑娘说："他们怎么会要我，老子英雄儿好汉，老子黑帮儿浑蛋，我这号人，谁会要?"小六子说："革命不是请客吃饭，你理直气壮来就是了。"姑娘说："我不敢，你要我，他们也不会要我。"一个不住地劝，一个不住地说不行，话越说越多越说越热乎。说到后来，姑娘说："女孩子都喜欢你，你干吗盯着我?"小六子说："我干吗不能盯着你?"姑娘说："你不要后悔。"小六子想了想，笑着瞪大了一双眼睛说："我有什么好后悔的?"

6

小六子像带什么战利品似的，将姑娘带了回家。老人看着陶醉在爱情中的小儿子，心中泛滥起无数种滋味。这时候老人已经退休在家，"文化大革命"的疾风暴雨刚刚开始在小城掀起最初的波澜。瘦骨嶙峋的老人预感到了可能会有的麻烦。多少年来，老人对自己的历史讳莫如深，几十年兢兢业业的教书生涯，甚至连老人自己对过去的往事也感到模糊。小六子带回来的姑娘，套在胳膊上的红袖章，有意无意哼着的毛主席语录歌曲，无一不把失去的记忆，重新凸现在老人面前。

从姑娘眼里流露出的忧郁有增无减，因为小六子的关系，造反派组织破格接纳了她。在一个小规模的会议上，姑娘一改胆战心惊的样子，义正辞严地发表了坚决和反动家庭断绝关系的声明。作为组织的新成员，小六子领着她到处去贴大字报，组织各式各样的批斗会，参加不同造反派派别的大辩论。轰轰烈烈的大革命使小六子这个一向很温柔的男人也变得激烈起来。回到他出生的小县城之后，被爱情和革命刺激得兴高采烈的小六子，看不惯小城死气沉沉的慢节奏，领着心爱的姑娘四处煽风点火。

老人在小六子身上看到了自己当年的影子。不祥的预感像走道里的风一样不断地往他身上吹。表面还算平静的小县城，其实已是点燃了导火索的炸药，随时随地都可能轰地一声飞上天。老人一生中最大的后悔，就是不该对小六子隐瞒自己的那段历史，毫无思想准备的小六子不可能禁得起这样的打击。父子情谊太深，老人羞于向儿子提起难以启齿的往事。小六子已经走得太远，正因为走得太远，儿子一旦知道了真相以后所受到的打击便越大。当县中学的红卫兵小将拎着皮带，吆喝着冲进老人家的小院，大骂"将大叛徒某某某揪出来"的时候，老人最担心的不是自己会如何如何，而是心爱的小六子感情上忍受不了。瘦得只剩下一堆骨头的老人在皮带抽打下没哼一声，但是当他一眼看见小六子满脸困惑痛不欲生的表情，便忍不住老泪纵横差一点昏过去。

小六子突然旁若无人地走上前，推开那帮一个个还是中学生，脸上充满孩子气的红卫兵小将，扶起蜷缩在墙角正哆嗦的老人，百思不解地问："爸爸，你不是叛徒，你怎么会是叛徒？"

这是高度戏剧性的一天。在早上，小六子领着心爱的姑娘，以来自革命中心的特派员身份，会见了当地新成立的造反派组织的领导人。他侃侃而谈，大谈革命应该怎么样，不应该怎么样。他心爱的姑娘也批评了当地的革命形势不够高涨。到了中午，小小的县城便突然沸腾起来，红卫兵小将们终于开始革命行动，大打出手，其中包括毫不含糊地痛打了老人一顿，然后拉到县中学狠狠地开了个批斗会。经过一夜痛苦的思索，姑娘就像和自己家庭断绝关系一样，毅然和小六子告了别。这一切来得实在太突然，小六子懵懵懂懂，仿佛陷在一场噩梦之中。长途汽车站乱得不能再乱，他总算把姑娘送上车，姑娘眼里依然洋溢着忧郁，直到长途汽车开动，她没哭也没笑。

小六子在第二天乘了同一班车往学校赶。好几个小时的长途汽车，然后是近三十小时的火车，所有的车都晚点。无论是白天还是黑夜，他都胆战心惊不知所措。他没法闭上眼睛，因为只要一合眼，脑子里出现的就是父亲在挨打。突如其来的打击，像铁拳似的迎面抡在他的脑门上，完全把他打晕了，他像梦游的精神病患者，茫然地瞪着大眼睛，不知道自己究竟想干什么。到学校的第一件事，小六子便是去找那位已经弃他而去的姑娘。当时正是深夜，小六子徘徊在女宿舍楼前，迷迷糊糊地走过来走过去，满嘴胡说八道，嘴唇抽筋似的乱动。天亮时，最先走出女宿舍楼的一位女生透过薄雾，发现小六子已靠在垃圾箱上睡着了。

眼睛里饱含着忧郁的姑娘拒绝了小六子近乎疯狂的要求。他坚决要求和姑娘好好地谈一谈，并威胁说，如果她拒绝，他便从学校最高的那幢楼跳下去。不到一个月里，因为忍受不了挨批斗的屈辱，从那幢楼上跳下去的人数已接近两位数。然而他的威胁毫无作用，姑娘不仅和他严格划清了界线，而且不留情面地检举揭发。她夸大了他父亲的罪行，彻底动摇了他在造反派组织中的地位。由于这场莫名其妙的爱情，一向受宠的小六子在女大学生心目中已经声名狼藉，大家都觉得他不应该爱错了人，更不应该为这么一个爱错的人失去理智。那几天里，他常常毫无目的地在女宿舍大楼前溜达，苦苦等待负心人的出现，然而一旦等到那姑娘真板着脸出现在他面前时，他像大白天见了鬼似的，失魂落魄大叫一声，非常狼狈地落荒而逃。

小六子没有勇气从最高的楼顶上跳下去，他的心仿佛被人从胸膛里掏了出来，用锋利的小刀乱戳了一气，然后再撒了把盐。在默默地忍受了痛苦的折磨以后，他变得委靡不振神思恍惚，已到了精神崩溃的边缘。他含着热泪给老人写了一封充满激情的告别信。这封信断断续续写了一整天，他发现自己平静如水，在写信时，对那位眼睛里饱含忧郁的姑娘毫无眷恋，他充分意识到自己的初恋整个是个错误，爱情的创伤对他来说已经无足轻重。经过爱情的挫折，他觉得世界上真正爱他和他所真正爱的，只有自己的父亲。在那封厚厚一叠的告别信中，他运用了文学名著才能有的优美笔调，淋漓尽致地抒发了埋藏于内心深处的对父亲的感激之情。他回忆了童年的欢乐时光，回忆了父亲给他的那份特殊的偏爱。他发现自己仿佛又回到了县中学的操场上，骑着那辆破旧的自行车在雾中穿来穿去，父亲脸上洋溢着慈祥的微笑，站在操场边上目不转睛地等待着他的出现。在信上，他以不容置疑的语气写道，他决不相信父亲会真是叛徒，然而隔了几行，他又斩钉截铁地说，即使父亲是真正的叛徒，他也仍然百分之百毫无犹豫深深爱父亲。有这样的好父亲，他感到发自内心深处的无限幸福。他说他已经从一场噩梦中醒了过来，不忍心再活在世界上看人们斗来斗去，别人挨斗的场面会使他想起心爱的父亲正在受罪。他恳求父亲原谅他的软弱，他是温室中长大的花朵，在爱的阳光雨露下生长，禁不起残酷现实的无情打击。死将是一种伟大的逃避，他准备用最大的勇气迎接这种逃避。

老人接到信的时候，自杀未遂的小六子已经被送回了家。小六子服了一整瓶的安眠药，很快被送进医院，及时治疗不仅从死神手里夺回一条性命，而且由于命运的安排，奇迹般地为小六子送去了爱情的青睐。为他治疗的是一位正在实习的女医生，这是一位目前正位居要职的将军的千金，她救了小六子的命，无意之中，又在他沙漠一样的心底重新点燃了爱情之火。年轻美貌的女医生向他大谈生命的意义，大谈人生的价值。小六子在医院里不过住了一个星期，等到一个星期过去，他脑子里除了装满女医生的言谈举止，空空的什么也没有。被送回了小县城以后，老人偷偷地读着他的遗书，一边留神儿子的表情。儿子变得仿佛已经与世隔绝，他从父亲的书架上取下一本普希金的诗集，像研究学术著作似的，全神贯注地阅读起来。很长一段时间内，老人担心心爱的小儿子已精神失常。他老是躲起来偷偷地写，然后孩子气地将写过的东西撕成碎片。老人发现碎纸片上写的都是非常矫情的爱情诗。

最初的误区是，老人以为儿子仍然忘不了那位眼睛里带有忧郁的姑娘。他为儿子毫无男子汉的出息感到深深的遗憾。那位姑娘从来就没给老人留下什么好印象。老人坚信儿子在信中说的不忍心看到父亲受折磨，不过是虚晃一枪的借口。他坚信儿子自寻短见的真正秘密只是失恋。然而过不了多久，老人非常惊奇地发现，儿子正在给另一位姑娘写情书。

老人发现儿子几乎天天都在可怜兮兮地等回信，他神魂颠倒望眼欲穿，又一次处在精神崩溃的边缘。为了拯救儿子的性命，心事重重的老人决定好好地和他谈一谈。父子俩终于有机会开诚布公对了一次话。儿子犹豫了一阵，话匣子一旦打开，积累在胸口的诗一般的语言顿时像水一样喷涌而出。他语无伦次地赞扬了女医生的美貌和知识渊博，热情洋溢说了半天，不时地陷入梦幻般的遐想。他承认他自从死亡的边缘回到人世以后，女医生的形象就没有从他眼前消失过。天使一般的女医生的出现，显然是出于上帝或者别的什么神灵的安排。他一再重申反复强调，说他对她除了尊敬，别无其他意思。他重申自己如果要爱她的话，只能是对伟大崇高的爱情的一种亵渎。书呆子气十足的儿子的所作所为，再次让老人哭笑不得，老人不得不下定决心，决心不顾会闹笑话，也要冒险给女医生写一封信。

在给女医生的那封信中，老人向她简短地交待了自己的历史。他为自己当年的懦弱感到可耻，更为由于自己的懦弱而给儿子心理造成的压抑深感悲痛。他恳求女医生基于人道的原因，给小六子写一封短信。既然他们之间的爱情是不现实的，那么趁早取消小六子心目中的奢想，也许才是治疗心病的良药。她应该不留任何幻想地给小六子回一封信，坚决彻底和他断绝关系。老人非常心酸地写道，不现实的爱情已经病入膏肓，死神正又一次诱惑着他心爱的儿子。

这封信写得缠绵悱恻感人之至。老人的本意是劝女医生尽早结束她和儿子之间的纠葛，然而实际的阅读效果，却是以退为进老谋深算，十分巧妙地为儿子拉着皮条。

这封信促使女医生下了最后的决心。事实上她也正处于爱情痛苦的煎熬之中。小六子接二连三的来信，搅得她手忙脚乱，不止一次差点出医疗事故。一位典型的急性阑尾炎病患者，由于她的误诊吃足了苦头。而另一位目的只是想来混几天病假的小伙子，却被她在病历上草率地写上“住院手术”。作为一位实习医生，她刚来院时给大家留下的好印象，很快消失得一干二净。和小六子一样，她眼前也总是浮现着对方的形象。她发现自己不止是难以忘怀，而且压根就是全心全意地爱上了他。爱情像一张巨大的网似的将她罩住，她不得不在甜蜜温柔的痛苦中挣扎。她给小六子写了一封又一封的回信，可是每一封信在临寄出去前，都被她非常赌气地撕成碎片。她一会儿觉得自己的字像小学生一样难看，一会儿又觉得自己的文笔一点都不生动，根本配不上对方的文采。当然，更重要的原因也许是，小六子除了一味地向她大唱赞歌，矫揉造作地诉说自己的思念，永远是在爱情的边缘地带兜圈子。她一直在等待着他的赤裸裸的表白，她要明白无误地听见他说，听见他直截了当地说，他爱她。

女医生在黄书包里装着一大包小六子给她的信，仿佛从天上掉下来似的，一下子出现在小六子面前。为了缩短和小六子家庭成分之间的距离，她谎称自己的父亲，那位有过赫赫战功的将军，由于历史问题，也像这世界上许多无辜的人一样被打倒。这一天是小六子一生中最盛大的节日，他看着从天而降的恋人，对她的叙说深信不疑，笑得合不拢嘴。小县城的“文化大革命”已经进入了史无前例的辉煌阶段，老人的得意弟子，现任县中学的校长，几天前被小将们用课桌腿活活砸死。退休在家的老人，这段时间正被罚天天去学校打扫男女厕所。当时最有趣的恶作剧之一，就是那帮刚刚发育的女学生，三番五次地和老人玩捉迷藏的游戏，她们故意躲在女厕所里久久不出来，然后等老人进去打扫时，大骂他老流氓。女医生的出现给了老人心灵上最大的安慰和满足，他看着小两口卿卿我我爱得死去活来的样子，终于觉得自己就是要死，也能毫无遗憾地闭上眼睛了。三天以后，在打扫厕所的时候，一个顽皮的男孩子趁老人不注意，偷偷地将铅桶放在他身后，瘦骨伶仃的老人往后退，被铅桶一绊，在孩子们的哄笑声中，狠狠地摔了一跤。到了晚上，老人把小六子和他的心上人叫到面前，强忍着浑身的不自在和痛苦，对他们充满深情地看了半天，语重心长地叫他们赶快离开这儿。

“你们走吧，天下大得很，你们去哪儿都行。去吧，永远不回来都可以。”

7

小六子和女医生去了大西北。他们迫不及待地结了婚，好得就跟一个人似的。很长时间内，老人没给小六子写过一封信，虽然儿子从来没有断过来信。红卫兵小将坚持要检查和老人有关的任何文字，所有来往的书信，必须首先送到小将手中。自从一封信上，亲爱的爸爸被改成带有游戏性质的亲爱的叛徒以后，老人便打定主意，此后只在心里给心爱的小儿子写信。儿子的信源源不断从遥远的大西北寄来，没完没了地向父亲讲述近况，他向他描述大西北的气候，描述那里的风土人情。甜蜜的爱情使小六子变得像一名爱写作文的中学生，他唠唠叨叨把身边的一切，事无巨细地通通告诉老人。

对于老人来说，小六子从来就是他的天使。他把小六子的来信汇编成册，装订成书的模样。随着时间流逝，小六子的来信经过无数次的翻阅，已经破烂不堪。为了保存具有珍贵历史意义的原件，老人买了硬皮封面的笔记本，用硬头小楷毕恭毕敬地重抄了一遍儿子的来信。无论是在当时，还是后来寂寞漫长的晚年，小六子的来信都是他感情的寄托所在。小六子的早逝是老人一生中最大的不幸。他能够忍受住这样的打击实在不容易。在将近三年的日子里，小六子三天两头给他写信。虽然远隔千山万水，老人始终感到小六子就在自己身边。从儿子娓娓道来的叙述中，老人知道儿子想什么和正在做什么。那三年里老人受尽了折磨，没有尊严只有屈辱，儿子的来信成了他最好的安慰。回首往事，他想像不出当时如果没有这一封封平淡的家信，自己又会怎么样。

儿子的来信中从来没有正面安慰过老人什么。心有灵犀一点通，况且真要是安慰也实在无从说起。小六子逝世的第四年，老人开始像儿子当年给他写信一样，在一本新的笔记本上唠唠叨叨记下他要对儿子说的话。这一偷偷摸摸后来遭到全家强烈反对的行动，断断续续一直坚持到他咽下最后一口气。老人的几个孙子曾经共同偷看过爷爷的笔记，阅读了那些日记不像日记，书信又不太像书信的文字以后，他们不明白爷爷啰哩啰嗦究竟要说什么。大段大段的话都是重复的，有时一句话还没写完，紧接着又写了下一句，有时一句话断在了根本不应该中断的地方。

报告儿子噩耗的电报首先落到了红卫兵小将手中，然后又传到当时已经进驻学校的工宣队那里。老人在办公室里默默无言地坐了半天，临了发现他已经不可能再靠自己的腿站起来。工宣队队长也是老人当年的学生，他给他倒了一杯水，安慰说："革命嘛，就会有牺牲，你儿子因公牺牲，这很光荣。"

那一阵正是阴雨绵绵的黄梅天，老人浑身骨头都跟长了霉似的。他不相信这电报会是真的，因为当工宣队队长将电报递给他时，看门的老头刚送了一封他儿子的信给他。老人记不清自己最后是怎么回家的，天昏地暗，整个世界到了末日。在老伴令人心碎的号啕声中，老人的一名学生主动出来奔走，他将老人夫妇送上长途汽车，又千辛万苦弄来火车票。在拜托了同行的旅客以后，老人的学生又去买了一大堆路上吃的干粮。一路上，老人夫妇坐在一张椅子上，没说过一句话，火车吭哧吭哧往大西北开，也不知开了多少天，终于路过一个小得不能再小的车站。老人说了第一句话："下车吧，我们的儿子就在这儿。"

农场的领导已派人在这小站恭候了几天。连续多日的火车坐下来，疲劳过度的老人夫妇，都有那种离死并不太远的感觉。结果是找来了两副担架，把这两位老人抬到了场部，先见过场领导，然后再抬到小六子生前住的地方。儿媳妇张开双手像鸟似的向他们扑过来，悲哀地大叫了几声，和老伴抱在一起号啕痛哭。大家跌跌撞撞地往屋子里去，继续没完没了的永恒的伤心。围了许多人在门外看，老人丢魂失魄地坐在吱吱嘎嘎乱叫的小椅子上，欲哭没有眼泪。这是一间不大的房子，进门便是那张充满爱意的大床，一房最简单的家具。墙上镜框里挂着小六子和媳妇的结婚照。照片上的小六子笑眯眯地望着大家。不止一个人上来劝老人不要悲伤，老人叹着气，说：“你们不要劝我了，我儿子呢，我要见我儿子。”

小六子是在因公出差的路上碰到车祸遇难的。作为一名极受当地群众欢迎的小学教师，他应邀去一百多公里以外的一家更偏远的小学介绍教学经验。接他去的拖拉机在山路上和一辆大卡车相撞，一下子掉下了几十丈深的悬崖。老人终于在追悼会上见到了已经整过容的儿子。小六子的身边布满了松树枝，青翠的树枝上点缀着一种叫不出名的野花。他这样子让老人想起他当年躺在摇篮里的情景。场领导决定给小六子授予烈士称号，并打算就在附近的山上为他修建坟墓，树碑立传永远纪念。然而老人拒绝了为儿子修墓的请求，他对一边流着眼泪，一边奉领导旨意劝老人改变主意的媳妇说，死去的儿子对她已经没什么用了，因此请她满足一个垂死老人的最后愿望，让他将儿子的骨灰带回故乡。他感谢媳妇用她的爱拯救了儿子。

从儿子最后一封来信中，也可以看出小两口相亲相爱，在这艰苦的山区过得非常幸福。媳妇是农场的医生，和儿子一样，深受当地人的爱戴和尊敬。这里成了他们逃避人和人斗来斗去的世外桃源。他们的爱情实在太成功，以至于所有知道他们爱情故事的人，都为他们没有来得及留下爱情的结晶，感到深深遗憾。第一次草率的流产，为以后的再次怀孕，带来了意想不到的困难，身为医生的媳妇不得不写信向自己的老师请教，并且通过父亲的保健医生，不断弄到了一些据说对受孕绝对有效的偏方。在国家陷于混乱的大背景下，相亲相爱的小两口为了获得下一代，非常认真地进行着各种尝试。小六子遇难后，他的未亡人的月事突然紊乱，刚开始她以为老天有眼，自己果然怀上了小六子的种，但是很快就发现不过是空欢喜一场。

老人坚持要把儿子的骨灰带走。媳妇不忍心硬违背老人的意志，况且她也不愿在这地方久待下去。这地方充满痛苦和悲伤，到处触目惊心。老人就像当年劝小六子和女医生离开自己一样，再一次劝媳妇远走高飞。在如何处置儿子骨灰这一点上，他显得非常偏执和顽固不化。场领导三番五次派人做他的工作，软硬兼施什么样的话都说过。双方都不肯让步，最后，终于说定将骨灰一分为二，各自的要求都得到部分满足。

多少年以后，大家都觉得老人当初将骨灰带回来大错特错。小六子的亡灵从此和老人纠缠在一起，分都分不开。刚开始，老人把骨灰盒放在了卧室。然而过了不久，由于老伴的坚决反对，不得不把那玩意儿从卧室移到客厅。一向小心翼翼的老人变得有些神经错乱，他常常半夜三更爬起来，独自一人偷偷地溜到骨灰盒前，对儿子的亡灵唠唠叨叨不知说些什么。近乎荒唐的事实在太多，他发明了许多别出心裁只有他自己才能明白的仪式。每隔七到八天，他便把骨灰盒搬起来，轻轻地挪个方向。在搁骨灰盒的小茶几下面，老人总是放一本书，什么样的书都行，过了一段再换一本。平时他的头脑绝对清醒。然而一旦想到小六子，他便成了一个行为乖张的老头，他搞的那些乱七八糟的名堂，把一个好端端的家弄得阴森恐怖，到处洋溢着鬼气。有时，他会突然坚信小六子的亡灵就在旁边。他神秘兮兮地做手势让别人安静，瘦骨嶙峋的身体立刻挺直，表情顿时严肃，好半天不说话。有时，他又称刚听见小六子和他说话，说了什么什么，并且不容置疑地准备和不相信的人大吵一架。

8

老人的神经错乱和乖张行为，使他的儿女们觉得必须采取果断措施。“文化大革命”的疾风暴雨已经过去，在外地工作的儿女一起相约回老家过年。吃过了年夜饭，全家人凑在一起开了一个会，会议结束，作出了一个不容老人讨价还价的决定。这个决定就是，身边无子女照料的老两口，搬到大女儿处去安度晚年。决定的重要意义在于，这次大搬迁意味着老人必须坚决彻底和小六子的骨灰盒分离，大女儿二儿子都住在省会南京，房子都不大，家里都有孩子，除了老人自己，谁也受不了整日和骨灰盒做伴。老人不得不服从儿女们的安排，他对生活了几十年的小县城已毫无感情，既然死神离他已经很近，能和子女住在一起求之不得。

和外孙外孙女在一起，老人在一段时间内，的确忘记了小六子，可惜这样的日子太短了，他很快又一次沉浸在往事的回忆之中。外孙女已经到了谈对象的年纪，看着她和小对象卿卿我我的样子，老人很自然地就想起当年小六子和女医生在一起的情景。对早逝的小儿子的思念像蛇似的咬着老人的心。小六子的骨灰还没有落葬，寄放在殡仪馆里。凭着一张小卡片一样的证件，就可以去殡仪馆看望骨灰盒。起初老人只是偶尔去一次殡仪馆，不久便发展到三天两头一有机会就溜去的地步。气急败坏的大女儿不得不把小卡片收起来，她向老人发出警告，指出了年纪大的人在街上行走的危险性，并反复强调他迟迟不归给全家带来的惊慌。

“你要是真不回来，怎么办？”

老人变得像个犯错误的小学生，低着头死不吭声。

“外公，你也真是的，小舅舅早死了，你老去看他的骨灰盒，又有什么意思？”外孙女非常同情外公，“人死了，便是什么也没有了，况且你也知道，小舅舅的另一半骨灰还在大西北呢。你这是太闷了，外公，星期天我们带你去公园玩，怎么样？”

外孙女和她的小对象果真在星期天带老人去了玄武湖公园，一起划了船，又一起去逛动物园。大家玩得都不痛快，老人像个怕迷路的孩子，神思恍惚地跟在两位年轻人后面，老是不知所措。外孙女把带在身上的瓜子饼干统统喂了猴子，赌着气问老人说：“外公，今天玩得高兴不高兴？”

“高兴。”老人看看外孙女，笑了笑，又笑了笑。

“外公，你干吗老是忘不了小舅舅？”

老人仿佛叫人揭了短处，不好意思地东张西望。自从殡仪馆的小卡片被大女儿收起来以后，老人始终摆脱不了自己做错事的恐慌。他觉得女儿女婿外孙外孙女都在用一种奇特的目光看他。所有人的目光都在监视着他。老人似乎也意识到自己行为的古怪荒唐，然而他始终摆脱不了再次去殡仪馆的诱惑。他开始收买外孙，许诺只要帮他找到那张小卡片，便怎么怎么。这时候下乡插队的外孙在家泡病假，手中正缺钱花。老人的贿赂很轻易地便得了几次手。

外孙很快又让老伴收买了。等到老人发现自己的贿赂不起作用，已经为时太晚。在家里泡病假泡得已待不下去的外孙，狠狠地敲了外公一竹杠，非常潇洒地溜之大吉。上了当的老人不得不另起炉灶，动别的脑筋想别的办法。他不顾冒触动老伴最敏感的那根神经的风险，毅然换上了自己最齐整的衣服，挺直了越来越歪的细腰，开始向楼下那位和他女儿差不多年纪的新守寡的妇人大献殷勤。他帮助那寡妇刚上一年级的小孙子检查功课，没完没了地讲那些曾经属于小六子孩提时代的童话故事。一切都照预谋进行，老人小心翼翼一步步逼近。毫无防备的寡妇在老人有计划的进攻下方寸大乱，虽然年轻时她也大出过风头，然而时过境迁，毕竟是做祖母和孙子在一起玩的人。她不可能明白老人的用心何在。出于一种策略上的考虑，她一次次拉着老人共同回忆死去不久的丈夫。人老了，闲着无聊，在一起说说话，并没有什么坏处。

老人非常巧妙地使寡妇陷在回忆的泥潭里不能自拔。他太耐心地忍受着寡妇对自己丈夫的怀念，一次次做出听入了迷的样子。在非常矫情做作的叙述中，寡妇不断重复不断加工，把死去的丈夫塑造成一个雕像，一个连她自己也不可能再认识的面目全非的雕像。老人初步目的终于达到，秋天一个明朗的日子里，寡妇突然心血来潮地提出要去殡仪馆看望自己丈夫。“听说殡仪馆不久就要换地方了，要是搬得太远，日后我怎么去看我的丈夫呢。可怜的人，他在那地方一定非常寂寞。”她感到有些为难，既担心老人会不会陪她去，又担心丈夫的亡灵和生前一样醋意大发，“唉，我真记不得那地方应该怎么走了。”

“我知道，我和你一起去好了，”正中下怀的老人按捺不住激动，以不容寡妇拒绝的热情，迫不及待地回答，“我陪你去！”

犹豫不决的寡妇迟迟拿不定主意，老人过分的热情引起了她的一连串胡思乱想。“这样吧，你送我到门口，或者，或者是到汽车站也行。”

“不要紧，我儿子的骨灰盒也在里面，我，正好去看看。”

寡妇第一次听说老人儿子的骨灰盒也寄放在殡仪馆。她的第一个反应，就是老人不过借此达到和她一起出门的目的。这个借口对她来说无疑天赐良机，因为在看儿子的幌子下，她可以问心无愧地和老人一起走到丈夫面前。在殡仪馆，当寡妇表情严肃地掏出那张证件一样的小卡片的时候，老人忍不住像打摆子似的哆嗦起来。“你怎么了？”寡妇为他的表情感到吃惊，她觉得老人所以这样，完全是因为内心的紧张，“到底怎么了？”

老人继续哆嗦，喃喃地说：“没，没什么。”

两人忐忑不安地往寄放骨灰盒的殿堂走去。老人变得越来越兴奋的时候，寡妇却传染上他先前的紧张，她感到自己丈夫的亡灵无处不在，正从不同的角度死死地盯着她。她仿佛又回到了年轻时和情人约会的年代，丈夫从暗处猛地冲出来，举起手上的木棍便往情人的脸上劈。“你儿子的骨灰盒在哪儿呢？”她随口问着，好像是希望尽早和老人分开。老人急匆匆朝熟悉的角落走去，虽然老眼昏花，他一眼就看见了儿子的照片。儿子的骨灰盒已经被挪了位置，由原来的第三层，换到了第四层上。从地上一直顶到天花板的架子上，密密麻麻挤着落满灰尘的骨灰盒，老人拉开了玻璃门，将儿子的骨灰捧了出来，轻轻放在地上，转手取了一把鸡毛掸子，非常认真地掸去骨灰盒上的灰，然后又用衣襟擦挡在儿子照片前的那块小玻璃。收拾完毕，再将骨灰盒捧起来，重新放到架子里去。

寡妇偷偷地窥视着老人的一举一动。她试图在已经重新排列过的架子上找到自己丈夫的骨灰盒。老人认真庄严的举动不得不让她一再分心。她看见老人充满深情站在那儿，孩子气地望儿子的照片，脸上偶尔洋溢出一丝笑意，嘴唇哆嗦着说着什么。寄放骨灰盒的殿堂里静悄悄，架子上一排排骨灰盒上面的照片，正用各种不同的表情看着寡妇。她发现自己被遗弃，在一个阴森恐怖的世界中。尽管有老人陪伴，然而老人的乖张行为，不仅不能为她壮胆，恰恰相反，更添了她的害怕。她发现自己根本无法找到丈夫的骨灰盒。也许是过于慌张，也许是死去的丈夫故意作对，她既不敢一张张去正视骨灰盒的照片，同时也不敢离开老人，独自一人到殿堂的另一侧去碰碰运气。事实上，除了站在原地胆战心惊地东张西望，两条腿如木桩一般僵硬的寡妇已动弹不得。她看着如鱼得水的老人充分表演，做出一次比一次更让她吃惊的举动。

静悄悄寄放着一排排骨灰盒的殿堂传进了小鸟清脆的叫声。从满是装饰图案的窗格子里望出去，蓝蓝的一方天。阳光灿烂，几只小麻雀正沿着屋檐叽叽喳喳追逐着。阳光透过窗格子射进殿堂内，在地上深深印下窗格的阴影。老人又一次捧起骨灰盒，走到那一方有阳光的地方，站在窗格的阴影中，不知所措地怔了怔，又一次将骨灰盒轻轻放在地上。他旁若无人地弯下腰，兴致勃勃看着骨灰盒上的图案。仿佛小孩子做游戏，他非常有耐心地僵在那儿一动不动，阳光洒在他身上，看上去就像是披了一层老虎皮似的。突然，好像是发现了什么异常，他捧起儿子的骨灰盒，用力想把盖子打开。在一旁看着的寡妇吓得连连后退，她以为她是在大声惊叫，而实际的声音只是和蚊子哼着差不多。老人拉了半天，终于放弃了自己的愚蠢行动。

9

寡妇最终还是通过老人的帮助，才找到自己丈夫的骨灰盒。她匆匆掉了几滴眼泪，赶紧和老人离开殡仪馆。这次过分荒唐的行动，坚定了寡妇永远不再和古怪的老人旧地重游的信念。“下次我还可以陪你去，”回去的路上，老人看出她满脸的不痛快，小心翼翼提出恳求。寡妇脸上的表情是最具说服力的回答，她的眼睛看着别处，根本就不乐意理睬老人。老人说：“你要是不愿意再去，以后我可以代替你去。”寡妇吃惊地瞪大眼睛，表情已接近愤怒。老人继续讨好说：“真的，这事很容易。”

老人果然如愿以偿。他连续不断地碰钉子，临了终于将寡妇那张证件一样的小卡片骗到手。事情绝不像想像中的那么容易。老人笨拙的讨好卖乖，过分的拍马屁，不仅没有引起对方的好感，反而一再造成误会。寡妇从怀念丈夫的泥潭中走了出来，她明白无误地告诉老人，既然丈夫已经狠心地离她而去，让她孤苦伶仃留在世界上，即使出于赌气，她也要好好地活给丈夫看。她请求他再也不要提一起去殡仪馆的事，类似的愚蠢行动不可能重复第二次。人好好地活在这并不可爱的世界上有什么不好。她不反对他前来做客，感谢他关心她的小孙子的功课，但是她不希望老人反反复复老是讨论和死亡有关的话题。死亡本来离我们就不太远，她丝毫不感到讨论这话题有什么趣味。“我们离死亡确实太近，”老人深感寡妇的话言之有理，只不过说得太客气，“你还有些日子，我这样的，一只脚已经迈进了死的门槛。和我比起来，你，太年轻了。”

“我已经是有孙子的人了。”寡妇说。

“可我已经有了重孙，”老人注意到寡妇正在做功课的孙子突然皱了皱眉头，伸出手，在他的小脑袋瓜上摸了摸，关心地问：“你怎么了？”

“你做什么鬼脸？”寡妇厉声问道。

老人开始为孩子喜欢做鬼脸辩护，明摆着不能再谈寡妇的丈夫，老人干脆铤而走险，把话题直截了当地转到了小六子身子。他对儿子深深的怀念，引起了寡妇深深的同情。他向她说起小六子小时候的故事，说起他开始对女孩子有兴趣。小六子的故事又一次消除了寡妇的戒心。一时冲动之下，流着热泪的寡妇打开了抽屉，取出老人朝思暮想的小卡片，非常慷慨地交给他保管。

好心的寡妇丝毫没有意识到后果的严重性。老人起初还有些节制，很快就是肆无忌惮地老往殡仪馆跑。寡妇的仁慈导致了一场剑拔弩张的战斗。老人的乖张行为不久就发展到了和全家为敌的地步。刚开始，大家都以为他是在寡妇家帮小孩补习功课，渐渐便发现他已经上了街。他神秘兮兮的行动引起了别人的不安和怀疑。无数次的警告根本不起作用，临了，刚刚退休的大女儿不得不偷偷地跟着他跑。经过了警察抓小偷的游戏，老人的秘密终于被无情揭穿，盛怒的老伴暴跳如雷，冲开大女儿的阻拦，跑到寡妇家大吵一架。不甘示弱的寡妇大受污辱，索性撕开脸以牙还牙地对骂。势均力敌的战斗持续了十分钟，寡妇突然感到理亏，顿时陷于一败涂地的境地。

被没收了小卡片的老人又一次成了无娘的孩子，他常常不知不觉地便到了殡仪馆。仿佛一只无形的手牵着老人，他老是不由自主地在寄放骨灰盒的殿堂外面打转转。大女儿已专程赶到那里打过招呼，因此即使老人好话说尽嘴皮磨穿，他也不可能再踏进殿堂一步。他在殡仪馆周围的活动变得越来越没意义，既然进不了要去的地方，老人竟发展到了去感受别人的悲哀。他不止一次地混在毫不相干的队伍里，神色庄严地看别人哭，看别人痛苦不堪死去活来。更为荒唐的是，他跑到了焚尸炉前，非常讨好地给炉前工人递香烟。他饶有兴致一次又一次地观看了焚尸的全过程。

老人被迫送进精神病医院接受治疗，尝试着吃各式各样的镇静药。出院以后，在老伴的严密监视下，就像上了锁的猴子似的，他的活动范围限制在房间里，整个地失去了人身自由。大约有一年的时间，老人没下过楼。这期间，灾难一样的“文化大革命”已告结束，老人的孙子辈纷纷结婚生小孩，殡仪馆也搬迁去了别处。老人好像衰老到了尽头，流水一样逝去的时间对他已经不起什么作用，一直陪伴着他的死神似乎也忘了他的存在。早在小六子不幸遇难的年头，老人就奄奄一息，多少年过去，他依然苟延残喘还留着最后一口气。

自从和寡妇有过那段短暂的交往，老人无可挽回地引起了老伴最后的疯狂妒嫉。就像过去曾经发生过的事情差不多，老伴陷在妒嫉的狂想中出不来。在老人精神失常的那段时间内，她把老人的神情恍惚，误认为是正在思念那位被指责为不安分的寡妇。“这个老骚货，有什么好的?”她用不断的反诘为难和折磨老人，“也难怪，都有了重孙，心不肯老，有什么办法?”妒嫉的狂想使得老伴坚信老人和寡妇有染。就像半个世纪前的旧事一样，出于名门的老伴对于丈夫的不忠实，嫉恶如仇绝不宽恕。她曾经是太爱自己的丈夫，过分爱使她变得毫无理智。半个世纪前，也许是由于性欲的过分压抑，也许只是为了赌气，一向作风正派的老人，突然不可思议地和妻子的女友私通起来。这是世上最荒唐的一次私通。在私通之前，当时依然英俊潇洒的老人，甚至没有和妻子的女友说过一句话。妻子的女友名叫竹君，几乎是在妻子的眼皮底下，一时性起的老人从书房走进隔壁卧房，正在那儿慢吞吞上马桶的竹君故作惊慌地站起来，裤子都没有来得及往上拉。老人把竹君的惊慌当做了邀请，非常沉着地走了过去。将她揿翻在搁板上，凶猛而又持久地做起爱来。忙乱中的竹君没忘了腾出手去盖马桶盖，她气喘吁吁毫无廉耻地像猫一样尖叫，猛地咬住老人的肩膀，身体像砧板上的活鱼似的动个不停。

很长时间内，竹君是小县城中唯一能和他妻子说话的朋友。这位出生大户人家的千金，曾经受过新式教育的女学生新女性，中学毕业以后，在父亲的旨意下，屈尊嫁给了一位门第不错，自己却混得不怎么样的银行小职员。一次小地方名流云集的聚会上，竹君结识了老人的妻子，并且很快成了最好的朋友。当老人兢兢业业投身教育，刚刚做出一些成就的时候，他的家热闹非凡，已变成了一群无事可做的太太们的天堂。以竹君为首的一批太太在老人的客厅里，大谈自己丈夫怎么样怎么样，吃瓜子，喝茶，没完没了地打麻将。那一天，竹君突然离开了牌桌，在稀里哗啦的麻将声中，散步到了老人的书房。休息在家的老人百无聊赖，正拎着一支毛笔，摊开了宣纸在那儿胡乱练字。他们已经很熟悉，然而每次见面只是点点头，从不曾说过话，这次也不例外，老人和竹君互相一笑，竹君示意他继续写，她自己站在旁边做出很有兴趣看的样子。早在第一次见面，老人对她就充满了厌恶。她生得又瘦又小根本谈不上漂亮。眼睛里没完没了地流露着那种对男人的渴望。尽管不曾说过话，老人见了她，情不自禁地便产生了那种占有她的欲念。和竹君私通是老人生平里唯一的一次对妻子不忠实。这次私通不是因为爱，恰恰是因为不爱。

很难形容老人妻子的愤怒，丈夫和好友的双重背叛，不止一次让她产生了轻生的念头。老人和竹君很快发展到了偷偷在旅馆幽会的地步，两人赤条条地躺在那儿，饱尝堕落的欢悦。愤怒的妻子为自己的引狼入室后悔不迭，她驱逐了在她家客厅里寻欢作乐的太太们，不分青红皂白地拒绝任何女人再上她家的门。她俨然成了世界上最最妒嫉的女人。过多的生育子女，性生活对她来说已毫无乐趣可言，然而盲目和发了疯的妒嫉，却迫使她经常扮演荡妇的角色。她知道长期以来，丈夫都在忍受着自己的性冷淡，为了让老人再没有能力出去鬼混，她把每个夜晚都变成了他的末日。漫长的夫妻生活中，她一次次存心和他作对，不是不容抗拒地主动进攻，便是绝不妥协地拼死抵抗。她永远使丈夫处于进退两难的尴尬境地。时光流逝岁月不饶人，老人可以夸耀的旺盛精力，终于在妻子无休止的纠缠下土崩瓦解。早在她更年期到来之间，老人除了充满感伤的回忆，在男欢女爱方面，已经由力不从心，发展到了无所作为，最终变得像小孩子一样纯洁和幼稚。老人做梦也不会想到，发生在晚年的和寡妇的那段短暂的接触，会如此炽烈地煽起老伴的妒嫉。事实上，当老伴神志清醒的时候，她并不真心地相信存在着她所肯定的那勾当。起初只是存心诬陷老人，就像当年在床上对老人的无情折磨一样，她用最恶毒的语言对他进行狂轰乱炸。老人被送进精神病院治疗以后，陷于孤独之中的老伴，在冥冥狂想的海洋里，开始真正走上迷乱的歧途。她由存心诬陷上升到了真心相信，又由真心相信到了确信不疑。

“难道你不觉得，我已经太老了一些吗?”老人从医院回来，在镇静药的作用下，心平气和地对老伴说，“我早到了想做坏事也做不了的年龄，你这么闹法，真是何苦!”

“我闹什么，我闹了什么?”

老伴的本意也许并不想闹，然而结果一定是大闹一场。闹得天翻地覆，死去活来。

“我看你也和我一样，也该吃点药。”

“我吃什么药？要吃，你到楼下伺候小寡妇吃去，去呀。”

“我到哪儿去?”

“到那寡妇那儿，你装什么傻?”

衰老到了尽头的老人黔驴技穷，他走投无路，不得不把自己的抗精神病药省一些下来，偷偷地溶解在牛奶里给老伴喝。这是唯一的选择，虽然这么做也许接近谋杀，然而只要不这么做，老人便永远无法得到片刻安宁，就像他瘦得不能再瘦一样，老伴却胖得不能再胖。一切都到了尽头和极致，当年英俊潇洒叱咤风云的老人，美丽如鲜花的妻子，遥远得仿佛别人的故事。星转斗移春来秋去，时间对于两位苍老得不能再老的老人已经无可奈何。死神就在他们身边，一伸手就可以把他们捞去，或是升进天堂，或是打入地狱。在老伴歇斯底里的妒嫉里，老人不断地增加药剂的分量。抗精神病药像鸦片一样，正偷偷地让老夫老妻上瘾。好在药物的来源不成任何问题。药物作用下的老人夫妇会变得像孩子一样单纯。这时候，时间已不再是时间，空间也不复为空间。这时候，几十年的磨难会变成短暂的一瞬间。穿过时间和空间的障碍，喋喋不休胖得喘不过气来的老伴，会变得像刚堕入情网时一样苗条一样温顺，含情脉脉地看着老人。老人将无数次地重新见到自己心爱的小六子。不同年龄的小六子不断出现在老人面前，骑着那辆破旧的自行车从雾里钻出来，做了鬼脸便匆匆消逝。老人仿佛生了翅膀，翱翔于过去和未来之间。他看到了死神终于弯下腰来，像抱孩子似的将他轻轻抱起，从焚尸炉的大烟囱旁边飞过。他看到庄严肃穆的殡仪馆，他的子孙后代正挥泪向他的遗体告别。在那肮脏充满情欲的小旅馆，精疲力竭的竹君伏在他身上，用小巧的手指，沾着湿漉漉的汗水，在子弹穿过时留下的疤痕上轻轻地画圆圈。几十年的磨难终于变成了短暂的一瞬间。这一瞬间如此辉煌如此惊心动魄。几十年恩恩怨怨，几十年的荣誉和耻辱，都在这一瞬间里净化，都在这一瞬间里升华。

历史重又蜕变成了一张白纸。在药物的作用下，逝去的幸福张开巨大的翅膀扑鼻而来，老人和老伴孩子气地携着手，走过雾一般的未来，一起步入过去的历史。

殉情（挽歌Ⅲ）

1

好大的一场雪，不过几小时，整个世界都屈服于白颜色的笼罩。李欣觉得这场大雪纯属天意。这一天应该下雪，应该下大雪。一年前，林黛刚刚咽了气，李欣从医院的大楼往下走，脑子里嗡嗡乱响，穿着白大褂的医生和护士迎面而过，薛白在他耳旁不时说着什么，他机械地下楼梯，仿佛置身世界的末日。总算到了楼梯尽头，走出大厅，外面正下着哗哗的暴雨，李欣不顾薛白的阻拦，大踏步往雨里走。为什么不是下一场大雪，一种说不出的遗憾像小虫子一样咬着他的心。他当时一个最强烈的愿望，就是找个大雪纷飞的日子，亲手安排妥一切后事，然后，然后是一个痛痛快快的结束。痛痛快快干干脆脆淋漓尽致。他知道林黛最怕孤独，无论是在这个世界还是另一个世界，像林黛这样柔弱的女子，都害怕孤零零无依无靠一个人。他的生命和林黛的生命已经连在一起，连在一起的生命不可能再分开。

这场雪李欣已经等了一年多。一年多的时间恍若隔世，李欣终于明白，真正害怕孤独害怕无依无靠的其实是他自己。林黛在另一个世界的日子并不像他想像的那么差。事实上，是林黛经常从另一个世界来看望他安慰他。是林黛一次次打断了他去另一个世界的念头。在梦中幻觉中，林黛无数次向他解释，她向他解释生命的意义，侃侃而谈活下去的必要。天国的幸福永远不是人们活不下去的借口。

好大的一场雪，白茫茫的世界连成一片。玄武湖居然也结了冰，这一年冬天特别冷，薄薄的一层冰压着厚厚的一层雪。雪过天晴，先是浓浓的一阵雾，雾散开，惨白惨白的太阳阴森森照下来，干枯的树枝在雪地上留下生硬的影子。李欣沿着湖边小道走了一个多小时，最初的那点寒意无影无踪。湖边有许多供人休息的长椅子，空空的全是积雪的长椅子非常寂寞。李欣找到那张他和林黛初次约会的椅子，轻轻地抹去积雪，前后左右四处望了望，缓缓坐下去。有一段时间，李欣意识到林黛就坐在他身边，他的手肘似乎挨在了她身上，一切就和曾经发生过的一样，他仿佛感觉得到她轻轻的呼吸，她终于向他靠过来，沉甸甸地压在他的手臂上。李欣不敢动，他知道这种幸福的感受来之不易，消失起来却太快。“这次你应该多陪我一会儿。黛，你看这场雪多大。”他自言自语充满伤感地说道，“我们马上就要在一起了，在一起，永远不分开。我们应该在一起。”

太阳惨兮兮地照过来，没有一点点热气。小猫咪咪轻轻叫了一声。李欣突然想到似的伸手去摸书包，他打开书包的拉链，让小猫咪咪出来。小猫咪咪和李欣在一起已经两个月，这是一只白中间透着些黑的小公猫，它懒洋洋从书包里探出脑袋，看了看周围陌生的世界，充满疑问地叫了一声。到处都是雪，小猫咪咪跳下椅子，试探着往前走。雪地上的阴影引起了它的注意。不远处有几只小鸟在叽叽喳喳叫，小猫咪咪机警地匍匐前进。从道理上来说，李欣应该将小猫咪咪还给薛白。很显然，庞大的玄武湖并不是小猫的理想去处。这里离动物园不远，李欣想到小猫咪咪全无生活经验，它很可能非常幼稚地钻进老虎笼，他不由得感到一阵后悔。

时间不知不觉过去，太阳越升越高。渐渐地有了观赏雪景的游人，先是三三两两，缩着脖子东张西望。人数几乎是突然增加的，李欣在幻觉中和林黛又说了会儿话，发现自己周围已经全是游人。洁白的雪地上人影乱晃，有一群年轻人在扔雪球，扔过来扔过去，刺人的笑声震耳欲聋。红红绿绿的羽绒衫花围巾点缀了过于朴素的雪景。一对恋人依偎在一起，缓缓地从李欣身边走过。那女的回过头来，非常好奇带几分羡慕地对他看，她大约对自己的情人说了什么，小伙子也回过头来看李欣。李欣目不转睛地注视着那对恋人，情不自禁用微笑回敬。“喂，我们也坐一会儿。”李欣听见那女的对男的说。“好吧，”男的细声细语地说道，“这儿景色不错，我给你就在这儿照几张。”

女的一边饶有兴致地摆姿势。男的一边拍照，一边不住口说：“这张不错，这张真的不错。”接下来是女的为男的拍，边拍照边笑，乐不可支。拍完照，两人一起坐椅子上，依然是笑声不断。因为距离的关系，李欣听不见他们说什么，反正情人之间的废话永远说不完说不够。不难想像那女的现在正坐男的腿上，天太冷，李欣觉得男人不应该让女人坐冰凉的石椅子。男人有责任关心女人，尤其有责任关心自己心爱的女人。

太阳的直射终于使李欣体会到一些温暖。白得晃眼的积雪正在融化，湖面上的薄冰也东一块西一块地瓦解。赏雪的游人多得让人吃惊，人们好像已意识到李欣要做什么，谁走过时都对他投去茫然的不理解的目光。李欣开始感到恐惧，他担心自己的精心策划会很可悲地流产。除了他自己，没有人会赞成他这么做。他的主意已定，叹了口气，心烦意乱地对周围说："我绝不动摇，绝不动摇。"太阳带来的温暖使人懒洋洋的，饥饿和疲乏扇动着翅膀向他进攻，他从口袋里摸出早已准备的蓝色吉利刀片，小心翼翼撕去保护纸，薄薄的小刀片在阳光下闪闪发亮。他举起小刀片，对着太阳看。刀片的反光令他无比激动，一闪而过的光芒之中，他仿佛又一次看到了林黛的笑容。他兴致勃勃地用刀锋在食指上轻轻一试，咧了咧嘴，深深地吐出一口气，将注意力集中在食指的上端。鲜红的血过了一会儿才淌出来，聚在食指尖上，像一粒红红的相思豆。红红的相思豆一般的血珠摇摇晃晃开始往下滴。李欣将手举高，用力甩出去，都洒在洁白的雪地上。

李欣感到非常满意，一种极度的疲倦铺天盖地向他席卷而来。阳光灿烂，游客叽叽喳喳走来走去，哈欠连天昏昏欲睡的李欣进入了梦乡。在梦的境界中，李欣隐隐约约有一种感觉就是自己仍然在玄武湖。梦境和现实融为一体，他仿佛听见小孩子兴奋的喊打声，小猫咪咪的惨叫声被淹没在其中。"咪咪，这是咪咪，你们别打它，别打它。"李欣觉得自己的手脚都被束缚住了，想动，动弹不得，想喊，喊不出来。小孩子兴奋的喊叫非常刺耳，李欣目睹了一幕暴力的悲剧，两个半大不小的男孩拎着小猫咪咪的耳朵，嘴里喊着"一，二，三"，同时用力，将小猫咪咪扔进玄武湖。玄武湖的湖水是红的，红红的稠稠的简直就像血。白底黑斑熊猫一般可爱的小猫咪咪在红的颜色中挣扎。"你们不能这样，不能这样，不能这样！"

李欣睁开眼睛，强烈的阳光闪过一道金光，接着又是眩目的一道道银光。静静的湖面上漂浮着大大小小还没有完全融化的冰块。

冰块上的残雪似化非化，白的雪，灰色的湖水，折射着太阳的光辉。游人依旧，欢笑依旧，没有正在施行暴力的小孩子，没有小猫咪咪，更没有血一样的红颜色。不断有偎依在一起的情侣从李欣身边走过。太阳下人的阴影由长变短，又由短变长。人的足迹印在雪地上，一串又一串，一行复一行。这一天实在太长，长得足以使李欣心平气和地回顾自己的一生。二十一年的岁月短暂得仿佛只是一天，而漫长的一天却长得等于人的一辈子。日月如梭光阴似箭人生是梦，李欣对自己过去的好时光充满怀念。

太阳下去了，西边的天空一片红。游客三五成群，欢声笑语中向公园的大门拥去。人如退潮，遍地的残雪放着阴森森的白光。天似乎黑不下来，灰蒙蒙的，像一幅画，像电影上的一组镜头。月亮终于升了起来，正是月圆的日子，好大好圆的一个月亮。月光如水月影婆娑，偶尔有一对恋人从李欣的椅子旁边缓缓走过，恋人对李欣看，李欣对恋人看。月亮越升越高，月光下的风景像梦一样不可捉摸。人去园空，茫茫的玄武湖中印着孤零零的冷月亮。小猫咪咪突然不知从什么地方钻了出来，它猛地一下蹿上李欣坐的椅子，十分亲热地往他身上爬。“你跑哪儿去了？”李欣心头一阵疼痛，“我真不应该把你带来，你肯定到处乱跑。”小猫咪咪显然在什么地方受了委屈，看着它那副娇滴滴有苦说不出的样子，李欣忍不住又一次地想起薛白。两个月前，薛白将断奶不久的小猫咪咪送给他解闷。他的错误在于，根本就不该接受这样奢侈的馈赠。解闷永远是一句善良的空话。和自己的家人一样，李欣一点也不喜欢小动物。林黛也不喜欢小动物。在人生的最后一瞬间，李欣发现为自己送终的竟是小猫咪咪，不免有种悲凉的滑稽感。

2

一年前，我受一家杂志的委托，就李欣的殉情写一篇几千字的报道。我个人对殉情这种带有古老意味的悲歌毫无兴趣。当时，我正重蹈覆辙，处于感情的危机之中。我的第二任未婚妻和第一任一样，跟我痛痛快快大吵一场，然后傲气十足居高临下，仿佛收回什么赏赐似的，义正辞严地提出分手。分手就分手，这年头谁缺了谁都没关系都是好事。很难说是谁的过错，分道扬镳对大家都是一种解脱。我们做着痛苦的模样，摆出一副失恋的嘴脸，极度现实而且非常理智地开始着手寻找新的对象。

在如此失恋的心情下采访殉情，真是天生的一幕喜剧。几千字的报道对我来说，就跟玩一样。我专程赶到了李欣和林黛生前学习过的学校，和他们的同学老师聊天。在谈天说地的过程中，我在小本子上一本正经地记录，眼梢却不安分地偷看漂亮的女孩子。女大学生的年龄对我来说，太小了一些，我还不至于想入非非，吃错药似的打算找一个女大学生做对象。我不过是有些爱美之心。爱美之心人人有之，我一点也不比别的男人过分。排球场上一场班与班之间的球赛刚刚开始，我和李欣的班主任一边谈话一边看球。

“李欣平时爱不爱活动呢，”我心不在焉地问班主任，“譬如说打排球，或者别的什么？”

这位班主任是我第一任未婚妻的同学，碍于这一层拐了弯的关系，他不得不打起精神和我对话。“这样的书呆子，对体育自然不会有兴趣，再说，李欣把精力都花在了林黛身上，他哪儿有时间和同学们一起玩，我反正没见过李欣参加过什么体育锻炼。”第一任未婚妻的同学显然不是位能让人亲近的家伙，他说什么话都有一种天生的不高兴，除此之外，对记者这一最容易自我感觉良好的职业也是明摆着有点敌意。“我实在没什么好说的，”他反复向我发表这样的声明，“你可以找同学们问问，不过，说老实话，李欣这人神秘得很，你就是找到他同学，恐怕也得不到什么你想要的东西。”

李欣的同学正在场上打排球看排球，班主任说：“你用不着找别人，薛白正在场上比赛，你只要问她，她是你要写的那两人的好朋友，她什么都知道，当然，也不能说什么都知道，反正你等会儿找她问问也好。”

薛白最初给我的印象，是个带几分调皮黑不溜秋的女孩子。她的个子不高，然而却是比赛场上的绝对主力。女孩子打排球免不了哇哇乱叫，场上运动员的水平实在太差，我借看打球的机会，留神着薛白的一举一动。她显然是那种热情奔放的少女，尽管算不上绝色，但是天真大方活泼可爱，加上那一双明澈见底的大眼睛，很自然就使她成了场上最引人注意的目标。“太好了，”球赛结束以后，我向捧着一大堆衣服的薛白走去，笑容可掬地说明来意。“你们杂志是应该发表一些这样的文章，都 80 年代了，不，马上就 90 年代，可是依然还会发生这样的事，为什么，为什么！”很显然我受到了出乎意料的欢迎，薛白那双漂亮的大眼睛炯炯有神地瞪着我。

“听说你和李欣，还有和那个林什么的女孩子，关系非常好非常好。”我掏出小本子，做出要记录的样子，“我还听说，只要找到你，什么事都能知道，他们的事你都知道。”

薛白的脸顿时红了，红得发紫，红得有些失态。“那也不一定，”她用笑掩饰自己的惊慌，“我又不是他们肚里的蛔虫，我怎么会都知道呢？”

“反正你比别人知道得多，是不是？”

“那当然，那当然。”

“既然是当然，我可抓住你不放了。”

“我可以和你说一点什么。”

“那太好了，我还真担心这篇文章写不出来。老实说，你在场上打球时，我就有个非常好的预感，我知道你准会帮忙。怎么样，我的预感绝对准确。”

“你别得意得太早，我还没开始说呢，”薛白笑得非常好看地看着我，从抱着的那堆衣服的口袋里抽出一块极漂亮的花手绢，擦了擦汗，“再说，即使我说了，也可能说到一半就不说了，跟你说，全看我高兴不高兴。”

天很冷，春天还没驾到，只是这么一会工夫，薛白的脸已经开始冻得发白。我劝她赶快把衣服穿起来。她嘴上说着不要紧不要紧，给我看了看那双因为打排球而变得黑乎乎的小手。女孩子的小手即使是黑乎乎的，也有一种非常的可爱。不远处有一个水池子，薛白让我替她拿着衣服，卷了卷袖子，凑着哗哗的自来水洗起手来，一边洗，一边仰起脖子继续和我说话：“喂，你打算写什么样的文章？”她的小手顿时冻得通红，“你要是瞎写，我可什么都不告诉你，真的，你们记者最会瞎写了。”她用湿漉漉的手反复抹脸，然后用那块极漂亮的花手绢将脸擦干，然后一件件穿衣服。

我们一起向校园的那片草地走去。我太熟悉这片绿茸茸的草地了，这是我和我第一任未婚妻初次约会的地方。一对对显然是情侣的男女在草地上悠然自得，我的局促不安似乎一点也没有影响薛白的情绪。“星期六下午我们班同学准备开一个小型的纪念会，就李欣和林黛的死，座谈一下，各自谈谈自己的看法。你能来吗？这可是个好机会，真正难得的好机会。喂，你来吗？”

“我？”

“当然是你。你怎么了？”

我失去的理智立刻得到恢复，“对不起，我走神了，你说什么？”

“你这人怎么回事，真讨厌，我不跟你说了。”

“实在对不起，”我的脑海里依稀还有座谈会这三个字，“你说的座谈会是怎么一回事？我这人就这毛病，老要走神，所以，所以你看，我到哪儿都捧着这笔记本。”

薛白重新向我解释座谈会的含意，我连声叫好，我的激动对她显然也有触动，“我们觉得有必要搞这么个活动，有许多话可以说，毫无疑问，这是个太让人伤感的故事，你想想，一个人能够为爱情去死，你想想。”

“对了，我想问一下，林，林什么的——”

“林黛。”

“对，林黛，我想问一下，林黛死了多久以后，李欣才割腕自杀的。”

“一年多吧，”显然薛白注意到了我脸上的吃惊，“是一年多，为了打消他这念头，我们可花了些力气。我们——”她脸上飞过一丝不难察觉的阴影，透彻明亮的大眼睛里很有些怨恨，“他那脾气太喜欢钻牛角尖，江山易改，本性难移，这话是有道理。你知道，自杀对他的诱惑实在太大。唉，是一种诱惑，真的，许多事一时说不清楚，说不清楚。”

我在采访时，总是喜欢拿支笔在本子上乱画。事实上，我从来没有认真记录过。我的这一坏习惯不能不使薛白感到分心，她似乎担心自己的一言一行都被记录在案，然后变成文章公布于众，同时，她又担心我吊儿郎当地画来画去，会漏掉她谈话中的精华。她不时提醒我这话用不着记，那话记不记无所谓，又不时停下来，表情严肃地看着我的笔和笔记本，意思明摆着是留些时间让我记录。我们在草地上来回走，残阳夕照，草地上的人影细细长长像电线杆。和一位可爱的姑娘共同散步给人一种心理上的满足。良辰美景，我难免晕乎乎的。一个姑娘得癌症死了，一个钟情于她的小伙子割腕自杀，我为了这个哀艳的故事来到这座学校，此刻我正在采访这哀艳的故事，我试图接近这故事，然而，接近故事的努力，无形中却成了我接近另一位可爱姑娘的手段。

“人生有许多谜，李欣和林黛的故事实在是可以写一篇小说的，”薛白的表情突然有些发痴，她不好意思地笑了笑，“真的，我要是会写小说，一定把这故事写出来。喂，你会写小说吗？”

我不想太谦虚，只是做出谦虚的样子：“写小说有什么难的。”

“你写过没有？”

“我？就算是写过吧。”

“什么叫就算，到底是写过还是没写过？”

“当然是写过，老实说写小说没什么难的。”

薛白咬了咬嘴唇，孩子气地看看我：“好吧，什么时候，什么时候让我们拜读拜读。”说了，那双极漂亮的大眼睛眨了眨，“对了，我以后要写小说，那可真要麻烦你了。你别慌嘛。”

“我没慌。”

她看了看表，说：“再晚就没饭吃了，怎么样，就在我们食堂随便吃一些，我请客。”

3

我参加了薛白主持的座谈会。座谈会在一个空荡荡的大教室里进行，参加者大多是女孩子。因为交稿的日期太紧，我的那篇报道不仅写完交差，而且已经发稿付印。事过境迁，参加这样的座谈会显然有些多余，为了不使我看上去无事可做，我依然用笔在小本子上画来画去。我的装腔作势骗得了女学生的肃然起敬，她们踊跃发言的同时，老是忍不住地偷眼窥视我的表情。我在小本子上记下了女学生的许多格言一般的警句，诸如“爱情的伟大在于我们能为之献身”，“生命诚可贵，爱情价更高”，“爱是生命的绿岛”，“爱情是生命的结晶”。格言一般的警句深刻得离我仿佛有几十里路远，我坐在空荡荡的大教室里，心不在焉神游八极。我的第一任未婚妻第二任未婚妻都是大唱爱情高调的好手，我自己也写过无数爱情诗，纸上谈兵谁都会。两次失恋的经验足以使我清醒，天底下不会当真有那么多傻子，没有多少人能像李欣这样为了爱情割腕动脉。

然而李欣毕竟是为了爱情割了腕动脉。殉情这词颇有些古老的意味，它是爱情的极致，在男欢女爱的副产品中，只有谋杀亲夫这样的极端行为，才能和殉情旗鼓相当。当然，谋杀亲夫和殉情南辕北辙天壤之别，它们的共同点就在于，都是源自爱情，又因为爱情走得太远。爱情的南北极之间，存在着广阔的中间地带，能走出这中间地带的都是些具有传奇色彩的非常人。

"我想向记者同志提个问题，"一位近视眼镜度数极深的女学生冷不丁向我发难，"你觉得殉情究竟有没有意义？"

这让人哭笑不得的提问使我成了大家注意的焦点。我当时正开着小差，思想的野马四处乱奔，面对措手不及的提问，众目睽睽之下，不站起来说几句话似乎混不过去，但是不要说我毫无准备，就是做了充分的准备我又能说什么。我硬着头皮站了起来，故作深沉地说："问题的关键，是什么叫做意义，意义呢，这玩意儿你说有，那就是有，说没有，自然就是没有。所以，关键的问题，或者说是问题的关键，首先得研究意义本身。殉情固然不足取，可人的本身是充分自由的，自由的人意味着有权利做一切想做的事。自由这伟大的字眼，意味着你可以殉情，也可以不殉情。"我越扯越远，越远越胡说八道，女学生们目瞪口呆地看着我，不知所云，"世界上让我们吃惊的事太多，因此，我们对付这世界最有效的办法之一，就是对什么事都别吃惊。李欣已经割手腕死了，死就死吧，我想他绝不希望我们在他死后，毫不负责任地瞎议论他。我们今天座谈会的意义究竟何在，是探讨殉情的意义，还是借这么个机会，表达一下对死者的哀思？”我突然变得理直气壮，刚开始发言时的那点心虚烟消云散。

作为主持人的薛白觉得我的话合情合理，她用一种已经接近不耐烦的口吻说：“我们今天聚在这儿，目的应该是很简单的，李欣和林黛是我们的同学，是我们的好朋友，现在，他们死了，一个是因为病魔，另一个，另一个是为了，为了爱情吧，反正我们今天聚在这儿，主要是为了纪念他们。”

“怎么纪念？我们大家抱头痛哭一场？”坐后排的一位男生瓮声瓮气地说道。看得出这也是个玩世不恭的家伙，他的话引起了一阵窃窃笑声。

窃笑过后，一位发言极为踊跃的女学生站起来，挑战似的看着我，不服气地说：“我不同意这位记者的话。我觉得我们今天要探讨李欣同学殉情的意义，我们必须探讨殉情的意义，爱情是可贵的，但不管怎么说，殉情是不足取的，人不能只为了爱情活着，爱情之外，我们还有许多事可以做。”

“是呀，人不应该陷在感情的旋涡里出不来。”

“爱情之外，爱情之外还有东西呢，作为一个男子汉，他的责任不仅是爱情，还应该有事业！”

“殉情实质上是一种逃避，是行为上的懦弱。”

座谈会主题由爱情的颂歌变奏为对殉情的谴责。和女大学生在一起，尤其是和文科的女才子们在一起，千万要留神注意。我终于明白和我坐一起的，是高等教育熏陶过的即将毕业的女大学生，她们不仅不像我想像的那么幼稚，而且远比我假设的还要成熟和深刻。散会以后，薛白又关照几个和她关系比较好的同学留下来，我们在空荡荡的大教室里围成一小圈，继续进行谈话。薛白再一次重申我到此的目的："我们没必要说那么多废话，人家来这的目的，是为了能得到活生生的材料，我们把自己知道的有关李欣或者林黛的一切，尽可能地谈一些，怎么谈都行。"

这一次是随谈，气氛活跃，一位女孩子笑着说："这样吧，我们进行口试，你提问，我们回答。"她的建议得到大家的一致响应。

于是我开始不断地提问。我的问题带有很强的即兴性质，想到哪里，便问到哪里。为了表示自己的学问，为了使人看上去我这人神秘兮兮深不可测，我的提问一会儿刁钻古怪，一会儿又都是些最平淡无奇的生活细节。从割腕自杀的李欣信奉什么样的哲学，到因病而早逝的林黛喜欢吃什么，我问了一大堆让她们哭笑不得的问题。并不是我存心和她们为难，事实上，我提的任何一个简单的问题，都可能轻易地难倒所知太少的女大学生。显而易见，除了薛白，我面前的这几位，对她们的同学李欣和林黛根本没什么了解。我很快发现，虽然漫不经心，我所掌握的材料，起码不比那位戴度数极深近视眼镜的姑娘知道的少。

"我觉得林黛算不上绝色佳人，根本就不能算。"

我的抛砖引玉招惹了一场关于美的程度的争论，想不到这种小事竟然也能使她们脸红脖子粗。事实证明世界上不仅仅是公鸡才好斗。不过女孩子有点生气得理不饶人的样子，算不上可爱却不讨厌。我享受到了坐山观虎斗的乐趣。

“我觉得林黛蛮漂亮的。”

“那不能算漂亮，只能说是很有些味道。”

“你要求太苛刻了，说老实话，林黛起码比你我漂亮！”

“这是另一回事，另一回事，真要说漂亮，薛白就比林黛漂亮。”

薛白开始发急：“真是没话找话，都给我住嘴，讨厌！”她白了我一眼，笑着又说，“都怪你，你们这些干记者的，干吗尽拣古里古怪的话题。喂，你还有什么怪问题？”

“没有了，没有了，”我知道这事早该结束，满脸赔笑，“有，我也不敢再提，不敢再提了。对了——”我突然想起来似的提醒说，“薛白，你不是答应给我看照片的吗？”

“哎呀，”薛白惊叫了一声，她猛地想到了对我的许诺，漂亮的大眼睛闪了闪，“对不起，我忘记带了。这样吧，你跟我们一起去宿舍，其实也没多少张照片。”

我得到了一个参观女大学生宿舍的机会。女大学生的宿舍远比我想像的脏和乱，竟然不止一条被子没有叠，离我最近的那张桌子上，放着半脸盆浑浊不堪的洗脸水，脸盆边倒着一个用完的女神珍珠霜瓶子，盖子已经摔裂而且缺了一大块，一个只剩下半爿的绿颜色塑料肥皂盒里躺着一小块肥皂头，肥皂头五颜六色，显然用好几种肥皂捏成的。薛白从抽屉里翻出影集，招呼我过去看，“其实也没有多少张，我是说和他们有关系的照片不多，喏，这就是，对，就是他，就是她，这是刚进大学时照的，他们一个是我的小学同学，一个是中学同学，那次是去栖霞山。”薛白一边翻影集，一边向我介绍，她的同学纷纷围了上来凑热闹。宿舍里的女大学生突然多得出人意料，我像饺子馅似的被包在当中，四周围都是黑黑的脑袋，一位女大学生跪在上铺上往下看，把那张没放稳的铁床弄得嘎嘎直响。我一本正经地浏览照片，心里七上八下，“你来这儿到底是干什么呢？真是见鬼。”我暗暗责怪自己，恨自己多管闲事。

4

李欣被发现时，早就断了气，他的脸像玄武湖中的残雪一样苍白，静静地靠在冰凉的石椅子上，头略微有些歪，完全是一副睡着的模样。最早发现李欣的是一位老人，当时天还没有亮，老人将棉袄脱下来，搭在李欣身边的椅背上，嘴里敷衍说：“小伙子可真赶早呀，这一大早的，你都来了！”老人几十年如一日，天天准点来打太极拳，他嘴上说小伙子来得早，心里却不服气真有比他早的人，一边向不远处的那片空地走去，一边嘀咕，“起早碰上隔夜人，真是没办法。”一套太极拳打下来，老人又做了一会儿气功，然后汗津津地回去取衣服。这时候天已大亮，湿漉漉灰蒙蒙一层雾，老人站在那张椅子旁边，慢慢腾腾穿衣服，眼睛懒得去看李欣，心不在焉地说：“大清早的，小伙子坐在这儿等人？”他并不指望和李欣说什么，小伙子不理不睬极不礼貌的样子，害得老人忍不住再看李欣一眼。

从老人发现地上那一大摊已经凝固的血迹，到警察接到报警电话赶到，这中间大约一个小时。毕竟是大清早，找一个电话并不容易。很快就围了一圈人看，都是早起锻炼身体的，七嘴八舌瞎议论没好话讲。红的血，白的残雪，冰冷的石椅子，一动不动僵硬的李欣，冷漠的看客，匆匆赶到用力拨开人群的警察，所有这一切都成了我那篇报道开头的一部分。老实说，我的报道言之无物华而不实。我知道的东西实在太少。好在有一个时间过紧的借口，这借口使我这个本来就脸老皮厚的人理直气壮。我承认自己的报道写得不好，然而写得不好的报道是别人要我这么写的。我不过是一个拿了稿费的受害者，坑了读者，同样坑了自己，害人害己大家两清，我觉得自己并不欠别人什么。

我的报道写不好的根本原因，不仅是因为自己知道的太少，就算知道的太多也没用。殉情这样的事究竟该不该报道本身就值得怀疑。我们到底想告诉读者什么呢，一个可爱的女孩子得了不治之症，一个钟情于她的小伙子全力以赴照顾她，女孩子终于死了，小伙子悲痛欲绝，悲痛欲绝的小伙子在一年以后割腕自杀。这是个让人心碎值得大哭一场的爱情故事。但是我们知道的爱情故事已经太多，太多的感伤的爱情故事足以使读者倒胃口。殉情的举动自然非同一般，正如约我写报道的杂志主编指出的那样，“我们并不想借殉情来做什么文章，我们只是客观报道一下。不过，已进入了80年代，不，马上就是90年代了，殉情这样的事毕竟不太多。不管怎么说，起码有那么点新闻性吧。”

我知道的东西实在太少，尽管我有意无意做了些努力，然而越是试图了解得多一些，我就越是意识到自己几乎什么都不知道。好在除了那几千字的报道之外，我并不想一本正经写大部头文章。我的狂妄的野心早在我和第一任未婚妻分手时就消失殆尽。现实中的我和理想中的我已经没有多大距离，我能够写几篇文章无非是对自己能力的一种证实，无非是某种手艺的象征。世界上的事往往就是这么滑稽，吃亏和占便宜永远相爱地连在一起，我因为会要弄几下笔杆子赢得了一任二任未婚妻的青睐，却因为同样的理由惨遭抛弃。

我不知道李欣和林黛相爱的许多细节。在和他们同学交往的过程中，我的反复咨询得不到任何满意的回答。也许试图寻找爱的特殊点本身就是个错误，爱和爱之间并没有本质区别，既然相爱是无条件的，那么怎么爱根本就和别人无关。爱死爱活全是当事者的自由，旁观者管不着也管不了。而且说穿了，爱实实在在不应该有旁观者。

据调查的数字统计，现在的中学生早恋现象非常严重。也许是营养增加的缘故，和十年前的中学生相比，今日的中学生性意识普遍早熟。早恋和青少年性犯罪是中学教师最头痛的问题。在写那篇报道之前，我曾经去李欣和林黛生前读书的中学采访，见到了李欣的班主任。李欣的班主任是一位有了把年纪却不保守的老教师，她对我告诉她的消息非常震惊，难过了好一会儿，喃喃地说："怎么会这样，怎么会这样！"很显然，李欣是她极喜欢的好学生，"你是说是用刀片割的手腕？我的天呀，太惨了，实在是太惨。"我被引进了教师的办公室，李欣的班主任向别的教师宣布我带去的噩耗，顿时一片惊叹，惊叹之后，教师们开始缅怀他们的学生。

林黛早在一年前就死了，李欣的殉情引起了新的话题。话题之一便是关于中学生的早恋。李欣和林黛这样的好学生也在早恋之列，从教师的角度来看问题，多多少少有些美中不足。"他们谈恋爱，不影响学习，实在是难能可贵。记者同志，你不知道，绝大多数中学生，谈恋爱，学习成绩马上就完蛋，这种例子太多太多。李欣和林黛都是非常好的学生，他们当年都是班上的学习尖子，那一年，我们学校考进重点大学的就三个人，而且都是一座学校，我们班的李欣和薛白，三班的林黛。”

“李欣和林黛在中学时不是一个班？”我有些吃惊地问。

“不是一个班。李欣和薛白一个班。这也真是缘分，中学不在一个班谈成恋爱的并不多。”

“他们可能是青梅竹马。”一位年轻的女教师忍不住插了一句嘴。

“不可能，不可能。”

“那又是怎么回事呢？”

“这种事也弄不清，反正不是青梅竹马，肯定不是。”

“那也不一定。”年轻的女教师嘀咕了一句，似乎觉得李欣的班主任说话太霸道。

“我说不是，就是不是，”李欣的班主任拿出了杀手锏，“这话也许我不该说，我毕竟是李欣的班主任，不了解林黛，李欣我却是熟悉的。老实说，李欣在感情上会这么专一，真让我吃惊。你们不了解李欣，小伙子很讨女孩子喜欢的，真的，我倒不是说是林黛追求李欣，你们不知道，你们真的不知道，李欣在我们班就像贾宝玉，他喜欢女孩子，女孩子也喜欢他。有些话我都不太好说，真的，有些话不好说。说多了，你的文章都没办法写。”

“这有什么，我的文章可以不写嘛。”我赔着笑脸看着已经一头白发的李欣的班主任，她显然有种自己知道别人却一无所知的得意，

“再说，我知道的多一些，对写文章毕竟有帮助。”

“不一定，不一定。”

5

“她知道个狗屁，”半年以后，李欣殉情这事已快被我忘记的时候，薛白又一次和我重新谈起这一话题，“我们班主任感觉良好，你千万不要相信她的鬼话。”这时候的薛白刚刚毕业，分配在一家银行做事，她似乎极不满意银行的工作，突然兴致勃勃地要写小说，“我跟你说，很多事我们班主任根本就不可能知道，当然，话说回来，我们班主任这人绝对不坏，问题是她知道不了什么东西。”

薛白打算就李欣和林黛的故事写一篇小说，她坚信对于这件事的了解程度，自己拥有绝对的优势和权威。“没有人有可能知道得比我更多，这一点毫无疑问。”虽然是刚刚走上工作岗位，薛白给我的印象仿佛一下子成熟了许多。和任何一个离开校门的大学生的感受差不多，她对天天在那坐班无所事事感到忍无可忍，“我实在受不了，这是一种生命的浪费，别人都说，银行好，银行福利高，可是人难道可以仅仅为了福利活着吗？而且，所谓福利好，得到最大好处的还是那些有职有权的人。”

“你现在怎么变得牢骚满腹？”我很高兴薛白会来找我。这段时间内，不断有人给我介绍对象。我连续地碰钉子，屡遭失意，在我犹豫着是否回绝别人的时候，别人早已毫不含糊地不睬我。因此，当有人神秘兮兮告诉我，说有一位看上去很可爱的姑娘正找我时，我最初的反应是又一位女士前来讨还她的照片。

薛白要我和她一起写小说。她的理由是我有过写小说的经验，此外也认识些圈子里的人士。“我们合作，我来打草稿，你润色和加工。怎么样，你别笑嘛，到底是行还是不行？”

“能和你一起合作，我当然是受宠若惊。不过，你要是以为我真会写什么小说，那你可是上了大当了。”

“你不愿合作就算，拉倒。”

“你听我说，你去找任何一个傻子都比我强。”

“我就是要找你这个傻子，”薛白带几分狡黠地笑着，“别以为我会求你，说不定有一天，还得你求我呢，哼，你别太得意。”

我的心不由一动，半年多不见面，还真是有意无意地想到薛白好几次。薛白属于那种见了一次就不太容易忘掉的女孩子。女孩子的可爱几乎是天生的，装不像学不会。我对写那种感伤情调的小说毫无兴趣，然而绝不反对和薛白一起玩玩。在半推半就之中，我愉快地接受了她的邀请。“好吧，答应不答应是感情问题，最终好不好是水平问题。”

“真的，你说话可得算话。”

“当然算话。我不是说了吗，答应不答应，这是感情问题，好不好，这是水平问题，既然是水平问题就得请你多包涵。”

我这话引起了薛白的一阵脸红。等她脸红过以后，我故作轻松地问：“你的小说打算怎么写呢？从哪儿开始？老实说，这故事都可以写个电影剧本。”

我们开始正儿八经地谈薛白要写的那篇小说。薛白已经想了好几个开头，兴致勃勃说给我听。我不住地点头，点得太认真太频繁，以至于她很快就怀疑我是在敷衍。她的极漂亮的大眼睛流露出责备的意思，“你再这样，我不跟你说了，你这人真坏。”我忙不迭地抱歉，一副委屈的样子，“天地良心，你的每一句话都往我心上去了。”薛白说：“别往心上去，得往脑子里去。”我笑着说：“不瞒你说，我这人缺的就是脑子。”

薛白的小说迟迟没动笔。也许是想法太多的缘故，也许是要求太高，她陷入了进退两难的境地。为写一篇小说那么认真似乎没这个必要。在薛白设想的无数个开头中间，我倾向不用那种花里胡哨的开头。开头的确太重要，除了奠定一篇文章的基调之外，它甚至决定了一篇小说是否能够顺利完成。我赞成用第一人称来写，第一人称小说读起来更像是真的。真实不真实是薛白最爱运用的一个判断，当我提出什么让她不满意的建议时，她便用这句话对我进行有力的反驳：“不，这不真实，不真实。”作为一个可爱的女孩子，她远比我想像的更固执己见。

“李欣绝不是贾宝玉那样的人，绝不可能。你的那个建议，完全出自我们班主任的错误估计。”薛白老有一种我被她的班主任引入歧途的成见，“她这人很容易自作聪明，自以为知道的很多，其实什么都不知道。老实说，李欣究竟是怎么就看上林黛的，永远也不会有人知道。他们相爱之前，根本就没什么联系，真的，他们不可能有联系。如果非要说有什么联系的话，就是他们和我都熟悉。林黛是我的小学同学，李欣呢，你知道的，和我是同班。一个是小学同学，一个是中学同学，事情就是这么滑稽，本来他们一点都不搭界，因为我的缘故，你知道，不过是因为我的缘故，他们有了些接触。那时候，我和李欣都是班干部，我们常常在一起工作，林黛来找我，于是他们就算是认识了。我记得刚开始，李欣知道了林黛的名字，还开玩笑地说，这名字好记，和林黛玉只差一个字，又说，好像香港有个电影演员也叫林黛。我当时也跟他开玩笑，我说，人家取什么名字，和你有什么相干。我似乎记得香港的林黛是自杀的，因此说，就算是同名同姓又怎么了，香港的林黛死了，林黛玉死得更早，中国字是大家的——对了，我也搞糊涂了，香港的林黛到底是不是自杀的？你也不知道？反正当时我就是这么说的，后来在闲聊时，我又将李欣的话告诉了林黛，林黛当时很生气，说：你们班男生怎么这么讨厌。我说，我当时为李欣辩护说：人家不过是对你的名字有兴趣，不过是有兴趣而已。林黛说：什么而已而已，讨厌。林黛最爱说讨厌讨厌，不管是高兴还是不高兴，动不动就是这么一句。那时候是高一吧，是高一的上半学期，到了下半学期，有一天刚吃了晚饭，林黛苦着脸来我家找我，当时我们家还没搬，我们两家住得不远，她苦着脸不说话。我说：林妹妹怎么了。林黛说：你才是林妹妹呢。我说：我又不姓林。林黛说：姓林的就是林妹妹啦。我们一起往我的小房间去，一边走，我一边问她：说话呀林妹妹，没事你反正是不会来的，怎么了？干吗非要有事，她说，来玩玩还不行。进了我的房间以后，她果然就跟没事一样，和我瞎聊，谈天说地，老是笑。你知道林黛这人生性就不爱说话，而且也不爱笑。跟你说，我那时候就知道她准有什么事要告诉我，要不然她不会一会儿苦着脸，一会儿谈笑风生，我故意不说话，笑眯眯地看着她。她急了，说：你怎么了，干吗这么看着我。又说：你今天怎么变得这么深沉，话也没了，讨厌。我说：我等你说完了再说。她说：瞎说，我有什么话呀，好吧，现在该你说了，我的话已经说完。我说：你没说完。她突然红着脸不说话，眼睛就这么盯着旁边看了一会儿，然后说：薛白，我告诉你的事，你绝对得保密，要不然我不告诉你。我笑着说：你不告诉我好了，保密可是要收保密费的，我干吗给你保密。她没办法，连声说：你真讨厌，讨厌。她终于告诉我是怎么一回事。你猜猜看，会是怎么回事。她和李欣相爱了？不对，离相爱还有一截路呢。她和李欣的故事应该说才刚刚开始。你知道林黛说了什么？她先是拐弯抹角地问我，说：喂，你们班那个叫李欣的男生人怎么样？我觉得她问得很滑稽，笑着说：不错呀，怎么，你看上他了？林黛说：算了吧，我才不会看上他呢，我谁也看不上。她带着些赌气地瞪着我，那样子就像要吃了我似的。你们班的那个李欣真讨厌。在我还没有问李欣是怎么讨厌之前，林黛气呼呼地说：人家跟他都不认识，他竟然约我和他一起看电影，真讨厌。我吃了一惊，真的，我实在是吃了一惊，尽管中学生谈恋爱在当时并不少见，可我们做班干部的，应该以身作则，应该——你知道我当时除了吃惊，还觉得非常好玩。我突然哈哈大笑起来，林黛忍不住，也和我一起笑。笑了一会儿，我说：一起看看电影有什么关系，看就看，怎么了。林黛说：你别幸灾乐祸，我才不去呢，我根本就不认识他。又说：要去你去，你们不是同班同学吗，我反正不去，你别笑，讨厌，讨厌！”

6

林黛发现自己患了癌症，是在大学二年级。那一阵电视里正播放日本电视连续剧《血疑》，作为山口百惠的崇拜者，林黛经常向李欣提一些很幼稚的小问题。这时候的林黛和李欣已经如漆似胶形影不离。林黛说："我要是得了白血病，你怎么办？"李欣说："别瞎说，这怎么可能。"林黛说："可能的，天下的事什么都可能。"

"你别瞎说好不好，"李欣最不乐意和林黛讨论这类幼稚的话题，他知道她对这类话题有一种偏爱，"我们什么话不能说，山口百惠实在是把你给害了，亏你还是中文系的大学生，对胡编乱造的电视剧这么当真。山口百惠有什么好。"

"不许你说山口百惠的坏话。"

"好好，我不说，我不说。"

"你还没回答我的话，不行，你得说，我真要得了白血病，你怎么办？"

"白血病有什么好的，你干吗老是往自己身上拉。"

"你讨厌，我就是要往自己身上拉，怎么啦，我还没得什么白血病呢，你害怕了是不是？"

李欣在后来的日子里对日本的电视剧始终有种刻骨仇恨。"我真恨死了这该诅咒的巧合，"从火葬场回来，神色恍惚的李欣对薛白说，"自从看了那什么《血疑》，林黛就做噩梦，她不止一次梦到自己也得了白血病。我老是对她说，你哪来的这些怪念头，干吗要胡思乱想。你知道林黛怎么说，你知道她怎么说，她说，她说她摆脱不了这些怪念头，摆脱不了。她忍不住胡思乱想，老是做那该死的噩梦。”

“白血病是不是就是血癌呢？”薛白记得林黛也向她提过类似问题，“最糟糕的，就是得这病了，那是死的缓期执行，死就在你面前，你慢慢地等着它向你挨近，慢慢地靠过来，靠过来，喘着粗气。”薛白忘不了那次上体育课，正进行跳远测验，林黛在跳之前，有些犹豫地对薛白说：“我这腿怎么有些异样的感觉？”林黛属于那种娇滴滴的女孩子，体育课上的各个项目对她来说都有些难处。“你肯定是太紧张了，”薛白安慰她说，“反正今天不考试，你随便跳跳就是了。”

林黛差一点没跳进沙坑，给人的印象是她的脚崴了一下。她非常笨拙地滚倒在沙坑里，引起一连串笑声。甚至都没人过去扶她，都没当回事，体育老师责备说：“怎么搞的嘛，认真一点。”

“对不起，”林黛不好意思地笑笑，想站起来，但是腿不听使唤，她做了个鬼脸，手一撑，连滚带爬地移到沙坑边上，坐在那不敢动。过了一会儿，她若无其事站了起来，自己也觉得奇怪：“我刚刚是怎么了，真正见鬼。”下了体育课，在回宿舍的路上，林黛想不通地问薛白，“我绝不是有意的，真讨厌，别人肯定觉得我是有意的。”

到了黄昏时分，林黛和李欣在草地上散步，突然想到体育课上发生的事，笑着对李欣说：“我当时觉得自己的腿好像不是我的了，好奇怪好奇怪，我们老师肯定以为我是装的。”李欣关怀地说：“怎么会呢，不要真有什么不好，要不要我陪你去看看。”林黛笑着说：

“别傻了，我现在一点事都没有，看，怎么看，医生非说我有神经病不可。”两人散步走累了，坐在草地上休息，李欣伸手去抚摸林黛的大腿，林黛害怕被别人看见，笑着不让李欣碰。李欣解释说，他不过是想知道她腿上哪个部位曾经异常过。

太阳整个地下去了，西边满天红霞。草地上稀稀落落坐着些人，大学里公开谈恋爱的还不算太多，即使谈了，也不敢做出太甜蜜太放肆的样子。林黛和李欣在一起，中间稍稍留了些空隙，天越来越黑，两人中间的空隙越来越小，终于紧紧地依偎在一起。

“让我摸摸看，到底在什么地方，是这儿？”

“你别动，别动，讨厌，人家好痒痒。”林黛忍不住笑出声来，“别动嘛，不许动。”

李欣把手放在林黛腿上，不敢再动，等林黛笑够了，他很认真地问：“告诉我，是不是这儿？”

“你别动，我来动，”林黛抓住他的手在自己腿上移来移去，“哎，是在哪呢，是这，不对，是——这，也不对，坏了，连我都说不清是在哪儿了，好像是这儿。”

“可能是关节炎，你晚上睡觉时受了凉。”

“很可能。你今天干吗这么关心我的腿，不跟你说了，你真讨厌，老说人家这条腿。”

7

我大学一位很要好的同学毕业后去了北京，分配在一家杂志社工作，混得不错，也不过几年工夫，便干上了副主编。主编是一个不管事的老太太，我的同学手上掌握着实权，春风得意，来南京组稿，住宾馆，出门坐出租汽车，一头一脸财大气粗的样子。他打了个电话过来，让我去宾馆看他，我趁机在电话里大发牢骚："你他妈混阔了，凭什么要老子来朝见你，老子不来，要来，你到我这儿来。"我的同学说："你他妈开口老子，闭口老子，讨便宜也不是这么讨的。好吧，你狠，就算你狠，我马上把房间退了，还是和上次一样，我住你那儿。"我说："住我这干什么，你好好的宾馆不住，给他妈谁省钱呀，我不欢迎。"我的同学说："我他妈又不想省钱，我的意思是让你来跟我一起住，咱们老同学好好聊聊，管你吃，天天还有澡洗，我反正一个人包了个房间。"我听了哈哈大笑，说："你他妈怎么不早说？"我的同学也在电话里大笑："我他妈怎么早说，我怕我说了，你，你他妈又说我摆阔。""摆阔好，有阔不摆白不摆。"作为一个住集体宿舍吃食堂的单身汉，早就渴望着白吃几顿，我按捺不住激动说，"我都快半个月没洗澡了，你他妈的从北京来得真及时。真他妈的及时。"我的同学突然严肃起来："我是他妈的及时，哎，林林，咱们老同学见面，表示表示亲热可以，但他妈的总不能老是说他妈的吧。你说说看，就这一会儿，你说了多少个他妈的？"

和混阔了的老同学在一起，难免自惭形秽。为了表明自己还在做些事，我告诉老同学我正和别人合写一篇小说。我试探性地把李欣和林黛的故事说了出来，也不知是看在同窗四年的面子上，还是因为别的什么，我的同学对这篇尚未写好的小说产生了极大的兴趣。特别是我和一位女士，不，应该说是和一位小姐合作，仅仅凭这一点就足以引起我同学的怀疑，他话里有话地问："除了合写小说，你们还有其他的什么合作呢？"

我的同学请我和薛白在胜利饭店吃了顿西餐。"我这饭可不是白请的，你们的稿子就算是定下来了。很好，很好，我觉得你们的想法很不错，我一听林林说了，就非常有兴趣，很有兴趣，来，干杯！祝你们合作愉快——嗨，把杯子拿起来，拿起来。"

薛白举杯说："不，应该说祝我们合作愉快。"

"对对，当然是指我们合作愉快，不过，"我的同学向我眨眨眼睛，"首先得你们合作愉快。"

我感到极度地坐立不安，老同学的举动显然有些过分，他总是有意无意地拿我和薛白的关系开玩笑，即使是他想成全好事，这样帮助也做得太笨拙了一些，我注意到薛白不止一次脸红，有一次她索性很大方地说："曹主编，我和林林只合作写小说，没任何别的关系。"

"那当然，那当然。"我的同学又一次和我眨眼睛，全不顾薛白正目不转睛地瞪着他。

我急了，色厉内荏地叫道："你他妈干吗老是眨眼睛？"

第二天我和薛白去飞机场送我的同学，送到机场以后，我们又坐已经由我的同学付了钱的出租车回市内。回来时，薛白坐司机身边，我一人坐后面，在一个遇上红灯的路口，薛白忽然回头对我说："曹主编这人挺有意思的，看得出，他和你的关系非常好。"我酸溜溜地说："有什么好的，不过是老同学而已。混得好了，老同学面前摆摆阔吧，唉，人呢，就这么回事。"

“怎么回事？”薛白摆出准备辩论一番的架势。我连忙讨饶，偷偷扫了司机一眼，很诚恳地强调说，既然我们已经答应了我的同学，现在最重要的便是赶快把稿子弄出来。不能老纸上谈兵，写文章是真枪真刀的事，得一笔一画地干。虽然这事最初和我没多大关系，我一再声明自己对言情小说毫无兴趣，然而，事到如今，我都答应了一起写，既是上了贼船，就得同舟共济。“你现在已写到哪儿了？”我一本正经地问道，“我可是一直在等着你的初稿。”薛白被我问住了，漂亮的大眼睛里闪过羞涩和狡黠，说：“我等会儿告诉你。”她看了看表，向身边的司机指了指路，“就在前面拐弯，就前面那条路口。喂，林林，我再去单位混一会儿，你陪我一起去，等我一会儿，等我下了班，我们找个地方好好谈谈。”

正说着，出租车已经停在了薛白上班的银行门口。这地方不许停车，司机怕罚款，一个劲儿催我们快下车，薛白一推车门下去了，不由分说地向我连连挥手。我糊里糊涂下了车，糊里糊涂被拖到了薛白的办公室，又糊里糊涂被塞到一个角落。这是间大办公室，有十几张桌子，男女老少什么样的人都有，典型的机关场面，办公桌上是茶是烟是报纸，薛白一到，立刻引起新的话题。那话题只是隐隐约约和我有点关系，当然，更可能和我没有一点关系。薛白忽然想到似的给我送了一大叠报纸来，“喂，你等我一会儿，一会儿我们就走。”说了，又走回去加入她的同事们的聊天。我坐在角落的一个沙发里，无所事事，成了道道地地的局外人。这场面勾引起我的一段已经死去的记忆。好几年以前，我和第一任未婚妻的关系定下来之后，我常常去她的机关等她。也是这样的大办公室，几乎完全一样的氛围，别人一边说话，一边用眼睛偷偷地瞟我。我一会儿坐立不安，一会儿又老脸皮厚无动于衷。第一任未婚妻离我遥远得恍如隔世，我产生的唯一感伤就是自己终于不像几年前那么年轻，仿佛一首歌里唱的那样，“岁月如流，我们终于不再年轻。”

那天晚上，我执意要请薛白在一家个体户经营的餐馆里吃晚饭。我们已经进了餐馆，餐馆的装潢富丽堂皇，薛白看了看价目表，对我说：“你是不是发了什么横财，就算是发了，也用不着在我面前摆阔。走，今天晚上到我家吃晚饭。我妈正好想见见你。”她用不容拒绝的口气命令我，“就这么定了，把你的钱省下来，下次再请我。你怎么了，这么紧张干什么？”

“你母亲想——见见我？”我的心止不住不安分地咚咚直跳。

“我妈不相信我是在写小说，她更不相信我是和一个男的一起写。你今天去了，肯定吓她一跳。你别怕别怕呀，看你吓的。”

我承认自己是硬着头皮上薛白家的。薛白的家位于一个大学的宿舍区，她显然不是第一次带男孩子回去吃饭，看得出她的父母非常地宠她，处处小心翼翼，就怕得罪女儿让女儿不称心。薛白一到家就犯了小姐脾气，嚷着说爱吃的青菜炒咸了，又嫌汤烧得太少，害得做母亲的一个劲儿地埋怨保姆。我对薛白的家庭背景所知甚少，光看住房的苗头就知道弱不了。她父亲自然是一位有些来头的教授，说话和蔼可亲，老喜欢下结论下定义，动不动就是因为所以。我总摆脱不了做贼心虚的感觉，在薛白母亲话里有话的追问下狼狈不堪。

好不容易把晚饭吃完，薛白对她母亲说：“妈，你有完没完，他又不是你未来的女婿，问那么详细干什么？去去去，该干什么，干什么去。林林，走，我们换个地方。”我和薛白一起进了她的小房间，“喂，给你两分钟时间，参观一下，然后我们开始正经八百地讨论我们的小说。”

布置得极别致的女孩子的房间，又一次唤醒我一种朦朦胧胧的意识。我老是有意无意地想起自己和薛白年龄上的差距。床头柜上放着一个极大的布娃娃，我拿在手上琢磨了一番，明白了它居然是个美国来的进口货。薛白出去关照保姆送瓶开水进来冲咖啡。我拣了张椅子坐下来，不安分地东张西望。房间里的一切看上去都顺眼。一切都和我设想的一样一样的，一样得出人意外。我在心里已计算了无数遍，薛白起码得比我小十岁，和永恒比起来，十岁显然微不足道，但是你站在一个天真无邪的女孩子面前时，你不得不感到自己已经饱经沧桑。

“‘味道好极了’，喂，请品尝正宗的雀巢咖啡。”薛白已换了身衣服，是那种宽大的运动服，跪在地毯上很认真地往小杯子里加咖啡伴侣，小茶几很矮，她的举动显得非常孩子气。

我们终于开始认认真真地谈我们要合写的小说。

8

从确诊骨头上长了个肿瘤到截肢，这中间的时间短得让人喘口气都来不及。半个月前，第一次提到肿瘤这字眼时，林黛还用医生安慰她的话安慰李欣：“问题不是太大，不过为了安全起见，医生说最好还是开刀切除。”疾病有时能使人的性格发生极大的变化，一向娇滴滴的林黛似乎根本没有意识到事态的严重，从挂着白门帘的检查室出来，她脸红的原因是因为外科医生曾在她的大腿上摸来摸去。“医生说，还得重新拍片，”当医生瞪着眼珠看了半天X光片，用圆珠笔刷刷写字的时候，林黛对陪她一同来医院的李欣说，“还要做几种什么检查，真讨厌，麻烦死了。我真不想再做什么检查了。”

那天正好是星期六，从医院出来，李欣送林黛回家。林黛的家没别的人，李欣执意要林黛让他看看她腿上到底怎么回事。“不，”林黛一口拒绝，她想到外科医生热乎乎的手指，脸忍不住又一次红起来。“那么，到底是在哪个位置呢？”李欣关怀地问道，“真要是肿瘤什么的，可真得当心。”林黛让李欣隔着裤子摸长着肿瘤的部位，一边格格笑着扭来扭去，一边向李欣提出抗议。李欣说：“别动，你别动，让我好好摸摸。”林黛说：“你又不是医生，就是是医生，也得看了X光片才知道。我不让你摸了，好痒痒。”

林黛表现得太不当一回事，谁也没想到后果的严重性。唯一产生的疑问是李欣无缘无故地想到了山口百惠。生活不像演电影，李欣想到山口百惠在银幕上死去活来，害得多情的少男少女一次次流眼泪，而她自己实际上什么不幸也没有，不由得忿忿不平。林黛死了以后，李欣和薛白谈起往事时曾说，要是生活就像演电影一样多好，悲哀的事再多一些也不要紧，可电影永远是电影，生活永远是生活。林黛老喜欢把自己比作山口百惠主演的角色，山口百惠依然是山口百惠，而林黛却真成了山口百惠演过的角色。

手术的准备可以说是非常充分。尽管恶性肿瘤的可能性只有百分之一，然而百分之一的可能性就足以使医生慎重其事。手术的第一步是切除肿瘤，然后立刻送去进行活组织检查，如果是良性便万事大吉，如果是恶性，也就是说，真要是遇上了百分之一的可能性，那就要看浸润的程度，从理论上来说，只要是恶性，采取截肢治疗为上策。当然，考虑到患者正值青春年华，医生将在最大限度内尽可能地保留住林黛的那条腿。

那一天阳光灿烂，长长的走道里反射着太阳的光芒。手术室的玻璃门被白布罩得严实无缝。不时地有穿白大褂的医生护士匆匆进出，装有弹簧铰链的玻璃门哐啷直响。明知道什么也看不到，李欣一次次伸长脖子往里看。手术室内还有条大走道，除了像教室一样的房间，他每次的窥视一无所获。靠玻璃门最近的是一排鞋柜子，清一色的印了手术室字样的军用球鞋零乱地散在地上，李欣不明白为什么要用去了鞋带的军用球鞋来代替拖鞋。就算是为了省钱也有失身份，这毕竟是一家省级的大医院。

在手术室外等候林黛的几个人中，那位中年男子是林黛的父亲。他时不时笑着安慰林黛母亲几句，给人一种非常豁达的感觉。“光着急是没有用的，我们不是医生，就算是医生，我们也不能决定女儿得什么病。”除了坚信医生之外，林黛的父母别无选择。林黛进手术室不久，便有医生出来告诉她的父母，说切片已经送去活检。手术非常简单而且顺利，下一步怎么样全看化验结果。“真要是那样怎么办，怎么办？”林黛的母亲脸上一阵白一阵红，“我们的女儿和她那同学好得已经分不开，真要是锯掉一条腿什么的，那怎么办？”她显得忧心忡忡，把男人扯到一边，继续说：“我们不同，女儿之外，我们还有儿子，还有一个女儿。她那同学是独子，父母又是干部。”做母亲最担心的是女儿成了残废，会遭到男朋友的抛弃。祸不单行，这种可能性不是不可能。

走道上等候林黛的两位年轻人中另一位是薛白，在林黛父亲安慰妻子的同时，薛白一遍遍开导李欣。“李欣，谁都可能有三长两短，你看看这走道上，多少家属在这儿等着。谁都可能生病，你用不着太急。”李欣一直愁眉苦脸，那种不祥的预兆让人心烦意乱地跟着他，他苦笑着说：“我知道不会有什么的，而且，无论发生了什么，我早就和林黛说过，”一位穿白大褂的护士小姐从走道上走过，李欣目不转睛地盯着她看，护士小姐也盯着李欣看，已走出去一大截，依然回头望着他，“我早就和林黛说过，无论发生什么，我，我已经下了决心，绝不动摇。当然，也许我想得太多了，也许根本就是虚惊一场。”

“肯定虚惊一场，”薛白看了看手表，说，“你别急，还早呢。”

李欣也撩起袖子看表。时间过得太慢，手术室的门突然打开，一辆推车慢慢吞吞地挤了出来，过道上等候的人群一拥而上。明知道不可能是林黛，李欣和薛白还有林黛的父母仍然像上一次一样，扑过去探望。推车上是一位年过半百的老太太，老太太的表情非常吃惊，众多的围过去注意她的人中间，偏偏没有她的家属，她急得哇哇直叫。“喂，让开些，让开些，”护士小姐不耐烦地轰赶人群，“这老太太的家属真滑稽，不相干的人围了这么多，该有关的人却不知到哪去了，喂，这老太太的家属呢？”护士小姐忿忿地叫喊，老太太硬撑起脑袋往四处看。一位愣头愣脑的小伙子飞奔过来，从护士小姐手里抢过推车，自作主张地往走道那头推。护士小姐追在后面大叫："往哪儿推，往哪儿推？"走道上的人都为小伙子的莽撞行为感到好笑，小伙子瞪大了眼睛看着护士小姐，一头一脸的不高兴。

李欣又一次撩起袖子看手表，他的动作引起了连锁反应，薛白和林黛的父亲也对手表看。林黛的母亲很着急地询问男人，她觉得活组织检查的时间太漫长了一些，让人心焦的等待实在难以忍受。"伯母，没关系，林黛绝不会有事的。"李欣满脸愁容地安慰他未来的丈母娘，他那痛苦的表情用来安慰别人，不仅不能减弱烦恼，相反只有增加负担。走道上又恢复了平静，七零八落的病人家属细声细语说着什么。自从林黛定下来要做手术，不祥的阴影便没离开过李欣，各式各样的怪念头坏念头对他进行着疲劳轰炸。理智起不了什么作用，林黛越是表现得漫不经心毫不在乎，李欣越能感受得到那种潜在的威胁。甚至在林黛平静的面部表情上，他也注意到了一种别有意味的暗示，那暗示像水滴在纸上，滴在那种用来写毛笔字的宣纸上，慢慢地一圈一圈地向四处散开。

李欣和薛白站在走道的另一头。离手术室的玻璃门远一些，这是薛白的主意，李欣的脸一阵一阵地发白，不能不使她感到难受和害怕。"你绝对不会想到他这样的人，到临了，竟然能有勇气割自己的手腕，"重提旧事，薛白仍然有许多百思不解的地方，"他那模样与其说是在等最后的判决，倒不如说他已经事先知道了最后判决。他有一种连他自己都能感受得到的过分的紧张。他嘴上老是说，'我知道不会有事的，不会有什么。'可事实上他却在不停地哆嗦，他不停地哆嗦，一次又一次地苦笑，他是用苦笑来掩饰自己内心深处的恐惧。他怕得要命。"薛白坚信李欣当时有很强烈的预感，"你必须相信人会有一种预感，人是会有预感的，李欣显然是被预感吓坏了。”除了不祥的预感之外，找不到任何可以解释他为什么如此害怕的原因。在走道上等待的时间确实长了一些，手术室里接二连三地推出手术已经完毕的病人，站在那儿等待的家属越来越少。林黛的父母小声地议论着什么，不停地偷眼看李欣，毫无疑问，他们也注意到了李欣不应有的过分紧张。

手术室的玻璃门里终于出现为林黛做手术的那位医生的影子。弹簧玻璃门被轻轻推开，衣服上沾有血渍的医生从门缝里挤了出来，这是位年轻有为前途无量的好医生，刚从维也纳留学归来，踌躇满志雄心勃勃，他垂头丧气地站在玻璃门前，无可奈何无地自容，掩饰不住的失望和歉意，神情麻木地等待病人的家属向他走过去。

9

据为林黛截肢的医生说，做手术后的几天中，他毫无吃饭的胃口。“天知道我的食欲跑哪去了，按说我们做医生的，什么残酷的手术没做过？不过，像对林黛这样的女大学生，正当好年华，活生生地将一条腿锯掉，真正是罪过，太罪过了。”医生将林黛的截肢称之为艺术品的劫难，他觉得上帝既然造就了一个美丽的女孩子，就不应该轻易把她破坏掉。“锯掉一条腿实在太容易了，干这样的混账的事，请一个杀猪的就行，不，用不到杀猪的，找一个卖肉的都行。医生的职责是治病救人，可事实是医生救的都是死不了的人。任何一个有良心的医生，他，当他发现自己锯下一条雪白的大腿，一条谁见了心里都难免有那么点邪念的少女的大腿，他不可能不产生自己是吃干饭的感叹，除非他是石头人，不，就算是石头人，也很难保证他不动心。”为林黛进行手术截肢的医生有副艺术家一样敏感的心肠，他曾经和李欣谈过一次话，在这次谈话中，医生公开表示对截肢的反感，“就医生的良知来说，既然是恶性骨瘤，截肢便是保留生命的唯一选择，但是究竟能不能保留生命还得打上问号，事实是，事实是保留生命的愿望很难实现。作为医生，治病救人这块牌子不能丢，只要有一线希望，做医生的总得试试，总得试一试。不过，就我个人来说，如果是我，我是说如果是我得了类似的毛病，我绝不截肢，绝不截肢。人来到这世上是完整的，他也应该完完整整地离开。”

医生是在值班室和李欣说这番话的。那一天正好轮到他值大夜班，中午睡足了一个午觉，这时候再想睡觉又太早，穷极无聊，便把李欣找去谈话。林黛因为连续几天的剧痛，在镇静剂的作用下沉沉入睡，并发出轻轻的鼾声。“你不用担心，她一时不可能醒过来，”医生安慰李欣说，“对于她来说，只要能睡着，就是最大的幸福。”

“这样的剧烈疼痛大约得持续多久呢？”李欣问医生。

医生说：“肉体的痛苦总有极限，况且，实在不行了，还有镇静剂。”

“到底还得疼多久？”

“多久，也许很快，也许是一辈子。”医生避实就虚，开始侃侃而谈。在此后的谈话中，所谓对话已变成了医生的独白，李欣没有插话的机会，也无话可插。自从我答应和薛白一起合作，把林黛与李欣的故事写成小说，薛白便领着我到处乱转。我们拜访了为林黛做手术的那家医院，拜访了那位替林黛截肢的医生和有关的护士。医生记忆中印象最深的就是他和李欣的这次谈话，然而关于这次谈话，他所能记住的更多的只是自己说了什么。“这是个不爱说话的小伙子，明摆着当时他是太累了，我记得他一边聚精会神听我说话，一边止不住地哈欠连天。”医生对我们说了一大通作为一个医生对人生的见解，临了，非常诚挚地说，“这样的故事是应该写出来，小伙子实在是太痴情，难得难得，可是，人生中应该写出来的东西是不是太多了一些，你们能写完吗？”

为了不使我们过于失望，医生把一位年轻漂亮的护士小姐叫到办公室，“你们可以和李护士好好谈谈，李护士为了你们要写的这个故事，可是正儿八经地哭了一场，你们好好谈谈。”

李护士很有些不好意思，红着脸不肯开口，隔了一会儿，连声说：“哎呀，我没什么好说的，没什么好说的，反正真要我说，真要我说，我就说这就叫爱情，这才是真正的爱情呢！”她出语惊人，突然间变得很激动，仿佛是准备和谁大吵一场的架势。

“别激动，别激动。”医生笑着离去，临走时向我们挤了挤眼睛。

“本来嘛，”李护士激动之中夹着些不好意思，笑着说：“我就说这才是真正的爱情。”

薛白希望李护士能为我们提供一些具体的东西，在我东张西望之际，她开导李护士说：“我们最好能有一些生动的细节，虽然我们已经掌握了许多材料，但是既然是要写，当然知道的越多越好。”薛白的样子非常认真，她的样子越是认真，我越有一种跟在她后面鬼混的嫌疑。幸好她迟迟动不了笔，反正是说好我写第二稿的，她的初稿不拿出来，要埋怨暂时还埋怨不到我。李护士激动了半天，似乎说不出什么让薛白满意的事情，最后她自己终于也急了，眼珠子瞪着薛白说：“我这人嘴笨，不会说什么，不过我一想到那姑娘睡在那儿，一声不吭，握着小伙子的手，捏过来捏过去不说话，眼泪刷刷地从腮帮子淌下来，老这么握着手，老这么握着，心里就难过。我没见过比他们更相爱的人了，没见过。小伙子端屎端尿，哪一样不干？晚上陪夜，真是只要稍稍有些动静，他马上就知道，马上就知道。不过，说老实话，我印象最深的，还是他们一直握着手坐那儿，坐那儿一声不吭。”

薛白看了看我，点点头说：“这细节非常好。”

李护士得到了鼓舞，补充说：“这种时候才是‘此时无声胜有声’，真的是这样。”

“此时无声胜有声，很好，很好。”我极认真严肃地敷衍着。

李护士打算和我们进一步谈谈林黛临死之前的情况。“林黛的病情已开始好转，我们都准备让她转院，或者干脆出院算了，反正她这病就这样，好是好不了，拖拖也能拖，没想到却突然恶化，突然恶化。那一天——”李护士滔滔不绝，越说越激动越说越来劲。有些细节显然出了差错，薛白忍不住说：“我也知道一些，那天我在场。”

“你在场？”

薛白非常抱歉地说：“我那天正好在。”

“你正好在？”李护士从怀疑到失望到不高兴，“你既然也在，干吗还要来问我。对不起，医院里常常要死人的，也可能是我弄混了。”

“没关系，没关系，”薛白连续不断地说没关系，反而更使李护士多心，谈话陷入了僵局，“我们也不过是随便问问，你给了我们不少帮助，我们太感谢了，真的，实在是谢谢你。”

年轻漂亮的李护士脸上再一次露出笑容，我们趁机提出了告辞。就写小说的要求来说，我们的准备已经足够充分。不能说薛白不尽心尽力，然而明摆着迟迟不动笔就是不行。薛白的想法太多，太多的想法让她无所适从。不满意的开头至少有十几个，她眼花缭乱心神不定，常常用不着我提出什么具体意见，便毫不犹豫地否定了自己。她也试探着让我写过开头，这往往是她的信心打了折扣的时候，她会说，你来写吧，就照你说的那样写。我真正写了，她又会说，这不行，这不行，从小说艺术的角度来说，也许有道理，但是你写得太细太长。她小心翼翼地避免用啰嗦这词来刺激我。光割腕自杀这么一个小细节，你就足足写了近五千字，足足五千字，那腕还没割。她笑着说。

我们最终定下来的第一章，是从林黛咽气开始。林黛的咽气是起点，我们打算一边回忆往事，一边叙述李欣如何一步步走向殉情。林黛死前后的两条故事线将像搓绳子似的被我们绞在一起，我们时常陷入这样的困境，一方面要写的东西太多，仿佛只有那么个小皮箱，偏偏想装下最多的钱，另一方面，为了让故事能连下去，而又不使读者感到枯燥，我们不得不适当地虚构一些细节。我们要写的故事本身并不复杂，复杂的却是如何把简单的故事写好写复杂。医院之行起码给我和薛白又一次在一起的机会。我承认和她在一起心情非常愉快，这是一种纯粹意义的愉快。小说是否能写好，老实说我根本不介意。我知道自己绝不可能坠入情网，正是因为不可能坠入情网，我时不时地向薛白进行一点点无伤大雅的小调情。十岁的年龄差给了我一种安全感，一种稍稍带了些伤感却可以轻而易举地隐藏自己的安全感。

无论是医生还是护士，对我和薛白的合作都抱羡慕和妒嫉的态度。无论是羡慕还是妒嫉，其根源都是觉得我配不上薛白。也许人人都会有一朵鲜花插在牛粪上的感叹，甚至我自己也不例外。我坚信自己不可能爱上一位像薛白这样的女孩子，女孩子太可爱，我这样的人受用不起。和薛白的合作令人愉快，但是更令人感伤，我在愉快中有滋有味地咀嚼着感伤的苦果。自从和第二任未婚妻分手以后，我断断续续地一直在和不同的有可能成为我的女朋友的人见面。不停地见面，不停地分手。几乎所有的约会都是不欢而散，主题太明确，目的太直露。只要一有可能，我便把正在约会的女朋友带往自己的单身宿舍。谁成为我的妻子并不太重要，只要她长得不是太难看，只要她不觉得我讨厌，大家过得下去就行。我太实事求是的态度给人一种过于轻浮的错觉，几乎所有的女人都喜欢搂搂抱抱，然而一旦我真有了什么企图，不是十分狼狈被拒绝，就是干脆彻底遭遗弃。

我很悲哀地发现自己和爱情这玩意儿无缘。在林黛咽气的那家医院里，我和薛白站在楼梯口，病人或医生或护士毫不相干地从我们身边走过，我突然产生了那种巨大的悲哀。巨大的悲哀像原子弹爆炸过后的蘑菇云，我感受到了一种深深的震动。在这永恒的瞬间里，人的可怜和不幸携手向我走过来。我仿佛是一下子大彻大悟。我渴望一种现实中的爱，一种异性能给我的最简单的一切，拥有一个女人并为这个女人所拥有。我从来不是理想主义者，对罗曼蒂克全无兴趣，尽管我已经深深地被薛白所吸引，但是与其说我是不敢爱，倒不如说我是不可能爱。不敢之中也许还包含着敢的因素，不可能却是无药可救，哀莫大于心死。“林林，我们的小说就从这儿开始，”薛白指着楼梯下面充满信心地说，“‘林黛终于咽了气，李欣沿着这楼梯走下去，他感到一种走向天堂的庄严——’就这样，怎么样？”她那双极漂亮的大眼睛有些迷惘，痴痴地在等我回答。我说：“怎么样的开始都可以，开始无关紧要，结局更无关紧要。”

“李欣沿着这楼梯走下去，他感到一种走向天堂的庄严。”

“不是走向天堂，而是直奔地狱。”

“不，应该是走向天堂。”

“根本就没有天堂。”

“那也没有地狱，算了吧，”薛白依然痴痴地望着楼梯下面，“我不打算和你争这种无聊的话题，你听我说，下一句是，‘没人知道他心里想什么，人们永远不会知道他心里想什么’。再下一句是——”

“我知道他心里想什么。”

“你别捣蛋。再下一句是：‘他已经作好了必死的准备，他决心去死，死对他来说，是一种最美好的诱惑。人们只知道他心里非常难过，没人想到他会真的去死。’然后，然后是，下一句怎么写呢，反正大致意思就这样。你干吗这样看着我？”

“你看上去实在太可爱了，这么认真。”

“你说这样行不行？”

“当然行，不过，我确实想到了李欣会死，而且我知道他为什么要死。”

“你怎么了？”

“我突然明白了一个道理，明白了这个道理，再去想李欣为什么要自杀，便容易得多。唉，难怪李欣要殉情！”

薛白吃惊地瞪着我，不知所云。

10

林黛终于咽了气，李欣沿着这楼梯走下去，感到一种走向天堂的庄严。没人知道他心里想什么，人们永远不会知道他心里想什么。他已经作好了必死的准备，他决心去死，死对他来说，是一种最美好的诱惑。人们只知道他心里非常难过，没人想到他真的会去死。

那一天薛白正好在场，外面突然下起哗哗的暴雨，奄奄一息的林黛闹着要坐起来。已经通知了林黛的父母，他们正冒雨往医院赶。极度的疲倦令李欣昏昏欲睡，连续几天的陪夜，一次次的抢救输液，他的精神已接近崩溃。谁都能看得出，林黛如果再拖几天，那么首先咽气的很可能就是李欣。连李欣自己也不明白他究竟多久没吃过东西，他完全到了那种想吃吃不下，想睡睡不着的糟糕境地。薛白一大早赶到时，坐在林黛床边的李欣的第一句话便是：“林黛，薛白来了，让她陪你一会儿。我必须睡一觉，我得睡一会儿，就一会儿。”说着，像倒下的面粉口袋似的，一头扎在林黛的床上呼呼大睡。“他实在是太累了，”林黛用手轻轻抚摸着李欣的后脑勺，非常平静地说，“他太累了，他的脸色，看上去，一定比我的还、还更差劲。”她的脸上因为回光返照，放射出一种奇异庄严的光彩，“外面，是不是在下雨？”

“在下雨。”

“下雨好，我，我喜欢下雨。”

李欣在林黛火化的那天，吃了整整一瓶安眠药。在前一天，他在南京最大的那家鲜花店门口足足站了一夜。他买下了花店所有的康乃馨，太多的用飞机刚从广州运来的康乃馨不得不专门雇一辆出租车才能装下。告别仪式在殡仪馆的中号厅举行，大学同学中学同学来了不少，李欣表情沉重地站在厅门口，向每一位来宾发放康乃馨。每人一枝，甚至来看热闹的不相干的旁观者也有。火葬场永远有一种别开生面的热闹，除了悲哀的号哭，这儿是多年不见面的老朋友的聚会之地。熟人见面时打招呼的问候，其喧哗和骚动远远盖过了哀悼死人的气氛。在生命的尽头，在进口的焚尸炉前，欢乐的喜悦胜过了死亡的悲哀。厅里厅外聚集着手拿康乃馨的熟人，一边聊天一边等待。李欣的父亲向儿子走过去，这位即将离休的厅级干部，神情沮丧地望着自己心爱的独子，好半天说不出话来。“儿子，儿子，我来帮你发花，我来。”李欣的父亲拍了拍儿子的肩膀，想安慰他几句，嘴动了几下，找不到合适的话，“每人一枝花，这办法好，这办法很好。”李欣说：“林黛生前最喜欢康乃馨。”李欣说：“康乃馨是林黛生前最喜欢的花。”他的声音低得要费很大的力气才能听得见，那声音仿佛不是来自喉咙口，而是来自别的什么地方。李欣的父亲说：“儿子，有些事人是没办法的，爸爸知道你心里不好受，今天这日子你好好地哭一场，你哭，放开来哭，儿子，放开来哭好了。”李欣把头昂了起来，牙紧咬住嘴唇，两眼望了会天，无可奈何地闭上，一连串的泪珠纷纷滚下来。

“儿子，别这样，别这样，你这样子，你妈妈知道了，心里会难过的。她年纪大了，身体也不好，会受不了的。爸爸知道你心里不好过。”

“妈妈为什么不来？”

“她受不了，你这样子她受不了。她不敢来。”

李欣低下头来，用手捞了捞脸上的泪水，向走过来的两位来宾递康乃馨。他父亲对来宾点了点头，旧话重提地说：“一人一枝花，这办法好。”

“这是林黛的主意，那次，我和她去参加她姐姐的婚礼，就是每人送一枝康乃馨。每人一枝，到处都是芳香，每人一枝——每人都是一枝，一枝非常好非常好的康乃馨。”李欣沉浸到了往事的回忆之中。告别仪式开始，他走到前排，站在那儿一动不动。主持仪式的是林黛的姐姐，她尚未开口，便号啕大哭起来。厅内一片唏嘘，林黛的姐姐泣不成声，反反复复重复一句话：“我妹妹她太年轻了，她差几天才能到二十岁。”仪式结束前夕，林黛的姐姐忽然想到似的问李欣要不要说几句话。李欣转过身来，对着乱哄哄的一厅人，瓮声瓮气地说：“林黛已经死了，她已经死了，我没什么好说的，什么都用不着说。”他显出一副十分生气的样子，咬牙切齿地站在那儿。终于到了向遗体告别的时刻，来宾排成一支弯弯曲曲的队伍，缓缓从林黛身边走过，一枝接一枝康乃馨扔向保护着林黛的玻璃罩。

李欣跟着林黛姐姐和姐夫，一同护送林黛去焚尸炉。手推车上放着一大捧康乃馨，推车的是火葬场的一位工作人员，他不时地回过头来看林黛的姐姐，忍不住地问道：“这是什么花，贵不贵？”李欣的手搭在手推车上，一边走，一边发怔。林黛的姐姐还在流眼泪，她用手绢擦了擦眼睛，回答了推车人的提问。推车人紧接着又问花的价钱，林黛的姐姐再次作答。很快到了焚尸炉前，林黛的姐姐又一阵号啕大哭，这一次是倒在她丈夫的怀中，她丈夫像哄小孩子一样地在她背上轻轻拍着。李欣俯下身子，小心翼翼地将嘴放在林黛的额头上，久久地具有永恒意味地吻着。他这漫长的举动即使是见多不怪的火葬场工作人员也感到吃惊，吻别死者一向是常有的事，但是像李欣这么庄严，这么宁静，这么充满深情和悲哀，却从来也没有见识过。令人心碎的长吻同样让林黛的姐姐和姐夫感到震惊，他们突然意识到，应该好好安慰一下这位被痛苦完全击垮了的年轻人。自从林黛病重以后，他们作为林黛的亲属，早已目睹了李欣对林黛的赤胆忠心。这是一对爱得太成功的恋人，爱得实在太成功，如漆似胶天衣无缝。爱得让人妒嫉让人哭笑不得让人不相信。林黛的姐姐上前拉继续保持着长吻姿势的李欣，她的丈夫在一旁帮忙。

手推车将林黛送向焚尸炉，送行的亲属被阻隔在一道铁栅栏之外。炉门猛地被打开，炉膛中疯狂的火焰映在翻开的炉门上，焚尸工人一把抱起那大捧的康乃馨，不当回事地往旁边的地上一扔，然后再将林黛抬起来，放在一个像抽屉一样的滑槽中，用劲儿一推，送进炉膛，嘭的一声关上炉门。在此后的一段时间内，林黛的姐姐注意到，李欣几乎是目不转睛地盯着扔在地上的康乃馨。“他完全出了神，两眼直直地，就看着那康乃馨。”林黛的姐姐做梦也不会想到妹妹的男朋友会痴情到殉情的地步，“我看他那样子，心里就为我妹妹感到难过，多好的男孩子，又是大学生，可惜小黛没那福气。我当时想，这样重感情的男孩子，以后谁嫁给他，谁就是福气。我怎么会想到十个小时以后，他便吞下了整整一瓶的安眠药呢？”林黛的姐姐想不明白的是，事实上，李欣对林黛的骨灰盒有一种过分的恐惧，因为他那流露出来的太明显的慌张，林黛的姐姐只好让自己的丈夫捧骨灰盒。“他掉头就往外走，都不敢对小黛的骨灰盒看一眼，我喊住了他，让他跟我们一起走，他显得十二分地不情愿。等到我丈夫捧着骨灰盒走过来时，他偷偷看了骨灰盒一眼，吓得直哆嗦。”

还有两辆车在等候，一辆是李欣父亲的黑色桑塔纳，另一辆是面包车。面包车里坐着林黛的父母和哥哥嫂嫂，林黛五岁的小侄儿想撒尿，爷爷奶奶叫他就在路边方便，小家伙下车东张西望，闹着要他妈妈带他去厕所。正争执着，林黛的母亲说：“别吵了，你大姑姑他们来了，要么就在路边撒尿，要么赶快上车，一会就到家了，回去再说。”车上的人都伸头往车外望，林黛的姐夫将骨灰盒递给坐面包车里的老丈人，面包车里顿时又是一阵悲哀。林黛的母亲抚摸着还有些发烫的骨灰盒，哽咽着说：“小黛，小黛，我们回家吧。”李欣默默走到他父亲的那辆黑色桑塔纳面前，拉开车门，一头钻了进去。黑色桑塔纳缓缓移动，驶到面包车边上，李欣的父亲从车里探出头来，说自己的这辆车空，面包车上的人可以坐两个过来。林黛的小侄儿听到了，闹着要坐小汽车，结果，小家伙由林黛的姐姐抱着，坐进黑色桑塔纳，还没坐稳，小家伙又闹，说要坐前面的位置，李欣的父亲回过身来说："好吧，小朋友，坐爷爷这儿来。"

一路上，李欣沉默无言，低着头，想不完的心思。林黛的姐姐问他，是不是去她家吃午饭，然而，李欣爱理不理的样子使她下不了台。他回过头，并不是太友好地瞪了她一眼。无论有什么样的理由，这样的举动也嫌过分。事过境迁，林黛的姐姐一直后悔当时自己不该赌气，后悔没有很好地劝劝李欣，她认为李欣所以会殉情寻短见，与没人能开导他有极大关系。"自从小黛被装进骨灰盒后，我就没听他说过一句话。"林黛的姐姐觉得林黛死了以后，他身边缺少真正关心他的人，"像他那样钻牛角尖的人，一定要有人开导他。要不然，他绝不会一次寻死不成，都过了一年了，再去死第二次。"林黛的姐姐永远不可能知道事情的真相。事情的真相永远不可能被人知道。事实上关心李欣的人绝不在少数，尤其是第一次自杀失败以后，他周围的人为了取消他再次寻短见的念头，已经竭尽全力。拯救李欣在一段时期内，成了一次惊心动魄的战役。能争取到一年的时间太不容易。且不说李欣父母的苦苦哀求，光是他那帮大学同学，苦口婆心的劝说便没办法计算次数。完全是一场货真价实的车轮大战，从各个角度，用各种方法，轮番进攻疲劳轰炸。不止一位女生向李欣表达了乐意替代林黛位置的愿望，这其中甚至包括了正被一大帮男孩子拼命追求的薛白。林黛的姐姐绝对想像不出别人所做出的非凡努力，她绝对想像不出。当黑色桑塔纳飞奔在宽阔的城西干道时，街道两侧的房屋刷刷向后退，林黛的姐姐想到的，只是李欣不过悲哀一阵，很快就会忘掉她那苦命的妹妹。她不会想到，十个小时以后，李欣会吞下整瓶的安眠药，她更不会想到，一年以后，大家都认为李欣已经摆脱了死亡的阴影的时候，他会悄悄地用薄薄的蓝色吉利刀片，割断了自己手腕上的动脉。想不到的事实在太多。

李欣没有随着林黛的骨灰盒一起去她的家。他始终低着头，一声不吭，仿佛根本听不见林黛姐姐的招呼。看着小伙子悲痛欲绝的样子，林黛的姐姐忍不住一阵揪心，她为自己的妹妹找到这么一位如此痴心爱她的男人感到吃惊，真心地希望李欣能尽早从悲哀中走出来。黑色桑塔纳又一次缓缓向前移，渐渐没了影子。林黛的姐姐对站在身边捧着骨灰盒的丈夫说："小伙子真可怜，他实在是太爱小黛，我妹妹好没福气。"十个小时以后，林黛的姐姐再一次重复了这段话。这时候，李欣正躲在他那间插上插销的小屋里，一片接一片吞食安眠药。这时候也正是电视里的节目向观众告别之际，和李欣家过分的寂静恰恰相反，林黛家谈兴正浓话多得没完没了，平时不住在这个家里的林黛姐姐姐夫和哥哥嫂嫂，这一天都住这儿，一家人聚在一起商量如何安置林黛的骨灰盒。林黛的父亲打算把女儿葬回老家，大家商量着行程。商量着是否要叫李欣一起去。话题因此在李欣的身上打转，他们回忆起李欣初次登门时的情景，回忆起林黛和他情意绵绵难舍难分的腔调，就在此刻静静地放着林黛骨灰盒的小房间，林黛和李欣躲在一个小拐角里，无数次地亲吻，那种疯癫癫的样子不止一次被人撞见。这几乎是一个公开的秘密。林黛父母定下了严厉的规矩，只要这对小情人缩在小房间里，就不许闩门，做父母的并不反对子女恋爱，甚至也不反对接吻，但是他们旗帜鲜明地反对子女走得太远，不许闩门是一种最好的防范。当李欣将整整一瓶药全部吃完，嘴里念着林黛慢慢沉睡的时候，林黛的姐姐突然向父母定下的不许闩门的规矩提出异议，理由是既然妹妹的人生是那么短暂，早一点让她和李欣生活在一起才是最好的选择。她这话针锋相对她嫂子提出的一句模棱两可的插话。她嫂子最擅长来一些嵌骨头的即兴发言，尽管说得很含蓄，然而很含蓄的话中明显包含了对林黛是否是处女的怀疑。她反复暗示说："林黛幸好没有结婚，幸好没有留下孩子。"幸好这两个字在语气上顿了顿，有滋有味含义不尽。林黛的姐姐因此气急败坏，她用近乎愤怒的口吻投入了一场战斗，"用不着凭小人之心来度君子之腹，要知道，我们实际上是剥夺了小黛最后的幸福，他们的时间比我们的宝贵得多。"忿忿不平的林黛姐姐有些语无伦次。与此同时，那位在安眠药作用下，坚信自己已经告别人世的李欣正美美地做梦，烦恼的现实生活远在云霄之外，那个谁也不能把他和林黛分开的极乐世界里奇妙无穷。与此同时，林黛的母亲不得不站出来阻止姑嫂之争："好了好了，你们还要不要睡觉，到底要不要睡觉？"夜深人静，夜深人静，实在是到了该睡觉的时候，该睡了。

1990 年 12 月 2 日～1991 年 1 月 4 日

走近赛珍珠

第一章

1

我接到罗燕女士的电话时，正准备动身去刘岳厚那里。这个电话接得很匆忙，我已经换好了出门的衣服，摸了摸钥匙串，意识到它确实是在口袋里，然后换上鞋，刚拉开门，电话铃响了。以往也遇到过类似的情况，我的电话可以录音，有时候因为偷懒，我故意不去接电话，然而这一次，我似乎预感到了会有什么不同寻常的事情发生，犹豫了片刻，脱了一只鞋，在刚吸过尘的地毯上蹦着，跌倒在电话机旁的沙发上，一把抓起电话。

电话那头传来了罗燕女士的声音，我首先听到的是张艺谋的名字。这可是个响当当的名字，我不由得一怔。

罗燕女士说："是张艺谋向我推荐了你！"

我顿时有一种受宠若惊的感觉。虽然张艺谋让几位作家同时替他撰写武则天，一度闹得沸沸扬扬，害得许多义愤人士跳出来痛加指责，有的人甚至在我面前大骂他，但是我对张艺谋并没有什么恶意。作家受点侮辱，吃点亏，没什么大不了的。我觉得张艺谋起码有两点可喜之处：第一，中国电影这么差劲，而他的电影确实不错，还可以看；第二，现在已经没什么人看小说了，总算他还是个能坚持看小说的人。我并不认识张艺谋，自然也谈不上和他打过交道，却听许多认识他的人谈起过他。

罗燕女士接着在电话里作自我介绍。由于她说自己刚从美国过来，我首先想到的是那位在好莱坞拍电影的卢燕女士。当我自作聪明提到卢燕这个名字的时候，我听到电话里传来了更正的声音。

罗燕女士说："我姓罗，是'思维'罗，燕子的'燕'。"

我怔了一下，敷衍说自己明白了。

罗燕告诉我她曾经拍过电影，若干年前，曾经主演过《女大学生宿舍》，并问我有没有看过。我又怔了一怔，说看过。说完就后悔了，事实是，我只知道有过这么一部电影，我看过的国产电影极少。好在罗燕女士不会从电话里感觉到我因为说谎而脸红。直到去医院，在电梯上，我才想明白所谓"思维"罗，应该是"四维"罗，"四"和"维"两个字，合起来，便成了一个繁体字的"羅"。对于没有实行简化字的台湾和香港，这样的文字障碍绝对不会存在，可是对于我这种生在红旗下、长在红旗下的人来说，偶尔闹些简体字繁体字的笑话，就在所难免了。

负责开电梯的老大妈不知我为什么要笑，她盯着我手中的电梯票看，表情十分严肃。两位首次前来探视病人的访问者，对医院电梯的收费制度，表示强烈的不满，电梯缓缓地上升，两个人的嘴里便叽里咕噜。负责开电梯的老大妈显然不想理睬他们，然而到了最后，终于忍不住了，恶声恶气地说："不就是一毛钱一个人嘛，舍不得的话，我送你们下去，你们再自己走上来！"

两个人立刻无话可说，一个人的脸上，显出了愤怒之色，另一个解嘲地对我一笑，转过头去，看电梯显示器上的阿拉伯数字。

2

我从电梯间出去的时候，一辆盖着白被单的推车，挡住了我的去路。这已经不是第一次，因为在这座癌症专科医院里，死人的事经常发生，频繁程度让人震惊。这是一座死亡的医院，死神在医院的过道上散着步，一不留神就把谁带走了。刘岳厚最初住在一个大病房里，同病房的都是癌症晚期患者，他们像医生一样熟悉自己的病情，一旦他们被送到那些单间的小病房，就意味着他们的大限就要到了。

刘岳厚是在两天前被送进小病房的。他的女儿刘丽英打电话给我，告诉我他父亲“差不多了”。我问她刘岳厚是什么时候进小病房的。刘丽英有些不耐烦，说刚安置好，大约就是半个小时之前，她此时正在病区的办公室。隐隐约约地，可以听见护士的说话声，我不知道自己在此时说什么好，听了一会电话那头的噪音，奇怪刘丽英怎么没声了。

我对着电话里大声地“喂”了一下。

刘丽英压低着嗓子说：“我只是通知你一下，也没什么事。”

我问她是否需要我帮忙。

电话里又没声音了，我不知道她是在继续听我说话，还是在哭。我想，此时她的心情肯定很难过。我说一定抽时间去趟医院，我的话音刚落，她就把电话给挂了。我的住处离刘岳厚所在的医院不远，但是一直到两天以后，我才正式决定去看他。送君千里，终有一别，自从刘岳厚癌症复发，重新住进这家医院，医生就向刘丽英暗示过，她的父亲已经没有生还的可能性。所有的治疗将是象征性的，目的虽然是为了延缓生命，究竟有没有效果，很难说。在这期间，我曾经无数次地去医院看望过刘岳厚，每次都以为是最后一次，可结果都不是。

从一开始，我就在等待着最后的结局。不仅是我，还有刘丽英，还有刘丽英的丈夫，当然也包括刘岳厚自己。刘岳厚在乡下的妻子，在乡下的儿子和女儿，以及关系比较近的亲戚，一次次赶来为他送终，临了都是不耐烦地快快而去。这是一场看不见摸不着的死亡游戏，幸好刘岳厚有公费医疗，要不然真是拖不起。刘丽英作为这座城市中刘岳厚唯一的亲人，被父亲的病拖得已失去了耐心。久病无孝子，刘丽英可以说已经尽力了。她和公公婆婆住在一起，农村老家不停地来人，结果弄得婆媳关系越来越紧张。

在一刹那间，我突然心惊肉跳地想到，那辆和我擦肩而过的手推车上，那具雪白的被单罩着的尸体，很可能就是刘岳厚。这样的可能性完全存在。在刘丽英给我打过电话的两天里，什么样的事情都可能发生。我磨磨蹭蹭，直到两天以后才来医院，潜意识里难道不是正等待着这样的结局吗？

很快我明白自己错了。为了这个小小的插曲，当我真走进刘岳厚的单人小病房时，我感到有些说不出的尴尬。事实上，刘岳厚并不像我想象的，只剩了最后一口气，已进入弥留状态。出乎我意料的是，他瞪大着眼睛，一看见我，竟然笑起来。他仿佛看透了我的心思，只是苦笑，不说话。

3

很长时间里，我和刘岳厚什么话也没说。说什么呢，安慰的话我向来不擅长，而且事到如今，说什么都白说。癌细胞已经在刘岳厚的身上充分扩散，尽管他的眼睛仍然炯炯有神，尽管他精神好的时候仍可以健谈，但是当他向我伸出自己的舌头，展示在那上面泛滥作怪的癌细胞病变时，我便明白那一天不会太远。我仿佛已经嗅出了他身上的死亡气息。

他的身上插着好几根管子，我做出很认真的样子，研究那些管子。一名护士进来换输液药水，她知道我是个写小说的作家，笑着问我最近在写什么。我还没来得及回答，她一边十分麻利地插着针管，一边打听我的一部正在报纸上连载的长篇小说的结局。

“现在的作家，都喜欢悲剧，”她十分关心小说中男女主角的命运，对我的安排似乎是不太满意，“我觉得如今的时代，需要的应该是喜剧。”

一直不吭声的刘岳厚，突然很认真地插起话来：“可惜生活，却被证明是个悲剧。”

刘岳厚的声音低低的，有些嘶哑，听起来很瘆人。我和病房的护士以及负责刘岳厚治疗的医生，都熟悉。为了让他们对刘岳厚有所关照，我曾经根据病区的医护人员花名册，每人送了一本我的小说集。刘岳厚时常对护士和医生提起我，也对那些癌症病友吹嘘我的故事。他到处对人说我曾是他的学生。他喜欢和别人谈我的祖父，谈我的父亲，甚至谈我的妻子和女儿。一旦我在本地的晚报上发表一篇小散文之类的东西，他肯定会和周围的人讨论半天。如果没有人愿意听他谈论这些，他便跑到病区办公室，往我的家里挂电话，结果害得整个病区的人，都觉得他精神有些毛病。

护士离去以后，我告诉刘岳厚，有一个叫罗燕的女人打电话给我，希望我替她改编美国女作家赛珍珠的小说。刘岳厚不知道罗燕是谁，于是我提到了某某的名字。

“张艺谋想改编你的小说?”他有气无力地说着。

我告诉他不是这么回事。张艺谋和我要说的这件事根本不搭界。刘岳厚也从来没有看过张艺谋的片子，他只是不断地在报纸上看到过张的名字。和我的许多热心读者一样，他坚持认为只要我的小说能被张艺谋改编，我就会像当今那些最走红的小说家一样火爆起来。

“你已经有些名气了，但是还需要再来一把火。”刘岳厚润了润沙哑的嗓子，还想再说什么，但是气力已经不够了。他的嘴唇无意义地动着，发不出声来，于是只好对我苦笑。自从他住进这家医院以后，他总是这样苦笑。苦笑已经成为一种固定的表情。我决定继续和他谈论张艺谋，因为此时此刻，也找不到别的更合适的话题。我向他介绍张艺谋拍摄的一部电影，恰巧这部电影我也没有看过，只能是转述别人的观点。

“那么究竟是谁想改编你的小说?”刘岳厚似乎还不死心，他突然打断了我的话，把话题又拉了回去。

“没有人想改编我的小说。”我笑着说。

“你的小说应该有人把它拍成电影！”

我对他耸了耸肩膀。这是个多余的动作，躺在那儿的刘岳厚不可能注意到我在对他耸肩膀。他的脸上都是疲倦，想说话，又有些力不从心。类似的话题，我们已经说过好几次，他根本不在乎我愿不愿谈论这些。我决定不做声，他反正也没什么气力说话了，大家就这么静静地相对，也挺好。

外面走道上，一位病人的家属，和护士小姐为了什么事争起来。嗓音突然就高起来，然后便可以听见有许多脚步声从过道上跑过。我注意到刘岳厚和我一样，正竖着耳朵，十分认真地听着外面的动静。外面的声音越来越大，显然已经围了一大堆看热闹的人。有人在帮着吵，有人在劝，乱作一团。这医院里老是吵架，都是绝症病人，家属的火气特别旺，想找机会发泄。护士小姐的工作量很重，待遇一点也不比别的医院好，因此脾气也大。一个想找点事，一个根本就不怕事，大家都是针尖对麦芒，稍一碰撞，就冒出了火花。

外面的声音终于小了下来。我注意到，刘岳厚已经闭上眼睛睡着了，正轻轻地打着呼噜。他的女儿刘丽英拎着一个塑料口袋走进来，对我点点头，站在床边看着刘岳厚。

刘岳厚突然睁开眼睛，非常突兀地问着：“那个打电话给你的人是谁？”

我们不知道他指的是谁，以为他是在说梦话。刘丽英显然已经被父亲的病拖得筋疲力尽，她不耐烦地问他究竟在说什么。

刘岳厚的眼神在空中转了一圈，落在我的脸上：“那个女制片人？”

他指的是罗燕，我不明白他为什么老惦记着这事。刘丽英转过身来，看着我。我只好把说过的话，很无趣地再说一遍。我告诉他，多少年以前，罗燕曾是一名女演员，主演过一部叫《女大学生宿舍》的电影，后来去了美国，现在肯定是混阔了，想拍摄赛珍珠的一部小说。

刘岳厚依然满脸困惑："赛珍珠是谁？"

4

从医院出来，我开始一直在想赛珍珠。赛珍珠是谁，很多人都会提这样的问题。如今的中国人，除了写小说的，或者是搞小说研究的，许多人已经不太知道赛珍珠这个名字。就算是知道她的名字，对她的作品和生平也了解甚少。在小病房里，我试图用最简短的语言，向刘岳厚介绍赛珍珠。我觉得自己是说清楚了，可是刘岳厚的眼神变得越来越黯淡，他似乎并不是真的想知道赛珍珠是谁。他的时间已经不多了，并不想弄清楚赛珍珠是谁。

医生告诉我，刘岳厚最多还能活一个星期。看着我心情沉重的样子，医生劝我想开一些。死亡在这个医院里是例行公事，人总会有一死，因此问题的关键，是活着的人，应该好好地活着。他希望我有可能的话，写写他的病区，写写那些死到临头的病人。由于我已经不是第一次来看望刘岳厚，因此这样与医生之间的谈话，显然也不是第一次。事实上，这次谈话和以往任何一次谈话都如出一辙。我已经习惯了这样的敷衍。很多人知道我是一个写小说的，常常极度热心地希望我写什么，向我推荐素材，大家都觉得自己有许多事可以写，可惜他们不是作家。

回到家里，妻子知道我去了医院，让我赶快洗手，用消毒肥皂洗手。她问我刘岳厚的病情如何，我把医生说过的话如实汇报。吃晚饭时，妻子看我耷拉着脑袋不说话，以为我是在为刘岳厚的事难过，安慰我应该想开一些。她说明天去菜场买些鲫鱼，熬汤给刘岳厚喝。刘岳厚一度是我们家的常客，虽然有时候也烦他，但是他和我们家的关系的确非同一般。

“死对于他来说，也许是个解脱。”妻子一边安排女儿的功课，一边对正看着报纸的我说。

我的脑海里在想着赛珍珠。对于自己是否能够胜任改编赛珍珠的小说一事，老实说还没有什么底。对于电影来说，我还是个门外汉。我心不在焉地看着报，看完了报，又看电视，噼里啪啦地胡乱换频道。让我感到惊奇的是，这天晚上的电影频道，恰巧播放《女大学生宿舍》。天下竟然真会有这样的巧事。这是一部老掉牙的电影，我之所以能记住，是因为我母亲的干女儿的姨表妹，曾在这部电影里演过一个配角。妻子不明白一向不爱看国产电影的丈夫，为什么突然对这种老片子感起兴趣，她不声不响地站在我旁边，观察着我的表情。

好长一段时间里，我仍然在想着赛珍珠。我进入不了电视屏幕上已经发展到了一半的剧情，弄不清哪一位是女主角，自然也吃不准哪位是罗燕女士。我唯一认出来的，是我母亲的干女儿的姨表妹，她戴着一副眼镜，和生活中的本人并不太像。我一边走神，一边看电视的样子大概很滑稽，也有些可疑，结果不得不心虚地向妻子解释，自己今天接到过一个叫罗燕的女士的电话。我本来不打算把这件事告诉妻子，因为和电影界人士打交道，最终结局十有八九不会愉快。我想等事情有了正式眉目以后再说。

“你已经答应改编了？”妻子认真地问我。

我说没有，说究竟接不接这个活，得好好地想一想。我并没有在电话里立刻给罗燕女士一个肯定答复。

“为什么？”妻子是电影迷，她总是希望我能在电影这个行当上插上一脚。

“电影可不是什么好玩的事。”我叹了一口气，将电视换了一个频道，笑着说。

第二章

1

如果我从来没有和影视界人士打过交道，也许会毫不犹豫地接受罗燕女士的邀请。虽然我对电影是个门外汉，但是我对电影抱着极大的热情。问题是中国的影视界人士都有一个差不多的毛病，这就是他们忽冷忽热，不把信义当回事，常常忘记对作家应该有一个起码的尊重。他们总是太自以为是，在你的面前肆无忌惮地攻击别人，然后绝无意外地在别人面前糟蹋你。他们会热情洋溢地从千里之外给你挂来长途，就你的某一部小说大加赞赏，近乎夸张地表明自己想改编你的小说的愿望。当你作出同意改编的允许之后，或者你根据对方的要求，寄出你的小说以后，事情于是就到此为止。一切仿佛没发生过一样，没有一点痕迹，就像一滴水掉到大海里。

交道打多了，我总是提醒自己，不要把这一类的事情太当真。报纸上捕风捉影地提出批评，说我们这些青年作家陷入了影视的泥潭。由于影视剧本的稿费大大地高于小说，于是所谓陷入影视的泥潭，便是追逐金钱的代名词。在现实生活中，我总是扮演那种羊肉没吃着，反惹了一身膻的尴尬角色。过去的三年里面，我没有为影视写过一个字，但是一位老作家却语重心长地批评我，说我不应该成天搞影视。好事不出门，一个人，天天认认真真地写小说，未必会有什么人注意你，如果你一旦“触电”，和电影或电视稍稍有了瓜葛，顿时成了报纸上的新闻人物。

我没有当场拒绝罗燕女士的原因，是觉得赛珍珠这个人物的确应该用影视来再现一下。这是一个很有代表性的人物。要是把她平凡的一生拍成电影，我相信起码在中国会有相当可观的观众。此外，我相信罗燕女士找我，是找对了人，因为我一度曾经研究过赛珍珠。我的硕士论文的题目是《〈围城〉和中国现代长篇小说》，在读研究生期间，我在资料室里读过许多老版的赛珍珠的小说。对于赛珍珠的生平和她的主要作品，我已了然在心。我并不觉得赛珍珠的小说如何了不得，虽然有诺贝尔文学奖这块金字招牌，赛珍珠仍然算不了什么第一流的大作家。在图书馆里，很难再找到赛珍珠的作品，事实上她已经成为一名冷门作家，如今大多数人仅仅是知道她的名字。

罗燕女士似乎对赛珍珠的生平没有太大兴趣。她告诉我，最初的兴趣，是想改编赛珍珠的代表作《大地》，可惜由于版权，她只弄到了赛珍珠的另一部不是太重要的作品 *Pavilion of Women*，这部小说解放前的译名叫《深闺里》，在 1991 年首次出版的赛珍珠自传中，这部小说的名字又被译成《女子亭》。罗燕女士认为小说只能提供一个契机，提供一个框架，关键是改编时的发挥。她认为原著最多提供百分之二十的东西，百分之八十要靠改编者去创造。她告诉我，所以会看中赛珍珠，是因为她在美国还有一定的影响，她的作品仍然出现在美国的教材中。另外，从投资的角度和市场的回报来看，都比较乐观。瘦死的骆驼比马大，赛珍珠毕竟是诺贝尔文学奖得主，又得过普利策奖，而且好莱坞现在很看好东方题材的影片。

我曾经接触过 *Pavilion of Women* 的中译本，可是神使鬼差，在看完了《大地》三部曲和《龙种》以后，我觉得赛珍珠的小说已经没必要再看。我一度曾是个很用功做学问的人，然而不可能为了学位论文，把资料室里汗牛充栋的旧图书统统读完。接到罗燕女士电话的第二天，我给南京大学图书馆的同学打电话，让他帮我借阅《深闺里》。电脑资料显示，那本在资料室里躺了将近五十年的旧书，已经没了踪影。我的同学又帮我联系南京的各大图书馆。由于南京是国民党时期的首都，又是赛珍珠写作和工作过的地方，各大图书馆里都藏有相当数量的旧版书。但是很快得到的反馈，都是绝对没有这本书。

南京大学外文系的一位姓刘的教授，正带领着他的研究生，在翻译赛珍珠的系列作品，*Pavilion of Women* 便是其中之一。新的译本在近期内不可能问世，而我的英文水平今非昔比，已经没办法阅读原著。虽然我还没有答应为罗燕女士改编，然而我也没有拒绝她。我只是希望她能给我一些时间，让我好好地考虑一下。我突然发现自己满脑子想的都是赛珍珠。我仿佛一下子对赛珍珠入了迷，恨不得立刻把赛珍珠的作品都找来看一遍。

在我追寻 *Pavilion of Women* 的译本毫无结果的时候，一个叫胡雪桦的导演又给我打来电话。他被罗燕女士选中，将担任这部影片的导演。胡雪桦新近完成的一部影片叫《兰陵王》，报纸上的广告做得很厉害。由于他还有一个弟弟也是干导演的，而且成绩很不错，我一直弄不清他们两个究竟谁是谁。胡雪桦在电话里问我对改编究竟有没有兴趣。我十分坦白地告诉他，自己还没有最后打定主意。胡雪桦似乎有些意外，一时不知对我说什么好。我觉得这时候出现冷场是很尴尬的事，便反问他对这部影片是不是真的非常有兴趣。胡雪桦说他一开始也不是很有兴趣，不过，经过认真的思考，他认为这可以是一个很有趣的故事。

“我们可以把它编得非常有趣。”他信心十足地说着。

我告诉胡雪桦，我更有兴趣的是赛珍珠本人。

我说，要是不改编赛珍珠的小说，而是把她自己的生平拍摄成电影，也许更好。

2

我不知道二十三年前逝世的赛珍珠，得知今天有人会改编她的小说，会持什么样的态度。1972 年中美恢复外交关系的时候，赛珍珠曾经无比兴奋。在过去的许多年里，她盼望着中美关系能够正常化，盼望着能回到朝思暮想的中国来。眼看着就要成为现实，但是她的申请落了空，并没有成为尼克松访华代表团的一名成员。这时候她已经年逾古稀，疾病缠身，在中美两国之间的桥梁刚刚架通的第二年，带着终身遗憾离开了人世。赛珍珠始终把中国当做她的第二祖国，她对这个国家充满了深情。没有中国，就没有赛珍珠。当赛珍珠这个名字重新进入我的大脑的时候，我首先想到的就是晚年的她，被拒之于中国的国门之外，会是一种什么样的心情。

“中国人的生活，在相当长的时期里，就是我的生活。”

在诺贝尔文学奖的授奖仪式上，踌躇满志的赛珍珠，充满了激情对公众这么说着。她这么说着，绝对不是矫情，因为她完全有资格这么说。虽然赛珍珠的父母是地道的美国人，虽然赛珍珠出生在美国，但在她出生刚三个月的时候，就随父母来到了中国。赛珍珠只是因为偶然的原因，才出生在美国。她的父母都是传教士，在中国待了许多年。早在赛珍珠之前，她的母亲已经在中国生了四个小孩，然而四个小孩中，有三个很快就死了。在一百多年前的中国，婴儿的死亡率实在太高，也许正是这一原因，赛珍珠的母亲选择了回美国生养她的小女儿。

虽然金发碧眼的赛珍珠在一开始，就注定是一个美国人，她出生于美国，有着纯粹的美国人的血统，然而她首先面对的世界，却是中国。美国只是在父母的描述中才存在，它虚无缥缈，只是童话世界中的王国。由于一个人不可能记住出生后三个月以内的事情，赛珍珠童年的最初记忆，和她周围的中国儿童，并没有什么本质区别。她的母亲领养了一个中国女孩，这个中国女孩在赛珍珠母亲的照料下成长，然后又嫁给中国人。赛珍珠出生以后，她的中国姐姐也开始当了母亲，于是中国姐姐的小孩就成了赛珍珠童年时代最初的玩伴。

赛珍珠出生于1892年，她两岁的时候，中日甲午战争爆发。战争以中国惨败而告结束。此后的清朝政府一蹶不振，元气大伤，开始在风雨飘摇中艰难度日。但是，在中国南方的一个城市里，赛珍珠和所有大清臣民的孩子们一样，对皇帝尤其是皇太后慈禧，仍然充满了崇敬的心情。皇权仍然是至高无上的。赛珍珠并没有意识到，自己和别的孩子肤色不同意味着什么。美国在她是一个极其模糊的概念，她和其他的中国孩子不一样，就好像小猫小狗有着不同的花纹。她们在一起玩着游戏，亲密无间，在城乡结合部的旷野里奔过来跑过去。童年的赛珍珠和中国的小孩一样，目睹了当时的一切。她常常看到瘦骨伶仃的麻风病人，躺在庙门口向人乞讨，看到那些被扔在野地里的正被野狗撕扯着身体的死孩子，看到地痞流氓在大街上撒野，听他们骂不完的脏话。

孩子们并没有意识到她们最初的游戏是犯上作乱。赛珍珠是美国人，和她一起玩的中国孩子都是教民的小孩。她们把山坡上突起的坟茔当做了王位，用野草野花编织成王冠，戴在头上，轮流扮演皇太后。一个孩子扮演皇太后的时候，其他的孩子便毕恭毕敬地跪下来磕头。这种游戏屡试不爽，没完没了，每个女孩子都盼望着自己能再一次地扮演。由于她们对远在紫禁城的慈禧太后的真实生活一无所知，于是她们只能模仿看过的中国旧戏曲中的皇后娘娘。渐渐地，孩子们对于慈禧开始有所了解，她们知道她是中国的一个少数民族满族人。她们知道她很厉害，黑头发，黑眼睛，有着冰激凌一样白嫩的皮肤，她的头发总是高高地绾起，这样她看上去就会显得很高大，她坐在高高的王位上，觐见她的那些大臣只有抬起头来，才能一睹皇太后的威颜。孩子们开始不喜欢慈禧太后了，因为她下令把光绪皇帝软禁了起来。游戏的内容稍稍有些改变，女孩子们仍然抢着要扮演皇后娘娘，扮演皇后意味着可以发号施令。为了让这种游戏看上去更逼真，她们找到了一个最胆小的小弟弟扮演小皇帝，游戏的高潮就是太后发怒了，让大臣们把小皇帝囚禁起来。她们把小弟弟的手绑了起来，一直弄到他真吓哭了为止。

中国人最初给赛珍珠的印象是爱，这种爱可能是源于两个原因：

第一，金发碧眼的赛珍珠确实可爱，中国人从来就是一个喜欢小孩的民族，娇宠小孩是一种传统；第二，在赛珍珠周围的中国人不是男用人就是老妈子，他们也不可能对自己的小主人有什么照顾不周。可惜爱只是小小的一部分，随着年龄的增长，赛珍珠感受越来越多的，是不爱。这种不爱的极端，便是发生于赛珍珠八岁时的义和团运动。在这场声势浩大的运动中，许多传教士被杀，许多教堂被焚。赛珍珠随同家人，仓皇离开南方的小城，逃往上海的租界。只有在租界，一切才似乎是安全的。这里完全是洋人的天下，有持枪的洋人巡捕，有在黄浦江里停泊的洋人兵舰。

有一天，赛珍珠和母亲从一条人潮如涌的大街上走过。一个粗胖的中国人慢腾腾地走在她们的前面，挡住了她们的去路。他穿着蓝色缎袍和黑色马褂，一条长辫子在赛珍珠的眼前晃来晃去，长辫子的辫梢上用黑丝带打着结。天气很热，那人不住地摇着扇子，慢悠悠地迈着方步。赛珍珠实在是忍不住了，既有些热得人心烦躁，又觉得那在眼前晃来晃去的长辫子是个诱惑。她十分果断地拉住了那个人的辫梢，很淘气地摇了摇，请他快走，或者赶快把路让开来。粗胖的中国人转过身来，用赛珍珠从未见到过的严厉目光瞪着她。这是一种充满了仇恨的敌对目光，反应之强烈有些不可思议。但是天真的赛珍珠并没有被他吓唬住，受到惊吓的是赛珍珠的母亲。她的脸刷地一下全白了，用颤抖的声音请求这位正生着气的中国人原谅。

“她还是个不懂事的孩子，”赛珍珠不明白自己的母亲为什么那天会怕成那样，她几乎是用乞求的语气在说话，“她是个调皮的孩子，我会惩罚她的，请你饶恕她吧！”

中国人并没有因为赛珍珠母亲的求饶改变脸色，他依然满脸怒气，不肯宽恕的样子。赛珍珠想不明白他有什么必要生这么大的气，她的母亲连连赔罪，拉着她向另一条街走去，一边走，一边唠唠叨叨地警告女儿。她用从未有过的严肃口吻告诫赛珍珠，以后绝对不可以再做这样的事了。她告诉赛珍珠这是一件很危险的事情。赛珍珠的母亲过去从来不害怕中国人，可是突然之间，她竟然会对中国人怕成那样。赛珍珠终于在这一天，开始意识到了中国人对她的敌意，同时也是第一次意识到，一个西方人对古老中国可能会有的恐惧，那种藏在内心深处的恐惧。在这之前，赛珍珠只知道中国人不喜欢那些坏的洋鬼子。她从来没有把自己和那些坏的洋鬼子联系在一起。她和中国人一样，恨那些坏洋鬼子，恨那些在中国不可一世耀武扬威的外国人。

在她居住过的一个城市里，有一个稍欠教养的美国传教士，对下人常常傲慢无礼，动不动就大动肝火。几乎所有的中国仆人在他那里都干不长，他属于那种中国人人见人恨的坏洋鬼子，可是却有位老女佣为他干了许多年。赛珍珠从老女佣那里了解到她能够忍气吞声的秘密。这位老女佣很有些幽默感，她觉得赛珍珠是一个靠得住的女孩子，决定让她分享她的秘密。原来那个洋鬼子的窗前，放着一个巨大的盛雨水的容器，他嫌井水苦涩，从来不喝井水，只喝平时积蓄的雨水。老女佣住在阁楼上，每天早晨醒来的第一件事，便是打开窗户，将自己的便盆倒在铁皮的屋顶上。黄澄澄的尿液沿着屋脊流入水槽，再流过盛水的容器。这便是老女佣对坏主人的报复，这种报复给她带来快感，这种快感给了她忍受主人脾气暴戾的毅力。当她受到主人不公平的对待时，想到主人喝着她的尿液，她便苦中作乐地笑起来。

3

我始终觉得把赛珍珠在中国的故事拍成一部电影，将会非常有趣。一部好的影片，无非是找到了一双好的观察世界的眼睛。19 世纪末 20 世纪初的中国，在赛珍珠的眼睛里，和今天教科书上所记述的历史，并不完全相同。虽然以血缘而论，赛珍珠是百分之百的西方人，她长得金发碧眼、牛高马大，但是东方潜移默化的教育，很自然地就给了她一种与纯粹的西方人根本不同的性格。美国是赛珍珠的第一祖国，但是中文却成了她的第一母语。她不仅仅会说流利的中文，而且在整个童年时期，她都是用中文来思考问题。现代语言学告诉我们，一个人若离开了语言将无法进行思考。换句话说，赛珍珠的童年，差不多都是浸泡在东方文化之中的。

童年的赛珍珠根本意识不到自己是“洋人”，“洋人”对她只是一种不愉快的提醒。她和中国的孩子们掺和在一起在庙前的空地上看戏，从戏里似是而非地知道中国的历史，刻骨铭心地记住了中国历史上的那些英雄豪杰。逢年过节，她穿上地道的中国衣服，梳着中国女孩的发辫，穿着中国工匠手工制作的皮鞋走街串巷，拜访她的中国小朋友。每到一处，大家鞠躬行礼，互赠礼物，拜年问安，恭喜发财。中国的世界就是她的世界，她去拜访她的那些好朋友，她的好朋友也回访她。童年的世界里充满了欢乐，也充满烦恼。当赛珍珠在游戏中，与小伙伴发生了什么不快，在街上走过，被那些陌生的小孩唤做“小洋鬼子”的时候，她便会不甘示弱地以“乌龟王八蛋”作为回答。当别人把她当做异类的时候，她就把别人叫做“杂种”。这些骂人的话，都是从用人和老妈子那里学来的。赛珍珠在很小的时候，就知道如何用中国人的思维对付中国人，她知道中国人最忌讳别人喊他们是“龟孙”，是“杂种”，没有什么比这更能侮辱人。

赛珍珠童年的中国印象，是用人和老妈子的世界。她所结交的那些所谓好朋友，大多也是用人和老妈子的孩子。这些人是她了解世界的第一扇窗户。在她的那些后来获得诺贝尔奖的小说中，很多故事都是从这扇窗户里看到的。她的奶妈，干粗活的男仆，做饭的女厨娘，养花的花匠，一个个都是说故事的高手。他们精彩的故事，使得一个本该感到寂寞的异国小女孩，在生活中充满了盎然的乐趣。她听到许多一个女孩子也许还不应该听到的故事。这些故事本来并不是说给她听的，它们只是女仆之间的悄悄话，是东家长西家短，其中相当一部分和性有关系。高贵的洋主人在中国仆人的眼里，并没有什么秘密可言。她们津津乐道地谈论着她们的主人们的隐私，尽情地嘲笑他们。一个神情严肃的男主人，喜欢坐在中国的马桶上酗酒，然后人事不省地跌倒在地上。一个女主人为了什么不可知的原因，总是不和丈夫同床，结果她的丈夫便无缘无故地找下人的错处来撒气，把那些不是太值钱的瓷器摔碎在地上。有位男主人令人可笑地好色，他的肚子很大，想勾引所有的女用人，连生着癞痢头的门房妻子也不放过，于是他的妻子便去和别的洋人眉来眼去。一位女佣讲自己所以离开她原来的主人，就是因为她不安分的女主人，想勾引她的游手好闲的丈夫，她发誓自己的丈夫已经和那位不要脸的女主人睡过觉了，并且根据她丈夫的描述，由于洋女人的那玩意儿太大，毫无乐趣可言。

献身宗教事业的父母，总是把女儿过于放心地交给那些看上去所知甚少的劳动人民去教育。到了赛珍珠必须识字的时候，他们又为女儿找了一位姓孔的先生当家庭教师。这位孔夫子的后裔，十分尽职地向赛珍珠灌输地道的中国儒家文化。他向赛珍珠灌输孔子的思想，大讲忠孝仁义信，把孔子的学术思想推崇到了最高境界。有趣的是，笃信基督教的赛珍珠父母，并没有因此感到不快。也许，世界上的宗教，并没有什么本质的冲突。总之，在教育上，赛珍珠成为真正的“杂种”。她是美国人，同时也是中国人。东西方两种文化同时在她身上起着潜移默化的作用。她跟随父母学习英文，又和周围的用人及老妈子说汉语，不仅能说中国的官话，而且会说很土的方言。她从父母那里接受基督教的教义，又从家庭教师孔先生那里接受儒家思想。她身上既有作为一个洋人的优越感，这种优越感让她感到自己高中国人一等，同时又常恨自己不能像她的好朋友那样，是一个纯粹的中国人。在中国人敌视西方的目光中，她甚至羞于自己的洋人血统。她的双重身份，使她从一开始就成为一个十分特殊的人。她是一个矛盾体，是一个文化上的混血儿。

轰轰烈烈的义和团运动，大长了中国人的志气，大灭了洋人的威风。赛珍珠亲眼目睹了在中国横行无阻的传教士们，那些信教的教民，如何在突然之间惊惶失措，像热锅上的蚂蚁一样走投无路。在教堂高耸的塔楼上，升起了一面小小的红旗，这是事先约好的信号，它表明危险正在向大家迫近。但是这场革命来得快，去得更快。义和团运动的直接后果，是八国联军攻入了北京城。中国人的脸面丢尽了。慈禧太后狼狈西窜，洋人提什么不合理的条件，都唯唯诺诺地答应了下来。尽管中国人对列强的仇恨达到了极点，但是事实证明，中国人的反抗完全失败。意气用事是徒劳的，在华外国人的生命安全，由于这次闹事，变得比以往任何时候都更有保障。外国人在华特权不是被削弱，而是不可思议地被扩大，外国人在中国的大地上来去更加自由，他们的商船和战舰可以在任何水域游弋，在任何一个码头停泊。外国传教士可以随心所欲地选择居住地，到处公开地兜售对于中国人来说完全陌生的宗教，可以肆无忌惮地开办洋学堂教洋书，开设洋医院行洋医。虽然那些丧权辱国的条约和惩罚性的赔款，与小小年纪的赛珍珠无关，但是她在无形中显然得到了好处。没有人再敢得罪和冒犯她，再敢叫她小洋鬼子。那些不懂事的中国孩子偶尔这么喊了一声，他们的大人知道了，立刻像揍贼似的扇自己小孩的耳光。中国人开始习惯用沉默来对待外国人，把仇恨积累在心底里。洋人从街上走过，只有不明事理的狗，才会对他们发出不友好的吠叫。

赛珍珠的家庭教师孔先生在北京的祖居，被德国士兵捣毁了，家人也因此蒙难。赛珍珠曾听人说过，德国的皇帝给他英勇的士兵下过一道命令，这就是让所有的中国人一听到德国这个名字，就浑身战栗，仓皇逃命。孔先生依然是孔先生，他依然穿着长袍，梳着乌黑的长辫子，用四方形的柔软黑丝布包上一本书，喝茶时不停地用茶碗盖拨弄浮在水面上的茶叶，然后出其不意地指出正在听课的赛珍珠的错来。

“你最好还是回到美国去，”有一天，正上着课，孔先生突然神情严肃，很沉重地对赛珍珠说，“在新的风暴到来之前，你应该回到美国，然后永远不要再回来。”

“为什么呢？”赛珍珠有些摸不着头脑。

孔先生说：“中国人并不喜欢你们。”

赛珍珠感到很悲伤。她的年纪还小，不可能明白老实巴交的中国人，为什么要这么恨外国人。但是她毕竟也已经十岁了，她是个敏感的女孩子，比同龄的其他美国女孩子懂事很多。孔先生所说的新的风暴，自然是指类似义和团那样的暴力行动。在西方人眼里，这样的风暴似乎已经不再可能发生，然而在华的每一位外国人的内心深处恐惧犹存。东方和西方，在心理上已经打了一个死结。

孔先生说：“到时候，你会和所有的其他白人，一起被处死。”

4

赛珍珠的一生，都在为中国人说好话。起码她自己是这么认为的。她觉得她热爱中国人，即使中国人并不爱她，她仍然不改初衷。她一生都在为美国人辩护，虽然美帝国主义也是凶恶的八国联军之一，但是她总是觉得美国人的罪过要轻得多。在她还是一个小孩子的时候，她的母亲就不停地向她灌输，中国人所以恨洋人，是因为在华的其他外国人实在不像话。美国人并不像其他的外国人那样穷凶极恶。尽管他们也让中国人赔了款，然而这些赔款却用在了培养中国的留学生上。美国人所做的事，只不过是从慈禧那个垂死的老妇人手里，硬拿了一笔最终为中国培养了一批人才的钱。没有庚子赔款就没有清华。如果没有庚子赔款，这笔钱充其量也是被慈禧用来再建造一座新的颐和园。历史上从来就有许多扯不清的话题，历史有时候就是这么滑稽。用于建造海军的钱，被慈禧挪用建造公园，这一直是老佛爷留下的让人攻击的话柄，但是毕竟颐和园今天还能供我们游玩，像清朝政府那样腐败的朝廷，真有了一支强大的海军又有什么用。

在东方的现代化进程中，东方人绝对不会因此感谢西方的长枪大炮。中国人的感情被伤害了，中国人的财富被掠夺了，这些都是铁定的事实。随着赛珍珠年龄的增长，她越来越感到这种裂痕无法弥补。中国永远是中国人的，不喜欢别人对自己指手画脚。中国人永远不会喜欢她这样的小洋鬼子。恩师孔先生的病逝，给赛珍珠带来极大的悲哀。孔先生给她讲述了中华文化最优秀的东西，让她明白了许多东方真正的可爱之处。孔先生的葬礼一定给赛珍珠留下了深刻的印象，就像她出现在葬礼上，给当时在场的中国人留下了深刻印象一样。由于葬礼庄严肃穆，大家都绷紧着脸，人们把对洋人的不满都埋藏了起来。当赛珍珠像中国学生一样跪下来磕头的时候，他们在她的背后做着鄙视的神情，为逝去的孔先生竟然会收一位洋弟子感到可惜。有人甚至埋怨，在今天这样的日子里，让一个洋鬼子登门，十分不妥。

孔先生的葬礼让赛珍珠又一次彻底明白了自己的身份。献身于宗教事业的父母，忽视了一个严重问题，这就是已和中国人打成一片的女儿，最终究竟能不能在中国的领土上待下去。赛珍珠开始发育了，开始成为大姑娘，开始有了自己的心思。她意识到自己虽然爱中国，但是正像孔先生所警告的那样，中国人并不爱她，中国人根本不会欢迎像她这样的洋人。赛珍珠开始在与自己肤色相同的人群中，结交新的朋友。而在这之前，她的好朋友都是中国人。孔先生不在了，赛珍珠必须进在华的教会学校，继续接受正规的西方文化教育。她先后在不同的学校读过书，时间最长的，是上海的朱厄尔小姐的学校。这座学校死板的教育，给赛珍珠留下了十分恶劣的印象。

赛珍珠对宗教并不陌生，但是在朱厄尔小姐的学校里，她突然发现每天漫长的祈祷是那么可怕。在一个光线昏暗的大厅里，由一个很世故的中国男仆领着，跌跌撞撞地从人腿或从俯卧的人身边走过，直到能找到下跪的地方。赛珍珠十分厌恶在黑暗中祈求上帝显灵，也害怕听那些伴着痛苦的惨叫声和叹息声。那种祈求上帝宽恕的声音，让赛珍珠有一种置身于罪犯的世界里的感觉。这种以匍匐来表现的情感，这种祈祷动作上的千姿百态，让她感到忍受不了。在她的印象中，宗教是一种非常正常健康的活动，是由音乐伴奏的一种信仰和现实的结合。人们相信上帝，不是因为害怕下地狱，而是渴望着进入天堂。宗教应该是人们对美的追求。

朱厄尔小姐学校典型的西方教育，没给赛珍珠留下什么好印象。好在这个时间不长，辛亥革命到来的前一年，她随着回国探亲的父母，取道欧洲，经过长途旅行到达美国。这一年，赛珍珠正好18岁，回到美国是为了接受大学教育。她终于回到自己的同胞身边，这些同胞对她来说，完全是陌生的另一种人。在大学里，一个在亚洲长大的美国姑娘，成了大家心目中的奇人，大家给赛珍珠起的绰号叫“怪物”，就像她在中国时被叫做“洋鬼子”一样。她立刻明白自己如果不采取主动，必将在孤独和郁闷中度日如年地熬过四年大学生活。她用最快的速度，使自己成为一个地道的美国姑娘。在大学里她从不使用汉语，就好像自己没说过中国话似的，虽然在这之前，汉语一直是她的第一母语。她的英语在美国人听来有些滑稽，她的有些用词纯粹是书面语，而她也听不明白那些流行的俚语，分辨不出那些分明带有猥亵意味的玩笑。她不得不把熟悉的中国世界，暂时丢弃在一旁。既然她是美国人，既然中国人从内心深处不喜欢洋人。但赛珍珠意识到自己临了还将回到美国这个世界里生存。孔先生的叮嘱已经深深地印在了她的脑海里。她必须学会和她的同胞打成一片。她要虚心地向别人学习，像一个地道的美国姑娘那样，谈论她们心目中觉得有趣的东西。她试着和她们谈论男孩子，谈论跳舞，谈论妇女团体和女权运动。

赛珍珠把母亲为她定做的中国亚麻和丝绸衣服，放到了箱子底下，压根儿就不打算再穿这些质地优良的服装。这些衣服都是中国最好的裁缝精心缝制的，虽然参照了最新出版的《时装大全》上的式样，但是在同学们的眼里仍然有些不入时。她宁愿穿那些廉价的美国服装，笨重的美国皮鞋。她首先使自己和周围的女孩子比起来在外表上没有任何不同。又粗又长的大辫子自然不能再梳了，从镜子里看自己，变得都有些认不出自己。她现在是一个地道的美国人，她终于走进了属于她自己的世界。只有在梦中，赛珍珠才会想到中国，想到她熟悉的用人和老妈子，想到香喷喷的中国菜肴，想到童年的中国伙伴，想到人们不无恶意地喊她小洋鬼子。在美国的四年里，为实现自己成为真正的美国人的理想，她不懈地努力着。对于一个纯粹的美国人来说，竞争意识十分重要，但是在中国环境中长大的赛珍珠，似乎永远也学不会竞争。大学四年级的时候，她参加了本年度最佳短篇小说和最佳诗歌的有奖征文，令人难以置信的是，她竟然双双获奖。获奖的原因，当然不是她善于竞争，善于琢磨评委的趣味。她能得奖，只是自己的文学才能的牛刀小试。

大学生活对于赛珍珠来说，并不重要。除了如何成为一个美国人之外，她所学的知识微乎其微。大学生活只是她人生中的一个小插曲，这段旋律演奏完毕，她将开始面临自己人生的第一个重大选择。是留在美国，还是去中国？这两个地方都是她的家。天平仿佛是倾向祖国这一面，还是孔先生的话在起着作用，既然中国人并不欢迎自己，她干吗非要赖在那里呢？她并不想像自己的父母一样当传教士，她没有这样的宗教热情。这里是她的祖国，和中国相比，它是那样的可爱。这儿的一切似乎都那么合乎她的胃口，水很干净，即使是饮用生水也不会害病，没有痢疾和霍乱，可以放心大胆地从树上摘下苹果，不用削皮就吃。这里有许多可爱的美国男孩子，她的年龄已经到了可以考虑这些问题的时候。

赛珍珠又一次回到中国，她远在中国的母亲病了，是一种很可能送命的疾病。赛珍珠立刻决定回中国。没有什么比探望母亲更重要的事了。可是第一次世界大战也就在这时候爆发，所有开往欧洲的船只一律停开。已经收拾好了的行李由于交通缘故，不得不重新打开。从中国传来的消息表明，母亲的病越来越重，母亲在召唤着她，她必须想尽一切办法，立刻赶往中国。她爱美国，可是更爱自己的母亲。一个热爱母亲的人，才可能真正地热爱自己的祖国。赛珍珠排除了重重困难，终于登上了去中国的航船。这时候，她第一次有了远离祖国的感觉，她第一次如此强烈地感觉到正在远去的美国大陆，才是她真正的祖国。

在去中国的途中，赛珍珠遇到了一生中的第一次艳遇。这是位英俊的美国小伙子，在菲律宾的标准石油公司工作。在船上的几周里，他们成为了好朋友，并且十分理智地说定，等船一到上海，大家立刻分道扬镳。他们像恋人一样形影不离。现代人一定会把他们的关系想象得非常浪漫，大家已经习惯了好莱坞的故事，完全有理由相信他们及时寻欢作乐。就像后来一度流传的那样，说赛珍珠和比她年轻的诗人徐志摩有一腿，因为绝大多数中国人都认为，一个美国姑娘不可能把自己的贞操看得太重。有关赛珍珠和徐志摩的艳情故事，已经有人把它作为纪实文学或者小说写了出来，有一天还可能会变成影视作品出来蒙人。

然而事实不是这样，即使到了思想极度开放的今天，美国也并不像电影电视上表现的那样，刚认识就迫不及待地脱去裤子。我们应该想一想，赛珍珠是在中国长大的，她出生于一个传教士家庭，她的家庭历史上从未有人离过婚。对婚姻的忠诚是她从小就记住的做人准则。赛珍珠唯一的哥哥就是个很好的例子。一场没有爱情的婚姻，给他带来无穷无尽的烦恼，由于她的父母在婚姻态度上十分保守，虽然哥哥的婚姻事实上已经死亡，然而为了不让父母为此感到痛苦，赛珍珠的哥哥决定等到父母都过世以后，再考虑离婚。其悲剧性的结果是，等到这一天真的到来的时候，饱受分居之苦、过着苦行僧一样生活的哥哥已经没必要再离婚，他已经习惯了那样的生活，并且可以留在这个世界上的日子也不多了。他很快就告别了人世。

赛珍珠在男女问题上和她哥哥一样保守，大学的四年生活，使她还原成一名美国女孩，但是她并不赞成自由恋爱。自从她懂事以后，她的中国小朋友总是偷偷地向她打听，问她的父母有没有替她找到婆家。中国的包办婚姻，在今天看来已经非常可笑，赛珍珠却由衷地赞同这一传统。自由恋爱并不能保证婚姻生活的质量。在赛珍珠的那个时代里，她所见到的大多数婚姻悲剧，都是自由恋爱造成的。年轻人在对待异性的态度上难免盲目，他们不可能像自己饱经世故的父母那样，头脑冷静地考虑终身大事。婚姻是神圣的，一旦铸错便无可挽回。赛珍珠不否认自己对船上偶遇的那位美国小伙子的好感，然而绝对没有勇气再向前迈出一步。

船在一望无际的大海上航行，离中国的距离越近，赛珍珠就越感受到母亲的召唤。她仿佛听见母亲在呼唤她的乳名。她后来才意识到，其实这也是她的第二祖国对她的召唤。她的母亲把自己的一生献给了这块热土，她的母亲已经和中国融为一体。船上遇到的那位可爱的美国小伙子已不太重要，现在赛珍珠满脑子里想的都是她的母亲。

她想象着对母亲说的第一句话，就是："我回来了，母亲！"

赛珍珠无数遍地念叨着这句话。故乡美国对她来说，已是那么遥远，遥远得已经足以让人忘怀，当新的地平线就要在海平面上出现的时候，赛珍珠突然意识到自己竟然有如此强烈的回家之感。她突然意识到中国就是她的家。新大陆终于出现在面前，船正驶向吴淞口，很快就可以看到上海的海关大楼。阳光灿烂，蓝天白云，海鸥追逐着轮船驶过的波涛。赛珍珠十分激动地握着美国小伙子的手，使劲地捏着，以至于让别人误会她是舍不得分开。好在美国小伙子也和赛珍珠一样理智，他和菲律宾的标准石油公司有一份合同，并不觉得自己应该为了爱情，就放弃这份诱人的合同。在船上，他们相处得很愉快。能够愉快，这就足够了。赛珍珠的心口咚咚直跳，有许多不可知的事情正在等着赛珍珠，一切皆在发展变化之中，一切都是未定数。她母亲的病情究竟怎么样了？这是她最担心的一件事。她即将在中国找到新的工作，不知道自己是否能够胜任。她的婚姻大事，也将被提上议事日程，虽然她只有22岁。在早婚的中国人眼里，这已经是一个老姑娘的年龄。她将和在中国的白人圈子里的男人打交道，结果是劳而无功，父亲打算将她介绍给一位年轻体面的中国绅士，但是她的母亲反对，年轻体面的中国绅士的父母也坚决不赞成。

第三章

1

在刘岳厚的告别仪式上，刘岳厚的女婿高丰文，也就是刘丽英的丈夫，一本正经问我最近在写些什么。我已经习惯了人们类似的提问，总是心不在焉地回答说自己没写什么。高丰文盯着我不放，又问我打算写什么，我觉得自己总得告诉他一些什么，便说自己打算写一写赛珍珠。他显然不知道赛珍珠是谁，看着我，点点头。我们正在等火葬场的小礼堂空出来。这种等待有一种荒唐之感，小礼堂不停地换着人，一批又一批不相干的人，哭着从我们面前走过。刘岳厚终于死了，久病无孝子，我感到他的家人们，为此都深深地松了一口气。这一次是倾巢出动，所有的子女，媳妇和女婿，尚未成婚的小儿子的女朋友，孙儿孙女以及外孙外孙女，七姑八姨，都来了。虽然刘岳厚的一家都认识我，但是在他的子女中，我除了和刘丽英夫妇熟悉以外，其他的人仍然弄不清楚。

这么多奔丧的人，不可能都住在刘丽英家里。刘丽英曾想让一部分人住到我的家里来，她的母亲坚决反对，因为戴着黑孝住在别人家是有些忌讳的。虽然刘岳厚生前与我关系非同一般，虽然他不止一次地在我家住过，虽然他的家人过去也在我家借宿，但是这一次不一样。在火葬场，当我向刘岳厚的妻子姚五妹表示慰问的时候，姚五妹抹着眼泪重提她内心深处的不安。由于来奔丧的人都吃住在招待所里，这笔开支显然不少，大家商量的结果，就是尽快让刘岳厚火化。年轻人的思想都很开化，他们根本不把姚五妹的反对当回事，决定第二天就把事情了结。

“在我们乡下，尸首起码要搁三五天，”姚五妹叹着气，无可奈何地说，“这么快就烧了，人怕是还没有死透呢！”

终于轮到刘岳厚了，高丰文手上拿着一包中华牌香烟，在小礼堂的前后来回照应着，不时地给工作人员递烟。刘丽英的弟弟妹妹们却在那抱怨，嫌南京的规矩和他们那里不一样。一切都布置好了，我作为一个大家信得过的人，被事先安排好说几句悼念的话。我不知道说什么好，尽管我是个作家，是个小有名气的文化人，在刘岳厚的家人看来，一定能说会道，而且我确实也事前一直在做着准备，然而事到临头，我突然觉得自己原先准备的话，是不适合的。我原来想说，刘岳厚的一生，很可以用来写一篇不错的小说，甚至拍部电影，但是这话尚未说出口，我就觉得自己有些二百五。我想不仅是刘岳厚的家人不想听这样的废话，就算是我自己，也不想听。这样的话，只有死去的刘岳厚乐意听。刘岳厚已经死了，在追悼会上，所有的话都是说给活人听的，我必须说一些面对活人的话。

我突然灵机一动，说刘岳厚曾经是我的老师，我说一日为师，终身为父，因为他教过我，所以我始终尊敬他。我说得有些动情，刘岳厚的家人听了，似乎也有些感动。接下来应景的话就容易说了，我把人们在追悼会上常说的话，拿出来复述，近乎肉麻地抬高死人的地位，最后用“敬爱的刘岳厚老师，你安息吧”作为结束语。我的结束语带来一片哭声，大家绕尸体一圈，还没有来得及退出小礼堂，新的一轮就已经又开始了。一个小伙子捧着一张巨大的遗像冲进来，刘岳厚的遗像刚被拿下来，新的遗像便占据了他刚才的位置。再也没有比火葬场更乱哄哄的地方。我们还没有明白过来是怎么一回事的时候，一切就已经结束了。一切都太快，太匆忙，匆忙得大家目瞪口呆。我发现刘岳厚的家人都陷入迷惘之中。

从火葬场出来，我拦了一辆的士直奔金陵饭店。昨天晚上，我接到罗燕女士秘书的电话，说罗燕和胡雪桦今天要来南京和我见面。时间是下午四点钟。我以为自己会迟到，可结果迟到的是罗燕女士。胡雪桦早就到达，可是我在关键的时候，把胡雪桦和他兄弟胡雪杨的名字弄颠倒了，我向服务生询问胡雪杨或者罗燕是否到达，得到的回答是电脑上没有这两个人的记录。于是我便在大堂一边休息，一边等待。刘岳厚的逝世，弄得我十分疲倦。我这人不能遇到什么事，其实我也没尽什么义务，只不过是跑了几趟医院，少睡了一点觉。刘岳厚是在昨天凌晨咽气的，从那以后，我几乎一直在和这件事打交道。草拟电报文稿，给刘岳厚所在的乡政府挂长途电话，我有一个乡长的大哥大号码，可是打通手机的难度，差不多都快令我绝望。对方不停地告诉我，说我拨打的号码正在使用，让我稍候再拨，我一个接一个地拨着，终于从内心深处开始心疼起电话费来，因为只要对方服务小姐一说话，我的长途电话就算是接通一次。收费的老头很乐意遇到我这样的用户，他希望我能一直这么打下去，永远也不要真正地接通。

现在，我坐在大堂的真皮沙发里，心不在焉地等待着。不时地有打扮得花枝招展的小姐，从我面前走过，当然还有那些西装笔挺的男人，一眼就能看出来是成功者。这里是南京唯一的一家五星级酒店，除了外国人，只有高等的华人才能住在这里。不久前，在火葬场的时候，我曾很无聊地想到，人死了以后的区别，不过是看你租大礼堂或者小礼堂来举行告别仪式。时时刻刻都有人会死去，死是人世间最大的平等。

一辆豪华大巴士送了一车外国客人到酒店门口。在导游小姐的招呼下，他们三三两两地走进大堂。说着我听不懂的外语，兴致很高，很可能是刚从某个旅游风景点过来。我看了看手表，时间已快四点半，突然想到自己可能出了什么差错。罗燕小姐的秘书昨天在电话里，先约好的时间是下午两点钟，但是她很快又打电话给我，说罗燕小姐因为有事，可能要到四点钟才能到达。不过我早一点去金陵饭店也无妨，因为胡雪桦会提前到达那里的。我又一次去向服务生询问，这次我提到了胡雪桦，我解释说，在这之前，自己可能把名字弄错了，服务生熟练地把胡雪桦输入电脑，告诉客人已到，并报了房间。我走进胡雪桦的房间，看见他正十分无聊地看电视体育节目，看两个胖胖的日本人相扑。

我们很快就进入赛珍珠的话题，这是我们这次会面的目的。由于我还没有看到 *Pavilion of Women*，胡雪桦给了我一份请人翻译的内容提纲。如果我们要合作的话，问题将变得非常简单，这就是说我们将根据赛珍珠原著小说中的一个次要情节，改编成一个现代人乐意看的电影。这个次要情节就是小说中的女主人公和一位传教士的感情纠葛。

“说白了，这是一个偷情的故事。”胡雪桦提纲挈领地说着。

我明白胡雪桦的意思，这个偷情不仅仅是世俗意义上的男女表演，它还将影射东西方关系。同时，“偷情”在电影上也是一个类概念，是法定婚姻之外的故事，可以简单地引申为婚外恋和第三者插足。我们谈了没一会儿，罗燕女士也匆匆赶到，而且立刻加入谈话。大多是他们在叙述，我尽可能集中注意力地听着。我想他们一定看得出我很疲倦，或是觉出我对合作不是太感兴趣。

我带了两本自己的书送给他们。我告诉他们，我仍然没有找到兴奋点，虽然在过去的许多天里，我满脑子都在想赛珍珠，但是对是否有把握写好一个传教士和中国女人的故事，暂时还没有把握。毕竟只是刚看完原著小说的故事梗概，我不能胡乱地答应他们。而且胡雪桦提供给我的故事梗概，甚至也是不完整的，竟然缺了一页，使得本来就不完整的故事，更显得支离破碎。好在我心里总算有数了，事实上，对于写传教士，我自认还是有些把握，为了写长篇小说《花煞》，我曾经读过不少资料，而反映东西方文化的碰撞，一直是我觉得有趣的话题。我所以还感到犹豫，是不知改编的自由度究竟有多大。

2

早在一开始，罗燕女士就表明我有充分的自由度。我只要从原著中得到一个框架，抓到一点点蛛丝马迹，便可以充分发挥自己的想象力。这种事说起来很容易，可是一旦进入到了具体操作，会有许多预想不到的麻烦。首先，这样的改编肯定是对赛珍珠的扭曲，它更多的意义只是我新写了一部小说。而这新写的小说与导演和制片人的要求有多大的距离？电影不可能像小说那样，想怎么写就怎么写，电影是一门妥协的艺术，是一场有严格规则的游戏。差之毫厘，谬以千里，我感到吃不准的，是究竟想让我写一个什么样的东西。过多的自由，对于写电影剧本来说，不是好事。过多的自由，其结果很可能是让人白忙一场。

就这部要写的电影，我发表了两点意见。第一，如何对待“爱”这个词。对于一个二三十年代的中国人来说，这个“爱”字，说出来非常肉麻。偷情说到底还是一个爱情故事。罗燕女士曾向我说过，这部电影的市场在国外，它将要被翻译成英语，是一部好莱坞式的电影。但是毕竟反映的是中国的人和事，女主角自然是用汉语来思维。不仅是女主角，整个影片都得如此进行思考。因此我想，如果出现调情的场面，女主角不说中文的“爱”，而是说英语的“Love”，一切就自然得多。洋泾浜的英语有时候很适合于处理尴尬场面。在自己的中文中嵌一两个难以说出口的洋文，很多难题就迎刃而解。

第二，女主角是个四十岁的女人。虽然民间有“三十如狼、四十如虎”之说，但是在影片所要描写的那个特定的年代里，四十岁绝对是一个已经做了祖母的老女人，无论是从外形还是内心，都应该是成熟过了头的感觉。如何处理一个老女人的浪漫情调，这也是个难题。我们将要描写的女人，是一个没有欲望，只是一味贤惠、做事得体的大家贵妇，她毫无嫉妒心地在自己四十岁生日那一天，心甘情愿地为丈夫娶了一个花容月貌的小妾。要让女主角变得真实可信，得花很大的工夫。

我承认，出于这样那样的难度的考虑，我反而开始有了些兴趣。

艺术就是克服困难。容易写的东西，往往写不好的。女主角的形象开始在我的脑子里打转，她时隐时现，虽然还不知道结果会如何，但我意识到，这是个好兆头。人物形象永远是最重要的，我把自己的想法告诉罗燕和胡雪桦，说自己还需要一些时间想一想，再作最后的答复。

“那好，两天以后，我再打电话给你。”罗燕女士看了看手表，笑着说，“我想你绝对能写好，你大胆地写好了，其实电影剧本用不了多高的智力。”

我没想到谈话就这么结束了，有些话还没来得及说。罗燕女士说她晚上有个约会，时间已经迫在眉睫。我本来以为我们会在一起吃顿饭，她这么一说，倒有些下逐客令的味道，我再不告辞，便是不知趣了。我走出金陵饭店，发现天已经黑了，街上灯火辉煌，我等了好一会儿，才拦到了一辆出租车。

回到家，妻子告诉我刘岳厚的女婿高丰文来过一个电话，说他的岳母有一包东西要交给我，本来想送到我家来，可是考虑到他们有孝在身，还是让我自己去一趟好。我稍稍吃了一些东西，又马不停蹄地奔向姚五妹所住的招待所。他们全家刚刚聚过餐，一见面就埋怨我不应该不吃这顿饭。他们说这是丧饭，叫什么“豆腐饭”，表示丧事已经结束，大家集合在一起撮一顿。显然他们是喝了酒的，刘岳厚的两个儿子和一个女婿都面红耳赤。

“你现在成了名人了，不愿意和我们坐在一张桌子上。”刘岳厚的小儿子从来没和我说过笑话，他是个腼腆的乡下小伙子，酒精使他居然调侃起我来。

姚五妹张嘴就骂，显然她有一肚子不痛快，借此由头，把小儿子好一顿数落。小儿子的女朋友出来打圆场，姚五妹依然不肯善罢甘休。我不知道她有什么东西要交给我，不得不耐着性子听她数落完。还是刘丽英厉害，她是长女，是这个城市的主人，板着脸问她母亲有完没完，有什么话带到乡下说去。姚五妹还说，于是母女两个又不分青红皂白吵起来。姚五妹终究有些怵刘丽英，声音越来越低，突然拉了我到她住的房间。

刘岳厚的骨灰盒用一块红布裹着，放在电视机上。由于怕招待所的服务员抗议，在骨灰盒上又盖了一张当天的报纸。刘岳厚的遗像也被面朝里靠墙放着。姚五妹神秘兮兮地从一个破旅行包里拿出一包东西，说刘岳厚生前曾经说过，他死了以后，将这包东西交给我作纪念。我早就听说他有这么一包他各个时期写的手稿。姚五妹仿佛了却了一桩心事似的，把那包东西往我手里一塞。我顿时感到哭笑不得，因为我知道刘岳厚的手稿是怎么回事。老实说，只有他自己把那些改了无数遍的手稿当做宝贝，而于别人这根本就是一堆废纸。

“我——”我支吾着，说这东西最好还是留在你们手里为好。我说我家里已经够乱了，拿回去也没地方放。

姚五妹说得很爽快：“要是没用的话，就把它烧了好了。依着我，早就想烧了，这些破东西有什么用，害得这死鬼迷了一辈子。”

我几乎是被迫收下了这包死者的礼物。我该死的老毛病，又一次让我陷入尴尬境地。在关键的时候，我总是不好意思拒绝别人。我想不通的是，他们作为家属都不想要的东西，为什么非要硬塞给我。在回去的路上，我几乎要赌气将那包东西扔进垃圾箱。回到家，妻子看我捧着这么一包东西回来，一脸的不高兴。虽然我们都知道癌症是不会传染的，但是在这时候，把一个死人的遗物带回家，实在不合时宜。妻子说，这包东西除了你的书房，什么地方也不许放，并且再三关照我的女儿，绝对不许碰那个包。

为了刘岳厚的手稿，过去就有过种种麻烦。自从我成名以后，刘岳厚老是没完没了地让我给他推荐文章。他是那种什么样文章都写的人，写完了就往我这儿寄，把发表的希望全寄托在我身上。有一次稿子寄丢了，他大为光火，说我根本就不重视他的手稿。刘岳厚一辈子都没有明白过来一个最简单的道理，这就是他的文章从来没有真正地写好过。他总是自以为是，可怜兮兮地瞎清高，无论什么样的暗示，他都弄不明白。我敢肯定，在他留给我的那包手稿中，所有的文字我都见过，所有的文字都没有什么太大的意义。这么想，对死者显然是有些不恭敬，但是我的确明白刘岳厚留下的，只是一堆废纸。

那天晚上，我希望妻子能问我改编电影剧本的事，让我谈谈对导演和制片人的印象，但是她懒得问。在后来的两天里，仍然没有问。两天后，罗燕女士给我打来电话，说她打算立刻去美国，先找一个美国佬写一个草稿，由于这是一部好莱坞的电影，而赛珍珠不管怎么说，也是美国人，因此先让美国人写一稿，也许可以省去我许多事。我觉得这样也好，在过去的两天内，我并没有全身心地投入到这个剧本的构思中去，老实说我还没有最后答应写。现在这样最好，那个美国佬一个月以后才能拿出初稿来，而我却有充足的一个月考虑电影剧本怎么写。

3

刘岳厚一直为能有我这么一个学生，感到骄傲，而我所以能成为他的好学生，又得感谢“文化大革命”。不是“文化大革命”，我的父母就不会进牛棚，父母不进牛棚，我就不会去农村念书，不去农村念书，就不会成为刘岳厚的学生。这一环套着的一环，是一系列的因果关系。刘岳厚是祠堂小学的教师，祠堂小学一共就二十几个学生，从一年级到四年级，应有尽有。刘岳厚给我留下的最初印象，是他穿着一条黄军裤，在以后的多少年里，他一直穿着这种颜色的裤子。当时他刚从部队复员，正是得赶紧找对象的年龄，据说已经有很多姑娘看中他了。我由外祖母带进教室的时候，学生们还在上课，他坐在讲台前临毛笔字，是欧阳询的《九成宫》，正临到一页的末了几个字。

“这就是你外孙。”他一边临帖，一边说。

“赶快叫刘老师。”外祖母吩咐我。

我冒冒失失地喊了一句，正在做作业的小学生哄笑起来。我的话带着明显的异乡口音，他们调皮地模仿着我的腔调。刘岳厚瞪了一眼他的学生，继续临他的帖，临完这一页，抬起头，对我说：“三年级人少，你就读三年级吧。”我想告诉他，我应该读四年级了，可是我外祖母已经一口答应。于是我莫名其妙地就被留了一级。

在这种混合班里读书，永远有一种喜剧效果。刘岳厚总是安排这个年级的人做算术作业，安排那个年级的人写毛笔字，然后给另外一个年级讲解语文课文。他很难做到有条不紊，课堂上始终是乱哄哄的。学生并不是真的害怕他，他也无所谓学生怕不怕他。我在一开始就注意到他对诗词特别爱好，老是没完没了地在课堂上讲解毛主席诗词。我记得第一堂课就是讲解《七律·送瘟神》，其中有一句是“千村薜荔人遗矢”，他很认真地说：“人遗矢，这个矢，在这就是屎的意思。遗矢就是拉屎的意思。”

我至今仍然不明白这解释究竟对不对，反正当时他振振有词，说得十分投入。小学生总是认为老师的话千真万确，人到了到处拉屎的境地，其荒凉自然不用再解释。我记得刘岳厚还说过：“你看毛主席他老人家多厉害，什么样的词都敢用。‘小小寰球，有几个苍蝇碰壁，嗡嗡叫’，‘梅花欢喜漫天雪，冻死苍蝇未足奇’，动不动就是苍蝇，有几个诗人敢这么写？”

在祠堂小学的门前，横着一条河。天依然很热，下课的时候，男孩子们便往河里跳。当地游泳叫“汏冷浴”，女人是不下水的，男的却无论老少，都是光着屁股下河。刘岳厚从来不在课间下河游泳，天再热，他都是焐着那条黄军裤。他就住在祠堂小学旁边的一间小屋里，到太阳快下山之际，他拿着一个塑料的肥皂盒，笃悠悠地向码头走去，跳进河里，一口气游好几个来回。我在农村的那几年里，大家洗澡都不用肥皂，唯有他，喜欢赤条条地站在码头上，往身上到处抹肥皂。夕阳下，刘岳厚作为村子里独一无二的文化人，赤身裸体地站在光溜溜的码头上。干了一天农活的庄稼人收工回来，从河堤上走过，冲他大声嚷嚷。他感觉良好地继续洗着，嘴里永远哼着同一首语录歌：

下定决心，

不怕牺牲，

排除万难，

去争取胜利。

我和我的新同学干的第一件偷偷摸摸的事，便是去偷看刘岳厚在河边洗澡。很难说清楚这样的偷窥，有什么样的乐趣。刘岳厚往身上抹着肥皂，有人就笑着说："刘老师又要洗鸡巴了"。这在当时是一个全村的笑话，男人们一边在地里干农活，一边很不服气地说："有什么了不起了，好像别人没有那玩意儿似的。"甚至女人也对这样的话题有兴趣，我就听过一位俊俏的小媳妇，对几位大姑娘谈论此事，大姑娘们捂着嘴笑，小媳妇更是笑得十分开心。

有一天正上着课，一个叫老扁头的孩子，因为犯了错被罚站，突然很淘气地说："我三大妈说了，你那玩意儿是个宝贝，因此天天要洗！"

刘岳厚一时不明白老扁头的话，可是全班的学生都笑了，从一年级到四年级，大家哈哈大笑，前仰后翻。刘岳厚很生气，放学了，留住了老扁头不让回家，到天黑他娘找了来。刘岳厚板着脸说："你问问你儿子，他说了什么话。"老扁头娘甩手给儿子就是一个耳光，但是当儿子坦白了究竟说了什么的时候，老扁头娘自己也忍不住哈哈大笑。回去说给自己男人听，男人也笑，说给周围的邻居听，一个个都笑得喘不过气来。

转眼快过年了，鱼塘里的水被抽干，抓了鱼分给大家。那口一年难得用上一次的大铁锅，烧了满满的一锅水，让全村人洗澡。就一锅水，要全村的老老少少男男女女，挨个儿地都洗过来。第一个下锅洗的是生产队长，然后就轮到刘岳厚。负责烧水的姚胡子以商量的口吻说："刘老师，你千万不要用肥皂，全村的一百多号人，还在你后面排着队！"

刘岳厚为难地说："不抹肥皂，这澡怎么洗？"

最后，刘岳厚还是在身上抹了些肥皂，只是不好意思把肥皂沫子弄在铁锅里，用勺子把身上冲干净了再跳进锅里。按秩序是全村的男人先洗，男人洗完了年轻的女人洗，年轻的女人洗完了，才轮到老太太，洗到临了，那一锅水早就成了酱油汤。女人们一边洗，一边抱怨，姚胡子把责任统统推到了刘岳厚身上，隔着布帘子说："刘老师非要用肥皂洗他的鸡巴，我有什么办法！"

那一阵，扫盲班办了起来，村上不识字的大姑娘小媳妇，都被集中起来上夜校，上一次课，记一次工分。许多女人都是为了工分才上夜校的，只有两个人是例外。这两个人，一个是刘岳厚的恋人胡冬琴，一个便是他后来的老婆姚五妹。胡冬琴比姚五妹漂亮，但是她爹是富农，因此常常受人欺负。上课时，刘岳厚老让胡冬琴回答问题，胡冬琴答对了，刘岳厚就当众表扬她。生性泼辣的姚五妹终于跳出来批评，说胡冬琴是富农，你可不要包庇她。刘岳厚说，我怎么包庇了？姚五妹说，你就是包庇了。其他的妇女也跟着一起起哄，说刘岳厚确实是包庇胡冬琴。

刘岳厚知道胡冬琴和姚五妹都喜欢自己。他很得意，可是并不想娶其中的某一位。胡冬琴是富农，这成分在“文革”中可了不得。姚五妹却太穷，她的大哥三十多了，还没有娶上媳妇。于是有人出来说媒，大家做点牺牲，让姚五妹嫁给胡冬琴的哥哥胡矮子，胡冬琴嫁给姚五妹的大哥阿喜，恰巧两个男人都有些欠缺，胡矮子出奇地矮，姚阿喜小时候爬树摘柿子，摔瘸了一条腿。张飞与李逵，乌鸦落在猪背上，都是黑对黑，正好般配，谁也不吃亏。不乐意的是姚五妹和胡冬琴，心里都惦记着刘岳厚，不甘心自己要嫁那样差劲的男人。刘岳厚心里也酸酸的，说不出什么滋味。

正月里，姚胡两家同时办喜事，刘岳厚被拉着轮流在两家喝酒，喝得醉醺醺的。两位新娘的眼睛都有些红，都不理他。刘岳厚喝多了，终于醉了，被架到空地上去呕吐，吐完了，又回来接着喝，一直喝到新娘双双被送入洞房。那一天，整个村子闹得就像是过节。胡冬琴从小受人欺负惯的，进了洞房，乖乖地成了别人的老婆。姚五妹是烈女，悄悄地揣了一把剪刀在怀里，对胡矮子说的第一句话，就是：

“我绝不让一个富农的儿子，日贫下中农的女儿！”

胡矮子被她的气势吓得又矮了半截。他傻了好一阵子，说：“你哥能娶我妹，我为什么不能娶你？”

姚五妹理直气壮地说：“贫下中农的儿子日富农的女儿，和富农的儿子日贫下中农的女儿，这不一样。”

胡矮子气不服地说：“怎么不一样？”

姚五妹说：“是革命和反革命！”

胡矮子拿姚五妹没办法，像小孩子一样捂着脸哭起来。老富农夫妇听听动静不对，敲门进来，涎着脸对姚五妹说好话。姚五妹说："你们要是逼我，我就死在你们家里，富农逼死人命，贫下中农饶不了你们。"老富农的尿差一点吓在裤子上。自从"文化大革命"开始，他动不动就被拉出去游街，如今真要逼死了姚五妹，还有好日子过？整个蜜月里，姚五妹都揣着一把剪刀睡觉，她把胡矮子的一家当做了阶级敌人，始终保持着高度的革命警惕，不许他们乱说乱动。老富农如坐针毡，富农婆躺在床上犯胃病，胡矮子憋得脸色发青，姚五妹的气焰却越来越高涨，完全掌握了战场上的主动权。

姚五妹的革命行动成了笑话，全村都在议论，方圆几十里的人都知道这件事。大家看法不同，结论不同，但谁都觉得这事很有趣。到了蜜月结束的那一天，姚五妹突然想到了学文化。她拿着一本教材跑去找刘岳厚，一直磨蹭到天黑也没有离开。刘岳厚似乎知道她想干什么，心里揣着只小兔子，扑通扑通直跳。临了，姚五妹咬牙切齿地说："刘岳厚我告诉你，你现在已经没指望了，胡冬琴已经是我哥的老婆，你除了我，没别的人可挑。"

4

我成为一名作家后，常常有人问我是否受到了家庭的影响。在许多人眼里，既然父亲是作家，祖父也是作家，那么我很可能从小就是按照制作作家的配方，进行培养的。刘岳厚逝世以后，我突然想到我之所以成为作家，完全可能是上小学的时候，受到刘岳厚的影响。我已经反复向别人解释过许多次，我的家庭并没想到过要让我成为作家，我当了作家完全是后来的事。

在祠堂小学，我几乎没学到什么东西。刘岳厚从来就不是个好教师，他根本不知道应该如何安排好课程。不同的年级老是冲突，有的同学太调皮，常常课上到一半就跑出去撒尿。这样的学堂更像是个幼儿园。刘岳厚的教学方法是听其自然，布置了作业，学生做不做都无所谓。学生的家长对刘岳厚也没要求，反正以后都是种田。

刘岳厚在村上能够得到大家的尊重，因为他是不用干农活的文化人。他的一手毛笔字总有机会派上用场。毛主席的最新指示发布以后，要由他用一丝不苟的欧体抄出来，贴在墙上供人瞻仰。除了生产队长和会计，没人的地位能和他相比。随着“文化大革命”运动的深入，大队里组织了毛泽东思想宣传队，姚五妹成了其中的积极分子。那一年，县委书记参观了大寨回来，下决心也要搞一个样板。他提出了四个“笔笔直”的口号，责成刘岳厚像抄诗一样地抄下来，把这口号贴得到处都是。

> 河道笔笔直，
> 道路笔笔直，
> 房子笔笔直，
> 树要笔笔直。

“笔笔直”里的有一个“笔”，在这里应该是语气助词，当地的方言习惯这么说。于是一个冬天里人就没闲着，县委书记亲自蹲点，水被抽干了，硬是用人工，把原本弯曲的河道修直。周围几个大队的民工纷纷前来助战，广播里整天播着革命歌曲。有一天，县委书记来工地慰问，心血来潮，即兴凑了一首诗，从此诗兴大发，一发而不可收。于是在大战河道的同时，又掀起了一场轰轰烈烈的群众诗歌运动。乡下人写的诗都是顺口溜，一边干活，一边凑句子，凑得差不多了，便往广播站奔。什么样的打油诗都有，什么人都写诗。干活写诗，吃喝拉撒睡也想着写诗。我只记得姚五妹的一首诗中，有这么两句：

大家警惕高，
敌人要破坏。

小学生也被组成了少年突击队。那时候广播里常播放的一首歌，是“拿起笔做刀枪”，笔和当地口音中的女性生殖器的读音完全一样，孩子们十分起劲，却不怀好意反反复复地唱着这一句。姚五妹那时候也大出了一阵风头，没有比她更不怕出洋相的女人了，由于她誓死不嫁富农的声名远扬，那些前来助战的民工，千方百计都想一睹她的芳容。在宣传队里，她什么歌都敢唱，什么舞都敢跳，反正乡下人不花钱白看戏，有热闹就好。她的肚子开始一天天地大起来，也没什么怀孕反应，照样跳，照样唱，疯得跟傻大姐似的。她和刘岳厚的婚事已经成为事实，那年头有没有结婚证无所谓，姚五妹和胡矮子反正没有正式登记结婚，因此也不需要离婚。

群众诗歌运动来得快，去得也快，轰轰烈烈转眼间灰飞烟灭。

只有刘岳厚是唯一热情不减的积极分子。别人凑出了几句诗，说过就忘，他的诗都抄在小本子上，一首接一首。作为他的学生，我第一次听人说诗要押韵，在他教育我之前，我一直以为诗只是些分了段的汉字。我也是第一次知道，写诗的人叫诗人。为了凑韵脚，刘岳厚成天捧着一本《新华字典》，颠来倒去，很快就把它翻烂了。这是他当兵喂猪时，在省城的一家新华书店排队买的。他的脸上时时露出别人根本就不懂诗的神情，而且开始不屑于去广播站，对着话筒发表朗诵他的诗歌。他非常虚心地拜一位下放的报社老记者为师，据说这位白发苍苍的记者，曾经发表过好几首诗。

虽然刘岳厚的学历只是小学文化，自从他决心要当诗人以后，那种鄙视别人的神情就在他的脸上固定了下来。他的教学也越来越不像话，到春天又一次来临的时候，他自作主张地压缩了算术课，毫无道理地加大了语文课的比例。他似乎忘记了自己面对的是混合班的学生，他对这些目瞪口呆的学生讲述自己的诗，而且规定每人起码要会背一首他的诗。今天回想起来，他的诗应该算是白话押韵诗，都是说些空泛的大道理。他的学生成了他最初的读者。他感觉良好，然而没有一个学生喜欢他的诗。

仅仅是写诗，那种小的工作笔记本，就用了好几本。在一开始，写诗不过是自娱和折磨学生。能写诗的这种感觉很好，刘岳厚敢于鄙视别人，别人便不敢不尊敬他。在我的印象中，他是村上唯一不怕生产队长的人。生产队长霸道得很，可是拿他毫无办法。那一年，刘岳厚的长女刘丽英出生了，他丝毫没有因为做了父亲就此成熟。既然有了诗，家庭对他来说，已经不太重要。女儿哇哇地哭着，他却躲在教师办公室里苦思冥想，为一个韵脚走投无路。我记得刘岳厚最下功夫的，是一首叫《老犁头》的长诗。这首诗折磨了他好多年，有无数个版本。最早在课堂上给我们朗诵的，是一首十行的短诗。他告诉我们，这首诗写了一个当家做主的现代老农民，如何热爱集体。我之所以还能记得是十行，是由于他每讲一句时，就举起一个手指头，当他的十个手指头都伸出来的时候，他的诗也就全完了。

到"文化大革命"后期，我已经回南京上了高中。有一天，刘岳厚捧着一叠厚厚的诗稿，十分神秘地出现在我的家里。这时候，他已经是四个小孩的父亲，人和过去相比，瘦了些，头发长了些，看上去有些潦倒，但是更像是诗人。他来我家的目的，不是为了看望过去的学生，而是来向我的父亲求教。他向我父亲解释这首诗的来龙去脉，虚心得像一个小学生。让我和我的父亲都感到难以忘记的，是诗响亮的开头：

当！当！当！当！
当！当！当！当！

刘岳厚的诗似乎是长进了不少，在一开始，就是敲击挂在村头大树上的一截犁头的声音，一共八声，八个惊叹号。他解释说，在他的诗中，作为人物的老犁头，和挂在村头大树上的铁犁头可以合二为一。他说老犁头这个人物，可以用已经不能耕地的犁来象征，虽然不能为建设社会主义出力了，但是仍然可以废物利用，挂在树上当钟使，可以警钟长鸣。这是一首长长的叙事诗，从老犁头的童年说起，讲他怎么当长工，怎么给地主老财干活，怎么反抗，怎么掩护共产党的地下组织，等等，等等。中共党史上的大事件，差不多都写到了。从解放前，到解放后，肃反，反“右”，大跃进，史无前例的“文化大革命”，几乎就是一本“四人帮”时期的教科书。我的父亲读了以后，不得不连声说有气势。这时候，我的父亲刚刚被结合进一个创作组。他的思维有些迟钝，根本合不上时代的节拍。作为一个作家，除了写检查，他已经有多少年不曾写过一个和创作有关的字，因此他发自内心地觉得刘岳厚有些了不起。

父亲的表扬几乎使刘岳厚忘乎所以。他的脸上放着红光，羞答答地说，省出版社可能要出版他的这首长诗。父亲向他表示祝贺，并答应为他力尽所能地改正诗稿中的错字。这是我父亲唯一能够效力的地方。可惜长诗中的错字，也太多了一些，结果原计划一晚上就能看完的诗稿，足足让我父亲改了两天。到了第三天，刘岳厚来取稿子的时候，为自己诗稿中太多的错别字，感到不好意思。我父亲安慰他说：“这不要紧，你看你的字，就写得比我好，我小时候没练过毛笔字，这字就一直写不好看。”

省出版社最终也没有出版刘岳厚的诗稿。诗稿在出版社放了一年多，换了一位编辑，建议刘岳厚把这部诗稿改为长篇小说，并要求他把当前如火如荼的“反击右倾翻案风”也写进小说。刘岳厚因此也从业余的诗人，变成了业余的小说家。他加强了原诗中本来就很浓的火药味。小说稿完成以后，不同的领导提了不同的意见，刘岳厚修改了无数遍，一直到“四人帮”被粉碎，也没有能最后定稿。

第四章

1

赛珍珠一直认为自己将来会成为一个作家。有这种理想的人很多，许多最终成为作家的人，向文学青年谈起自己的文学道路时，常常会这么袒露心扉。天底下什么样的成功，都是有原因的。赛珍珠认为，一个作家不应当在三十岁之前就去创作小说，除非他有在绝望和无助中生活的经历。出去寻找创作素材的作家，好像是出海打鱼的渔民，好像是钻进深山老林狩猎的猎人，肯定写不好小说。创作不应该成为打鱼或狩猎，生活就是生活，一个人应该顺其自然，不应该刻意追求什么，不应该处心积虑地别有他图。

赛珍珠不是为了当作家才到中国来的。她出生三个月以后就来到中国。在很长的时间里，中国就是她的世界。如果她真有什么天赋的话，那么就是她能够欣赏周围的一切。能够欣赏是作家的重要天性，赛珍珠对什么都感兴趣，甚至对左邻右舍的农事，也很乐意弄个明白。她看到了手工种田的奇迹，一切都靠自己的双手，没有拖拉机，没有耕牛，也没雇帮手，男主人完全是靠自己，加上自己的妻子、儿女、儿媳以及刚能干活的小孩，用手把水稻一束一束地插进田里。这是真正的自给自足。遇到干旱的日子，农民忧心忡忡，用各种稀奇古怪的仪式，祈祷着老天赶快降雨。

中国是赛珍珠真正面对的世界，她就生活在这个世界里。在少年时代，赛珍珠读了许多有关西方的书籍，有美国人写的，然而更多的还是英国人的书。在她所处的那个时代里，公认的观点是英国才有文学，而美国通常是粗鄙的，是一个没有文化的暴发户，根本就没有什么文学。在赛珍珠父母的藏书中，有成套的狄更斯，成套的萨克雷，还有乔治·艾略特和瓦尔特·司各特，以及一套版本很好的莎士比亚全集。这些名著充实了赛珍珠的少年生活。美国文化只能体现在流行杂志上，为了不至于和本土的文化脱节，赛珍珠的母亲在众多的美国杂志中，订阅了《人物评论家》，而父亲挑中的是《世纪》，此外，还订了《圣·尼古拉》和《青年指南》。赛珍珠后来之所以能成为那种独一无二的作家，和她的独一无二的生活分不开。她的文化准备，确实是与众不同。

重新回到中国的赛珍珠，发现了许多和以往的不同。首先是视点发生了变化，在美国读了四年大学，这已经足以让她用一双美国人的眼睛来看中国。其次，中国自身也发生了翻天覆地的变化。在赛珍珠去美国读书的第二年，辛亥革命爆发了，清王朝被推翻。留在中国男人脑袋后面的那条猪尾巴似的小辫子没有了，共和与维新成了最时髦的口号。赛珍珠已有整整四年，没有机会运用她所熟悉的汉语，潜藏着的记忆大门突然又被打开，虽然一些话语对她来说已经有些陌生，但这并不妨碍她倾听这些熟悉的声音。她熟悉这些语调，因为她就是在这些语调中长大的。

昔日的中国姑娘如今无一例外地成了孩子的母亲。这些人曾经都是赛珍珠的好朋友，现在她们把她拉进自己的房间，十分好奇地向她问这问那。她们最关心的自然是她的个人问题。她们奇怪赛珍珠的父母，为什么不尽快地给女儿找个婆家。

“你打算什么时候结婚呢？”

赛珍珠的脸顿时红了。这时候，她身上的传统中国文化影响又开始起了作用。她变得腼腆、窘迫，而且有些无可奈何。她的年龄今天看来还很年轻，但在当时的那个年代里，在周围的人，甚至赛珍珠自己看起来，已不算太年轻。美国本土的小伙子对于她来说，实在太遥远，而在中国石油或烟草公司工作的白人小伙子，又因为不是门当户对，很自然地被排斥在可以选择的对象之外。

虽然赛珍珠自己不是传教士，可是她属于传教士的团体，是教会学校新任命的教师。传教士团体的思想，其保守程度，丝毫也不比古板的中国人逊色。

赛珍珠或许是和英租界的白人小伙子有过约会，她不加考虑地接受过他们的邀请，很快就因为这种冒失挨了批评。传教士团体中有一位老人警告说：“如果你嫁给了一个经纪人，那么你就必须离开你的母亲。”

赛珍珠不甘示弱地说：“我的父母不在乎我嫁给什么人。”

“可是我们在乎！”

2

赛珍珠在婚姻态度上，显然是保守的。在自传中，她虽然想把自己邂逅的每一位男士都写下来，然而所有的故事都很平淡。在庐山，一位正疗养的患肺结核的小伙子，似乎坠入了赛珍珠的情网，他苍白的脸色开始泛红，不再像过去那么缄默消沉，胃口也变香了。

小伙子同样出身于传教士家庭，他的母亲吃惊儿子的变化，意识到他对赛珍珠的兴趣与日俱增。赛珍珠没有谈到那位母亲是如何影响自己儿子的，反正戏刚开场，便让人惆怅地匆匆结束。男大当婚，女大当嫁，赛珍珠到了结婚的年龄，到了做母亲的岁数，她似乎有些按捺不住了。有充分的理由认为，她在婚姻的决定上，是草率的，或者是盲目的。赛珍珠只能用《旧约》传道书里圣人说过的“人总是要结婚的”，来解释自己的选择。在赛珍珠看来，是人就应该结婚，对于身心健康的人来说，不是奉父母之命媒妁之言，就是靠自由恋爱，与一个碰巧生活在你周围的最合适的人选结合。人们决定结婚，不过是众多巧合中的一个。

赛珍珠生性敏感，东西方两种文化都在她身上起着作用。她向往着浪漫的生活，又迫不及待地想做贤妻良母。她热爱自己的母亲，却又更渴望过一种完全属于自己的独立生活。结婚是实现自己理想的最好途径，可是她并没有那么多的机会，没有那么多合适的婚姻对象可以供她选择。她已经习惯于这样的一个简单事实，就是没有爱情的生活，同样可以过得非常愉快。她羡慕自己那些儿女成群的中国女友，即便在父母的包办下嫁给从未见过面的男人，丝毫也不影响生活的幸福圆满。

一场持续了十七年的婚姻，从此左右了赛珍珠的生活。这不是一场幸福的婚姻，它几乎是在重蹈赛珍珠哥哥婚姻失败的覆辙。一位年轻的美国人无意中撞进了赛珍珠的生活，他们彼此选择了对方，事情就定了下来。他不是一个真正的传教士，赛珍珠结婚后第一个惊人发现，就是他根本不信什么教。他只是作为农业专家受雇于在华的长老会传教使团，来中国教中国的农民如何种田。时至今日，这个年轻人的精神依然可嘉，但是他的行为却不能不说是自以为是。和传教士的工作最终被证明是徒劳一样，按照美国人的方法教中国人种田，其结果只能是一场滑稽的喜剧。中国的农民在自己的土地上已经耕耘了几千年，他们按照祖宗留下来的方法浇水施肥。一家人至多也不过五英亩的土地，他们根本就不需要一个洋鬼子多此一举地来教自己如何种田。

赛珍珠丈夫的失败，几乎是不可避免的。赛珍珠随着他一起深入中国的农村，不辞辛劳地从一个村庄走向另一个村庄，丈夫和农民就种田的事宜进行交谈，她便和一旁的妇女孩子们说笑。婚后最初的岁月，就是这么度过的。虽然她从一开始就对丈夫的工作表示怀疑，但是她的教养使她没有把这种怀疑轻易流露出来。既然嫁给了一位农业专家，她就应该做一位农业专家的好妻子。她常常为此做出很有兴趣的样子，只是当丈夫的中文已无法表达自己的思想时，她才走过去充当临时的翻译。她显然要比他更了解中国人，一眼就看出了中国农民对他们唯一的兴趣，就在于他们是洋人，是与自己不同种的怪物。农民们只是好奇，只是在看热闹，觉得这一男一女两个洋人十分可笑，眼睛是蓝的，金头发，个子竟然有那么高。赛珍珠的丈夫想把自己在美国农学院里学的知识，毫无保留地传授给中国的农民，可结果却发现并没有什么可教的，相反倒有不少可学的东西。

这场婚姻给赛珍珠的唯一好处，就是她有了一个充分了解中国农民的机会，在这之前，她所了解的中国社会，是老妈子和用人的社会，是成天围着传教士转的中国教民的社会。由于中国本质上是一个农民的社会，只有真正地解剖了农民这个社会细胞，才有可能真正了解中国。二十年后，赛珍珠获得了诺贝尔文学奖，她的获奖评语是：“由于她对中国农民生活史诗般的描述，这描述真切而且取材丰富，以及她在传记文学方面的杰作。”不管这评语是否贴切如实，赛珍珠能够大胆老练地描写中国农民，和她第一次不幸的婚姻，有着分不开的联系。这是一个因祸得福的典型例子。浮光掠影也罢，道听途说也罢，赛珍珠对中国农民的描写虽然没有臻善臻美，但是丝毫也不比当时别的一些中国作家差。

在结婚前，赛珍珠一直待在富庶的江南。结婚以后，她和丈夫居住在北方的小城中。他们在乡下有一个小农场，为了丈夫不切实际的理想，他们小夫妻走遍了穷乡僻壤。丈夫骑一架老式的自行车，赛珍珠坐轿子。在当时的中国社会，女人赶路都得坐轿子，轿子的周围都挡得严严实实，除了前面挂着的那块蓝色布帘可以掀起来。在空旷的地方，赛珍珠总是把那闷人的布帘掀开，而接近村镇的时候，赶紧放下布帘，以免那些没见过洋人的好奇者围观。经常难免的是一些步行或骑驴的人，在路上看见了赛珍珠夫妇，立刻加快步伐，赶在他们前面到达一个村庄，然后像发布什么重大新闻似的大喊大叫，招来了一大堆围观者。

刚开始，赛珍珠就像中国那些怕羞的小媳妇一样，每到一处，用力扯紧门帘，躲着不让那些等候看热闹的人观赏自己。渐渐地，她意识到大家只是出于强烈的好奇心，并没有什么恶意，就索性走出来，让看热闹的人看个够。在他们身后总是跟着一大群看客，当他们找了客店准备住下，那些看热闹的人，一定要店主跳出来撵他们走，才会不急不慢地散去。如果不是在农忙的日子里，中国农民给人的印象，总是闲着无所事事。有时候，被店主撵走的看热闹的好奇者，会又一次返回客店来，从门缝，通过房门与地面之间大约六英寸的缝隙，歪着头，把脑袋贴在地面上偷看。胆子大的，甚至用蘸了口水的手指，将窗户纸捅上一个小洞，观察赛珍珠在房间里的一举一动。

有一次，赛珍珠的丈夫不在，那些调皮的小伙子，竟然大胆地撞起门来。他们把其中一个人推到门前，通过猛推他，来撞击已被闩着的房门，他们一边闹，一边哈哈大笑。赛珍珠有些害怕，她毕竟是个女人，而且是一个白种女人。在她童年的时候，有一个法国女人曾警告过她，说中国男人对白种女人的兴趣，一点也不比白种男人对中国女人的兴趣差。如果可能，所有的中国男人都想和白种女人睡觉。早在两百年前，中国的一名皇帝，就想娶欧洲的美人当妃子。占有白人女子，在中国男人的心目中，意味着一种成功，那些后来有机会能娶白人女子为妻的男人，很让普通的中国人眼红。赛珍珠越想越怕，她搬了一张大椅子顶住门，自己站在椅子上面，以为这样，那些在门口闹的年轻人就看不到她的脚。但是那些年轻人依然是闹，直到尽兴了才走。

婚后的几年里，赛珍珠和中国民间的交往十分深入。她终于开始被当地的中国人所接受，开始有了属于自己的社交圈子。她和一些中国妇女成为比较亲密的朋友，相互之间说着悄悄话。中国女人向她打听白人夫妇之间的事情，也向她诉说自己的故事。赛珍珠发现她们像她一样，对对方的秘密和隐私，有着浓厚的兴趣。让一些中国年轻女人感到羡慕的，是赛珍珠可以和自己的丈夫在光天化日之下有说有笑，而传统的中国年轻女人，则只有躲在闺房里时才可以这么做。她们总是做出非常矜持的样子，仿佛只有这样才是恪守妇道。她们当中有的人，甚至和自己丈夫连说话的机会都没有，她们的丈夫白天要下田干活，要照顾店里的生意，晚上回到家，要尽孝道和父母一起待上几小时，要到很晚才回房间睡觉。结果这些寂寞的年轻女子，只好和比自己地位更低下的女佣拉家常。

3

据一份调查资料表明，在1919年，仅仅是基督教的外国传教士，在中国便有6636人，传教点有1037个，而天主教的欧洲神父，有1500到2000人。如果赛珍珠不写小说，只是像她的父母那样献身于轰轰烈烈的传教事业，今天恐怕就没有人再来议论她了。如果赛珍珠继续为传教士团体工作，在教会学校当教师，我们今天同样也不会再议论她。在1918年，也就是她结婚的第二年，中国的教会学校大约有1.3万所，其中有14所大学。赛珍珠如果不是因为写小说，不是因为她后来获得了诺贝尔文学奖，她的作品被改编成电影在好莱坞大获全胜，她根本就不可能成为今天的话题。

美国人曾狂妄地把中国的教会学校称之为东方的西点军校。他们觉得自己正在替中国培养未来的领袖和指挥官。然而历史嘲笑了固执的美国佬，中国的发展并不以美国人的意志为转移。赛珍珠一开始就对传教事业心存疑窦，这是她没有继续走父母老路的根本原因。赛珍珠的丈夫似乎也明白了自己的路有些走不下去。有一天，他终于很沮丧地对妻子说，他打算去南京的大学求职，那里有个空缺正等着他。这意味着他已经决定放弃自己最初的理想，已经承认了自己事业的失败。在一个有着几千年历史的文明古国里，在有着自己形成的一套卓有成效的耕作方法的中国农村，赛珍珠的丈夫不得不承认自己的西方农业技术根本行不通。

对于赛珍珠来说，这是一个明智的选择。在北方的农村，新文化运动若有若无，赛珍珠深感闭塞，现在又有了一种重返现代中国的感觉。以城市而论，南京还是一个旧式的城市，它既不像北京那样是政治文化中心，也不像上海那样是经济和现代工业的重镇。虽然不久以后南京成为了国民政府的新首都，可是在赛珍珠刚刚定居南京的那一段，这座有着悠久文化传统的城市，风气仍然保守尚古，是抵制白话文运动的老学究们的堡垒。这里仍然凝聚着浓郁的旧文化气息。赛珍珠在南京的一所教会大学里教授英国文学，很快又在另一所省立大学里兼课。这是中国现代史上的北洋军阀时期，各种牌号的军阀打来打去，你死我活，没有任何是非可言。赛珍珠有机会接触各式各样的大学生，有享受奖学金的基督教徒的子女，有花钱如流水的富家子弟，也有发愤苦读的贫苦人家的穷学生。

教学之余，赛珍珠开始了写作生涯。她的最初作品，并不是那部后来让她获得名声的《大地》，而是另一部书名叫《流亡者》的传记。这部书是为了纪念她的母亲。她最初的目的，只是为自己的孩子将来能有一幅外祖母的肖像。赛珍珠是那样地热爱母亲，母亲离她而去以后，她意识到为母亲写一本书，是最好的让她得到永生的办法。书写好了以后，赛珍珠在很长时间内，都没有想到让它出版，她把它放在了箱子底下，直到自己成名以后的有一天，才突然想到了它。于是这本书正式出版的时候，它已经是赛珍珠问世的第七本书了。

不妨想象一下赛珍珠在南京一边教书、一边写作的日子。毫无疑问，作为一个外国人，她在中国的日子肯定是舒适的。帝国主义列强在中国得到的种种特权，自然会给每一位在华的外国人带来很多好处。赛珍珠住在一座优雅的小楼里，门前是一片大花园，一年四季开放着不同的花。书房在楼上，从摆着大书桌的窗户极目远望，能眺望紫金山的风光。在这样的书桌前，写出一些优美的文字来，丝毫也不奇怪。窗外的一切，看上去是那么美好，危机被暂时的太平景象掩盖了，军阀间的混战离得很遥远，灾难，饥馑，秋季的传染病，仿佛都不存在。

赛珍珠当年住过的那座小楼，若干年以后，成为南京大学的校产。我在这所大学读本科，读研究生。整整七年里，它一直是中文系的所在地。谁也想不到这座白颜色的小楼，却是未来获得诺贝尔奖的文学作品的诞生地，是一部轰动世界的著作的摇篮。它最初只是一家普通外国人的房子，它的不同寻常，完全是因为赛珍珠在这里完成了她一系列的重要作品。时光流逝，岁月如梭，这座小楼显然已经几易其主。下水道堵了又堵，楼梯也重修过了，在它的四周，一座又一座高楼大厦已经竖起来，但是它仍然可以作为一个见证。赛珍珠当年就是在这座房子里进行创作的，在后来的文章里，她不止一次地流露出对这座房子的喜爱，不止一次流露出对南京这个城市的热爱。她承认自己的这种特别喜欢，是由于所有的这一切给她带来了创作上的灵感。

很多人都以为赛珍珠一举成名，事实上，她的第一部书稿问世并不像设想的那样轻松。她的第一部小说《东风，西风》所以能够出版，完全是由于经纪人不懈的努力。投稿对于一位无名作家来说，往往不是件愉快的事情。由于赛珍珠的文章，要从中国寄往美国，邮费昂贵，路上耽误的时间很长，到了编辑部，还要压上好几个月，因此与其苦等退稿，还不如把投稿的事拜托给经纪人省事。赛珍珠的经纪人，是她从地摊上买的一本叫《作家指南》的小书上发现的，得来全不费工夫。但是出版这第一本书，却花了大力气。经纪人曾把赛珍珠的书稿投寄给纽约的每一位出版商，结果到处碰壁，要是最后一家出版公司再次拒绝的话，经纪人就准备把书稿完璧归赵给她。

《东风，西风》在赛珍珠众多的作品中可能很不重要，但是它最大的好处是给了赛珍珠开始写作《大地》的勇气和信心。她的一生功名，完全取决于《大地》。没有《大地》，就没有赛珍珠。《大地》三部曲奠定了一切。虽然赛珍珠相信自己迟早会成为一位作家，但是怀有这种自信的大多数人都成不了作家。赛珍珠无意中选择了一个绝好的机会，来写作她的成名作。这时候，中国发生了自辛亥革命以来最巨大的变化，北伐革命终于成功了，南京被国民政府定为新的首都，蒋介石和宋美龄女士的婚姻成为当时最热闹的话题。在赛珍珠的印象中，蒋介石是一位中国军人，从未去过西方，外表上看是道地的老式中国人，而宋美龄却年轻漂亮，从十一岁时就住美国，无论是生活习惯，还是外表谈吐，完全是西方派头。这两个人的结合，被赛珍珠形容为，一个强悍的旧式男人，娶了个强悍的新式女人。

赛珍珠对新的国民政府，并没有什么太好的印象。在某些方面，她有些接近老派的中国人。她不像当时那些追逐时髦的年轻人一样，凡是新的东西就一概喜欢。新的国民政府在她眼里，和旧军阀北洋政府，没有什么本质区别。她总是根据自己的所闻所见，来考察新政府的所作所为。当她注意到周围老百姓的日子过得并不比清朝政府时期强到什么地步的时候，她不可能举起双手赞成国民政府。她甚至反对国民政府建设新都市的计划。不管什么样的政府，能否给老百姓过太平日子，过幸福的生活，这是最重要的。清朝政府时期虽然腐败，然而却没有那么多的战争。军阀混战给老百姓带来痛苦，这是赛珍珠小说中的一个重要主题。北伐成功似乎意味着战争已经结束，赛珍珠坐在窗前写作的时候，窗外推土机轰轰作响。这种从西方引进的庞然大物，正在把成片的旧房子碾成废墟。南京将建设成为一个现代化的城市，要修建宽阔的马路，马路边要种下此后几十年里仍能让人赞叹的梧桐树。要盖许多新的大楼，供各种各样的政府衙门办公。要装备新的电力设施、新的排水系统、新的卫生设备，要建造新的影剧院、新的百货大楼。所有这些，不仅不能使赛珍珠感到兴奋，恰恰相反，让她感到的只是疑惑。

在赛珍珠的思维里，南京像古耶路撒冷城一样古老。石子铺的路面起伏不平，街道又窄又弯，有些地方，人力车拉过来的时候，行人不得不紧紧地贴墙站着，才能让车子通过去。到处都是露天的污水沟，家庭主妇们往里边倒着生活用水，男人们堂而皇之地往里撒尿。人多的地方便有集市，成堆的蔬菜，整筐的水果，搁在案上的鱼和肉。算命的，卖旧书的，卖老鼠药的，耍把戏的，卖小吃的，都掺和在了一起。赛珍珠无法想象这样古老的城市，如何就能现代化起来。她看到的，只是破坏，再破坏。毫无疑问，赛珍珠是在一种十分保守的心情下，写作《大地》的。她怀念着正在失去的旧中国，耳朵边回响着窗外居民因为不愿意搬迁，和执法人员的争吵声，以及相互之间议论的抱怨声。

所有这一切，都不可能使得《大地》成为一本讴歌新政府的书。当那些从一生下来就住在老房子里的老人，被强行搬迁而号啕大哭之际，赛珍珠甚至想冲出去打抱不平，大声疾呼这样做是不对的。但是她终于意识到了国民革命的意义，这就是作为一个外国人，她已经没有权力在中国人的土地上发号施令，没人会在乎她，根本不可能有人会听从她的指责。她曾经是帝国主义的受惠者，现在，她受人敌视也就不足为奇。国民政府对待外国人的态度，要比过去的清朝政府和北洋政府强硬得多。外国人的特权开始受到限制，赛珍珠只能把她的不满发泄在要写的书上。

《大地》三部曲的第一部，从本质上说来，是一部典型的怀旧作品。它讲述中国农民和土地的关系。土地是农民的生命，也是中国人，以及全世界所有人的生命。保守意识始终占着上风，在这样的作品中，向往未来变得极不重要，重要的却是过去，是那些应该被淘汰的陈芝麻烂谷子。《大地》中充满了落后和同情，落后是中国的现状，是赛珍珠的耳闻目睹，同情是发自赛珍珠内心深处的一种怜悯。不管中国人会怎么想，不管中国人究竟需要不需要这种怜悯，这种情感在她却是绝对真诚的。

4

赛珍珠绝想不到自己会因为《大地》一举成名，她想不到自己的作品竟然会那么适合美国人的胃口。不仅美国人喜欢，整个欧洲大陆也为之震动。她更不会想到这本书会严重地伤害了中国人的感情。写作《大地》的过程是平静的，事实上，前后只花了三个月，写完了以后，赛珍珠对自己的作品是否能够出版心存疑窦，很想能找一个值得信任的人，帮她评判一下。她的哥哥正好也在中国，赛珍珠十分羞怯地告诉他，自己写了一部小说，他善意地笑了，说这件事很有趣。赛珍珠觉得仅仅凭这点，还不足以提出进一步的要求，让他花费宝贵的时间来读自己的小说。她压根也没想到和自己的丈夫谈一谈此事，她的丈夫对文学毫无兴趣。犹豫再三，她意识到最好的办法，就是偷偷地将稿子包扎好，一咬牙寄出去，听天由命。

无论是写作《大地》，还是在等待这本书出版的岁月里，一切都是平淡无奇的，甚至是在《大地》刚出版后的日子里，仍然没有什么变化。她在大学里教着书，课余便骑马出城去乡间漫游。秋天里，南京的郊区景色非常优美，田野里一片金黄，稻子收割了以后，拾穗人穿着土布衣服，挎着竹篮，在遍地都是稻茬的田里不时地弯下腰去。在拾穗人的身后，几只白颜色的鹅摇摇摆摆觅着食，随处可见一片农家乐的景象。年轻的母亲坐在门口给小孩喂奶，老婆婆则在阳光下支起了纺车，孩子们在打扫得干干净净的谷场上做着游戏。国民政府对这个国家的管理开始初见成效，对于郊区的农民来说，一个太平盛世似乎就要来临。赛珍珠独自骑马，穿过碎石子铺的古道，沿着乡间的土路，一直骑到有着梁朝辟邪的村庄才下马。

有着一千多年历史的梁朝辟邪，现在已成为南京城市的标志。在西方论述中国雕刻的书中，辟邪被称为石狮子。可是赛珍珠当年所见到的辟邪，显得十分凄凉，它孤零零地站在村口，站在空旷的稻田里，忍受着人类对它的冷漠和戏弄。人们在它宽大的身上晒着刚洗过的衣服，那些破破烂烂红红绿绿的旧衣服，披在辟邪身上，充满了一种滑稽荒唐的感觉。当地农民充分满足了对外国人的好奇心以后，开始向赛珍珠生动地讲述有关辟邪的传说。这传说流传了一千多年，已经无所谓真伪。

有一个疑问常常困惑在赛珍珠的心头，这就是中国的知识阶级，往往要比目不识丁的农民更愚昧。在新的国民政府中，看上去是聚集了一大堆人才，这些人是中国的精英，受过西方文化的熏陶，说起英语法语来，甚至比汉语更为流畅，但是他们固执起来，往往根本就听不进别人的声音。中国知识阶级的自以为是，有时候要比农民的保守更可笑。在一次偶然的机会中，赛珍珠和一位身着非常合身的西服的青年官员，谈起梁朝的辟邪，刚说到一半，这位青年官员立刻予以否定。他放下手中的茶杯，以不容置辩的口吻说：“南京附近，根本就没有什么辟邪。”

“是那种像石狮子一样的辟邪。”赛珍珠小心翼翼地说。

“哪儿有什么石狮子？”青年官员莫名其妙地傲气，他提醒赛珍珠是受了农民的骗。

赛珍珠为这位青年官员否定历史的态度感到震惊，她温和地反驳说：“西方学者对中国动物石刻心慕已久，你若是有兴趣的话，可以找到很多图片和资料，你可以——”

“我再说一遍，南京附近，没有什么梁朝石刻。什么辟邪，什么石狮子，都是骗人的鬼话！”青年官员很不耐烦，满脸的别人都很蠢的表情，提高了声音说着，“我是中国人，我就在这个城市里长大，难道还不比你知道得多？”

赛珍珠的《大地》出版以后，她听到许多类似的指责，当然这些指责都是针对她的作品。《大地》的出版很顺利，目光敏锐的出版商，一眼就看出了这是一本能打动西方读者的读物。1931 年的 3 月 2 日，《大地》出版了，赛珍珠收到了第一本样书。但是随之而来的，不是快乐。这时候，赛珍珠的老父亲已经病入膏肓，赛珍珠把新出版的《大地》递到父亲手上，父亲已经无力再把这本书看完，只能向女儿表示自己的祝贺和歉意，不久他就与世长辞。十年前，赛珍珠的母亲长眠在中国，十年之后，赛珍珠的父亲又在重复母亲走过的路。

在赛珍珠收到《大地》后不久，由于特大暴雨，洪水泛滥，长江堤坝被冲毁，整个南京城陷于大水的包围之中。这个城市处于百年不遇的自然灾害的威胁之下。1931 年对于越来越向右转的南京国民政府来说，绝对不是一个好年头。世界范围之内的红色风暴正在兴起，左翼文学运动如火如荼，全球的作家差不多都在向左转。位于中国江西的红军，在共产党的领导下，屡屡给国民党军队以重创。日本人对中国的野心已经到了图穷匕见的地步，就在这一年的9月18日，日本出兵占领了中国的东三省。外患内乱，天灾人祸，无一不动摇着南京国民政府的基础。

洪水包围中的南京仿佛成了一个孤岛，赛珍珠参加了抗洪救险的工作。有趣的是，她当时唯一的交通工具，不是汽车，也不是自行车，而是一匹骏马。她个人的力量极其有限，所贡献的只是一种精神。她生活在这个城市里，当然应该像别的居民一样，尽一份自己的义务。大水一直淹到了城墙边上，在骑马去工作的时候，她发现自己几乎成了传奇故事中的人物。黄色的洪水在临时筑起的大堤外汇合，一天天地上涨。陆地上的农民仿佛一夜之间，都成为靠捕鱼捉蟹为生的渔民。水天一色，巨大的城墙倒映在洪水里。赛珍珠把马拴在一棵古树下面，搭上农民的小船去她的工作地点，救护工作的繁重丝毫也影响不了她的激情。赛珍珠每天都干得很辛苦，这种奇特的经历，让她感到十分有趣。

赛珍珠几乎没有时间去想自己新出版的书命运如何。她没有想到自己已经成功，当洪水退去的时候，她开始着手的工作，是把中国四大名著之一的《水浒》翻译成英文。她给《水浒》起的洋名是*All Men Are Brothers*。如果再翻回成中文，就是“所有的男人都是兄弟”，套用成语可以译为“四海之内皆兄弟”。赛珍珠前前后后用了四年时间翻译这本书。这本古典名著显然影响了赛珍珠小说的风格，细心的读者可以从《大地》三部曲的后两部中，发现这种潜移默化的影响。

幸运之神正在向赛珍珠招手。中国有句老话，运气真来的时候，想拦都拦不住。虽然赛珍珠最初得到的反馈，是对《大地》的严厉指责，发出这种指责的，既有中国读者，也有美国读者，但是决定图书命运的市场，被一只神奇之手打开了，《大地》一炮而红，被权威性的每月书社选中，出其不意地成为了畅销书。好也罢，坏也罢，《大地》开始成为话题，虽然出版的只是《大地》的第一部，后两部还没有写出来，成功已经不可阻挡。在《大地》出版的第二年，赛珍珠获得了普利策奖，这是美国文学界的最高奖项，标志着她已成为一名重要的作家了。

第五章

1

自从刘岳厚逝世之后，我一直在想，像他这样对写作痴迷的人，究竟应该不应该算为作家。如果以发表的作品算，刘岳厚一生公开发表的作品，就是省报上的一篇被编辑删改过的小说。过去的多少年里，刘岳厚从来也没有停止过和报纸杂志打交道，他是各式各样的出版部门的常客，很多编辑都认识他，提到他时便是一个接一个的笑话。在今天，很难再找到像他这样对写作痴迷的人了，也很难再找到像他这样下了那么多苦功夫、在作品上仍然没有进步的永远的习作者。他总是谦虚地称自己的作品是习作，是一种练习，可惜这种谦虚对于他没有任何益处。他总是在原地踏步，仿佛小学里的留级生一样，永远是小学三年级的水平。

刘岳厚曾经是我的老师，我在这里讲述刘岳厚的故事，丝毫没有不敬的意思。我承认自己对他有过不恭敬的地方，我承认自己曾经是那样地不耐烦他，然而那是在他生前。现在，刘岳厚已经火化成了一堆骨灰，面对他的空中的魂灵，我起誓，自己从来也没有像现在这样，对刘岳厚的一生表示着崇敬。刘岳厚留给了我一大包水平拙劣的遗稿，这些遗稿是失败的记录，是对一个人不懈追求的讽刺。我不想以成败来论英雄，英雄和狗熊无论有多大的区别，他们有一点是共同的，这就是他们都是人，是有血有肉的人，是要吃、要喝、要拉、要撒、要睡的人。英雄狗熊都是一生，都得死。

成功的作家我见得实在太多，“成功”两个字里，永远包含着很多水分。我的生长环境，让我有机会从很近的距离，考察祖父辈和父辈这两代作家的成功。我见过太多所谓功成名就的人。我熟悉许多一炮而红的作家，知道他们潦倒时的模样，也看到过他们摆出的名人派头。我所熟悉的历史告诉我，一位作家的成名，其实不是什么难事。难的也许倒是像刘岳厚那样永远不成名。从一个不名一文的人，一跃为当红的作家，实在是识几个字的秀才的成龙捷径。成名肯定比买中六合彩的机会要多。作家成名，有时候和小人得志，并没有什么太大区别。运气这玩意儿永远是一个不能忽视的客观存在。在作家的队伍里，不是作家的人，永远比作家多。有什么样的人，就有什么样的作家。有什么样的作家，便有什么样的文坛。在中国，文坛变成政坛，已有悠久的历史，从作家摇身一变成为官员，或者从官员变戏法似的突然成为作家，向来不是什么稀罕的事情。即使在世界文坛上，也是如此，东欧和拉美都有作家成为总统的例子。

刘岳厚始终没能成为文坛的一员，未必就是多大的憾事。偌大的文坛，什么人都能进，什么人都能混，刘岳厚只不过是在门口徘徊，也挺好。他不停地踮起脚，往神秘莫测的文坛里张望，渴望自己能成为文坛的一员，眼巴巴地望了一辈子。他的存在意义就在于这种执着的追求。老实说，刘岳厚的文章从来也没有真正地写好过，但是平心而论，在过去的这些年里，和文坛上充斥着的狗屁文章相比，他丝毫也不比那些徒有虚名的著名作家差。如果运气好的话，刘岳厚完全也可能成为著名作家红极一时。所有的文学浪潮他都赶过，从“反击右倾翻案风”开始，到伤痕文学问题小说，从传统的现实主义，到具有现代意味的新潮小说，从纪实文学到通俗文学，从押韵的诗到不押韵的散文，从电影剧本到电视剧本到广播剧剧本，只要是由文字组成的东西，他都写过。

我们不妨换一个角度，来看刘岳厚。我熟悉很多写作的人，他们对作家坚持每天写作不屑一顾。他们已经是作家，是很有名望，甚至可以说是很不错的作家，可是有一点让我始终百思不解，这就是他们根本就不热爱写作。他们总是在找各式各样的借口逃避写作。与其说他们是作家，还不如说他们更像作家笔下的人物，他们把时间都花在了一些十分无聊的事情上，却美其名曰是在体验生活。体验生活有时候成了自己行为不端的遮羞布，潇洒竟然成了堕落的代名词。他们绝对不会像刘岳厚那样，没完没了地写，那样徒劳地在文学的土地上耕耘。他们甚至鄙视写作。他们所以还在吃着写作这碗饭，是因为写作能给他们带来比较满意的结果。因为写作，他们当了官，成了有地位的文化官僚，在做官的人面前，他们是作家，在真正辛勤写作的人面前，他们是官。对于他们来说，写作重要的是结果，而不是过程，他们厌恶这个过程。他们自己不写，却嫉妒那些不断在写的人。

刘岳厚永远也不厌恶这个过程。在他的写作生涯中，成功的希望太渺茫，结果固然重要，由于总是没有结果，他也只能靠写作这个过程来聊以自慰。在热爱写作这一点上，他比那些不热爱写作的作家，更像作家，更接近文学的本义。在过去的许多年里，刘岳厚所以和我保持着持续不断的联系，一个很简单的原因，就是我以及我的家庭，和文坛有着这样那样的联系。人们在介绍我的时候，总是习惯地称我为某人的孙子，某人的儿子。我的家庭被人们誉为文学世家，很小的时候，我就被告诫，永远不要在公众面前，对文学的话题说三道四，永远不要盲从，不要轻易相信别人所说的好文章。我祖父在我的第一篇小说发表以后，给我的忠告就是，想写就写，不要硬写，不要老三老四地发表什么创作谈。

至今为止，我仍然保持着这样的世故。我和父亲曾是最好的文学搭档，父亲过世以后，我感到最大的悲哀，是少了一个谈文学的人。我很少在公开场合对别人的作品说什么，对许多名噪一世的作品保持着沉默。可是在家里，和父亲谈起文学来，嬉笑怒骂酣畅淋漓，充满了一种煮酒论英雄的痛快。坦白说，刘岳厚很长时期里，一直是我和父亲的嘲笑对象，他厚着脸皮，一次次揣着整叠的作品登门拜访。有时候，他还带着一些土特产。明知道是碰钉子，但是他从来不放弃最后的希望。我的父亲是一家文学刊物的主编，我自己因为发表小说多少认识几个编辑，我们都有一种帮不上忙的感觉。刘岳厚的文章永远是差那么一点，他永远想弄明白怎么写，一直到死也没弄明白怎么写。我的父亲绝不可能因为收了刘岳厚的土特产，就昧着艺术良心，在自己主编的刊物上发表他的文章，而我将他的稿子，转寄给那些熟悉的编辑朋友以后，也只能恳求他们给刘岳厚写一封婉转的退稿信。

在刘岳厚逝世的几天里，我一想到这样的场景，心里就有一种说不出的滋味。我想到他总是风尘仆仆冒冒失失，突然出现在我面前，向他昔日的学生求教。他对我说好话，忍受着我对他作品不置一词的沉默，最后免不了孩子气地问我："你看这次能不能发表？"

有一次，因为不耐烦，我很直截了当地说："你这样的文章，就算是发表了，又怎么样？"

我的话像子弹一样地击中了他，他像一个没有抵抗能力的小孩子那样看着我，不知所措。我把他渴望翻开的底牌，翻了过来，不留任何情面，这犹如在大庭广众之下，剥下了他的裤子。他完全懵了，知道我说的是真话，是他最不愿意听到的真话。有时候，说真话不一定是好事，有时候，说真话会很残忍，我觉得自己当时根本就不应该那么做。我不应该那样伤害他。

2

赛珍珠的成功来得实在太容易，仅仅是一个普利策奖，就让她感到受宠若惊。她当时并没有意识到自己成功的秘诀，在于她充分地满足了美国读者的好奇心。美国人对于东方更多的是好奇心，有关中国的传奇并不少，那些自称曾在慈禧太后身边待过的西方宫女，胡编乱造地写的慈禧传记，像天方夜谭一样无边无际。有趣的是，这些有关中国宫廷的书，远没有赛珍珠所撰写的一部农民史诗更受欢迎。赛珍珠的成功，和世界范围内的红色的三十年代分不开，劳工神圣已成为一句全球性的口号，资本主义社会的经济危机，从来没有像这段时间这般严重过。

尽管赛珍珠曾说过，她对当时的世界文坛了解甚少，但是她的作品在客观上，和世界文学的潮流不谋而合。是否是史诗，是评价一部作品的重要标准，那是一个需要伟大作品的时代。在赛珍珠之前，农村题材的小说很合诺贝尔奖评委的胃口，1920 年，挪威的汉姆生因为他的划时代巨著《大地的成长》获奖。四年以后，波兰的莱蒙特又因为代表作《农民》获奖。当时在美国炙手可热的作家是辛克莱·刘易斯，他的《大街》早在获得诺贝尔文学奖之前，就已经成为里程碑式的作品。虽然现代派文学已经崛起，其他流派的文学已经过时，然而处于领导地位的，仍然是现实主义文学。赛珍珠的《大地》和以上提到的几部作品的相似之处，在于它们都揭示了城市和农村的对立，它们都谈到了土地是人生之本的问题，都不同程度地批判了资本主义社会。

在中国环境中长大的赛珍珠，对于书畅销的意义显然认识不足。对于她来说，写作只是一种梦想，她想写，写了，想发，发了。一旦书真的出版了，还会怎么样，她没考虑过。中国人对女性的忽视，或多或少地也影响到了她的世界观，她没有那种女强人的野心和事业感，因此也就没什么功成名就的满足感。虽然日后的荣誉接踵而来，但是从《大地》问世后，猛烈的指责就从没有间断过。与荣誉相比，那种不问青红皂白的指责，给赛珍珠的震动更大。有些指责似乎已经超过了赛珍珠的忍受范围，她的好脾气使得她不便在公开场合发表言论反击，若干年以后，她在写《自传》的时候，才把这些恶毒攻击予以公布。

无论是美国人，还是中国人，都参加了指责赛珍珠的大合唱。赛珍珠收到来自美国本土的第一封信，就是一封辱骂式的责难。一位教会中的基督徒，用了好几页的篇幅，指责赛珍珠写得太直露了。他使用了一个很脏的字眼，赛珍珠在《自传》中不忍心把它写出来，猜想不外乎是“下流”或是“淫秽”之类。她是一个传统的女性，最难以容忍的可能就是这些字眼。一位中国知识分子的指责，和上面提到的那位美国基督徒的观点不谋而合：

> 她特别喜欢攻击人性中难以启齿的东西，譬如说性。她在作品中运用某些富于技巧的暗示，使这极普通的事情变得对读者非常刺激。不错，性是人生之本，正如对性生活的分析研究所示，它像人之饮食一样正常和必不可少，这都是事实，但猥亵的暗示比令人恶心的明说更坏。这也是为什么穿长筒袜和短裙比一个裸体模特更富性诱惑力。我并不想宣传传统的性道德标准，但我确实相信，无论对于个人或社会生活，性挑逗越少越好。我们的年青一代需要的是对性的自然、健康和坦率的表述，而不是赛珍珠书中要表现出来的那种哀婉的不健康的暗示。

小说中的性，常常是作家遭受攻击的臭鸡蛋。永远会有那样的读者，像寻矿一样地在作品中找到有关性的章节来读，然后就此大做卫道士。我不止从一本书上看到对赛珍珠有这样的攻击。事实上，中国现代文学史上，有许多作家都被“自然主义性描写”这个臭鸡蛋砸过。这种道貌岸然的评论，向来让作者哭笑不得。有人就是喜欢像提取酒精一样，把性从文学作品中活生生地抽出来，然后分段分类加批语来一番莫须有的栽赃。我曾和大学里专门研究赛珍珠的教授谈过话，请他就赛珍珠所有的作品，谈一谈她的性描写。教授对赛珍珠因为“性”受到的非难深感不平，不要说是用今天的眼光，就是用当时的尺度，赛珍珠的性描写也应该是保守和传统的。说赛珍珠小说有色情描写，实在是冤枉了她。

赛珍珠的小说，在中国有两头不讨好的意思。南京的国民政府，因为她小说中没有为新政权唱赞歌而大为恼火，左翼文坛却因为她没能反映出阶级的斗争，只触及了中国社会的皮毛，对她根本不屑一顾。鲁迅先生在谈到赛珍珠的时候颇有微词，说她所知道的，“还不过一点浮面的情形”，而写《西行漫记》的作者埃德加·斯诺，更是直截了当地向美国人指明，赛珍珠歪曲了中国人的生活。这些观点，不仅在当时很有影响，而且连续影响了许多年。

看赛珍珠的小说，确实可以发现许多疏漏的地方。记得我第一次读到《龙种》的时候，当我看到其中一段对种子的议论之后，我便决定看完这本小说，再不看她的其他小说了。当时我在读研究生，看完了《大地》三部曲，接着看她的另一部代表作《龙种》，看到两个男人就种子和精子，大发议论，大唱生命的赞歌。在英文中，这两个词可以是同一个词，然而在中文里并不是这样，这是一个显然的漏洞。中国农民聊天时，并不把男人的精子看得如何的伟大，一方面，认为一滴精子一滴血，另一方面又视精子是猥亵的，中国人骂一个男人没用，就说这个男人太屃。我在农村读书的时候，当地农民骂人，习惯说某人是“那泡屃”。看《龙种》中的这一段描写，我感觉不是两个中国农民在说话，而是两个外国人在神侃。

把赛珍珠的小说捧得过高，是没有道理的事。重读她的小说，我仍然觉得当年读研究生时的看法没有什么太大的错。以小说而论，她的确算不上什么一流的小说家。赛珍珠只是在复述故事，复述那些从老妈子和用人嘴里说出来的故事，她的小说总有一种道听途说的感觉。她的小说里充满了同情和理解，然而这种同情和理解，难免一种西方人的角度，难免居高临下。通俗和流行既是免不了的，也是很自然的。赛珍珠的小说足以满足那些想知道一些东方，对东方抱有好奇的西方人的口味，畅销几乎是必然的。美国人已经被自己的经济危机弄得焦头烂额，他们需要一些异国情调的东西来调节一下。

《大地》彻底改变了赛珍珠的生命进程，为她的生活方向重新定了位。1932年，她回了一次美国。这一次是衣锦还乡，各种各样的宴会和招待会纷至沓来，善意的恭维和溢美之词不绝于耳。她有些受宠若惊，又忍不住要尽情品尝。成功不仅轻易，而且巨大。尖刻的批评和指责，在《大地》的热销中，显得无关紧要，甚至还能促销。美国毕竟是赛珍珠的祖国，一切都能很快从不习惯到习惯。一个成功者总是到处受欢迎。虽然1932年的回国，只是一次荣誉之旅，她并没有决定要回美国定居，她的家仍然还在中国，还在南京，但是美国对她的诱惑力如此之大，以至于当她重返中国之后，立刻明白自己告别中国已经为时不远。

中国给她的影响实在太大了，在中国，她永远是金发碧眼的外国人，可是到了美国，她又似乎成了中国人。她已经习惯了中国的生活方式，她的口味和地道的中国人没有任何区别。在美国的电影院里，每当电影放映到一半的时候，她就想站起来离去，不是因为电影不好，而是受不了那些从她的同胞身上散发出来的异味。那种臭烘烘的呛人气味总是熏得她恶心欲吐，这是一种吃了牛奶和黄油以及牛肉后，散发出来的混合气味。赛珍珠终于明白，为什么她的那些中国朋友会抱怨洋人身上有一种怪味。1932 年，赛珍珠在美国待了近一年，已经足以让她习惯同胞身上的异味，然后她又回到了中国，到了 1934 年，她正式返回美国定居。

赛珍珠在美国买了一个小农场。她因为写小说，小小地发了一笔横财，而美国此时正陷于经济危机的水深火热之中，房产的价格低得让人不敢相信，结果她只用 4100 美元，就买下了一个面积有 48 英亩的农场。农场的场景与中国有许多相似之处，这是吸引赛珍珠下决心购买的重要原因。她为自己的农场取名叫青山农场，下定决心和仍然留在中国的丈夫离了婚，很快又和她的出版人查理·沃尔什结婚。从此之后，她一直在青山农场安心写作，领养了一大堆有着亚洲血统的弃儿。她喜欢小孩子，由于生第一个小孩时难产，她失去了再次生育的能力，便把母爱花在了别人的孩子上。

有一种传说十分生动，这就是获诺贝尔奖的消息刚传来的时候，正在吃早餐的赛珍珠因为激动，把喝汤的勺子弄掉在了地上。这消息很意外几乎是不容置疑的。虽然她回美国已经好几年了，虽然她的书还在畅销，她的《大地》被改编成了戏剧在剧院上演，又被改编成电影在美国上映，但是她在文学界的声誉并不怎么样。赛珍珠首先想到的是弄错了，因为在很多人眼里，除了老作家威丽·凯瑟外，美国没有哪位女作家配得诺贝尔奖，而在女作家中间，赛珍珠又是最没资格获奖的。赛珍珠太年轻，经典之作还太少，甚至都难以算得上是一个真正的美国人，把如此显赫的诺贝尔奖授给赛珍珠是不慎重的。与其说获诺贝尔奖最初给赛珍珠带来的是惊喜，还不如说是一种害怕出错闹笑话的恐慌。她是个敏感的女人，在盛气凌人的美国作家同行面前有些自卑，她承认自己的生活背景和文学修养都不足以使她得奖。即使事实证明得奖已经确凿无疑，她仍然缺乏必要的勇气。所以没有拒绝去斯德哥尔摩领奖，是害怕让别人觉得她放肆无礼。诺贝尔奖使赛珍珠的文学事业达到了顶峰，然而由于获奖所受到的攻击给赛珍珠心灵上造成的伤害，多少年之后也没有痊愈。

美国人对诺贝尔评奖委员会早就憋了一肚子火。从 1901 年开始，直到三十年以后，他们才慢吞吞地把奖颁给刘易斯，他们伤害了美国人。尽管此后的八年间，又两次把诺贝尔奖颁给美国人，这就是 1936 年的奥尼尔和 1938 年的赛珍珠，但是美国人还是不高兴。对诺贝尔文学奖的抨击，从来就没有停止过。整整三十年里，竟然没有一个美国人可以获奖，获奖者总是在欧洲的圈子里打转，美洲大陆似乎根本就不值得考虑，马克·吐温被当做了儿童文学作者，德莱塞的左翼思想太严重。就算是在欧洲，评奖委员会也是有眼不识泰山，他们漏掉了大文豪列夫·托尔斯泰，漏掉了普鲁斯特和乔伊斯，漏掉了卡夫卡，没有得奖的好作家和得奖的好作家几乎一样多，或者说是更多。赛珍珠实在是把这个奖看得太严重了，她想不明白为什么自己的得奖不被美国人视为一种国家荣誉，而反被认为是耻辱。她为此伤透了心，并为此终生对美国文坛心存芥蒂。在以后的若干年里，赛珍珠总是小心翼翼地避免和她的美国同行们打交道。

美国人对刘易斯的获奖同样不满，他为美国争得第一枚诺贝尔文学奖奖牌以后，美国人不是庆幸，而是愤怒。好在他对此根本不在乎，刘易斯颇有些像文坛的坏小子。1926 年，他拒绝去领普利策奖，理由是得不得这个奖无所谓。他从不在乎那些作家同行们在他背后说什么。这一点赛珍珠做不到，事实上，得奖给她带来的更多是烦恼，美国人不高兴，中国人也不高兴。自从《大地》出版以后，中国人一直在批评她的小说，她获诺贝尔奖所以没有在中国引起强烈的抗议，重要的原因是当时中国的头等大事，是全民族的抗战，是决战台儿庄，是武汉保卫战。中国人已经没有闲心去抗议她的小说。

赛珍珠能够得奖，完全是因为一系列的偶然原因。得奖常常就是运气。在亚洲，中国和日本已经全面开战，在欧洲，战云密布，任何一位可能引起政治纠纷的作家，都被谨慎地排除在获奖者之外。以性心理分析著名的弗洛伊德，早在两年前就被提名诺贝尔文学奖，这一次，他又被提名为医学奖的候选人。但由于他是犹太人，考虑到极度仇视犹太人的希特勒此时正大权在握，手上正抓着引燃世界大战的导火索，弗洛伊德事实上也只能是被提名而已。反正提名者约有三十位，而在当时复杂的国际形势下，对于评委会来说，选择处于中立位置的美国作家最恰当。至于在过去的八年里，美国人曾两次获奖已不重要。文学不是政治，文学又经常会被政治所左右。那一年的诺贝尔奖，同时和赛珍珠被提名的，还有写《飘》的美国女作家米切尔，平心而论，如果是让米切尔得奖，还是赛珍珠更合适一些。

3

刘岳厚和赛珍珠相比，两人的运气相差太远了。把这两个人硬放在一起谈论，实在有些荒唐。刘岳厚从没想到过要得诺贝尔奖，他的要求很简单，只要能变成铅字就行。这两人无论是文化背景，还是个人气质，相差都太远。刘岳厚只是一个普通的乡村小学教师，他的实际文化水平，或许是有教师以来最差的一类。除了能写一手漂亮的“欧阳询”，从各方面看，他都不适合从事教学工作。他从来就没有喜欢过教育工作。对于他来说，当小学教员不过是比当农民要强一些。他出身农民，可是最看不起的，就是农民。赛珍珠在对哥伦比亚新闻学院的学生作演讲时，曾经很动情地说过：

> 实际情况是这样，不创作小说，我就不会快活，这些书人们读不读，我是全然不顾的。有那么些不幸的人，若不是正在写作，或已经写完，或即将去写一部小说，就会觉得浑身不那么自在，我就是其中一个。

尽管刘岳厚的文学事业一无可说，可是他确实有赛珍珠一样的毛病。尽管他没有发表过什么作品，尽管他在文学上从来也没有真正地开过窍，可是我从没见过比他对文学更痴迷的人，他比我所能见到的作家更专注于文学。刘岳厚一生最大的悲哀，就是始终不能在文学上获得成功。凭他的痴迷和专注，他在文学方面未能有任何作为，实在是一件太遗憾的事情。在刘岳厚病重的日子里，我无数次想到一个问题，这就是如果老天爷开眼，给他一个机会，结局又会怎么样呢？如果让刘岳厚写的文字发表出来，如果让他得到公众的赏识，得到专家的认可，让他得奖，让他成名，一切又会怎么样呢？

我完全能想象刘岳厚一旦真成了名，会怎么样。毫无疑问，他如果成名，绝对不会可爱。他完全可能堕落成一个无行的文人。在对文学痴迷的一生中，有几次机会似乎就在身边，一伸手便可以抓住，但这样的机会，无一不像彩色的肥皂泡，看上去很美丽，却说爆就爆。如果“四人帮”不被粉碎，他那部长篇小说完全可能发表，他将像当时走红的一些作家一样，成为独步文坛的佼佼者。“四人帮”粉碎以后，他仍然存在着机会，许多在“文革”后期开始写作的作家，反戈一击，很快成为新时期文学的新人，成为第一批伤痕文学作家。我始终有一个固执的想法，这就是哪朝哪代，总会有喜欢写东西的人，而一个喜欢写东西的人，也很可能在哪朝哪代都会写作。文人有时候会被人看不起，这不能不说是个原因。

刘岳厚发表的唯一文字，是省报上一篇将近五千字的小说。这是一篇地道的伤痕文学，写一个地主的女儿，如何不能被她所爱的男人爱。在小说中，刘岳厚显然是掺和了一些个人生活的调料。小说中的地主女儿，多少有些胡冬琴的影子，而男主角自然是刘岳厚理想中的自己。这篇小说的发表，完全让他陷入一种失控状态，他买了无数份报纸，到处散发。我至今还能记得他在给我的信中流露出的那份得意，他说这次只是在省报上获得成功，下一步他将向《人民日报》挺进，要在《人民文学》和《收获》这样有影响的刊物上发表小说。他当时给我的印象，是巨大的成功指日可待。

刘岳厚的这篇小说，在当时的背景下，如果真得个全国奖，也不奇怪。实话实说，和新时期最初那几届得全国奖的小说相比，他的这篇小说，和得奖作品中的蹩脚小说放在一起，说不定还要强一些。这也是刘岳厚死不瞑目的原因之一。有一段时期，他总是喜欢指名道姓地说自己比谁谁谁的文章好。当某位作家越来越走红的时候，他便对我说这人原来并不怎么样。刘岳厚总是说谁谁谁过去的水平和他差不多。他总是不服气，自以为是，好在他不过就是在省报上发了一篇小说，还没有成名，还没有得奖，要不然不知道会如何猖狂。

一辈子没写出什么名堂来，对刘岳厚来说，可能还是件好事。以他的文化素养和不知天高地厚的性格而论，成名得奖，都将是灾难性的。他将可能被彻底地异化，成为一个小丑似的人物。仅仅是发表一篇小说，就足以使他忘记了自己是谁，他把登着自己小说的报纸，送了一份给胡冬琴，然后约她在桑树田里见面，见了面，不问三七二十一地就拥抱她。要不是怕被别人注意到，胡冬琴肯定会大喊大叫。她推开刘岳厚，说我们都是做爹做娘的人了，又是亲戚，怎么可以这样。刘岳厚也不管她是真不愿意，还是假不愿意，愣头愣脑地又一次抱住了她，要亲嘴。胡冬琴急了，死活不肯答应。远远地，有人沿田埂走过来，刘岳厚死皮赖脸地说："不让我亲，就让我摸一摸。"说着，就把手伸过去，隔着胡冬琴的裤子，放在她那个地方不肯移开。

胡冬琴真的恼了，说："你怎么这么不要脸！"

刘岳厚喘着气说："我不要脸了。"

胡冬琴说："你不要脸，我还要呢。"

说完，把他往桑树上一推，掉头就跑，刘岳厚想追没追上。这事很快就闹得全村都知道，姚五妹那火爆脾气，怎么能受得了这种委屈？像审贼似的，逼着刘岳厚一点一点地交代，他的那点良好感觉，早就被一盆冷水浇没了，经不住审问，相信坦白从宽、抗拒从严，挤牙膏一样把自己的罪行都说了出来。姚五妹恨得咬牙切齿，说："你这个不要脸的东西，我和她哥在一个房间里待了整整一月，我都没让他碰一下，你竟然去摸她。"刘岳厚便强调自己是隔着裤子摸的，姚五妹说："隔不隔一层布都一样，她让你摸，我明天也去找她哥哥，要做就做彻底，我就脱了裤子让他摸，你看我敢不敢！"

虽然姚五妹说的是气话，但是在以后的日子里，刘岳厚一直为了这件事，抬不起头来。他的成功毕竟是短暂的，而且在别人眼里也算不上什么成功。在别人眼里，他只是个成天写东西的没用东西。随着时间的推移，他变得越来越没有用。三十年河东，三十年河西，作为一种比较，当年姚五妹死活不肯嫁的胡冬琴的哥哥胡矮子，反倒逐渐成了人物，娶了一个有两个小孩的中年寡妇，两人辛辛苦苦地过日子。大的一个儿子首先成为暴发户，紧接着小的一个也成了有钱的主，弟兄两个盖了楼房，成了村子里数一数二的人家。

刘岳厚一家的地位，在村子里却越来越糟糕。年轻一代中，识字的人越来越多，大家也就越来越不把刘岳厚当回事。祠堂小学的复合班被取消了，他成为镇小学的教师，校长嫌他不能安心教学，逢开会必点名批评他。家家都在搞副业，都在动脑筋发财，想弄点钱盖房子，只有刘岳厚永远是在不切实际地写文章，写那种挣不到一分钱的文章。刘岳厚终于成为全村的笑柄，成为一个不切实际的典型，以至于当大家指责一个人将来可能会没出息，就说他以后会变得像刘岳厚一样。姚五妹和胡冬琴这对姑嫂，由昔日的冤家变成了好朋友，她们合伙养长毛兔，闲时就拿刘岳厚开涮。既然刘岳厚挣不到钱，姚五妹只有靠自己想办法，她尝试着各种能赚些钱的副业，有什么事都要和胡冬琴商量。刘岳厚意识到，自己心直口快的老婆对胡矮子已经不仅仅是歉意，不止一次流露自己当年没能嫁给他，真是瞎了眼。

刘岳厚得了癌症来南京住院，姚五妹在病房里毫不掩饰地对陪她探视的胡冬琴说，当年她如果成全了他们就好了。胡冬琴说，你成全了我们，你好嫁给我哥。姚五妹说，我凭什么非要嫁给你哥，天下男人那么多，凭什么不嫁给这个不中用的家伙，就一定要嫁给你哥，难道我就不能谁也不嫁？两个人半真半假地说着，全不在乎刘岳厚听了会怎么想。胡冬琴的嫂子在一年前病故了。刘岳厚得了不治之症之后，两家的来往十分密切。胡矮子的大儿子看中了姚五妹的二女儿，刘岳厚心里有些不愿意，姚五妹说，你不愿意有什么用？他们小的愿意，我也愿意，这就行了。

因为写作，因为永远不成功的写作，虽然刘岳厚还保持着自以为是的心高气傲，但是他完全失去了一个男人所应得到的尊重。他成为一个喜剧性的人物。村子上的人看不起他，他的老婆看不起他，他的子女也看不起他。他越来越潦倒，偏偏对写作的热情痴心不改。他马不停蹄地参加各种各样的写作函授班，有一度还想进南京大学的作家班深造。他让我帮他活动，让我带着他去见中文系的领导。中文系的领导是我大学同学，在我的熟人面前，他总是非常矫情，十分做作地说惭愧，说自己有愧于做我的老师。

“我的学生都已经写出了名堂，可是我还像小学生一样地在学习写作！”他常常这样一本正经地介绍我和他的关系，显然他有些得意自己的学生中，好歹有一个能算是作家的人。“当年他可看不出是个能写东西的料，我记得他的祖父、他的父亲并不想让他成为一名作家，可是，他还是成了作家。”

刘岳厚是在凌晨咽气的。他刚断气，刘丽英就毫不客气地打了一个电话给我。我一直想不明白刘岳厚怎么会有一个如此自说自话的大女儿，她毕业于一所中专学校，完全靠自己的能力跑到省城来闯天下。她和刘岳厚一样，从来就不怕麻烦我，她似乎并没有意识到，在这个时间打电话给别人，是否合适。在电话里，她问我能不能去一趟医院，因为她虽然已经给她丈夫也挂了电话，但是她的丈夫出差在郊区，恐怕一时还赶不到。我困意蒙眬地从床上爬起来，穿上衣服，黑灯瞎火地赶到医院。刘岳厚已经被罩上了白床单，护士小姐正在催家属赶快把尸体送往太平间，一看到我，不耐烦地说：“你怎么才到？”

当我推着刘岳厚从电梯间出来时，天已经蒙蒙亮了。医院里很静，在通往太平间的路上，我们没有遇上任何人。由于刘丽英不像别的家属那样哭哭啼啼，我们这么静悄悄推着尸体从医院的大院里走过，反而显得庄重和肃穆。无论是我，还是刘丽英，对刘岳厚的死亡都做好了充分准备，医生对我们详细地介绍过他的病情。事实上，所有的人都在等着这一天。这一天终于来了。从大楼间的缝隙中，黎明的太阳正在升起，刘岳厚的故事就此彻底告一段落。

4

赛珍珠的小说曾被改编成过电影，是获得了奥斯卡奖，还是提名，我有些弄不清楚，反正当时的影响很大。早在三十年代，电影就是个让小说家头疼的东西。它吸引了大众的口味，歪曲了小说的精神。最荒唐的一点，莫过于赛珍珠小说中的女主人公，都由纯粹的好莱坞的大腕明星来演，让一个纯粹的西方人扮演中国的农妇，其滑稽可想而知。《大地》中的阿兰一角，由出生于东欧的娜兹莫娃扮演，而《龙种》则由中国观众十分熟悉的赫本主演。

由米高梅公司拍摄的赛珍珠小说，扩大了赛珍珠小说的影响，也肆无忌惮地糟蹋了赛珍珠的小说。赛珍珠后来一再被人误会，与看完电影留下的恶劣印象有关。实力雄厚的米高梅公司为了拍摄《大地》，曾向中国派了一支豪华阵容的剧组，这个剧组在中国并没有受到想象中的热烈欢迎，恰恰相反，剧组的一切活动，都受到了严格限制。美国人感兴趣的，是如何表现中国人的落后。东西方在意识形态方面的对立由来已久，在西方人的神怪故事里，扮演心地丑恶的反角，通常是东方人，而东方人的故事里，红发蓝眼睛大鼻子又肯定是坏人。为再现所谓真实的中国，《大地》剧组到处寻找破旧的村庄，越破越好。中国当局对这种做法十分恼火，他们给剧组设置了重重障碍，在电影就要开拍之际，一定要把村庄重新粉饰一下，女人们都要穿上干净的衣服，头上还要戴一朵花。

成为美国人笑柄的，是有关当局竟然异想天开，希望电影中出现一辆美国式的拖拉机，让拖拉机来代替赛珍珠小说中必不可少的大水牛。中国人坚持认为，既然美国人是想拍一部中国的电影，就应该拍对中国有些好处的片子。中国目前虽然落后，在中国政府的领导下，一切正在改革。可是美国人才不会花他们的钱来为中国做广告，他们按照自己的想法干着，中国人拿他们没办法，只好捣乱。美国佬遇到了一些事先绝不可能会想到的麻烦，各式各样的小事故接二连三，而最后的事故却是致命的。当剧组返回美国以后，装在锡盒中的大部分胶片，竟然被硫酸腐蚀坏了，结果电影正式上映的时候，整部片子中只有十二分钟的镜头是在中国实拍的，其他的只好在美国补拍。影片中有一个著名的满天飞舞的蝗虫的镜头，是在美国的西部拍摄的。还有作为活道具的大水牛也是美国正宗国产，它后来成了好莱坞的宠物，人们参观好莱坞时，都争着和它一起拍照。

带有神秘色彩的东方传奇，似乎也在起着作用。美国剧组显然是得罪了东方的神灵，导演欧文·赛尔伯格在拍摄途中突然病逝。继任的导演满怀恐惧地把片子拍完后，壁炉上方悬挂着的巨幅画像无缘无故地跌落下来，差一点砸在了他的脑袋上。美国人再也不敢到中国来拍摄他们的电影。《龙种》开拍的时候，他们干脆以一种游戏的态度来拍摄。赛珍珠曾应邀去拍摄现场做客，在那里，她发现扮演女主角的赫本，穿的是一件男人的上衣，所以这么做的原因，是大明星赫本特别喜欢中国男式上衣的条纹。谁都清楚当时中国妇女留着什么样的发型，可是赫本坚持要留自己喜欢的刘海。电影中的桥，也是想当然的，至于梯田，更是漏洞百出。美国人设计的梯田，不是台阶形，而是上下垂直的走向，这种所谓在镜头上十分好看的梯田，根本起不到防止水土流失的作用，在现实生活中毫无意义。

反正中国人正在进行浴血抗战，好莱坞想闹什么笑话就让它去闹。赛珍珠已经把版权卖给了好莱坞，她根本不可能阻止这种胡闹。事实上，美国人对东方的兴趣，也不可能太长久，不过是隔了若干年以后再时髦一番。时至今日，东方题材的影片又有重新走俏之势，这显然也是罗燕女士找到我的原因之一。如果重新拍摄赛珍珠的作品，我首先想到的，就是不要再闹好莱坞曾经闹过的笑话。今天的好莱坞和过去相比规模更大，实力更雄厚，影响力也更大，但是这并不意味着就能不出洋相。今天出洋相的可能性和以往相比，机会是一样的。技术方面也许会更完善，演员的演技也可能会更出色，然而观众的口味也变得越来越挑剔，越来越难欺骗。

当这篇小说快写完的时候，我遇到了可以记下来的两件事。一位我认为也许是中国最优秀的男演员，从法国又打电话又托人带信给我，说是很喜欢我最近在《收获》杂志上发表的长篇小说《1937年的爱情》，这消息让我很高兴，因为我确实觉得，如果我的这部长篇能够拍电影，这位男演员是最佳人选。然而同时，我又有种预感，这件事很可能不成，我的小说也许根本就不适合改编成影视，起码目前情况是这样，类似的情况已经遇到过许多次。

另一件事，是罗燕女士和我约定的日期就要到了。几天前，我有幸与苏童和黄蓓佳一起去苏北签名售书，聊天时完全出于偶然，黄蓓佳很高兴地告诉我和苏童，她正在为罗燕和胡雪桦改编赛珍珠的小说。我立刻反应过来，黄蓓佳很可能便是罗燕向我提到的那位美国人。这是一场十分有趣的游戏，很可能他们是怕我会有什么想法，于是给我了足足一个多月的时间，让我研究赛珍珠，沉浸在赛珍珠的故事里。如果黄蓓佳能让他们满意了，他们就没有必要再来找我。如果不满意，便再让我继续为他们打工。我突然明白一个月前我与胡雪桦和罗燕见面时，为什么晚上七点钟就匆匆结束谈话。罗燕说她和一个朋友有约，这个朋友显然就是黄蓓佳。

我真心地觉得有这么个机会，重新走近赛珍珠，并不是什么坏事。我不觉得自己是在浪费时间，不想就此埋怨谁。原因有时候并不重要，结果也同样不重要，我觉得心满意足的，是我完成了走近赛珍珠的这个过程。当我走近赛珍珠的故事，又一次抚摸着已经成为往事的历史时，我已经忘记了自己的原始动机。在过去的这段日子里，我交替地回忆着两个人不同寻常的故事，一个是在文学上取得殊荣的赛珍珠，轻而易举地就走进了文学的大殿，登堂入室，对号就座。一个是在文学上毫无成绩的刘岳厚，终生在文学的殿堂之外徘徊，忙碌了一辈子也不知道大门在什么地方。这两个不同的人不同的命运，多多少少让我有些感想。对于我来说，这篇小说结束以后，赛珍珠将重新回到书橱里去，继续载入史册，而刘岳厚则将埋在村头的土坡上，很快地被人遗忘。

三十年前，我还是刘岳厚的学生。那时候，我在祠堂小学读书，在学校门口那条大河里游泳，在村头那个高高的长着青草的黄土坡上玩耍追逐。如今，那个巨大的黄土坡已经坟满为患，好不容易才找到一个埋葬刘岳厚的地方。从接下刘岳厚遗稿的那一天起，我就为它感到深深的烦恼。把它接下来，本身就是个错误，事实上它已经成为一个不小的负担。我不想保留这包凝聚着他一生心血的手稿。

而且我相信，他的手稿即使变成铅字，放在书橱里，也不会有人看。他从来就没有达到过应有的高度。这一大包手稿毁了他的一生，也安慰了他的一生。刘岳厚值得留下的，只是一份对写作的热爱，这种热爱才是文学存在的重要意义之一。一个人最终有没有达到目的，并不重要，重要的是应该去追求，重要的是追求的这个过程。明年春天，我将重返旧地，去刘岳厚的坟上扫墓，然后将那份对于我来说已经成为负担的手稿化为灰烬。这些手稿是刘岳厚的，最后还是应该属于他。

1996 年 10 月

王金发考

第一章

1

我最早知道王金发，是从鲁迅的文章中。鲁迅的文章是我们这一代读书人的教科书。熟悉鲁迅，已成为每一个中国现代文学研究者的看家本领。有个朋友曾经不明白地问我，说怎么知道那么多关于鲁迅的事。我一下子被问住了，怔了半天，只好敷衍说，因为自己在大学里待过几年，看得多，见多识广，所以知道的也就多了。人永远没办法免俗，稍稍知道些事，就技痒难熬，就想卖弄。我一直以为朋友是在表扬我，回话的口气虽然想谦虚，却不无得意。然而终于有一天，我突然明白朋友其实是在揶揄和挖苦。世界上最愚蠢的动物，永远是自以为是的人。忘了这句话的人，都是呆子。在酝酿这篇文章的时候，我一方面胸有成竹，同时又情不自禁地想到了朋友说话时的表情，我老是忍不住要想，这坏小子又该调侃我了。

老实说，要想写王金发这个人，还真没办法不提到鲁迅。这就好比说唐诗不提到李白和杜甫，谈电影不提到美国的好莱坞，侃足球不提到巴西队。有比较才有鉴别，有对照才有认识。世界上很多事情，都是间接的。我们通过张三，认识李四，借助甲，知道乙。人是一种很复杂很滑稽的动物。一方面，人比人，气死人，另一方面，也只有人比人，才能最终知道人。历史上一些重要人物，由于他们在坐标上特别亮眼，于是就成为发现另一些人的参照系数。这另一些人物并不亮眼，他们已经沉淀在历史的泥沙中，只有通过比较和对照，才能像文物一样出土。并不亮眼的人物出土，有时候也能反客为主，使我们重新认识那些特别亮眼的人。谁也不会不知道鲁迅，但是说到王金发，知道的人便大打折扣。

要重新挖掘王金发这一特定的历史人物，我不得不顺带提到一系列众所周知的辛亥革命名人。王金发和鲁迅几乎是同时代的人，历史是无情的，虽然王金发当年一度名震四方，可是时间已将他的名声湮没。虽然在历史上，他曾经比鲁迅这样的文化人重要得多，他的传奇在江浙一带家喻户晓妇孺皆知，可是他遭到的淘汰，也快得多。鲁迅不止一次提到了王金发，在《范爱农》这篇著名的散文里，他用小说家的刀笔，寥寥几句，就刻画出了一个活生生的强盗都督。因此，读我的这篇小说之前，最好能重读一下《范爱农》。我真的没办法绕开大名鼎鼎的鲁迅。换句话说，说鲁迅也就是在说王金发。

我们都知道鲁迅先生的原名叫周树人，是浙江绍兴人，生于1881年。鲁迅有名，他的弟弟周作人也不弱。周作人比鲁迅小四岁，生于1885年，文章也很多。我们在时间和空间上找到周氏兄弟的位置以后，就等于也为他们的同时代人物王金发定了位。王金发是浙江嵊县人，比鲁迅小，比周作人大，正好介于二者之间，生于1883年，这一年是光绪九年，岁在癸未。从地图上看，嵊县是绍兴的一部分。嵊县是越剧的故乡和发源地，它和绍兴的关系颇有些像今天的大兴和北京，或者今天的嘉定和上海，是隶属和被领导。什么事都是相对的，绍兴也不是什么大城市，然而相对于嵊县来说，已经足够大了。绍兴是嵊县的顶头上司。

还是先说说鲁迅出生那年发生的一些事情，这也是王金发的时代背景。这一年，清咸丰帝的遗孀之一，钮祜禄氏慈安太后猝死了，慈安是东太后，东太后死了，天下便由西太后慈禧一个人说了算。不能说慈禧太后她老人家一点政绩也没有，鲁迅、王金发、周作人他们出生的那几年，是康乾盛世之后，勉强算得上太平的时候，所谓清史的“中兴”时期，大清朝糟糕的日子已经过去，更糟糕的日子暂时还没有到来。在此之前，有两次鸦片战争，清朝政府输得一塌糊涂，英法联军焚烧圆明园，还有太平天国的起事。在此之后，发生了中日甲午之战，八国联军再次攻占北京，没完没了地赔款割地，加上义和团的闹事，外患内乱，大清朝就再也没安稳过。

老实说，国家搞得那么糟，也不能就说是慈禧太后一个人的错。在鲁迅出生的那些年头，还看不出这位后人提起来便咬牙切齿的老太婆有什么太大的不是。一个人的功与过是相对的，慈禧太后未必就一定想把中国搞坏，事实上，她似乎并不像后人说的那么保守，那么顽固，那么没有人情味，起码也不是一味地反对科学、反对进步。1881 年，第一辆“中国火箭号”车头，在唐山胥各庄远煤铁路首次运行。这样，火车这个怪物，终于在它被发明的八十年以后，在中国的大地上跑了起来。要知道，火车的发展，在西方也不是一帆风顺的。还是在这一年，上海和天津的陆路电线开始通电，在鲁迅出生的第二个月，上海的自来水公司开始创办，两年以后，也就是王金发出生的那一年，自来水公司正式供水。

此外，电报线也在以很快的速度架设。中国人早在一百多年前，似乎已朦朦胧胧地知道了信息的重要性。邮电大臣不再是个可以小觑的角色。这时候，国内最大的报纸《申报》开始采用国内的电讯。帝国主义的大炮，已将中国的国门轰开了。门户既然开放，就不可能再关起来。租界这个怪物，开始骚动着中国人的心，一方面，它是丧权辱国的标志，是大清朝身上的疮疤，让人想到了就心痛；另一方面，它又是种种当时从未见过的新鲜事物的发源地。位于中国东南部的上海，以惊人的速度开始繁华，像加了酵母的面团一样迅速膨胀，它的影响向四面辐射，很自然地就波及了同样位于东南部的绍兴和它下属的嵊县。

等到鲁迅和王金发他们这些人开始明白一些事理的时候，短短的中兴时期已经差不多了。中兴中兴，昙花一现，说过去就过去。我们知道，人们最早的记忆，并不是从他们出生的时候就开始。一个人的记忆，是在两三岁以后，逐渐存入大脑。等到他们开始懂事的时候，大清国早已病入膏肓，既腐败又堕落，像鱼肉一样放在砧板上任人宰割。无论是鲁迅还是王金发，在他们这一辈人的大脑里，产生不了“何必远溯乾嘉盛，说起同光已惘然”的感叹。这个由满族人统治的庞大帝国，从来就没给他们留下过什么强盛的印象。这已经是一个垂死的王朝，再也不可能给人们留下任何美好的记忆。他们这一代人，注定没有办法去爱大清国，注定要当逆子。这个大清国糟透了，实在爱不起来。随着他们的年龄一天天增加，大清朝也只有一天比一天更不像话，一天比一天更面目可憎。他们这一代年轻人脑子里充满了“反动思想”。他们注定了应该是反叛的一代，注定了是大清国的掘墓人。

2

谢震所撰《王季高君行述》，有助于我们形象地了解王金发的童年，特别是这么一段文字：

> 王逸，字季高，一字子黎。隶籍浙江嵊县，金发，其乳名也。家本小康，早丧父，母延师教之读，天资颇高，而性顽梗好弄，又孔武有力，与里中群儿戏，辄雄长其曹，能以手推倒墙壁，于是有大王之目。然畏母，一闻呼声，即立奔。稍长，好猎，尝于家园中学习打靶，久之，枪无虚发，能于空中落飞鸟。又好博，性起时，掷钱满地不顾。此其幼年与成童时期之历史也。

《王季高君行述》写于民国五年，也就是1916年，王金发殉难的第二年。作者谢震是王金发共事多年的战友，我第一次读到这篇文章时，印象最深之处，仿佛在看美国的西部枪战片。难以相信，在一百多年前，正是清朝走向彻底没落之际，一个中国的乡间少年，竟然也会有如此英雄气概。我所读过的书，绝大多数都十分确凿地告诉人们一个最简单的事实，中国乃礼仪之邦，温柔敦厚，稍稍读了些书的人，皆文弱而不好斗。按照我愚蠢的想法，中国在上个世纪，就算是尚武，大不了也就是打打太极拳、下下围棋、要要未开刃的剑。舞枪弄棍，争凶斗狠，怎么也不是中国人的本色。虽然火药是我们的老祖宗发明的，但是中国人真喜欢玩枪玩炮的话，根本就不是现在的模样，就不会是帝国主义列强欺负我们，而是我们欺负人家了。

时至今日，对于过去人的名和字，已经很难弄清楚。以我粗浅的那点古汉语知识，只知道名和字，通常都有联系，譬如屈原，名平，字原，平和原当然有关，又譬如毛主席他老人家的泽东和润之，鲁迅先生的树人和豫才，都有沾得上边的出处。王金发的金发既然是乳名，很可能出生的时候，头发是黄的，所谓黄毛。根据家谱上排行的谱名，王金发是敬字辈，应该叫王敬贤，他的籍名是逸，为什么取字“季高”，总有一定道理。“季高”这两个字，似乎是针对谱名敬贤而来。“季”是排列第四或最后的意思，季高的“季”显然是谦词。名和字未必就是王金发本人取的，但是从取的名和字看，对他的未来是寄托了希望的。

从小一看，到老一半。少年王金发似乎天生就是做侠士的料。国父孙中山称王金发为“东南一英杰”，黄兴也称他为“东南名士，英雄豪杰”，蔡元培的评价则是“大节觥觥，在人耳目”。在这些典型的中国式评价之外，还有西方式的赞誉，譬如有人就称王金发是“中国的罗宾汉”。自从对王金发有兴趣之后，我一直在想这个问题，他为什么会和中国其他的读书人不一样。还有一点也让人捉摸不透，王金发小小的年纪，哪来的枪？枪杆子里能出政权，岂可儿戏，难道清政府对枪支的管制，就那么不严肃？

王金发的先人，根据文献可以查到的，最早可以追溯到宋代。对于遥远的先祖，我始终抱有怀疑态度。那些引以为豪的家谱，常常靠不住。过去人修家谱，总是发迹了以后，才会想到请人来修订。地道的穷人用不着从坟墓里，请出有钱的祖宗来装饰自己的门面。因此一个不可回避的事实就是，谁出了钱请人修家谱，谁在家谱上就占便宜。野孩子认阔佬做亲爹，暴发户花银子修谱牒，这种事在古时候就有。无论你姓什么，都可能在历史上找出同姓的有名人物，只要你肯花钱，自然会有那些不长进的文化人，言之有理地替你考证，涎着脸为你吹牛。上海滩的大流氓头子杜月笙，做五十大寿时大修家谱，一群帮闲文人便查出了杜的先人，是汉朝的什么大将军。

那位根据文献可以查到的王金发在宋代的先人，叫王铚，此人当过官，与权相秦桧意见不合，便隐居在民间。有一天，王铚坐船路过嵊县，正好赶上梅花盛开，两岸幽香不断，因此忽发奇想，打定主意在此定居。王铚能写一些文章，这些文章如今仍然可以从县志中找到。再往后，到了南宋末年，王铚后裔中有一位叫做王胜三，是研究经学的，很有做官的才能。宋亡之后，有人推荐他当元朝的官，先提名为婺州提领，后来又荐为江西提举，都被王胜三以“世为宋臣，耻食元禄”一口拒绝。王胜三后，又隔了若干代，到了明末，便有一位叫王三台的，有关他的记载要多一些。1984年，王舍村的村民基建，发现一处古墓，掘得会稽章正宸所撰的砖志一方，上题“明德衡南王先生墓志铭”，铭文如下：

衡南王先生，盖东越巨儒也，讳三台，字思位，能文，补诸生，师事海门周侍郎，讲求性命之学，一切言视动听，悉衷以礼，贫而能乐，即弊裘疏水，皆饶佳趣，开门受徒，不下五百余人。

王三台是王金发的第十四代祖。然而名气更大的，则是王金发的第十三代祖王禹佐。王三台教子有方，清兵入关之际，儿子王禹佐已经有了些功名，在当时的昌平做官。此昌平不知是否就是今天北京的昌平，反正是抗清的前线，清兵来犯，王禹佐守城不屈，与儿子国宣同殉国难。即将灭亡的明朝廷，一本正经例赐祭葬，并谥“忠襄”。接下来，明亡于清，满人跟玩似的就得了天下。这天下来得容易，因此气量很大，往事过去就过去了，也不追究。到了乾隆爷时期，这位皇帝中的十全老人，心血来潮，干脆跟着起哄凑热闹，追谥王禹佐为“节愍”，并允许在王禹佐的出生地嵊县，小兴土木，修建纪念祠堂。也真亏乾隆他老人家能想到“愍”这个字，一般来说，“愍”可以有两种解释。一是优惠和凶丧的意思，譬如屈原《九章·惜诵》的“惜诵以致愍兮”，《三国志·魏书·武帝纪》的“朕以不德，少遭愍凶”。另一解释是怜悯和哀怜，譬如《三国志·吴书·吴主传》中，“孤甚愍之”。微言可以有大义，乾隆皇帝心里怎么想的，只有老天爷才知道。

王禹佐生前喜欢的一副对联，是“愿持白节酬君父，莫玷污名累子孙”。不累子孙，是古人做人的一个原则。“文化大革命”中，一度流行的口号是“老子英雄儿好汉，爹若反动儿混蛋”。很多人吃尽了家庭成分不好的苦头，都说是“文化大革命”的罪过，其实古人也讲成分论，古谚就有“龙生龙，凤生凤，老鼠的儿子会打洞”的说法。强将手下无弱兵，虎门无犬子，王禹佐有七个儿子，幼子理斋义不帝清，看看苗头不对，毅然从城里搬到了嵊西董郎岗。王理斋先生便是王金发家族在董郎岗的始祖。从他开始，一代代往后传，又出现了一个叫王景风的人，这人就是王金发的祖父。董郎岗的王氏家谱中是这样记载的：

> 少豪侠，爱交游而嗜饮，日常招致宾朋满座。尤好学技击，习戎马，有整军经武之志，以非其时，不敢发也。辛酉之岁，太平军入浙，欲有所展布，毅然从之，得为偏稗，率队驻宁波，已而太平军败，知事不济，乃散归，恣饮以终其身。

偏稗应该是很小的军官，有的文章夸大了这头衔，恐怕也是由于“率队驻宁波”引起的误会。家谱的记载中，常会说些不切实际的大话，王金发的祖父在太平军里，如果真有作为，在其他的历史书上可以找到名字，清政府也不会放过他。不管怎么说，这位当过长毛的祖父，对王金发肯定会有非同小可的影响。祖父死的时候，王金发已经二十二岁了，他请人为自己祖父写墓志铭，曾简洁地介绍说：“其为人也，大类余。”这话用现在的说法就是：“我爷爷这人，脾气和性格，都和我差不多。”

通过对王金发先人的考证，不难发现其祖先都是在乱世大放光彩。如果真有什么遗传基因的话，王金发也注定像他祖先一样，只有在特定的时代里，才能焕发出不同凡响的光芒。历史从来就不以人的意志为转移，乱世英雄起四方，英雄逢乱世，这也是机遇。没有乱世，也就没有什么英雄。

3

有一个现象很值得研究者注意，这就是封建社会里的早年丧父，对一个男人会有什么样的影响。王金发和鲁迅一样，都是早年丧父。我们应该明白，家庭和家族是两个完全不同的概念。家庭只是家族中的一个细胞，它沐浴着家族世世代代的荣誉，同时也忍受着家族颓败的伤害。对于家庭来说，丧父意味着一个家庭的崩溃，因为这个家庭中的参天大树和台柱子倒了。弱肉强食，一个崩溃的家庭最先受到的伤害往往是来自家族。因此家族既是孤儿寡母依靠的对象，同时也是虎视眈眈的敌人。鲁迅是长子，王金发是独子，早年丧父的残酷现实，不得不使他们过早地就肩负起家庭的重担，他们必须时刻准备抗拒家族对自己家庭的侵害。

以今天的眼光来看，无论是鲁迅，还是王金发，都不能算穷人家庭出身。鲁迅家族在绍兴的旧居之大，很多去参观的人都会感到震惊。王金发虽然是嵊县的乡下人，可是家里也有田地一百多亩，有数十间宽敞的房屋，有很大的院落，还有园亭和花木，要不然也没地方练习打靶。和城里人鲁迅一样，王金发的家庭显然也是自己不用动手种田，靠吃租子剥削农民，否则他的母亲也不会有钱专聘一位塾师，作为儿子的家教。我们过去常常讲穷则思变。穷永远是相对的，真正意义上的穷人，想变也变不了。真正穷人面临的最大障碍，是温饱问题，温饱问题解决不了，想变也难。人只有从富人变穷了，家道中落，才会想到要变，要革命。鲁迅的父亲逝世不久，本家长辈集会商议，重新分配房产。在这样的重新分配中，孤儿寡母总要吃亏，鲁迅作为长子到场，看到分给自家的房屋又小又不好，在长辈的强迫下，也坚决不肯签字。那时候，尽管鲁迅还是个孩子，可是这点原则性已经有了。鲁迅后来写文章谈起这段往事，颇有感慨地说：

> 有谁从小康人家而坠入困顿的么，我以为在这途路中，大概可以看见世人的真面目。

世人的真面目是，绝不会因为家族情面，就牺牲自己的利益。封建宗法社会的虚伪，是在家族幌子下人吃人，是吃了人不吐骨头。在今天的生意场上，我们常常会听说宰熟人。宰熟人，就是家族吃人的古风遗传。说白了，家族并不是什么好东西。认识到这一点，也就明白为什么中国的农村改革，最终不得不包产到户，户是家庭，而许多生产队，便是由家族组成。只要是由家族组成的东西，就好不了。从正反两方面来看，所谓家族，都有许多不可取的地方。家族往往意味着懒汉成群，意味着欺软怕硬，意味着闲言恶语，意味着大搞裙带关系和徇私舞弊。家族的彻底瓦解，是时代进步的重要标志之一。

另一方面，早年丧父，会使人们终身摆脱不了母亲的影响。这也是为什么鲁迅和王金发这些名重一时的人物，会成为骇人听闻的大孝子的根本原因。父亲不在了，母亲便成了唯一。鲁迅本姓周，取笔名鲁迅，其中鲁是母姓，“迅”和“训”同音。对于鲁迅他们那一代人来说，孝道也许是硕果仅存的封建社会精华。为了孝道，鲁迅只得十分痛苦地和并不相爱的朱安女士结为夫妇，其理由只是不让自己的母亲不高兴。鲁迅把朱安女士当做是母亲送给自己的礼物，为了孝道，他必须好好地供养她。为了报答母亲，鲁迅活生生地和朱安过了二十年没有任何爱情的夫妻生活。孤儿寡母相依为命，造成了鲁迅和王金发这些人性格上的早熟。王金发的孝道和鲁迅相比，有过之而无不及。王金发最后的悲剧，可以说与不愿意违背母命有关。王金发之所以成为王金发，与母亲的教育分不开，成也萧何，败也萧何，他最终的惨死，也与母亲的教育分不开。过分的爱可以成为毒药，几乎所有谈到王金发的文章中，都提到了他的孝。这种孝，在用词上，可以称之为畏母。严母出孝子，孝是母亲恩威并重的结果。畏母，不能简单解释为胆小和怕，畏中间包含着崇敬，因此颇有些像西方人所说的恋母情结。

蔡元培先生在民国六年为王金发母亲徐氏题字时，曾把她与为儿子刺上“精忠报国”的岳母相提并论。少年王金发没有因为顽皮而失学，也没有因为是独子而娇生惯养，最新的王金发研究成果发现，王金发不仅会写诗，而且还能写毛笔字和刻图章。书法和篆刻对于旧时代的文人来说，算不了什么本事，但是对于王金发这样的草莽英雄，便可以当回事说一下。在王金发短暂的生涯中，许多大事都和他母亲分不开。王金发参加推翻清朝的民族革命，不少书本上都说王母大义凛然，积极支持儿子的行动。最有力的证据，就是毁家卖田，资助儿子革命。王母显然是一个很了不得的女性，儿子闯了祸，清兵就要来抓了，她只是哭着说：

汝未有后，宜远扬，汝两妇及三龄女孩，吾当送之外家，无妨也。惟家产也被汝用尽，旅费只怕不足耳。

寥寥几句，一个革命老太太的形象跃然纸上，一个寡妇，含辛茹苦，好不容易把儿子培养成人，在这关键时刻，她没有惊慌，甚至比儿子还冷静，她首先想到儿子还没有留下后来。不孝有三，无后为大，尽管此时王金发已经二十五岁，娶了两个老婆，有个女儿已三岁，然而在老太太眼里，他仍然还是一个闯了祸的大孩子，况且只有个孙女儿，也继承不了王家的香火。她果断地安排好了一切。王金发投身革命，他的母亲跟着他东躲西藏，可没有少吃苦头。谢震所撰《徐孺人行述》中这样写着：

孺人抱孙女银娥避居孙拗岭之绣云庵。银娥旋随母徐桂姑归外家，而季高次妻沈雄卿在绍兴被拘入狱，阅数月始释出。其后季高复返里，聚徒众于朱仙堂，孺人亲执欢。官兵来捕，季高奔上海，孺人亦偕雄卿于十二月间冒风雪奔赴之，寓同志杨侠卿家中，时孺人年四十有七矣。戊申年正月返嵊，售田得资，以供季高赴日本及雄卿在上海进学之学费，自往新昌明德庵诵经度日。乙酉年至绍兴隐修庵为人拜经，得钱以佐诸亡命者食用。庚戌秋，风闻以他事兵又来捕，乃奔杨望村之逢春庵，转入大觉庵。

中国农村的老太太喜欢念佛，这真不是件坏事。纵观王金发母亲的一生，在不同的地方念佛修行，是其生活中的重要内容。王金发发迹以后，在上海的租界买了花园洋房，他自己声色犬马，花天酒地，豪赌冶游，没忘了在家中设一佛堂，专门雇了尼姑，陪老太太念经做佛事。没有比这更典型的中国式孝子了。王金发母亲似乎习惯凡事替儿子做主，她强迫他读书，督责极严，儿子才十七岁，就为他娶了一个长他四岁的女人做媳妇，这个女人便是徐桂姑。王金发对母亲为自己娶的这个发妻一向不喜欢，因此一逮住了机会，年纪轻轻，就娶了个次妻沈雄卿。次妻就是小老婆。想想那个时候的人真有意思，上有老，下有小，中间还有两个老婆，王金发照样能革命。

王金发一生敬重自己的母亲，只要是母亲的命令，便无所谓原则，无所谓是非。既然母亲跟着他吃尽了苦，他因此有一个非常朴素的念头，这就是应该很好地报答母亲的养育之恩。孝削弱了他的革命意志，成了他自甘堕落的借口。当其他的革命者再一次流亡日本，继续从事倒袁的二次革命时，王金发竟以老母阻挠为由，赖在上海不走。王金发一生最大的错误，也许就是服从了母亲替他作的最后安排。这个最后安排，不仅让王金发的辉煌名声毁于一旦，而且把性命也搭了进去。

4

王金发显然不是读书的料子，早在十六岁的时候，他就参加了童子试。到了 1903 年，也就是科举制度被彻底废除的前两年，王金发已经二十一岁，奉母命再次去应试，这一次似乎有了些结果，《王季高君行述》说他“居然得一青衿”。后人谈到王金发的学历，都说是秀才，其来由恐怕是因为“青衿”这个词。青衿是读书人的意思，能称得上读书人的，自然应该是个秀才。

我总觉得王金发的秀才身份有些可疑。事实上，秀才并不是什么了不得的东西。每当一个朝代到了没落之际，读书人就没有什么大用处。在清朝末年，凡有些思想的人，都不会把秀才的身份看得很重。有趣的是，王金发第一次参加童子试，名落孙山，碰巧鲁迅和周作人也参加了，很可能还在同一个考场。当时考场什么样的人都有，有白发苍苍的老头子，也有乳臭未干的毛孩子，要想重温当时县考的情景，只要去翻翻周氏兄弟的著作就行。所谓县考，通常要经过初试、府试，然后还有院试，三榜题了名，才能算合格的秀才。鲁迅和周作人显然要比王金发强一些，因为他们初试都及格了，只是可惜没有能再往前走一步。我怀疑王金发并没有顺利地通过三次考试，因为他前后两次参加科举，试题已经略有不同，前者是考八股，后者则是策论。所谓策论，和八股文相比，换汤不换药，不过多了些洋味，因此又叫洋八股。王金发是嵊县的乡下人，改考洋八股，显然不是他的所长。

科举制度已经寿终正寝，考上考不上，算不了什么大事。在1903年，科举已差不多名存实亡，考上与否，对一个人的前途，并没什么太大的实际帮助。对于王金发来说，这一年的重要意义，不是参加县考，得了一“青衿”，而是在县城结识了后来写《王季高君行述》的谢震。谢震又名谢飞麟，比王金发年长十六岁，生于1867

年，1923 年 2 月，被当时的浙江督军卢永祥枪杀。和王金发一样，谢震也是嵊县以及浙江的辛亥革命名人。在王金发的战友中，谢震占有十分突出的地位。王金发一生中的许多重要活动，都和谢震有着密切的关系。王金发遇难一年之后，谢震所撰写的《王季高君行述》，无论是提供的第一手资料，还是其独到的见解，都成为后来研究王金发最具权威性的代表文章。

在谢震为王金发所作的长篇传记中，没有提到王金发参加过乌带党。我不明白为什么偏偏会漏掉这一笔。有文章说，乌带党是浙江东南一带响应北方义和团而建立起来的义民组织，这观点显然不确。事实上，乌带党早在光绪十六年，也就是 1890 年就有了，它最初的领导人叫钱老八。1900 年，王金发参加了乌带党，由于他孔武有力，又擅射击，很快成为该组织的重要领导人之一。不用讳言，乌带党是具有乱党性质的秘密组织，党众忽聚忽散，出没无常，劫富济贫，和老百姓心目中的土匪差不多。王金发的确是乌带党的首领，因为民间有“金发龙头”这一称呼，我们知道，“龙头大哥”一般都是土匪头子。由于乌带党是秘密组织，因此在 1903 年，王金发具有非常有趣的双重身份。一方面，他是乱党，一旦真实身份暴露，便有杀头之罪；另一方面，他又是大清朝的顺民，在母亲的强逼下，竟然第二次参加了科举。

不妨让我们重温一下 1903 年的历史，不妨想一想这一年，读书人都在想些什么，干些什么。这时候，鲁迅已去日本留学，并且愤然剪了辫子。科举这条路再也行不通了，读书人无路可走，只好乱闯。欧风东进，八国联军的大炮把旧中国原有的秩序，轰得七零八落。忽啦啦大厦倾，社会变化的节奏，突然变快起来，戊戌变法刚过去没几年，其变法的核心思想便显得陈旧不堪。提倡保皇的康有为，不久前还是新派人物心目中的精神领袖，然而时过境迁，说变就变，在激进的革命党眼里，此时已无可救药地堕落为老朽。革命、排满、民权、天职、自由、流血，成了最新最时髦的词语。

可以这么说，在结识谢震之前，胸有大志的王金发，还处在一种茫然的状态。他既是不安分守法的乱民，又是孝顺母亲的乖儿子。虽然不满足现状，但是王金发并不知道出路在什么地方，因此只能徒有满腔的报国热情。年龄长于王金发的谢震则不一样，这是位地道的读书人，对时局有着相对清醒的认识。他无意追逐清朝的功名，当时正在嵊县主持东乡公学，以讲学宣传民族革命。物以类聚，人以群分，志同则道合，王金发和谢震认识以后，一拍即合，很快成了莫逆之交，正是在谢震的推动下，1904 年，王金发等人组织创办了大同学社。大同学社的性质和乌带党有着本质区别，从表面上看，大同学社只是学术团体，研究一些学术问题，其实是网罗嵊县进步人士的大本营，有组织有纲领，起着把一大帮进步人士团结在一起的作用。结果也是这样，大同学社的绝大多数社员，后来都参加了光复会和同盟会。

说到了 1905 年的王金发，就不能不提到当时浙江的另一位重要人物徐锡麟。徐锡麟不出场，王金发的故事便没办法往下说。结识谢震，使得王金发往前大大地走了一步，他不再是无方向的孤军奋战。嵊县的革命者已经结成一个小团体，但是他们还需要再往前走一步，和全国的革命党人联合在一起。他们需要一个有着更远大理想的人来引导他们。换句话说，他们需要一名领袖。这个人就是徐锡麟。

第二章

1

要谈徐锡麟，同样得从鲁迅说起。徐锡麟和鲁迅是绍兴同乡，都是日本留学生。鲁迅在1902年去日本留学，徐则比他晚一年。近代中国和日本的关系，是剪不断、理还乱。19世纪末20世纪初，大批青年人都渴望出国留学，欧美毕竟太遥远，一衣带水的日本成了走出国门最佳去处。由于文化传统相近，许多中国人想学习西方，走捷径的最好办法，就是向日本人学。在学习西方方面，日本人要比中国快，也比中国人彻底。中国的百日维新失败了，日本人的明治维新却十分成功，因此日本无形之中，既是中国人的学习榜样，也成为中国维新人士的避难地，成为酝酿一场新革命的大本营。有识之士纷纷蛰居日本，在这里韬光养晦，中国近代史上几乎所有的著名人物，如康有为、梁启超、孙中山、黄兴、蔡锷、章太炎、蔡元培、陈其美、陈独秀、李大钊、蒋介石、汪精卫，都有过在日本的经历。1905年，同盟会在日本宣告成立，这意味着有二百多年历史的大清朝，就要被在日本的中国英华们送进坟墓。

让我们把时间向后拨一下，从王金发和徐锡麟相识的1905年，直接跳到1907年。这一年，在日本东京的一家客店里，挤满了各式各样的中国留学生。清早起来，这些身在异乡的学子，寂寞无聊，第一件大事，不是争先恐后去上厕所，而是抢着看报纸。他们所看的报纸，多是《朝日新闻》或《读卖新闻》，要不就是专登社会小道消息的《二六新闻》。看完了报纸便议论，有什么好玩的事，就议论什么，说着说着，很可能就吵起来。那时候的鲁迅，也是这些好斗的留学生中的一员，有一天，他看见一条从中国来的电报，赫然登在报纸的头版上："安徽巡抚恩铭被 Jo Shiki Rin 刺杀，刺客就擒。"

鲁迅大吃一惊，正怔着，报纸已经被别人抢去了。消息立刻在留学生中传开，人们开始研究这洋文注音的刺客究竟是谁，很快便弄明白是指徐锡麟。根据大清朝的法律，刺杀巡抚当然是大罪，果然不久，又传来徐锡麟被凌迟致死的消息。听了让人最震惊的是，恩铭的亲兵竟然挖了徐锡麟的心脏，当做菜肴炒了吃，而且那味道大约不坏，不仅是吃了，而且吃得干干净净。是可忍，孰不可忍，来自浙江的学生尤其激动和愤怒。于是立刻召开同乡会，吊烈士，骂满洲，一个个情绪激昂。会上分成了两派，一派主张打电报到北京，痛斥清政府的无人道；另一派觉得人死都死了，没必要多此一举，发什么狗屁电报和清政府理论。

大家都觉得自己有理，也确实都有道理，各不相让。在《范爱农》里，鲁迅把自己说成是主张发电报，而范爱农偏和鲁迅作对，鲁迅说甲，他便说乙，鲁迅赞成发电报，他就极力反对发电报。两个人好像有仇似的，都有些意气用事，你一句，我一句，脸红脖子粗地抬起杠来。大家都是绍兴人，绍兴这地方专出能说会道的刑名师爷，既然是争论，就各不示弱，谁也不让对方占上风。鲁迅那天显然是动了肝火，发自内心深处地感到愤恨，因为他知道这范爱农，是徐锡麟的学生，学生当然应该以维护自己的先生为天职，自己的先生被杀了，结果连打一个电报都害怕，真是太不像话。

从此我总觉得这范爱农离奇，而且很可恶。天下可恶的人，当初以为是满人，这时才知道还在其次；第一倒是范爱农。中国不革命则已，要革命，首先就必须将范爱农除去。

范爱农从来就不是什么了不起的人物，他所以能够在中国近代历史上，留下自己的名字，和鲁迅写的那篇著名散文《范爱农》有关。这篇文章被广泛编入各种各样的教材，从中学语言的课本，直到大学学习散文创作的辅导读物。范爱农之留名是小人物沾大人物光的典型例子。不过有一点，怕是许多读《范爱农》的人不会明白，这就是文章中的鲁迅，和现实的鲁迅并不是一个人。前者只是虚构，事实是，鲁迅也是坚决反对给清政府打电报的人员之一，在这一点上，和范爱农并没有矛盾。主张给清政府打电报的是保皇党，这些人曾被鲁迅狠狠讥笑，甚至写诗嘲弄，因为他们认为即使猪被杀，也应该悲哀地叫上几声。鲁迅在写《范爱农》一文时，耍了一个小小的花招，为了便于突出矛盾，叙述起来生动一些，他故意变换角色，让自己处在了保皇党的位置上，这是典型的小说笔法。不管怎么说，那天集会上，他和范爱农的确老是吵。小说家的游戏，常常会使一般读者受骗，有时候，甚至会让专家学者也上当，由郭绍虞先生题封面，复旦大学领衔主编的洋洋五十多万字的《鲁迅年谱》上，就把鲁迅称之为“坚决主张发电声讨清廷杀害革命者的滔天罪行”，不知道这么一表扬鲁迅，反而把鲁迅推到了他最讨厌的保皇党一边去了。

辛亥革命成功以后，鲁迅在故乡绍兴，偶然碰到范爱农，时过境迁，又一次回忆起当年争吵的往事，不禁哑然失笑。两人找地方喝酒，或许就在咸亨酒店，两碗家乡的黄酒下肚，鲁迅问范爱农，在日本东京的同乡会上，既然大家的意见一致，为什么总是和他作对，吵个没完。范爱农也不否认，说自己当时有些看不惯鲁迅，看不惯，当然要作对。鲁迅摸不着头脑，范爱农便重提了一段旧事。原来当初到日本的时候，鲁迅去接他们，表情冷淡，动不动就摇头，很有些看不起他们的意思，而范爱农这样初到日本的“乡巴佬”，最忌讳被人看不起，因此就结下了仇。有关范爱农他们刚到达日本横滨时的情景，鲁迅在《范爱农》里有着生动的记载：

> 汽船一到，看见一大堆，大概一共有十多人，一上岸便将行李放到税关上去候查检，关吏在衣箱中翻来翻去，忽然翻出一双绣花的弓鞋来，便放下公事，拿着仔细地看。我很不满，心里想，这些鸟男人，怎么带这东西来呢。自己不注意，那时也许就摇了摇头。检验完毕，在客店里小坐之后，即须上火车。不料这一群读书人又在客车上让起坐位来，甲要乙坐在这位上，乙要丙去坐，揖让未终，火车已开，车身一摇，即刻跌倒了三四个。我那时很不满，暗地里想：连火车上的座位，他们也要分出尊卑来……

也难怪鲁迅生气，连“鸟”这样的脏字眼都骂了出来。我们都知道，鲁迅是有脾气的人，他的文风不失尖刻，用粗话骂人却并不多。中国留学生在国外屡屡被人看不起，本来就憋着一肚子不痛快，而男人头上的长辫子，女人的一双三寸金莲似的小脚，在已经身居国外的留学生眼里，那简直就是国耻。这些同乡们也太不争气，刚到日本，就被翻出一双女人的绣花鞋来示众，活活地丢中国人的脸。鲁迅这一生气，脸色自然不好看，而且还摇了头。摇头是无意的，刚到日本的范爱农却记在心上了，他气量不大，逮着了机会，便和鲁迅过不去。

事情一说穿，大家都觉得自己有些可笑。鲁迅有些想不明白，说中国人到了东京，害怕别人耻笑，女人就算是小脚，也得假装大脚，带着那绣花鞋，又有什么用。范爱农说，他才不管它有用没用呢，反正是师母的，说让带，就带了。范爱农的话，顿时让鲁迅感慨万分，无话可说。所谓师母，就是徐锡麟的夫人王振汉。提到她，自然会想起已经作古的革命先烈徐锡麟。徐锡麟在当时是让大家一想到就不能不肃然起敬的人物。想到徐锡麟，鲁迅立刻就想到自己当初的无知，并为此感到深深的惭愧。事实上，当初那十多个让他看了生气和摇头的同乡，并不是等闲之辈，用“鸟男人”来称呼实在不妥，要知道这些人大都是革命党人，他们追随徐锡麟来到日本，其目的是为了推翻清王朝。鲁迅在《范爱农》一文中，用很感慨的笔调，点明在这些人中间，既有后来在安徽战死的陈伯平烈士，被害的马宗汉烈士，还有好几个人被清廷抓起来打入黑狱，直到革命成功以后才恢复自由。

和这些人比起来，鲁迅不能不感到自责。按说咸与维新，鲁迅也有一些可以吹嘘的革命经历。他参加过光复会，和光复会的领导人有些熟悉。有许多材料，说鲁迅在日本曾参加过同盟会，虽然鲁迅自己没有说过这样的话。我查过冯自由的《革命逸史》，上面附有同盟会成立最初三年的会员名单，在十九名浙江籍人士中，没有鲁迅的名字，不仅没有鲁迅，甚至也没有同盟会中大名鼎鼎的徐锡麟，没有大名鼎鼎的陈其美，没有我这篇小说的主角王金发。此会员名单的真实性不用怀疑，但是显然有差错，至少说明当时有些马虎。这马虎当然也和当时的白色恐怖有关。革命成功以后，仅凭自己是同盟会会员，便可以大肆吹嘘一通，但是在革命成功之前，这可是掉脑袋的罪名，名单若是落在清廷手里，捕快按图索骥，后果将不堪设想。正是因为这个原因，除了这个粗疏的前三年会员名单之外，后来四年的详细名单，都非常令人遗憾地被销毁了。

再也没有什么比冒充同盟会会员更容易的事了。鲁迅所以不曾说自己是会员，和后来有太多冒名的招摇撞骗有关。同盟会本身有其不严谨的地方，它的成员大多来自兴中会、光复会和华兴会，作为光复会成员，鲁迅理所当然地可以算做是同盟会会员。但是鲁迅羞于写文章讲述自己的革命历史，他觉得自己的革命历史没什么可说的。和那些功名显著的革命党人相比，鲁迅的作用实在微乎其微。他对日本友人增田涉说过，革命党人曾令他去暗杀，他犹豫了一下，说："我可以去，去了可能会死，我死了，丢下母亲，怎么办?"面对鲁迅这样的孝子，革命党人很失望，只好说："你既然担心死后的事，就不用去了。"鲁迅坦率地承认自己不是真正的革命者，许广平在回忆文章中，记录了鲁迅曾说过的这样一段耐人寻味的话，鲁迅说："革命者叫你去做，你只得遵命，不许问的。我却要问，要估价这事的价值，所以我不能做革命者。”

2

鲁迅在《范爱农》一文中，不仅变换了自己的角色，而且有一个最大的疏忽，这就是竟然没有提到，在他去横滨码头接同乡的十多人中，有王金发。由于王金发在《范爱农》的后半部分，屡次被当做一个重要人物提到，鲁迅不提他在自己所接的人当中，是有意遗漏，还是真的不知道，这一点有待于新的史料证实。根据目前的史料，王金发在这十多人中，应该确凿无疑。这十多人，可以查出名姓的是，徐锡麟的侄子徐学舜、弟弟徐学麒，以及龚味荪、陈魏、陈伯平、马宗汉、沈钧业、沈乐年、范爱农、王金发。说起来真可笑，我要写的这篇小说的主人公，孔武有力、性顽梗好弄的王金发，竟然也会是鲁迅感到生气的“鸟男人”之一。

前面已经说过，因为有了大同学社，嵊县的革命党人已经组织起来，但是格局很小，仅限于在小小的嵊县范围内。这时候，徐锡麟突然出现了。他的出现，使原来很小的格局一下子打开了。全国范围内的反清秘密活动，已经有了长足的进展，新的大联合正在酝酿。1905 年初，作为光复会的重要人物之一的徐锡麟秘密来到嵊县，他此行的目的十分简单，就是招兵买马。这次秘密来访的结果显然很让徐锡麟满意，事后他对知友说：“游历数月，得俊民数十，知中国可为也。”俊民数十，这数十人中间，当然王金发是很重要的一名成员。

由于徐锡麟的缘故，王金发参加了光复会。星星之火，可以燎原。真不要小看了区区数十人，几年以后，东南数省乃至全国，闹得天翻地覆，就和这几十人的功劳分不开。在境界上，徐锡麟比谢震更高一层，对于王金发来说，谢震只是益友，徐锡麟则是良师。1979年版的《辞海》上，关于徐锡麟的词条是这么撰写的：

> 徐锡麟（1873—1907） 近代民主革命烈士。字伯荪，浙江山阴（今绍兴）人。1903年（光绪二十九年）游历日本。次年在上海参加光复会。1905年在绍兴办大通学堂。倡体育，讲武事，以积蓄革命力量。次年，为在清政府内进行革命活动，捐资为道员，赴安徽试用，任巡警处办兼巡警学堂监督。1907年与秋瑾准备在皖浙两省同时起义。7月6日在安庆枪杀清巡抚恩铭，印发《光复军告示》，率巡警学堂学生攻占军械局。起义失败，被捕后英勇就义。

《辞海》上的人物词条一向言简意赅。当我们对徐锡麟有了一个初步的了解以后，再进一步的描述便容易得多。1905年初，徐锡麟在上海有一个阔亲戚叫许仲卿，此人也是光复会会员，捐了五千大洋给徐锡麟。许家在上海南京路这一黄金地段上，无意中置了十亩地皮，上海市区迅速发展，地价飞升，他们家顿时成了巨富。徐锡麟以绍兴各学校兵式体操需用为理由，用这笔钱在上海购买了后膛九响枪50支，子弹2万粒，经绍兴知府熊起蟠批准，领了公文护照，明目张胆堂而皇之地经杭州，过钱塘江运回绍兴。这批枪支弹药是革命的本钱，有了本钱，以后的事情就好办了。

王金发积极参与了创办大通学堂的工作。徐锡麟是创始人，王金发既协助创办，同时也是第一期学员。大通学堂的全名，是“大通师范学堂”，师范两个字带有明显的掩护色彩，因为这样可以麻痹清廷的耳目。在课目设置上，特设“体操专修科”，公开招收各府各县的俊民入学。在第一批学员中，嵊县那二十几人成为骨干，王金发因为会射击，又当学生，又当教师。大通学堂在同盟会成立的第二个月，在绍兴古贡院豫仓正式开学，它很快成为培养革命人才的摇篮，成为联络会党的秘密基地，为浙江安徽两省输送了一批又一批高质量的反清志士。那时候的学制，不像现在以学年计算，而是一期接着一期短训速成班的形式。到了这一年的冬天，大通学堂办得轰轰烈烈之际，王金发又追随徐锡麟去日本学习军事。

辛亥革命前，既是一个最黑暗的时代，同时也是浪漫主义大放异彩的年代。在这一代反清义士身上，充满着革命的浪漫主义精神。徐锡麟创办了大通学堂以后，光复会的领袖们很快又产生了一个新的念头，这就是通过捐官，出国去日本学军事。所谓捐官，用今天的话来说，就是花钱买个官当当。于是徐锡麟的那位阔亲戚许仲卿，又一次为革命作了巨大贡献，他在捐了五千大洋买枪后，又拿出四万五千大洋，供徐锡麟等买官出国。有钱能使鬼推磨，清朝廷糊涂，日本人也糊涂。徐锡麟捐的官是道台，相当于今日的厅级待遇，陶成章低一级，捐官知县，是处一级，王金发更低，是都司衔，算是科级干部。徐锡麟和陶成章填了步兵科，王金发则是填的体操科，大约是钱花少了，级别太低的关系。

花钱捐官听起来总有些骇人听闻。通常情况下，见到这个词，首先想到的就是腐败。类似的故事，在晚清谴责小说中常常可以见到。前不久，中央电视台的东方时空节日，还报道过山西某县长卖官一事，有人买，才会有人卖，反过来，有人卖，自然也会有人买。王金发等当时的捐官，究竟怎么回事，现在已经弄不清楚。不过他们的行为，多少也能让我们明白另外一些事，花钱捐官，不一定都是坏事。关键牵涉到了一个根本的问题，这就是为什么当官，动机是什么。

捐一个知府要多少银子，这个资料或许可以查到。《扬子晚报》今年 3 月 17 日“收藏沙龙”这一版上，曾刊登了大书法家伊秉绶的“捐官执照”，大约是旧的关系，加上制版时又缩小了，从照片上看，只能看到题头的“户部执照”四个大字。好在配有文字引文，其内容如下：

户部为请

旨事据新授广东知府伊秉绶遵例捐银叁佰玖拾两，准予加叁级。所捐银两于嘉庆肆年贰月贰拾日付库收讫，相应发给执照，以杜假冒。

三百多两银子可以加三级，扣除了手续费，差不多一百两银子一级。我一向很喜欢伊秉绶的字，他的隶书刚直不阿，写匾，写对联，都十分耐看。看到了这个捐官执照以后，最初的感觉，是伊秉绶有些对不住我，他怎么可以这样做人。转念一想，他不当官，说不定就写不出这么好的字来。并不是什么人都善于走进考场，手里真有钱，花银子混个功名，和发愤读死书参加科举，也没什么本质的不同。还是那句话，手段有时候并不重要，重要的是目的和结果。做了官不贪赃枉法，就是好官，做了官，能写一手好字，仍然是好的书法家。这就好比王金发等人，为革命而捐官，没什么不光彩的。

毫无疑问，捐官去日本的王金发，在这一年认识了鲁迅。范爱农对鲁迅最初的印象是反感，王金发会怎么想，不得而知。他是个莽男子，也许根本就没注意到鲁迅不住地摇头。到了日本以后，王金发立即进入大森体育学校。关于王金发在日本的经历，几乎所有的文章都谈到，但是失之笼统。谢震《王季高君行述》上写着：

> 金发入大森体育学校，乃至试验成绩，竟以第一人高标毕业，谈者皆荣之，以大森体育会学员甚夥，非可以侥幸成名也。

至于王金发是不是真的第一，现在恐怕很难找到第一手资料，反正所有的文章上，目前都是这么写的。认真想一想，王金发得第一也没什么了不起。当时的体育和今天并不一样，据考证，“体育”一词也是从日本引起的，再往前追究，这词最早出现在法国卢梭的《爱弥儿》一书上，意思是身体的教育，身体的教育形成了“体操”这一练身体系，1868年，日本从欧洲引进了体操，十年以后，一个叫做爱藤镇三的人正式使用了“体育”这两个字。那时候反正没有版权，何况日本人的文字，本来就是从中国偷去的，留日学生毫不客气地把“体育”的称呼带回国。1902年前，“体育”这个专用词开始出现在中国的报刊上。那时候的体育，与我们今天在运动会上所见到的大相径庭，概括地说，就是骑马射击，列队出操。

在当时的年代，中国留学生能够在国外取得优异成绩，有很多现成的例子。中国人并不是真的笨，我们所以常常不如别人，不是天生不行，而是后天的功夫不够。很多人在中国这个大环境里，默默无闻庸庸碌碌，一旦出国，在一个相对封闭的小环境里，学习条件也未必见得好，反而大放异彩。譬如同样是去日本学军事的蒋百里先生，出国前，他是个体态清癯弱不禁风的文化人，可就是他，在 1905 年毕业时，却获得了步兵科第一名。根据日本军部规定，士官榜首由天皇赐刀，这是日本人极以为荣的事，多年来，非日本学生莫属，可是蒋百里硬是靠自己的努力获得这一殊荣。王金发荣获大森体育学校第一名，得到什么嘉奖不得而知。究竟还能不能找到这所学校，恐怕也让人怀疑，大森体育学校自然不能和堂堂的士官学校相比，再好也只能算中等专业学校，因为从学制看，王金发只读了半年就毕业，仍然是速成学校性质。

3

王金发是在 1906 年夏秋之际回国的，虽然只有半年多时间，然而好歹也算是学成归国了。我怀疑他的日本话可能还不太会讲。徐锡麟早在 1903 年就去过日本，这次率王金发等再赴日本，其目的也不在好好读书，而王金发早就被证明不是读书种子。那时候的留学，也实在太方便了一些，作为辛勤的职业革命家，徐锡麟不仅奔走在浙江上海安徽一带，甚至频繁来往于中国和日本之间。此次率领众弟子到日本，徐锡麟待了还不到半年，就又回到中国。章太炎因为《苏报》案，被判了三年徒刑，关在上海租界洋人的监狱里，到这一年的六月刑满出狱，在出狱前，徐锡麟曾去监狱看过他，这说明六月以前，徐锡麟便已回国。王金发回国的确切时间，当然是暑假以后，很多书上都说在七月到八月之间。

王金发归国以后，正式担任大通学堂的体操教员，也就是说当体育老师。在本世纪初，体操和体育是两个经常混淆的词，直到1922年，北洋政府颁布新学制，正式使用“体育”这个词，学校的“体操”，才一律改为“体育”课。前面已经说过，由徐锡麟一手创办的大通学堂，已经成为培养反清志士的基地，而作为体育教师的王金发，其实就是军事教官。科举制度废除了，新式的学校像雨后春笋一般涌现，而学校的新和旧，和有无体操课大有关系。自从戊戌变法失败以后，年老的慈禧太后，对一切和新沾边的事物都带有恐惧。如果清政府能想到体操课潜在的危害性，肯定会禁止开设这门课。在那个特定的年代里，甚至鲁迅这样的文人，也经常穿着白色的柔道服装，拼搏和摔打在日本的柔道馆里。由于二十世纪初，是中国最虚弱的年代，因此强国梦几乎激励着每一位有识之士。体操课和强国梦名正言顺地联系在一起。说起来都让人不敢相信，国家越是弱，民心越是强，在这时期最流行的竟然是军国民教育。不仅民间在做强国之梦，甚至朝廷也不切实际地陷入幻想中。

1906年4月，清政府钦定的教育宗旨为“忠君、尊孔、尚公、尚实、尚武”。其中尚武精神是军国民教育的核心。它给了体操课大为发展的好机会。尚武就是全民皆兵，学校拥有真枪实弹已不属于非法，骑马、射击、健强体魄，成了重要话题。世界之力在于武力的思想，已渗透到了民间，不妨重温一首当时的儿歌：

二十世纪地行星，煌煌童子军。
小锣小鼓号，黄龙飞舞小旗旌。
哥哥华盛顿，弟弟拿破仑。
心肝虽小血白热，头颅虽小胆不惊，
进行进行！小人小马武装神！
二十世纪天演界，不竞争，安能存。
脚踢五大洲，气吞东西球。
将军飞将军，谁云孺子不知兵？
爱吾国兮如亲，吾爱群兮如身，
万岁万万岁，伟哉吾军人！

这是流行于1905年的儿歌。在这样昂扬的歌声中，我们不难想象当时的一名体操教员，是多么的威风和神气。儿歌是孩子们唱的，流行于当时青年口头的却是《中国男儿》，开头就铿锵有力：

中国男儿，中国男儿，要将只手撑天空。
睡狮千年，睡狮千年，一夫振臂万夫雄。

煞尾却是：

古今多少奇丈夫，碎首黄尘，燕然勤功，
至今热血犹殷红。

乱世出英雄，时穷节乃现。这一年，王金发二十四岁，风华正茂，意气昂扬。新学势不可挡，清政府做梦也不会想到，正在兴起的一切带有“新”字样的事物，都在悄悄扮演掘墓人的角色。新军，民团，学生，这些和枪多少有些联系的组织，在后来的辛亥革命中，都起着不可埋没的作用。我曾见到过一张摄于1906年日本的照片，照片上方写着“徐伯荪马××陈伯平君回国留别纪念，丙午秋摄于早稻田”。这张照片足以证明我前面引用的材料有疏漏，因为照片上还有王金发，这张照片可以确证他当时还在日本，也就是说，王金发回国的日期，还可以往后推迟几个月，而徐锡麟既然6月份已经回国，说明在秋天，他又一次去了日本，不过这次的时间更短，在这一年的12月份，徐锡麟便赴皖就任陆军小学堂会办。

这张照片恐怕是现在所能见到的王金发的第一张照片，因为在日本拍摄，又都是革命党人，自然是剪了辫子。大多数人都是日本式的短头发，唯有王金发剃了锃亮的光头。在清朝，剪辫子几乎和准备掉脑袋是同义词，因为有了留学生这块招牌，清政府对剪辫子只好睁只眼闭只眼。当时剪辫子的压力主要来自民间，朝廷放过了，老百姓心里却有疙瘩。根据二百多年来形成的习惯，男人的一根长辫子是命根子，如果没有了辫子，那罪名往小里说，是偷了人家的女人，因为民间捉住奸夫，第一个惩罚就是立刻剪去他的辫子。往大里说，便是里通外国，便是汉奸。因此留学生回国，首先要做的，是在上海买一条假辫子。

我想象王金发的性格，大约是懒得去戴什么假辫子，围观就围观吧，别人在他背后指指戳戳，就让他们说个够。大通学堂是王金发的母校，虽然建校只有一年多，由于它的办校宗旨在于培养革命人才，这个学校的气氛显然和别的地方不一样。到了这一年的冬天，大名鼎鼎的女侠秋瑾因母丧从上海回故乡绍兴一游。不久，大通学堂便公举她主持校务，请帖由王金发亲自送去。我怀疑这是事先策划好的，因为在这之前，王金发曾替徐锡麟送一封密信去过上海，很多文章都认为这次送信是王金发和秋瑾认识的开始。密信的内容已不得而知，根据推想，徐锡麟是要她主持大通学堂。

在上海的初次见面，秋瑾显然给王金发留下了很好的印象。当时，秋瑾因为试验炸药，不慎爆炸伤手，正匿居在挚友吴兰石家中。革命友谊重如泰山，尽管是初次见面，秋瑾盛情款待了王金发，酒过三巡，秋瑾离席抽倭刀而舞，害得并不擅长舞文弄墨的王金发诗情大发，为此还留下了纪事诗，其中有两句常被人引用：

> 莫道丈夫尽豪侠，
> 英雄还让女儿占。

女侠秋瑾在王金发的革命生涯中，起着非常重要的作用。王金发追随徐锡麟参加革命，徐锡麟是他的恩师，如果说王金发在精神上还有一位老师的话，这就是秋瑾。秋瑾主持大通学堂，她和王金发有着双重的领导关系，既是校长和教员，又是“革命党人”的上下级。

1907 年 5 月，秋瑾在绍兴的和畅堂故居，召集浙东会党骨干密谋创组“光复军”，推举在皖的徐锡麟为“首领”，秋瑾自任“协领”，首领和协领相当于正副司令。以“光复汉族大振国权”八个字为编制代号，下辖八个军，王金发被任命为分统，其头衔相当于一个军长。光复军有三四万之众，其中仅嵊县一地就有近万人。

光复军原定在 7 月 6 日这一天，在浙江安徽两省同时起义。不料浙江的武义和金华等地泄密，党人死难，牵涉到大通学堂，起义的日子不得不推迟到 7 月 19 日，即阴历六月初十。到了 7 月 6 日这一天，徐锡麟在安庆刺巡抚恩铭起义失败，以身殉难，又一次牵涉到大通学堂。霎时间，白色恐怖笼罩，各种传闻谣言，扰得人心惶惶。7 月 2 日，王金发按照事先的约定，从嵊县来到绍兴，秋瑾知事已不可为，对他说“风声不好”，让他速离绍兴。《王季高君行述》这样写着：

> 绍兴郡守贵福，以浙省兵来围捕大通，又分一支袭嵊公局，盖恐金发或在此也。时金发适在校，欲谋抵敌，秋侠以己系女人，毫无证据，即被捕也无妨，而催金发速行，与竺等为后图。金发不从，促之再四，声色俱厉，金发不得已，逾墙远遁。

这是一个颇具戏剧性的场面，不过“逾墙远遁”可能不确。因为事实是，清兵在第二天，才开始对大通学堂围攻，当时的情况虽然紧急，王金发完全有足够的时间，从学校的大门走出去。在后来的围攻中，一些学生仅仅为了等逃亡费，没来得及走，结果壮烈殉难。显然，大通学堂的师生，对当时的时局还存在着不切实际的幻想，并且为这种幻想付出了惨重的代价。好在王金发已经逃之夭夭了。他走了以后的次日，也就是 7 月 13 日下午，秋瑾不幸被捕，从容带缧绁去，见了绍兴郡守贵福，只留下七个字的口供“秋风秋雨愁煞人”，于 7 月 15 日凌晨英勇就义。

4

戊戌变法失败以后，康有为梁启超仓皇逃命，有人劝谭嗣同赶快走，谭嗣同平静地说：“世界上凡变法，都要死人，中国还没死过，就从我开始。”戊戌只是变法，死了以谭嗣同为代表的六君子。王金发他们这一代人进行的是革命，死的人自然应该更多，更悲壮，更可歌可泣。从 1907 年徐锡麟刺杀恩铭起义失败，一直到辛亥革命成功，革命党人就没有停止过牺牲和暴动。清王朝已经寿终正寝，但是百足之虫，死而不僵，清王朝并不会自己退出历史舞台。继徐锡麟秋瑾取义成仁不久，1907 年 9 月，同盟会员王和顺等在钦州廉州防城三地起义。十二月，同盟会员黄明堂等率部在镇南关起义，孙中山和黄兴等亲临前线督战发炮。到了次年的三月，黄兴率领由华侨组成的“中华国民军南路军”，再次发动钦州廉州起义。四月，黄明堂王和顺又发动云南河口起义。十一月，光绪皇帝和慈禧太后相继驾崩，混入新军的光复会员熊成基在安庆率马营和炮营起义，这是新军起义的开端。

1911 年 4 月的广州黄花岗起义，事后殓收烈士遗骸共七十二具，因此史称“黄花岗七十二烈士”。后来陆续查明还有十四名烈士，也就是说，实际烈士应是八十六名。没有一代人的流血牺牲，就不可能推翻清王朝。重温这一段的光辉历史，不妨重读一下鲁迅小说《药》，小说写一个父亲为了给儿子治痨病，让他吃人血馒头。这人血，是一个叫夏瑜的革命者的鲜血。夏瑜虽是男的，但显然是在影射秋瑾，因为夏和秋，瑜和瑾，都沾得上边。我们习惯于把革命者的流血牺牲，看做是由于统治阶级的残暴，所以我们习惯于在事后讴歌先烈，控诉统治阶级，却轻易放过了人民群众的麻木。其实革命者抛头颅洒热血，愚昧的人民群众吃人血馒头，这常常是最残酷的事实，而我们自己很可能就是那些吃人血馒头的人。

秋瑾英勇就义，王金发成了清廷通缉的逃犯。徐锡麟被凌迟处死，秋瑾是怎么死的，也许是砍了脑袋，只记得她提出过要求，自己死了，不得剥她的衣服，由此可见，女人被杀，弄不好还有掉脑袋之外的另一番羞辱。现在已经没办法查出来，王金发在什么时候知道秋瑾被杀的消息。他或许想到过要救秋瑾出来，劫狱或者劫法场，但是事情发展之快，根本就没有这种可能。当时没有电视，他自然也是看不到报纸的，唯一能感觉到的，就是事情越来越严重，形势越来越不利。他不得不仓皇逃命，躲一天是一天。《王季高君行述》上说：

> 棘荆遍地，亲友闭门，昼伏夜行，逾溪陡岭，囊金已尽，本境未离，漂母不逢，浣女无迹。芦中人其真穷矣！相从者有何策哉！乃择向之与秋案有关，及目金发为匪屡去禀官吏之绅富家，强行索借……

鲁迅说王金发出身于绿林大学的说法，曾被许多文章广泛引用。所谓绿林大学，是当强盗的客气说法。毫无疑问，亡命之中的王金发，成了不折不扣的强盗头子。嵊县是越剧的发源地，听过越剧的人，一定有委婉动听女人气十足的印象。有一点让人想不明白，能够出此软绵绵曲调的嵊县，却同样是强盗的发源地。在浙东一带，民风属嵊县最为强悍，嵊县强盗作为商标，与绍兴的黄酒杭州的张小泉剪刀一样著名。不妨解释一下“嵊”这个字的确切含义，“嵊”由“山”和“乘”组成，古时候“一车四马”称之为乘，因此就有“四”的意思，嵊表示四面有山，意味着杀人越货之后，往什么方向逃跑，都可以逃之夭夭，躲在山深不知处。自从明亡于清以后，几百年来，嵊县的强盗就没有真正地绝迹过，王金发武功高强，一身是胆，落草为寇，占山为王，对他来说，算不了什么难事。他曾经是乌带党的头目，再干土匪，大有重操旧业的意思。不过，盗亦有道，做强盗的并不意味着一定做坏事。据史料记载，王金发之为匪，从不扰民。这里的“民”，自然是指穷人。

《王季高君行述》中说，王金发向富户强借财物，往往以四分之一散发贫民，四分之一自己用，剩下的接济党人机关。由此可见，做了强盗的王金发，仍然和革命党保持着若即若离的联系。徐锡麟和秋瑾主持的皖浙起义失败，清政府缇骑四出，到处捉拿革命党人，不但没有吓坏了王金发，反而成全他过了一把梁山好汉式的英雄瘾，当了一回中国的罗宾汉。尽管王金发只做了半年的强盗，他在浙东留下的传说，已经数不胜数。再也没有比强盗的传说，更能深入民心。譬如说在途中遇到了“饥饿垂毙者”，王金发把身上仅有的六百文钱，统统掏出来给了他，自己却和同伙整整饿了一天，这六百文钱是抢来的衣服卖的钱。又譬如某乡有一位节妇，被村中恶霸逼嫁，此事让王金发听说了，他怒眦欲裂，率领手下在途中拦截，痛鞭恶霸，然后送节妇归家。

王金发的名声，正是因为他做了半年的强盗，才大增特增。民间老百姓难免一种小孩子心理，小孩子最喜欢玩的游戏是“官兵捉强盗”，有时候成年人对强盗的传说，要比对革命党更有兴趣。如要说王金发追随徐锡麟去日本，只是他辉煌的传奇生涯开始，那么他一度为匪，占山为王，则是他的传奇乐章的深入。在这之前，他根据徐锡麟的安排去做，后来又听从女侠秋瑾的指挥。徐锡麟和秋瑾殉难了，王金发顿时失去了革命的方向。白色恐怖日趋严重，革命陷入了短暂的低潮时期，和党人的联络中断了，作为清政府到处缉拿的重点对象，王金发屡屡陷于十分狼狈的境地。当土匪自然有充分自由的一面，但同时也有非常艰难的一面。并不是所有的穷人都会站在“匪”一边，恰恰相反，除了特别了解王金发的人之外，大多数穷人很可能会去向官府告密。事实上，王金发不止一次陷入困境，为了逃命，他不得不率部逃入深山。秋去冬来，天寒地冻，加上官府的追捕更加严了，王金发的日子越来越不好过。

正当王金发走投无路之际，远在日本东京的孙中山，发出了指示：“秋瑾虽已捐躯，火种依然存在，毋忘我浙东受难同志。”1908年春，革命党人浙江的另一位领导人陈其美，从日本风尘仆仆回国，为了重点浙江反清的革命烽火，再聚光复会旧人，陈其美多次派人密赴嵊县。功夫不负有心人，一个叫做杨侠卿的同盟会员终于找到了王金发。于是王金发再次和革命党人取得了联系，脱身去了上海。手下人如何安排，史料上没有留下记载。王金发是大孝子，临行，没忘了带上自己的老母，还有他第二个老婆沈雄卿。

5

现在，不打岔说一说陈其美，又很难继续往下叙述。陈其美是蒋介石的恩师，没有他，就没有后来的蒋介石。陈其美介绍蒋介石参加了同盟会，在辛亥革命起义中，蒋介石和王金发，是陈其美手下冲锋陷阵的两员得力大将，因为陈其美的关系，蒋介石终于获得了紧随孙中山左右的机遇，这机遇使得他得到了孙中山的重用，青云直上，最后成为国民党中的第一号人物。国民党中著名的“二陈”，即陈果夫和陈立夫，是陈其美的侄子，这“二陈”在后来一再被蒋介石重用，显然和蒋的报恩思想有关。1916 年，陈其美在上海被袁世凯派人刺杀身亡以后，蒋介石曾将其尸首搬到自己家里入棺成殓。当时孙中山也在上海，亲临现场吊视遗体，抚尸大恸。由此可见陈其美和蒋介石、陈其美和孙中山的关系，非同一般。

浙江籍革命党中，由于徐锡麟和秋瑾已经殉难，老资格的革命党人中，应该是章太炎、蔡元培、陶成章和陈其美四大将，前三人都是光复会员，是光复会的创始人之一，然而其中章太炎和蔡元培文人气太重，是文化名人，不擅搞暴力革命，陶成章不一样，他是光复军的领导人，有一个咄咄逼人的绰号叫“焕强盗”。陈其美似乎没有参加过光复会，他直接参加了同盟会，从资历来说，陈其美要比这三位低一些，然而其功劳，却在三位之上。陈其美是革命后的第一任上海都督，在光复上海，光复杭州，组织江浙联军攻打南京等历史事件中，有着不可磨灭的特殊贡献。孙中山曾说过："陈君为吾党健者，第一次革命，于沪上握东南之锁钥，其功最大。"

相反，蔡元培章太炎以及陶成章，在光复之役中，其功劳和冲锋陷阵的陈其美相比，要逊色得多。陶成章于辛亥革命起义的三个月以后，也就是孙中山担任临时大总统不到半个月之际，被刺于上海广慈医院。1991 年南京大学出版社出版的《陈英士纪年》，在这一年的 1 月 14 日一栏，仍然明确无误地写着："凌晨二时，指使蒋介石派人于广慈医院暗杀光复会领袖陶成章。"后面还引用了当时报刊上的一些文章，确定陈其美是杀陶成章的主谋。陈其美是否真的指使蒋介石刺杀了陶成章，这一直是个扯不清的案子。有个化名叫岑梦楼的，写了本小册子《王金发》，在王金发死后不久印行，据说发行了几万册，当时可算是了不得的畅销书了。在这本编造痕迹很强的小书中，王金发被说成是刺杀陶成章的凶手。这种说法一度很流行，即陈其美指使蒋介石，蒋介石又安排了王金发。

对于这一历史事件，我觉得鲁迅的看法可能最接近正确，鲁迅与王金发和陶成章都认识，和陶的关系要更深一些。陶成章被刺大殓时，身穿黑呢大衣，拍了照片，有人将这照片寄给在绍兴的鲁迅，鲁迅看了照片，还流了泪。鲁迅的弟弟周建人曾问过鲁迅，会不会真像小册子上所说的那样，是王金发枪杀了陶成章，鲁迅很生气地说："造话！""造话"是绍兴土语，意思是瞎说和编故事。人们所以会对历史有兴趣，有时候很重要的一个原因，就是在文字和口头流传的历史中，有着太多太多的瞎说和编故事。尽管鲁迅先生和蒋介石也是同乡，但是作为章太炎的弟子，鲁迅对蒋介石从来就没有什么好印象。鲁迅骨子里是文人气，他不喜欢蒋介石身上的浪人作风，有趣的是，鲁迅明明知道陶成章的死和蒋介石王金发无关，但是偏偏不写文章辩诬。周建人说鲁迅在南京和上海两地，曾专门对陶成章之死作过调查，结果他带些赌气地说："蒋昧了良心，宁可错杀九十九，冤杀了千千万万好人。现在让他戴着皇冠背黑锅，活该！"此时，蒋介石已经得到天下，鲁迅觉得自己根本犯不着替他说话。

也难怪王金发会有刺杀陶成章的恶名。好事不出门，恶名传千里。1908 年春天，王金发到了上海，很快就成了搞暗杀的职业高手。他本来就是绿林好汉，陈其美誉他为"聂政"一样的英雄，搞暗杀正合他天不怕地不怕的莽撞脾气。在初到上海的一段日子里，王金发被人津津乐道的事是毁家纾难。1908 年的夏天，王金发偷偷潜回嵊县老家，将家产统统变卖了，然后将所得银两，全部捐给了同盟会，至此，王金发成了彻底的无产阶级。谢震所撰《徐孺人行述》中，曾说其母"售田得资，以供季高赴日本及雄卿在上海进学之学费"，显然不确，因为王金发根本就没有去日本。很可能是王金发向母亲隐瞒了这笔钱的正式用途，事实上，陈其美和王金发等，正是利用这笔钱，在上海接盘了天保客栈。有了天保客栈，便有了一个联络各地会党志士的机关。

王金发成了天保客栈的老板。上海有租界作掩护，清政府拿革命党常常无可奈何。1908 年冬天，"两浙各府属代表"聚集上海，筹议举事计划，会还没开，就有人向官方密报，于是天保客栈被抄，一位叫张恭的同志被捕。经查，出卖这一情报的是刘师培。刘师培早年同情革命，颇负才名，也算是老资格的同盟会员，天保客栈被抄，张恭被捕，江浙武装计划就此夭折。陈其美召集党人商议，说欲报此仇，非有“聂政”不可。于是王金发“慷慨自任”，带着枪便去找刘师培算账。许多书中都记载了这一幕，王金发拎着枪，找到了刘师培，二话不说，就要扣动扳机。刘师培吓得跪地求饶，发誓将以自己的性命，确保被捉同志张恭的生命安全。事后，刘师培果然到端方那里苦苦哀求，求端方万万不能杀了张恭。

这样的故事今天说起来，多少带有一些滑稽色彩。刘师培在学术上颇有成就，家传文字训诂之学，宗古文经学，擅长以字音推求字义，以今言通古语，并用比较通俗的文字，编定经学和文学等教科书。他的文学论文，也常有独到见解，对中古文学史颇有研究，撰著很多，辑有《刘申叔先生遗书》，共七十四种。以学术地位而言，刘师培在近代学界，可以列入大师级，但为人，却是小事清楚，大事糊涂，一生中有两件大事永远为人所不齿。一是当了同盟会的叛徒，出卖同志。一是后来袁世凯称帝，刘师培名列筹安会六君子之一，再次成为国人眼里的小丑。

由于王金发对刘师培的恐吓，张恭的性命终于无虞。刘师培无脸面在上海住下去，逃之夭夭，他妻子何震的表弟汪公权不知后怕，继续在上海滩鬼混，“花天酒地，吐漱生云”，并打算进一步出卖革命党人，“某日汪自妓院出，金发邀之于途，拔枪击毙之，从容而去”。从1908年到上海，直到辛亥革命在武昌爆发，王金发在这期间，一直是陈其美手下的重要大将。他的身份，颇有些像锄奸团长，或者是暗杀队长，惩治叛徒，暗杀奸细，经他手送命的坏分子，可以开出长长的一串名单。在这个名单中，有专与革命党作对的青帮头子，有吞没革命党人募款的香港某公司经理，有与侦探差不多的石某。王金发的活动范围，并不局限于上海一地，他出入于浙西和皖南，曾到香港学习制作炸弹，而且还去过南洋的新加坡。

暗杀活动，在清朝末年曾成为革命党人的重要手段。自徐锡麟暗杀恩铭以后，革命党人几乎就没有停止过暗杀。其中最著名的，莫过于1910年汪精卫慷慨赴北京，“引刀成一快，莫负少年头”，刺杀摄政王载沣。当时的宣统皇帝还是个毛孩子，刺杀摄政王等于刺杀当今皇上。和汪精卫的壮举相比，王金发的暗杀要逊色得多，可是也实际得多。在辛亥革命到来的前几年，王金发是一个富于传奇的实干家，是侠客，是义士，是革命的打手。在公理不申、黑白颠倒的社会里，暗杀会使敌人受到震慑，使胆小鬼闻风丧胆。暗杀能解一时之气，逞一时之勇，但是不可能解决最后的问题。暗杀虽然很刺激，很有英雄气概，有时候却会使问题走向反面。事实上，暗杀的手段一旦被滥用，就会表现为不分青红皂白。

在王金发诸多的暗杀中，譬如被许多人称道的“枪杀胡道南”，就有些莫名其妙。胡道南被杀的理由，是因为曾联名向绍兴知府贵福告密，导致了秋瑾女侠的被捕和被害。这说法显然有些牵强，把秋瑾蒙难这么大的事，推在一个地方的乡绅身上，那是不负责任的小说家的想法。以王金发之身手，枪杀一名毫无防备的乡绅，实在易如反掌。胡道南在完全不明白的情况下，被革命党人在大街上击毙。胡当时是清查公款公产董事，他以前办过府学堂，办过劝学所和禁烟分所，为人心平气和，且品端学粹，蔡元培后来写过《胡道南传》，专门为胡辩冤。事实证明，暗杀有时候也会草菅人命。不过，杀错就杀错了，干革命，真杀错几个，算不上什么大不了的事，杀错了，还不许辩诬，就有些惨了。王金发死了以后，革命党人写文章纪念他，陈去病称其为“莽男儿”，一个“莽”字，十分传神。王金发一生中，大多数的时候，是在扮演拼命三郎的角色。王金发身上的戏剧性，就在这可爱的“莽”字上面。

王金发似乎还没到杀人如麻的地步。不管王金发有多莽撞，光复会领袖陶成章的被刺，肯定和他无关。王金发是个讲义气的人，和陶成章情同手足，下不了那个毒手。事实上，陶成章之死，不仅和王金发无关，而且和陈其美蒋介石也无关。辛亥革命刚刚成功，革命党人就是想自相残杀也来不及。文字记载的东西，不一定都靠得住，查找旧档案，阅读民国时期的旧报纸，很容易产生这样那样的误会，我们往往会忽略掉一个最简单的事实，这就是当时有大量的报纸，是袁世凯的御用文人办的。世界上还有什么比御用文人更不要脸的。在有关王金发的大量文章中，诬蔑的文字要远远地超过赞扬的文字。因此，说陶成章死于王金发之手，显然是无中生有。

第三章

1

出生入死对王金发来说，不是什么了不起的事情。革命不怕死，怕死不革命，谢震在《王季高君行述》中谈到他辛亥革命前的经历时，曾不无感慨地说：

> 黄花岗之役，不与其事，亦云幸矣，然今则转为之可惜矣！

1911年的黄花岗起义，王金发曾跟随陈其美如约前往。查史料，从上海经香港转广州的，还有宋教仁等人。由于联络不便，配合不当，起义军奋战一夜，便惨遭失败。陈其美率领的这些人，根本就没来得及参加起义。以王金发之莽撞，加上他视死如归的血性，若是参加了，必定也是七十二烈士之一，此所以“不与其事，亦云幸矣”。王金发最后死于非命，一世英名毁于一旦，此所以“今则转为之可惜矣”。

广州黄花岗起义，是革命党人在辛亥前夕发动的规模最大、牺牲最重的暴动。此次起义体现了革命党人的英勇，同时也确证了在中国的边远地区发动推翻封建社会的革命，很难奏效的事实。早在一年前的日本，革命党人就意识到这个问题。此时孙中山远在北美，黄兴远在南洋，同盟会的东京本部，因为没有孙黄二人的坐镇，人心有些涣散，形势也趋于低潮。在一次不是太重要的聚会上，宋教仁提出了革命的上中下三策，下策是继续在边远地区进行，中策在长江流域进行，上策在首都和北方进行。大家经过一番讨论，认为“下策太不济事，上策太不容易”，于是折中取中策。

人们似乎没有意识到这次在日本小石区聚会的重要性。由于在清政府控制比较薄弱的边远地区，发动政变要容易得多，在过去的若干年中，革命党人已经在这些地区发动了无数次暴动，规模空前的广州黄花岗起义，仍然是遵循这种惯性。日本的这次聚会，事实上无意中作出一个新的决定，这就是将革命的重点，转向长江流域。也许当时根本就没想到这个转变，会急速加快中国革命的进程。革命党人酝酿组织了中部同盟会，机关就设在上海租界，这意味着革命的指挥所，也从遥远的不便指挥的日本迁往上海。革命党人计划在沿江城市同时发动起义，上至武汉，下到上海，形成星火燎原之势。1911 年 10 月 10 日，由于泄密，武汉革命党人被迫提前起义，结果以迅雷不及掩耳之势，在两三天内先后攻占了武汉三镇。

武昌起义出乎所有人的意料，此时离黄花岗起义失败还不到半年，革命党人尚未从惨败的阴影中走出来。辛亥革命是一个意外的早产儿，当武昌起义的第一枪打响的时候，同盟会的主要领导人孙中山和黄兴都不在国内，起义异常地顺利，一夕之间，革命党人迅速地控制了形势，由于太意外，竟然陷入了群龙无首的境地。几位参与发动起义的党人，都觉得自己的威望不足以担任都督，推来推去，于是把革命的成果拱手相让，送给了新军协领黎元洪。时隔八十多年，重温辛亥革命，有许多让人哭笑不得的地方。其中最让人耿耿于怀的，就是革命党人总是把胜利当做礼物送人。想当初，黎元洪是从床底下被硬拉出来，授予都督的头衔。这个后来被人们讥为黎菩萨的胖子，糊里糊涂地就成了中华民国的开国元勋。

王金发对于发生在武昌的起义，所知甚少。革命党人奔走相告，然而受当时通讯的限制，真实的消息很难传递。在上海的报纸，只要是革命党人控制的，每日都频发捷报。捷报掩盖不了武汉三镇告急的事实，革命党人明白，要想巩固武汉的成果，唯一的办法就是以各地的起义响应。于是在短短的一个月内，上海、山西、陕西、重庆、浙江、江苏、福建、广东、广西、云南纷纷起兵讨虏，一个多月以后，有首义之功的武汉三镇之一汉阳虽然失守，但是各地义军捷报频传，大清的末日真的就到了。1911年11月3日，在陈其美的领导下，上海、杭州、苏州三地几乎同时发难，尽管有些曲折，至5日，这三地已全部光复，成为革命党人的囊中之物。

王金发在光复杭州的战役中，起了十分重要的作用。《陈英士纪年》11月3日这一栏上写着：

> 委派蒋介石、王金发、张伯岐等率领敢死队100余人抵达杭州，参加浙江起义。

《王季高君行述》上也说：

> 子黎亦由申来杭。遂决定于9月15日夜三时，笕桥、凤凰山两处军兵，肃队入城。张伯岐、蒋介石率敢死队攻抚署，子黎率所部攻军装局，一鼓作气，马到成功。

这里的九月十五日是阴历，也就是阳历的11月5日。关于杭州光复，当年11月9日的《民立报》，以“浙江敢死队之壮观”为题，作了生动的报道：

> 浙江革命军之编制，皆以敢死队为先锋，然后继之以各标新军。敢死队之编制共分五队，以蒋介石为指挥官……第四队由王金发为队长，攻击军装局。其实为天然之形胜，守易而难攻。自攻击点起，以至军装局头门，约有三千米之远，巷道深奥，门栅重叠，城池坚固，守备严重，防御绵密，乃为各官局之首。凡察杭垣阵地者，无不以此为最险、最难之区，乃敢死队竟自起点以至军装局头门，直前冲锋，势如霹雳。惟入头门为贼军偷刺队员周尧吉君一员，而军装局遂入吾手矣。

从这篇报道可以看出，杭州之光复，有惊无险。对于骁勇善战的王金发来说，这样的冒险根本算不了什么。杭州光复以后，各界在咨议局开会，欢迎立宪派名流汤寿潜自沪抵杭。虽然王金发极力反对，但大多数党人都赞成汤寿潜为光复之后的第一任浙江都督。王金发曾十分愤怒地说：“予等拼性命，炸军库，而汤某坐火车来，为现成都督，奈何坐视不管？”辛亥革命的戏剧性就在这里，革命党人出生入死，好不容易得了天下，其结局都是拱手相让。继黎元洪当了都督之后，汤寿潜又成了浙江都督，而江苏巡抚程德全也摇身一变，成了光复以后的首任江苏都督。辛亥革命一开始便表现了它的不彻底性。革命党犯了一系列错误，他们只想到要把清朝政府推翻，推翻了以后怎么办这个更重要的问题，却从来没有认真想过。

辛亥革命的真正受益者，是窃国大盗袁世凯。如果不是辛亥革命，袁世凯注定要老死在他的老家。我曾见过一张充满田园风味的老照片，被清政府打入冷宫的袁世凯，穿着一身蓑衣，蹲在一条小木船上钓鱼，仿佛一位地地道道的老农，让我难忘的是他那双并不安分的眼睛。清朝统治者显然意识到，野心勃勃的袁世凯对于大清的江山，有比革命党人更潜在的危险。事实也是如此，已被解职遣回老家，而且打算永不叙用的袁世凯，在辛亥革命爆发的第五天，便被清政府任命为湖广总督。袁以“足疾”尚未大愈，既不坚辞，也不请求赏假，借故拖延。老奸巨猾的袁世凯，此时公然挟革命党以自重，明目张胆地要价，谁都知道重用袁世凯是饮鸩止渴，但是走投无路的清廷，到了这节骨眼上，也只好闭着眼睛喝下这杯毒酒。1911 年 10 月 27 日，也就是武昌起义后的第十八天，袁世凯被任命为钦差大臣，节制湖北水陆各军。于是，袁世凯走马上任，非常娴熟地玩弄他的两面手腕，先给革命党人一个下马威，让革命党人知道他的厉害，然后继续向清政府要挟。在他上任的一个月之后，袁世凯率兵攻占了武汉的汉阳。

和奸雄袁世凯相比，所有的革命党人都像天真的小孩子，王金发反对汤寿潜当浙江都督，并不是他的觉悟比其他革命党人高，而是他有一种最朴素的农民思想，这就是凭什么要轻易地把自己应得的东西让给别人。革命不是请客吃饭，不能那么雅致，那么从容不迫，那么文质彬彬。革命是一个阶级推翻另一个阶级的暴力行动，革命有时候也需要一些小小的手段。袁世凯的厉害，就在于他让革命的正方和反方都奈何不了他。袁世凯攻下汉阳之后，完全可以一鼓作气，趁势拿下武汉三镇，但是他故意不打了，要和革命党人谈判。军事上完全处于上风的袁世凯，要谈判，当然占尽便宜，革命党人在汉口英租界开会，决议“如袁世凯反正，当公举为大总统”。几个月以后，袁世凯果然成为了大总统。他是中国历史上第一个正式的大总统。在他之前，孙中山虽然当了一个多月的临时大总统，可是很快便被袁世凯所取代。

革命党人还真应该向袁世凯学几招。在江浙革命联军攻克南京的当天，同盟会领袖之一的章太炎提出的口号是“革命军起，革命党消，天下为公，乃克有济”。光复会誓言中也有“功成身退”的警句。所有这些政治高调，抬高了革命党人的身份，也给革命党人带来了许多无形的伤害。辛亥革命的成果，真正落到革命党手中的微乎其微。很多并不革命的人摇身一变，从清朝政府的官吏变为民国的新官僚。继江苏巡抚程德全成为反正的江苏都督，广西巡抚沈秉坤，安徽巡抚朱家宝，福建的统制孙道仁，统统变戏法似的成为了省一级的大都督。好在陈其美和王金发都是明白事理的人，他们没有温文尔雅，趁乱捞到了都督的头衔，管他做得长久不长久，先当了都督再说。在辛亥革命的一系列反正运动中，再也没什么场景比陈其美当都督更充满了戏剧性，《辛亥革命七十周年》一书上有这样的记载：

开会时，李平书先生先发言，跟着李英石、陈英士等几位

> 依次讲话，场内很安静。但在推选都督时发生了争执。李平书和商团代表及起义军官，都推李英石当都督，说他军事学识渊博，指挥上海光复任重功高。同盟会方面的代表则推陈英士当都督。双方争执不下。黄郛脾气躁，第一个拿出手枪来威胁平书先生，说是陈英士首先进入制造局有第一功。在场的起义军官也都把手枪拔了出来，说陈英士进制造局后即被拘禁，后来是李英石指挥起义军和商团打下来的，彼此争论不休。刘福标原在会场内靠墙站着，这里突然高举一颗手榴弹，大呼："都督非选陈英士不可，否则我手榴弹一扔，大家同归于尽！"

2

王金发当上绍兴都督，同样有趣。陈其美在上海选都督，那时候，王金发和蒋介石等皆在杭州。以此二人的脾气，若在上海，扮演逼宫角色的必是他们无疑。王金发完全可能拔出手榴弹来，做和刘福标同样的事。事实上，就算是在杭州，王金发也不是省油的灯。据说他也一度拔出了手枪，威胁大家预备推举的汤寿潜，由于陶成章的劝阻，才又把枪放了回去。王金发当时打出的一张反对汤寿潜出任浙江都督的王牌，就是"秋瑾被害，喧传汤寿潜曾赞一词"。这里面难免有莫须有的意思，纯属是捣蛋，然而汤寿潜拿王金发这样的莽男儿也没办法，自己在众人的拥戴下，当了浙江光复后的第一任都督，总得分一杯羹给王金发。最初的位置是浙江都督府的实业部长，王金发坚辞不受，于是改派任"绍兴军政分府都督"。

辛亥革命最初的那几个月里，中国最大的奇观，就是一下子不知冒出来多少都督和民政长。城头变幻大王旗，改朝换代的机遇终于来了，人五人六地都跳了出来。仅以我比较熟悉的江苏而论，就有苏州府的江苏都督程德全，清江浦的都督蒋雁行，松江府的上海都督陈其美，镇江府和江宁府的都督林述庆，无锡军政府司令秦毓鎏，扬州府军政长徐宝山，太仓州军政长洪锡范，常州府军政司令何健，淮安府军政长卢根鳌，徐州府民政长朝志正，海州民政长何锋钰，以及海门厅民政长梁孝熊。光复前，江苏共辖八府三州一厅，不到一百天的时间里，各有其主，革命的成果被迫不及待地瓜分一空。

浙江的情况我不太熟悉。反正王金发放弃了寄人篱下的实业部长一职，宁为鸡首，不为牛后，选择了绍兴军政分府都督。出任绍兴都督，是王金发生涯中，继落草为寇当土匪、在上海滩当杀手之后的又一传奇。由于王金发当过强盗，许多人都知道他的莽撞，因为在他上任伊始，他便以强盗都督而闻名。王金发人还未到绍兴，民间已经纷纷传言，说王金发要回绍兴替秋瑾报仇。一时人心惶惶，那些和秋案有关的人士，知道革命党人饶不了自己，要么逃之夭夭，要么变戏法似的，赶紧把自己也打扮成拥护革命的模样。在王金发到达绍兴之前，绍兴的旧官僚们，见风使舵，打着“咸与维新”的招牌，由曾在浙江巡抚衙门当“折奏师爷”的章介眉，串通绍兴的末代知府程赞清，临时拼凑成立了一个“绍兴军政府”。这章介眉恰恰是第一个应该对“秋案”负责之人，当年正是他主张先斩后奏，动笔草拟了浙江抚署处理秋案的奏稿，“正法”了女侠秋瑾，后来又是他出坏点子，怂恿继任的浙江巡抚增韫，平毁西湖边的秋瑾墓。

鲁迅是绍兴假光复的见证人，他在《范爱农》中写道：

> 我们便到街上去走了一通，满眼都是白旗。然而貌虽如此，内骨子是依旧的，因为还是几个旧乡绅所组织的军政府，什么铁路股东是行政司长，钱店掌柜是军械司长……

据说王金发本来准备向东南方向发展，带兵去浙江的衢州，光复衢州只是王金发的一个借口，其目的是为了要向刚上任的浙江都督索兵索饷。汤寿潜被他逼得十分为难，合署不宁，甚至都有了辞浙江都督的打算。这时候，徐锡麟的三弟叔荪从绍兴来，报告了绍兴的假光复，希望王金发能去绍兴。王金发先是不肯，因为他此时正好让汤寿潜焦头烂额，走投无路。王金发采取的是胡搅蛮缠的“捣蛋法”，好歹和汤寿潜耗着，看这个窝囊的浙江都督怎么办。那天晚上，王金发春风得意地去杭州的挹芳菜馆赴宴，席间经叔荪的再三劝说，加上几杯酒下肚，王金发终于动了心。他一松口，汤寿潜求之不得，立刻封他为绍兴军政分府的都督。

史料上并没有说王金发为什么松口，想象中，一定是来自绍兴的叔荪在言谈中，搔到了王金发的痒处和痛处。绍兴是王金发的革命根据地，在老百姓心目中，王金发既是革命党人，也是著名的强盗头子。不管怎么说，王金发在绍兴大名鼎鼎。三十年河东，三十年河西，富贵不还乡，如穿锦衣夜行，革命既然已经成功，应该是王金发露露脸摆摆威风的时候了。王金发当时的神气劲是不难想象的，当叔荪来杭州刚和他见面时，面对昔日恩师徐锡麟的三弟，王金发不等对方开口，就十分爽快地送了一支手枪给他。他这人显然是一身的山大王脾气，想怎么就怎么。凯旋班师回绍兴，无疑有让他兴奋的一面，而且去绍兴不比去衢州，绍兴有许多旧部下，王金发只带兵三百就足够了。

王金发回绍兴真是出尽了风光，人们排着队，在西门等了一天等不来，忽然听说是第二天才会到，并且不就近从西门进来，而是绕道从东门走，理由从东门进绍兴比较吉利。这也不知是哪位风水先生占的卦，过去出兵，班师回朝，都习惯从北门入城，所以北门也称得胜门或德胜门，譬如北京的德胜门就是。到了第二天，大家又一次排了队等到天黑，好在月色很好，加上有火把、风灯和新糊的纸灯笼，还能凑合着看清。原来的绍兴知府程赞清，由两个旧差人搀扶着，战战兢兢地站着恭候，远远地看到王金发的革命军来了，非常做作地冲到河滩边上，两手高举，向前打躬，行的仍然是前清的官礼。这也不能难为他，“咸与维新”，究竟怎么叫新，小小的知府怎么弄得明白。

王金发一行是乘白篷船来的。在江南水乡，人们出行，照例都是坐船。几支快橹摇着，摇几橹，便朝天胡乱放几枪，仿佛扔爆竹似的。那船终于到了城门口，大兵浩浩荡荡地上岸，穿着军服，打着裹腿，脚上是草鞋，持枪分两排站好，如临大敌。那情形好像做戏，锣鼓声响了一阵以后，英雄人物才可出场，早了，就没那个效果。于是王金发慢腾腾下船，慢腾腾上马，在前呼后拥中，在夹道欢迎的绍兴老百姓的眼皮底下，慢腾腾进城转一圈。此时的王金发，自然不会把那位前来欢迎的旧知府放在眼里。王金发骑着马，高高在上，谁都能看见他刚刚剃的光脑袋。我不知道这剃光脑袋，是否因为留学东洋，从日本人那学来的，后来的蒋委员长也是这毛病，硬是把脑袋弄得贼亮贼亮，有庄严的一面，但是也难免有滑稽的一面。要知道，辛亥革命男人们才开始剪辫子，光光的脑袋让老百姓看了，真不知会怎么想。王金发在大街上绕了一圈，神气十足地过完了头一把都督瘾，来到府衙门，堂而皇之地进去了。那三百士兵也跟了进去，排队站在那儿唱歌，唱了几首才解散了。

这以后，前来犒劳的就没断过。人们牵着手，赶着猪，抱着鸡和鸭，挑着酒，进出府衙门。王金发也没什么架子，谁来了都见。最先拜访他的，自然是那些地方上的革命党人，譬如鲁迅和范爱农。后来成为大文豪的鲁迅，此时不过是绍兴一家中学里的监学，这监学也还是临时的，因为四个月前，鲁迅愤然辞去了该校的普通生物教师一职，后来由于学生的强烈要求，因为辛亥革命爆发，学校工作无人主持，才勉强上任。革命军兴，谣言四起，绍兴地处偏僻，什么样的传说都有。反革命的谣言不断，于是以其矛还其盾，鲁迅等便用革命的谣言对付反革命的谣言。鲁迅当时提出的办法，是组织学生“武装演说队”，上街进行革命宣传，散发“溥仪逃，奕劻被逮”等传单，煽风点火，灭敌人志气，长自己威风。

鲁迅领导的学生，虽然拿的只是体操用的枪，但是在安定地方这一点上，起了积极作用。说起来真可笑，那体操用的枪，并没有真的子弹，就算能找到几颗，也是那种光能喷火，却不能杀敌的练习弹。当时传说有一队溃散的旗兵将从绍兴经过。民间最怕的就是溃兵，溃兵比土匪更不像话，于是店铺纷纷上了铺板，怕溃兵抢劫。为了安定民心，鲁迅率领学生“武装演说队”上街辟谣，学校里教体操的体育老师，当时还没有剪辫子，把辫子在头上打了个结，满头是汗地走在最前头。体育教师平时上课，用的是一把细而长的指挥刀，这时候也换了把可以砍死人的大刀。这一招还真管用，学生“武装演说队”所过之地，店铺胆子立刻就大了，立刻开门做生意。

王金发要来的第一天，鲁迅亲率学生在西门外，白白地等了一天，一直等到深夜，眼见着没希望了，才散队回家睡觉。那天晚上很冷，大家不得不生火取暖，肚子饿了，学生年纪轻，扛不住，便去附近的小馆子敲门买东西吃。鲁迅有个叫孙德卿的同事为人慷慨，掏钱购了几百个煮熟的鸡蛋给学生。在王金发到绍兴当都督的第二天或是第三天，鲁迅和范爱农专程到都督府拜访他，因为大家在日本时就熟悉，范爱农和王金发还有一段同船的经历，且都是徐锡麟的学生。从目前可以查到的资料看，不知道他们当时说了些什么，唯一可以留给人们谈天的材料，是范爱农看着王金发的光头有趣，毫不客气地上前摸了摸，说：

“金发哥哥，侬做都督哉！”

王金发当时很窘。刚做了官的人，有时候非常想见熟人，因为唯有熟人，才能想到你是混阔了。有时候也怕见熟人，因为熟人最知道自己的老底，江山易改，本性难移，自己混得再阔，你还是你，有些事永远改不了。

3

王金发当绍兴都督的功过，是他最引人争议的一笔。毁之者，一味恶毒攻击，誉之者，找出种种理由为其辩护。为了写这篇小说，我重新系统地阅读了一些书，获得的印象是，对于王金发，过去的评价，毁超过了誉，近年来的评价，却是誉超过了毁。所引用的都是差不多的材料，区别只是在于解释。鲁迅仍然是必须被借用的，毁誉双方都能在鲁迅的著作中，找到有利于自己的证据。王金发遇难已经八十多年，事实上，他早就被人遗忘了。正像我在小说一开始所说的那样，王金发能在后来偶尔被人提起，还是大家读了鲁迅著作的缘故。

事实上，王金发只做了八个月的都督，而在这八个月中，他也不是一直留在绍兴。从 1911 年的 11 月，到次年的 7 月，在这所谓当绍兴都督的日子里，王金发曾数次离开绍兴。1912 年 1 月 1 日，孙中山自上海抵南京就任中华民国临时大总统。据说王金发应陈其美之邀，化装为"总统专列随员"，身携双枪，暗中保护孙中山。沈鹏年所撰《孙中山和王金发》，记载了当时陈其美对邵力子解释这么做的必要性：

我们革命党惯用暗杀手段对付清廷的显要权贵，也要防止他们用暗杀的手段来伤害孙先生。有王金发担任秘密保卫工作，就可以放心了。

我不知这资料是否靠得住，反正从当时的旧报纸，如记载革命党人事颇多的《民立报》上，见不到王金发在随行人员名单中。既然是化装，自然不会在名单上了。王金发屡次去上海是无疑的，否则，发生在1912年的陶成章被刺案，就不会和他有丝毫的牵连。王金发在陶成章遇刺前两天，曾在上海的汇中旅馆饭厅和陶见过面。这次见面时，陶成章告诉王金发，自己拟入广慈医院治病。两天后，陶成章在广慈医院被刺，王金发因此也背上了黑锅。其实王金发屡去上海的真正原因，是想和陈其美等革命党人，保持密切的联系。因为此时革命虽然成功，但是革命的成果并不掌握在革命党人手里。

王金发的绍兴军政分府，虽然只管辖府属八个县，客观上起着和在杭州的省都督府分庭抗礼的作用。从一开始，王金发就没把不是革命党人的浙江都督汤寿潜放在眼里。以王金发的资历，一个省的都督位置，还轮不到他来做，不要说是他，就连陈其美，也只是挂名上海都督。当时的上海和今天的概念大不一样，属松江府，归江苏管辖。虽然都是都督，在性质上有着本质的区别。陈其美在上海，王金发在绍兴，都是“将在外，君命有所不受”的主儿。这两个人，一个在上海，一个在绍兴，遥相呼应，大搞独立王国，以革命的两手，对付反革命的两手。《嵊县文史资料》第八辑上，刊登了汤寿潜致王金发的一封信，注明日期是1912年9月29日。这日期显然是错误的，因为此时，汤寿潜已不是浙江都督，王金发也不是绍兴都督。正确的日期应该是1911年的11月16日，信尾的日期“九月廿九”是阴历：

季高仁兄大人麾下：

在杭得聆伟论，许为血性男子，恨相识之晚。司令部言，麾下愿往绍兴弹压土匪，画锦一行，便拟北伐，心焉壮之。一到绍城，即以军府闻，旋且以都督闻，初犹疑告者之过，今且接奉电告矣。下走无分寸功劳，且腼然而尸素于此，若麾下之劳苦功高，裂土而封，谁曰不宜。以怀负伟略如麾下，必不待一都督为重轻，且都督可也，因都督而越权限，窃以为过矣。浙江收入，悉抵洋款，盐茶局为收入一大宗，此款一经截留，彼族必来指诘，其时断非空言所能应，势必藉词干涉，是瓜分之端，自吾绍而开，且自下走所许之好男子而开，下走同为绍人，不敢不尽言以相告，无为此得小而失大也。犹记麾下濒行，以同为绍人之故，谆谆焉以尊重荣誉相勖勉。麾下岂不知都督之荣誉，远不如英雄之荣誉为尤大乎。里人来，盛传麾下遇卫士小有所扰于市间，辄枪毙之，执法之严，保民之切，所谓英雄者自宜如是。盐茶局票据簿册，似应发还该局，派员监督以促其进行，防其混匿则无不可，尚有存款，除扣下五千元外，还祈照解省城。敢因麾下之严于卫士，而冀英雄决不严于人而贷于己，不辞饶舌而告前途之荣誉有信于都督者。愿垂意省览，惟亮察，不尽。

意城兄均此致意。

弟名正肃九月廿九日

重读这信，如见其人，如闻其声。此时的王金发，不过当了一个多星期的都督，无法无天，胆大妄为，已经可以窥一斑而见全豹。原信中，凡遇“麾下”这一敬称时，无不另行顶格。这真不像一个上级给下属写的信，正如汤寿潜信中所言，他于光复无分寸功劳，然而既然尸位素餐，已经当了浙江省都督，有些话却不得不说。光复以后，到处都是些自称“草”字头的人物，“草”字头是革命党的另一种说法，汤寿潜活脱是一个受气都督的形象。好在他受气的时间并不长，当王金发在绍兴闹得越来越不像话的时候，他已经调到南京担任临时政府的交通总长。

据说孙中山从海外回国，陈其美曾电召王金发赴沪进见。见面时，孙中山想不明白，问王金发为什么宁愿去绍兴，不愿留在省城杭州任职。王金发愣头愣脑的回答让孙中山很满意。王金发说自己想在绍兴练兵，然后率兵北伐，灭此朝食，直捣黄龙。他一生的可爱，都体现在这莽男儿的“莽”字上面。孙中山称王金发为“东南一英杰”，就是在这次见面时说的。不久，孙中山便任命王金发为北伐军副司令，这可是一个不算小的职务，由于南北议和，北伐并没有真正实施，王金发的副司令，也就是一个短暂的空衔。不管怎么说，在绍兴招兵买马，积极备战，这也许是王金发的初衷，但是随着革命形势的变化，王金发很快就把自己说过的话，忘到脑后去了。

辛亥革命带有很强烈的速成性质。从日期上看，10 月 10 日，武昌首义，随后，全国各地纷纷响应，11 月初，上海和杭州光复，11 月 6 日，陈其美任上海都督，11 月 16 日，王金发任绍兴都督，12 月 29 日，孙中山被选为中华民国的第一任临时大总统。一个多月以后，孙中山辞职，袁世凯担任临时大总统。变化实在太快，半年前，由于黄花岗起义失败，革命跌入低潮，然而从低潮转入高潮，这中间连过渡都没有。革命成功如此容易如此省事，大大出乎人们的预料。只要清朝政府下台，革命党人就能和昔日的仇敌握手言和，化干戈为玉帛。王金发的练兵，准备北伐，显得毫无意义，也完全没那个必要，历史并没有为王金发提供带兵打仗的契机，像他这样善于冲锋陷阵的莽男儿，是否会成为一名卓越的军事指挥官，这是个无法回答的问题。

被胜利冲昏头脑，是再自然也不过的事。狐狸方去穴，桃偶已登场。革命党的好心，给了坏人可乘之机。不要说是像王金发这样的草莽英雄，圣贤如孙中山和黄兴等杰出人物，对袁世凯的窃国野心，在当时也缺少必要的认识。孙中山就曾一度以为天下太平，亲自投身铁路考察，想以实业让中国迅速富强起来。许多革命党人自命清高，功成身退，羞于做官，干脆去欧洲留学念书。王金发当了都督以后，也颁布了许多改革措施，他是山大王出身，办起事来说一不二，充满了革命的浪漫主义精神。还有一招也让老百姓皆大欢喜，这就是开仓放赈，豁免一年的钱粮，减除苛捐杂税，饬令富商粜平价米，平抑市场粮价。此外，在杀人方面毫不手软，据说王金发先后杀了五十多个鱼肉百姓、反对维新的地头恶霸，其中有不少还是王金发亲手处决的。

王金发隆重公祭了徐锡麟和秋瑾等革命先烈，厚恤先烈家属，有恩报恩，有仇报仇，王金发当年被迫逃进深山当土匪，如今衣锦还乡了，所有欠的旧账都一笔笔清算。那个对“秋案”应负责的章介眉自然不会放过，由于他已经先一步“咸与维新”，伙同原知府程赞清搞了一个所谓“绍兴军政府”，并自任治安科长，王金发便以“有要事商量”，将章介眉诱至府衙门猝然逮捕。王金发显然喜欢戏剧性的场面，在逮捕章的同时，他派兵出其不意地封锁了章宅，然后调齐章告密的案卷，准备举行公开会审。在那段日子里，章介眉被戴上纸糊的高帽，游街示众，并让他跪在秋瑾烈士就义处的古轩亭口，在他头顶套上一只火油箱做的桶，边上放着棍子和小石块，供路人经过时敲打和投掷。

公审章介眉本来可以成为一件大快人心的事情。公祭了秋瑾和徐锡麟两位先烈以后，人心都很激动，杀了章介眉，犹如大热天里吃一块冰激凌，既降温又解渴。杀了章介眉，“秋侠虽死，亦可瞑目九原，含笑泉壤矣”。在大家看来，章介眉是死定了，章介眉死有余辜。事实上，王金发一开始也打定主意要杀章介眉，这样的社会蟊贼，不杀不足以平民愤，不严惩就对不起革命先烈。可是结果却出人意料，王金发似乎心慈手软起来，稀里糊涂地就把章介眉给放了。王金发不杀章介眉，是后人一直指责他的地方，鲁迅在许多文章中都提到了此事，很有些怪王金发徒有妇人之仁。落水狗不痛打，待一上岸，轻则洒人一身水，弄不好还会被他咬一口。事过二十多年以后，在《论“费厄泼赖”应该缓行》一文中，鲁迅仍然愤愤不平地说：

> 终于将那主谋释放了，据说是因为已经成了民国，大家不应该再修旧怨……

其实不杀章介眉，恰恰是当时最流行的大趋势。王金发在一篇告示中煞有介事宣布：“现在共和之局已定，断无再有反对之人。”这种糊涂思想，很自然地会导致轻敌的麻痹思想。因此不杀章介眉，不能仅仅看做是妇人之仁。王金发宽宏大量地说：“本都督推诚相见，无诈无虞，愿我同胞，共喻斯义。”王金发的用心是好的，革命的形势发展实在太快，昨天的敌人，转眼间都成了一条战线上的朋友，中华民国说成立就成立，大清朝说没影就没影。许多乱七八糟的事情，纠缠在王金发脑子里拐不过弯来。杀一个章介眉，对于出身绿林大学的王金发来说，小事一桩，能有这个器量不杀他，还真不容易。有些资料把王金发刀下留人，看成是因为章介眉的能言巧辩，是他摇尾乞怜，蒙得王金发相信了他的鬼话。

依我的想法，王金发再糊涂，还不至于如此轻易地就上章介眉的当。所谓“际此光复，毁家纾难，我亦不辞，故罄我所有，以充军饷，以谋公益，以营秋社，均无不可”这番鬼话，打动了王金发的说法实是靠不住的。章介眉已是死老虎，他的那点家产，即使是不想交出来，王金发也可以不费吹灰之力地将其没收。王金发当土匪的年头虽然不长，可是绑票勒索这些小伎俩，再熟悉不过。章介眉无论如何狡猾，都逃不出王金发手心。王金发放过章介眉，最重要的原因，是被胜利冲昏了头脑。不仅是王金发，所有的革命党人，都陷于形势一片大好的迷糊之中。同盟会的第二号人物黄兴，竟然特意派人从南京赶来说情。如果我们说王金发错了，那么就是说黄兴也错了，在当时的大背景下，不是王金发不想杀章介眉，而是革命党人的大多数，不想杀人积怨。

王金发作为一个小小的绍兴都督，不杀章介眉，有着十分合情理的历史必然。辛亥革命后的中国，这样的例子可以举出许多。杀人解决不了问题，不杀人又会出问题，这事实上是中国革命者在实践中，经常遇到的尴尬。杀人不眨眼的王金发不得不向形势让步，忽然有了菩萨心肠，他非常戏剧性地抓了章介眉，同样带有戏剧色彩地释放了章介眉。章介眉果然“毁家纾难”，将自己财产的一半，即田产三千余亩，现洋五万元，捐献给绍兴军政分府。王金发派出十六名卫兵，用轿子抬着章介眉，将他浩浩荡荡地送回家。

4

如果王金发所颁布的政令都能实施的话，他会成为一位了不得的父母官。他雷厉风行地禁止鸦片，说不让抽，就不让抽，谁抽就杀谁的头。他委任鲁迅为山会初级师范学堂监督，用鲁迅的话说：“我被摆在师范学校校长的饭碗旁边，王都督给了我校款二百元。”王金发甚至还允许绍兴那么一个小地方，可以办一张《越铎日报》，这张报纸的创刊词就是鲁迅写的，当时署名是黄棘。这时候的鲁迅还没开始后来的白话文学创作，偶尔写几篇小说，也是文言文。他的《〈越铎〉出世辞》颇有些文学青年的味道，在声明办报宗旨时，抛出了一大堆口号：

纾自由之言议，尽个人之天权，促共和之进行，尺政治之得失，发社会之蒙覆，振勇毅之精神。

这其实是一些书呆子在自说自话，不过是钻了王金发这个粗人的空子。在一开始，王金发便被大家称做强盗都督，他虽然时不时要摆摆都督派头，可是许多旧相识，依然称呼他为“金发大哥”。要知道，王金发身为革命党，从来就没有什么革命的理论，更没有什么远大的革命理想。他以骁勇善战敢于出生入死而名噪一时，一旦政权到手，根本就不知道应该如何当都督。坐天下和打天下常常是两门完全不同的学问，王金发从来就不是一个当官的料子，革命的结局却造成他可以做官。鲁迅在谈起他们当时为什么要办报时，曾说过是害怕王金发走向腐败，要用舆论监督他。谢震《王季高君行述》在谈到王金发督绍时的表现，曾委婉地指出了他的不足：

逸之为人，天性豪迈，而急少涵养，又无远虑，故其行亦瑕瑜互见。

瑕是玉上的斑点，瑜是玉的光泽，中国人说话的艺术通常是滑头，所谓瑕瑜互见，包括瑕不掩瑜，其实都是指的缺点和毛病。一个做老百姓的父母官，瑜是应该的，为官不做好事，还做什么官。事实上，王金发当都督没多久，就开始变得不像话起来。像他这样的草莽英雄，躲得过战场上的真枪实弹，未必躲得过糖衣炮弹。旧的习惯势力，总是比我们想象中的强大还要强大。当旧不是新的对手时，它最绝妙的一手，就是迅速地把新也变成旧。王金发当了都督以后，很快就被祖传的捧法，捧得忘乎所以，今天送衣料，明天送鱼翅，耳朵边全是肉麻的好话。难怪鲁迅他们会看不惯：

> 他进来以后，也就被许多闲汉和新进的革命党所包围，大做王都督。在衙门里的人物，穿布衣来的，不上十天也大概换上皮袍子了，天气还并不冷。

《越铎日报》充满了战斗性，这张报纸令人想起鲁迅先生后来的文风。开首便骂军政府，骂那里面的军人，接下来胆子更大，骂都督，骂都督的亲戚，骂都督的姨太太，骂都督的同乡，凡是一切不顺眼的，都骂。鲁迅在《军界痛言》一文中指出：

> 今也吾绍之军，其自待为何如乎？成群闲游者有之，互相斗殴者有之，宿娼寻欢者有之，捉赌私罚者有之……身膺军国民之重政，而演无聊赖之恶剧。

敢骂王金发，还真要有些胆子才行，鲁迅是条汉子，一起办报的也都是硬骨头。革命能让所有的人都头脑发热，连皇帝都下台了，一个小小的都督，有了错，凭什么不能骂，而且这错都是秃子头上的疤，明摆着的。书生意气，挥斥方遒，一开骂就是十几天，连篇累牍，不顺眼的事实在太多，骂完了这个，又觉得那个也应该骂，于是接着再骂。有人传话到鲁迅家里，说王都督很生气，他出钱办报纸，怎么还老骂他，真是太不给面子了。消息传得有些走样，又说王都督要派人拿手枪来杀人。鲁迅的母亲自然吓得要死，害怕自己的宝贝儿子有个三长两短。王金发那强盗脾气真犯起来，十个鲁迅他也敢杀。

身为山会师范学堂校长的鲁迅，虽然比王金发大了两岁，这时候也不过才三十刚出头，年轻气盛，不相信王金发真敢杀了自己。王金发毕竟是革命党，革命党如何会胡乱杀人？鲁迅当了校长，本来是有二百元开办费的，于是索性幽默一回，再去找王金发要经费。王金发气不打一处出，板着脸说："又来拿钱，人家都把银子送到我这来孝敬，你倒好，反而还要来拿钱。要，就给你一些，下次没有了。"鲁迅得了钱，并不高兴，因为办学就得要钱，没有钱就办不了学校，将就着又干了没几天，钱用得差不多了，便辞职。王金发那里仍然憋着火，鲁迅辞职，他也不挽留，照准，派来一个拖鼻涕的接收员。鲁迅交出账本，账本上的余款仅剩一角又两铜元。那接收大员也不问钱是如何用的，一边擤鼻子，一边打哈哈。

鲁迅辞职以后，便离开了绍兴，到南京的教育部任部员，这部员大约也就是职员的意思。那《越铎日报》在鲁迅走了以后，继续办着，风格不见收敛，反而越骂越凶，越骂越尖刻。王金发先礼后兵，派人偷偷地给报馆送了五百大洋去。这是变相的行贿，几位主持报社工作的就两个问题展开讨论：问题一，收不收钱；问题二，收了钱，还骂不骂。结果两个问题的答案，都是肯定，即钱照收，人照骂。收钱，是因为报馆缺钱，王金发拿钱来，收了他的钱，等于把他当做了股东，让王金发当股东，这是给他面子，收钱是看得起他，此其一。股东有错，有错必纠，当然不能徇私了断，当然还应该骂，桥归桥路归路，此其二。王金发没想到会被如此对待，这下子可真惹火了，于是一班兵大爷冲进了报馆，不管三七二十一，见谁打谁，逮住了来不及跑的书呆子们一顿暴打。最糟糕的是报馆的主持人孙德卿，大腿上活生生地被刺了一刀。秀才碰到兵，从来都是有理说不清，当初王金发来，正是这孙德卿热心地买了大批熟鸡蛋，慰问前去迎接王的学生，转眼不过几个月工夫，竟然受此虐待，早知今日，何必当初。

幸好鲁迅先生已经离开了绍兴。要不然，活生生地刺一刀，吃几拳头踢几脚，怕是最起码的。那孙德卿吃了一刺刀，疼得大怒，从此以宣传军政府横暴为己任。他跑到照相馆，脱了衣服，拍照为证，可是究竟如何才能展示那刀痕，却让摄影师十分为难。若拍全身照片，刀痕小得几乎看不见，不拍全身，只取刀疤，又如何能证明受伤者的身份。结果还是拍了全身，印了几十张，到处送人。想想那个时代的人真有趣，虽然不能像今天这样动辄电视实况转播，但是似乎也已经很科学了。拍照送人在当时似乎很时髦，如陶成章被刺以后，遗容便被拍了照送人收藏。鲁迅收到孙德卿所寄的照片，委实吓了一跳，照片上赤条条一个男人，春宫不像春宫，若不看文字说明，还以为是一个疯子呢。

王金发的督绍，很快就有了祸绍的恶名。无论现在有人如何替他洗刷，王金发迅速走向腐败，这一点不容置疑。天下是老子打下来的，天下自然得由老子来坐，这种不可一世的态度，不仅体现在王金发一个人身上，更体现在他的手下一群人身上。军纪败坏成了大问题，滋扰民间的事情时有发生。《王季高君行述》上记载着：

> 一日王微服查缉，见有兵士在店强买，立命捉之出，举枪痒击死之。又 口，查得有屡在途调笑妇女之兵士一名，暗记其营哨号数，归召其排长及该兵至，将该兵士缚大树上，先以军棍击排长十百下，数其纵兵殃民之罪，然后起身自举枪，毙此士兵……

王金发当了都督以后，其管理手段，仍然是绿林好汉的一套，而且他对杀人有瘾，喜欢亲自执行。事实上，军纪并不因此改观，恰恰相反，在王金发督绍的八个月里，自上而下的腐败越演越烈。孔夫子曾说过：“其身正，不令而行，其身不正，虽令不行。”孟夫子也说过：“枉己者，未有能直人者也。”由于王金发不能正确对待自己，他也不可能正确对待别人。譬如在用人方面，王金发对自己的亲戚故旧，大放肥缺，他的舅舅是盐税局长，他的姨表弟是酒捐局长，禁烟局长是他的表兄，便宜都让他熟悉的人占尽了。一人得道鸡犬升天，昔日对王金发有恩的人，此时如买了绩优股，大收股市飞涨的回报。那些平时从不来往的亲戚，此时只要腆着脸上门，王金发就绝不让他们空着手回去。王都督如今已经是个阔佬，他反正有的是钱。

王金发身上的浪漫精神发挥到了极致。他是个喜欢排场的人，敢做敢当，居则警卫森严，出则前呼后拥。就连小老婆回娘家，也要带着卫队，一路吹吹打打。英雄难过美人关，王金发纳妾征婢，经常带着她们“各乘骏马，驰骤郊外，以为笑乐”。他还把自己的外公，从嵊县接到绍兴来共享富贵，用四人大轿抬着，并派人出城鸣炮列队欢迎，吓得老人家差点从轿子里摔出来。敢如此折腾，自然是要钱的，而且要很多钱，于是他刚到绍兴时的种种许诺，便成了说过就算的空话。造福百姓很快变成了鱼肉乡亲，为民请命变成了要老百姓的命。王金发打着筹饷的招牌，拼命捞钱，尤其是为手下的“三黄”大开绿灯。所谓三黄，即黄伯卿黄介卿黄竞白，此三个位居要职，未及三个月便搜刮民财八十万，搞得当时的绍兴人咬牙切齿。鲁迅先生就说过“三黄弄权，混蛋透顶”。民间百姓干脆利用戏文中的现成句子，大唱“可恨三王太无礼”，在江南方言中，“黄”和“王”同音，骂三王就是骂三黄。在1958年的乡土史调查中，令人难以相信地发现，事隔已近五十年，民间老百姓还能记得骂王金发一伙的顺口溜：

吃的油，
穿的绸，
迟早要杀头。

第四章

1

绍兴是越王勾践卧薪尝胆、演义吴越争霸的地方。古越多侠士，像王金发这样的人，艰难困苦压不倒他，对他有威胁的，是荣华富贵温柔乡。没有什么比醇酒和美人，更能消耗英雄侠士的斗志。王金发一共只做了八个月的都督。如果继续做下去，结果当然好不了。从王金发身上，不难看出辛亥革命的先天不足。辛亥革命失败的重要原因，首先是袁世凯篡国，其次和革命党人自身的毛病分不开。革命党人有其幼稚不成熟的一面，譬如拱手把胜利的成果献给了袁世凯。革命党人还有其良莠不齐的一面，表现在一群人身上，是有好有坏，表现在一个人身上，也是有好有坏。晚节不保，是许多革命党人致命的弱点，在不久以后的袁世凯称帝的丑剧中，臭名昭著的“筹安会六君子”中，有一大半便是变质的革命党人，其在党内的地位和影响，显然都在王金发之上。革命党人的迅速腐化堕落，是历史值得引以为鉴的经验之一。

袁世凯当了临时总统以后，首先要做的，就是解决政令不统一的问题。这是他收拾革命党人的第一步。除了保留省一级的都督之外，袁世凯下令解散各地的军政府，王金发领衔的绍兴军政分府自然也在解散之列。至于王金发离开绍兴时，究竟带走了多少钱，一直是个算不清的账。各种说法都有，反正他是带走了一笔民脂民膏。正是用这笔钱，王金发在上海舒舒服服地做起了寓公。他在上海花了五万元购买了一栋建筑精巧的洋房，地点在嵩山路附近，其豪华说起来让人咋舌。内有议事厅、迷楼、花房、船室、佛楼、荷花池、汽车间、马棚、屋顶花园等等。王金发拥有两辆私人汽车、四辆马车，有司机，自然还得有马夫。他到沪不久，便纳名妓花宝宝为妾。花宝宝即杨月娟，是王为其赎身后改的名。有材料说王在上海同时或先后纳花杨两妾，其实错了。一个人真要富起来，实在没有底，王金发挥金如土，生活奢靡，与革命时的莽男儿相比，早已判若两人。

我见过有不少文章为王金发在上海的声色犬马辩护，共同点是说他佯狂，是借以掩盖自己反袁的政治活动。这说法很难靠得住。在那个特定的时代，娶姨太太，捧剧场的坤角，以至吃喝嫖赌，可以有许多不同的解释，但是既当婊子，又竖牌坊，反而弄巧成拙。风流就是风流，没必要硬为风流遮羞，硬往潇洒脸上贴金。譬如蔡锷和小凤仙的故事，一定要把妓也描绘成侠的模样，实在不符合情理。换句话说，把蔡锷说成是佯狂还凑合，因为他尽管早在反袁称帝前，就和小凤仙有了感情，但是毕竟把袁世凯和小凤仙两个人都给蒙了。蔡锷毕竟没有当真娶小凤仙为姨太太，他们毕竟只是临时凑合。郎才女貌，男人在京城远游，在解决性的问题的同时，把感情问题也顺带解决了，把这些事说白说直，也没什么了不得。小凤仙怎么说，也只是个妓，有些人的毛病，就是不肯实事求是，不是把妓说得太好，便是太坏。

蔡锷英年早逝以后，有人代小凤仙拟了挽联：

不信周郎竟薄命，

早知李靖是英雄。

这是七言联，文人好事，七言不过瘾，又代拟更长的：

万里南天鹏翼，直上扶摇，那堪忧患余生，萍水因缘成一梦；

几年北地燕支，自悲沦落，赢得英雄知己，桃花颜色亦千秋。

文人的感觉往往和妓差不多，当然主要是指的那种失意感。中国的古代诗人就喜欢以美人迟暮自比。我不是想在此调侃文人，而是想借此说明一种风气，这种风气就是男人有风流韵事，在辛亥革命前后，不仅不遭受谴责，相反被人们津津乐道地赞赏。无情未必真豪杰，唯大英雄能本色，是真名士自风流，这些现成的词都是送给风流男人的。老实说，和妓女在一起寻欢作乐，未必就妨碍了王金发的英雄本色，但是风流潇洒，有时候也确实可以成为掩盖男人欲望的遮羞布，当做走向堕落的敲门砖。大上海的十里洋场，是一个巨大的销金窟，王金发有多少钱，在这也派得上用场。早在绍兴当都督时，王金发做了什么过头的事，就有人向他委婉地指出，然而他不屑一顾，为自己开脱："古今成功者，都这样！"

充分享受荣华富贵，这便是王金发对成功的理解。很多革命者，在卧薪尝胆时期，他们生命中所有带光泽的东西都闪闪发亮。可是一旦革命成功，他们身上的卑鄙猥琐，便统统暴露无遗。想想也是，几年前，王金发亡命深山，风餐露宿，革命意志不移。现在他作为成功者，作为民国的功臣，作为上海的阔佬，和那些被革命的对象已经没什么太大的区别。难怪毛主席他老人家后来要提出继续革命的理论，继续革命显然不是件容易的事情。不仅王金发变了，王金发的母亲也完全变了。在最艰难困苦的日子里，她老人家寄食于庙堂，与讨饭的老妇几乎没差别，现在也成了住洋房的阔老太太，享受着西式抽水马桶，享受着一拉就亮的电灯，而且还有一栋专门为她布置的佛楼，她要拜佛念经，就有雇来的尼姑陪着。

陈其美刚当上海都督的时候，有一次去上厕所，正好有一位士兵也在里面方便。陈其美的卫兵大声呵斥，让那士兵赶快离开，陈其美因此很生气，觉得自己的卫兵不应该这么做。他十分严厉地批评了卫兵，并就此警告自己。革命成功以后，只是从上厕所这一件小事上，便能看出特权的可怕。不矜细行，必累大德。孔融《临终诗》中有这么一句："河溃蚁孔端，山坏由猿穴。"特权常常会给人带来意想不到的喜悦，它能够迷惑人，使人从喜悦不知不觉地过渡到自然和应该。王金发就把自己今日的腐败行为，看做是老子出生入死换来的，看做是天经地义。这也是王金发的思想境界，和陈其美不能相比的地方。境界不同，结局也就不一样。

王金发为其在上海的寓所，题名"逸庐"。这个名字起得不俗，"逸"正好双关，因为他的籍名就是逸。事实上，他真正安心做寓公的时间也不长，因为辛亥革命之后，容不得革命者当寓公，你不去惹别人，别人未必就会放过你。革命党人以为天下从此太平了，却不知袁世凯正磨刀霍霍。在初到上海短短的几个月里，王金发吃喝玩乐之外，兴趣似乎转移到了书法和篆刻上面。王金发既然参加过乡试，[illegible]于馆阁体的小楷大约总是能写的，我见到的则是行书，不算好，也不算太坏。值得一提的，是他刻的图章，刀法没什么可取，内容却像青年学生，有白文也有朱文，其中有化《论语》中的句子，“悟以往之不谏，知来者之可追”，还有“志士多苦心”，最有趣的是“无可奈何”和“逸庐主人”两方章。“无可奈何”四个字组成了一个官的背景，这官还是明朝的打扮，那帽子上有两根细细长长的小棍子戳出去。逸庐主人则是把“人”安排得非常小，小得还不到“庐”的六分之一。

从篆刻的内容来看，王金发仿佛还不甘心堕落。但这仍然不足以当做是他佯狂的证据，有文章说王金发所以走向堕落，是受了陈其美的熏染。因为在革命尚未成功之前，陈其美曾请王金发和蒋介石到上海“一品香”吃过大菜，又请他们到清和坊的堂子里打麻将。我不知道是否属实，但是革命党人在妓院秘密聚会，和革命成功之后的花天酒地，绝不可同日而语。陈其美从来没像王金发这么胡闹过，他们在人格上毕竟有区别。由于陈其美是蒋介石的恩师，蒋后来成为蒋委员长，反对他的人很多，而且蒋也确实留下了许多话柄，因此，陈其美既沾了蒋介石的光，也跟着他一起挨人唾骂。城门失火，殃及池鱼，我就见过有文章称陈其美为“杨梅都督”，意思是说他嫖妓时染上杨梅大疮，这种谣言都是袁世凯雇用无耻文人捏造的，根本不足以为信。人们不太喜欢蒋介石，所以也和鲁迅一样懒得替他的老师辩诬。

2

1913年3月20日，宋教仁在上海火车站被刺。这是袁世凯向革命党人正式动手的信号。在此之前，武昌起义三位主要领导人之一的张振武，被袁世凯和黎元洪找了借口，在北京杀害。宋教仁被刺以后，流言很多，正如两年前，光复会领袖陶成章被刺时一样，有人散布谣言，说宋教仁是陈其美派人暗杀的。散布这种谣言的目的很简单，既可以掩盖袁世凯的罪行，又可以挑拨革命党人的不和。陈其美不作任何声辩，他此时和王金发一样，已被解除了上海都督一职，以社会名流的身份蛰居海上，知道只有侦破此案，才可以真正令人信服地告白天下。陈其美熟悉上海秘密会社的情形，和各阶层人物有着广泛的联系，他暗中布置自己的旧部，积极配合租界的捕房搜查凶手。

有文章谈到侦破宋案的关键人物是王金发，这种说法有些夸大。事实上，宋案被侦破的两个突破口，其一是因为陈其美的一个手下，当了上海的电报局长，袁世凯及其爪牙与上海往来的电报，都能被其掌握。最初的线索都是在电报上发现的，哪几个人有电报，哪些人有关系，按图索骥，想跑也跑不了。其二是一位叫王阿发的古董商，在案发前，曾至宋案的嫌疑人应桂馨家去售字画。应托王找人为其刺杀一个人，王找了一位姓邓的朋友，邓答应了，去应家面谈，谈妥之后，又后悔。宋教仁被刺以后，邓看报纸，发现死者正是应桂馨让其刺杀之人，于是把这事说了出来。

王金发在侦破宋案时扮演的角色，就是陪同租界的巡捕前去捉拿应桂馨。他在辛亥革命前，曾是上海滩搞暗杀的好手，和敌人的杀手也算是同行，对这些熟门熟路。当时有着广泛读者的《申报》，以“妓院之寻缉”为题，报道了捕应桂馨的经过：

> 先是国民党特派员某君出外侦察，知应夔丞近常在妓女胡翠云家吸食鸦片，乃由总巡率领巡捕多名，至其处先向胡翠云盘诘。胡谓应未至此，现在迎春坊三弄李桂玉家吃酒，系蔡尔卿所请者，密访不虚。乃复由总巡率领巡捕至迎春坊，先将该四弄弄口派人把守，以防逃窜。国民党特派员入内上楼问，应君夔丞在座否，应答曰我在，某君曰，楼下有人与君会晤，应乃匆匆随某君下楼，至门口即被捕。

这里的特派员某君，就是指王金发，而应夔丞就是应桂馨。隐去王金发的真名本义是什么，有各种推测，有人认为王金发和陈其美有很深的关系，在案还没有完全侦破的时候，让人预感到和陈其美关系深的人介入此案，容易引起误会和异议。不管怎么说，王金发重操旧业，牛刀小试，好歹又立了一功。应桂馨束手就擒，从他的住处抄出了许多证据，这些证据不仅有一支凶犯用过的三弹五响手枪，还有大量的足以证明袁世凯是本案主谋的真凭实据。宋案完全是一次有计划有预谋的刺杀，元凶除了袁世凯之外，还有当时的政府总理赵秉钧，内务部秘书洪述祖，应桂馨不过是具体的执行人，由他直接收买刺客实施暗杀。

宋教仁在4月20日被刺，三日后，抓获应桂馨，又过一日，抓获应所指使的刺客武士英。至此，宋案已基本查清，袁世凯一伙完全陷入被动。到了第五日，孙中山闻讯风尘仆仆地从日本赶回上海，当天晚上在同孚路的黄兴寓所，与陈其美、戴季陶、居正、柏文蔚等密商对策。孙中山认为，袁世凯破坏民国的罪恶已不可掩，应该乘着人心激愤之际，武力讨袁，以除后患。他提出了“联日”和“速战”两策，说日本与中国相邻，关系密切，“助我则我胜，助袁则袁胜”，并愿意亲自再往日本接洽。黄兴和陈其美等人，认为以法律解决为好，既然已经抓住了袁的把柄，是非自有公断。毕竟国民党已经成立了，天下已大同，对此复杂问题，宜持冷静态度，而等待正当之解决。从感情上来说，反袁若借助日本人，的确也为大多数革命党人所不能接受，但是不借助外援，以南方数省不足恃的武力，苟或发难，必致大局糜烂。

王金发似乎还不够格参加最高层次的密谈。革命党人最后决定听由国会裁判。国会在袁世凯的控制下，所谓秉公裁判，自然成为一句空话。就在报纸上披露四十四件确凿证据的那天，袁世凯和五国银行团签订了2500万英镑的《善后借款合同》。这是中国历史上借的最大一笔外债，有了这笔钱撑腰，袁世凯再也不怕国民党和自己捣蛋。他解除了国民党拥有的几个省都督头衔，他们是江西都督李烈钧、广东都督胡汉民、安徽都督柏文蔚。革命党人和袁世凯客气，袁世凯就老实不客气。在王金发当了将近一年寓公的时候，讨袁的二次革命终于爆发了，江西、安徽、广东、福建四省差不多同时宣布独立，成立声势浩大的讨袁军。可惜讨袁军在战场上，并不是袁世凯的对手，很快就处于下风。

二次革命中的王金发，已不像辛亥革命时那样冲锋陷阵，出生入死大放光彩。尽管他那拼命三郎的余威还在，然而终究是雷声大，雨点小。1913 年的 7 月 20 日，由于浙江的都督朱瑞宣布“中立”，王金发便在上海自任浙江驻沪讨袁军总司令，协助陈其美攻打制造局。耐人寻味的是这一次王金发变得有些理智，没有冒冒失失地再次充当敢死队队长，而是申请后勤，为冲锋陷阵英勇牺牲的将士输送酒食。他的后勤工作十分差劲，据说行至半途，被人暗算，有坏人向汽车投掷炸弹，汽车受损，此事便不了了之。王金发显然没有受伤，但是，从此就再也没有在战场上见到他矫健的身影。二次革命时，陈其美领导的讨袁军，在上海打得十分顽强，翻阅当时报纸，我们可以见到许多熟悉者的名字，譬如蒋介石、钮永建、陈果夫、黄郛、居正，可就是很难找到王金发。

说王金发贪生怕死躲起来，无疑是一种不负责的说法，不过说他不像过去那么积极，这一点大致不错。也许是事出有因，王金发的旧部都在绍兴，在上海滩，他只是一个空头驻沪总司令。陈其美虽然和他有很深的关系，但是他也不能把别人的人马借给他用，和辛亥革命时一样，革命党人的武装总是带有组合成分，譬如什么商团、浙军、苏军、光复军、奋勇军，各有其主，别人调遣不得。除非王金发放下架子，去做一位马前卒，而他毕竟是当过都督的人，这个委屈如何受得了。有文章说王金发向陈其美要饷，有了饷才能回家把旧部带出来，陈自己忙得焦头烂额，根本顾不上他，两人因此有了龃龉。

事实上，沪上讨袁之战很快就失利，从7月18日陈其美在沪宣布就任讨袁军总司令开始，到8月13日，上海讨袁军完全失败，陈其美不得不避居租界，成了受通缉的要犯。在这段时间里，除了那次半途而废的输送酒食，王金发在干什么，找不到什么文字记载。他的“逸庐”是不是在租界里，我不清楚，能确切知道的，是尽管他表现消极，仍然被列入受通缉的名单。不管怎么说，他是浙江驻沪讨袁军的总司令。二次革命失败以后，踌躇满志的袁世凯通电全国，查缉“重要名人”七十余人，并开列赏格，一律以现大洋计算：拿获黄兴者十万元，陈其美五万元，王金发竟然和柏文蔚李烈钧等并列，值两万元。

3

二次革命后，王金发再一次陷入了亡命生涯。有人认为这一次他没有去日本，其根据是《王季高君行述》上说：

> 亡命复亡命，其亡而之东西洋乎，海天辽阔，以遨其游，岂不快哉！季高初意如此，其母不欲令其子远去，且以金钱有限，旅费不足资，而应酬又广，不如暂伏内地之为得。于是季高仍蛰沪上，其母则住旧宅。

但是1913年8月18日《时报》，一则标题“福建路天然旅馆发现私造炸弹”的报道，却透露出这么一则消息：

业经捕房查明，该旅馆实系为前绍兴都督王金发所开，各情已志前报。王于此事发生后，当即携其爱妾，即前在新清和为娼的花宝宝潜行东渡。

王金发在二次革命失败后，是否真的亡命日本，本身并不重要。以上两则消息都不可以作为铁证。说王金发去不了日本，是金钱有限，旅费不足，虽然不是实情，而报纸上说王金发已逃亡日本，也很可能是烟幕弹，偌大的一个上海，十里洋场，藏一个王金发，比当年落草为寇，躲在深山里更安全。问题的实质是二次革命虽然失败了，王金发虽然遭受通缉，他的生命安全还是有保证的。上海的租界几乎就是外国，袁世凯的密探也并不是像我们想象的那样卖命。事实上，没有几位被通缉“重要名人”落网，明正典刑的更微乎其微，袁世凯是奸雄，善于用心计，他宁愿搞暗杀，也不愿意落下滥杀的罪名。

当时最严重的问题，不是对于白色恐怖的恐惧，而是看不到革命党人进一步的出路。辛亥革命时，革命党人稀里糊涂地就大获全胜，二次革命，又莫名其妙地便输了。这里面不仅仅是因为对手发生了变化，关键在于革命党人自身发生了变化。早在1907年，陈其美刚去日本留学时，曾指出留学生中只有二十分之一，脑子里有“国家”二字。换句话说，这应该包括鲁迅和王金发等人的二十分之一虽少，毕竟是有革命思想的精华。正是因为有了这些精华，星星之火，可以燎原。陈其美总结二次革命失败的原因时，曾说过：

辛亥革命，手持寸铁，集众数日，武昌一呼，全国振荡者，革命党之精神有以致之也。癸丑一役，拥兵十万，北兵负隅，而全局失败者，革命党中锐气消沉之所致也。

陈其美把二次革命的失败，归结为党人“无团结力，吝自为谋所致”，在后来和孙中山的一次谈话中，他承认自己在当初宋教仁被刺时，反对起兵讨袁是错误的，是对袁世凯的险恶用心认识不足。正是在这次谈话时，陈其美说：“二次革命之发生，由于第一次革命敷衍妥协；而第二次革命之失败，由于我党之不统一。”

革命党人的不统一，是直接地表现在了最高层领导人孙中山和黄兴之间，有了不可调和的矛盾。孙中山认为失败是因为党内同志“致党魁有似傀儡”，根本不服从他的命令。有鉴于此，孙中山决定重建中华革命党，他在给黄兴的信中，口气十分坚决地说：

弟所望党人者，今后若仍承认弟为党魁者，必当完全服从党魁之命令。因第二次失败，全在不听我之号令耳。所以，今天弟欲为真党魁，不欲为假党魁，庶几事权统一，中国尚有救药也。

重建的中华革命党，凡入党者，都得写誓约，盖手印，以表明愿意牺牲一切，附从孙先生再举革命。在辛亥革命首义有功的功臣中，尤其是那些做过高级将领的同志，对这种做法都持异义，如李烈钧、柏文蔚、谭人凤、陈炯明、张继等，黄兴更以“前者不够平等，后者迹近侮辱”，坚决反对。持赞成态度的有陈其美、胡汉民、廖仲恺、许崇智、蒋介石等。孙中山再次被选为中华革命党的总理，他过去是同盟会的总理，然而此总理非彼总理，后来的国民党谈到先总理，那些参加中华革命党的人，关系似乎更要近一层，更有嫡系和正传之感，像蒋委员长。而在蒋介石统治的时代，修订民国史，当时没有参加中华革命党的民国元老，显然要吃亏。黄兴和孙中山意见相左，离开革命党人的根据地日本去了美国，让开了第二号的协理位置，孙中山提议陈其美担任，陈其美坚决谦辞，协理的位置空缺着，这样，陈其美在党内的地位迅速提高，为他的得意弟子蒋介石作了极好的铺垫。

在如此复杂的党内斗争中，以王金发的莽撞，没有办法分清是是非非。在他的第二次逃亡中，王金发显然是去过日本的。当时的革命党人，从上海去日本实在太容易，在80年代初期，有人曾访问王金发的女儿王侠雄，她对父亲携其去日的情景记忆犹新，她记得自己身穿日本女孩的和服，常常有朋友来看望她父亲。没有任何材料可以证明王金发参加了重组的中华革命党，甚至都见不到他在二次革命失败后，继续和党人保持来往的记录。许多革命党人已经丧失了继续革命的斗志，而王金发无疑是丧失斗志的人之一。

王金发大部分时间都躲在上海，其处境有些狼狈。《王季高君行述》上这样记载：

> 然斯时内地之亡命者麇集于此，无论从前与季高有否关系，

觅一介绍人，即向其母索借旅费，至再至三无已时，甚有一次不遂，遽出恶言以相詈者。而各处暴动案，辄云受王逸委任，报纸上数数登载。其母殊懊恼，尝曰：“吾儿季高，以奔走革命故，家产荡尽，逃难时，吾如老丐妇，向亲友借贷不得，唯有质布衣，惑忍饿饮泣耳！吾前半世辛苦至矣！今年已老，犹若此，岂必不许我吃一顿安稳饭乎！”

这位岳飞之母式的革命老妈妈，似乎也有些不耐烦了。以她的觉悟，当然不明白袁世凯的所作所为如何奸坏。清朝的皇帝已经下台，革命已经成功，汉人的统治已经恢复，天下都已经太平了，为什么还不让她老人家安度晚年，吃顿安稳饭。老太太越想越气，抑郁成疾，卧床不起。有一天，一位客人来探病，问起王金发的处境，王母于是大诉苦衷。客人别有用心地说：“你儿子是大本事的人，还怕无用武之地。不如你亲自出面，代他向政府自愿悔过投诚，为国效力，肯定能得到特赦。”王母顿时心动，待客人走了，便和儿子商量，王金发人虽莽撞，却不敢答应，知道这一步险棋不可以随便走的。

然而王金发最后还是走了这步险棋。《王季高君行述》上，强调是王母瞒着王金发，偷偷地给陆军部写了信，并花两万元巨款为儿子疏通。结果，在 1915 年 1 月，陆军部发出“奉部批准免于通缉”的批文。于是王母大喜，强迫儿子赴京面谢。事已如此，想回头也难，王金发是大孝子，母命不可违，临了，不得不勉强赴京。我对王金发对母亲给陆军部写信，完全被蒙在鼓里一事，始终表示怀疑，总觉得有“为贤者讳”的成分。事实上，王金发在沪期间，与陆军部驻沪代表王百川和李鲁生时相过从。那封请求陆军部“免于通缉”的信，显然和这两人有关。

王金发在去北京谢恩前，心情十分矛盾，这是无疑的。投诚事小，失节事大。他找来了老朋友谢震，希望他帮他拿主意。谢震明白王金发去意已定，所谓拿主意，也不过是求其谅解罢了。谢震快人快语，说：“丈夫贵立志，能成事，何必斤斤求谅于人哉！”王金发仍然犹豫，怕过去的战友忌恨自己。谢震只好安慰他，说只要不改革命的初衷，作为好友，他自然会为他解释。谢震提醒王金发，大丈夫能屈能伸，既然去了北京，就不要白去，应该捞个职务，手中有了权，养势待时，他日再起，要方便得多。

4

王金发就这样在母亲的安排下，稀里糊涂地去了北京。这时候，他的智力状态已经出现问题。去北京无疑等于上贼船，上去了，就不是那么轻易可以下来。所谓捞个职务，以图他日再举，根本就是自己骗自己的笑话。凭王金发的莽撞，和袁世凯玩心眼，那是班门弄斧，关老爷面前耍大刀。袁世凯和他的陆军部，绝不像谢震想象的那样容易欺骗，王金发到了北京，银子花了不少，官没封到，却还要他拿出投诚的实际行动来。这实际行动就是要王金发限期拿获韩恢、詹大悲、蒋介石、姚勇忱等革命党人。既然当了婊子，就得卖身，这是人之常情，天经地义。王金发十分为难，卖友求荣，这是不能接受的条件，可是人已经到了北京，这条件不能接受，也不能拒绝。王金发陷入进退两难走投无路的尴尬境地。

王金发的请求免于投诚，走的陆军总长段祺瑞的路子，然而军政执法处闻讯王金发已入京，“威拟逮捕，以伸国法”，并指责“段总长信小节而不顾大局”，这种传闻也许只是想吓唬吓唬王金发，而王金发的确也被吓得不轻，于是“踉跄出京”，赶快逃跑，北上仅逗留了一个星期，所有的事情不了了之。投诚之事，在一开始就草率，临了，还是草率。投诚的双方都没有太多的诚意可言，王金发得到的唯一好处，就是可以免于通缉，从此可以公开活动。对于王金发来说，这显然不是一个坏的结局，因为他花钱投诚的目的，很可能就在于此。过分强调王金发准备东山再起，显然不是事实。

此时的王金发，已经不是越王勾践。越王勾践为了报仇雪恨，卧薪尝胆，而王金发回到上海滩的十里洋场，从此车水马龙，花天酒地，所谓“入声色也消愁”，“终日以醇酒妇人自遣”。

两次亡命之王季高，一变而为豪赌冶游之王季高矣！

事实上，早在二次革命前，王金发身上的许多坏毛病，就已经露端倪。现在有了苦闷这个堂皇的借口，更是顺理成章名正言顺，索性一条路走到尽头。“投诚”之举，害得王金发里外不能做人，两头不能讨好。袁世凯方面要他限期捉人，潜伏在上海的党内同志，听说他从北京归来，疑惧万端，只怕自己成了王金发献媚袁大总统的礼物，一个个都躲他远远的，海外同志更不相谅，纷纷来信质骂，并云将派人暗杀。王金发有口难辩，也不知怎么办才好，只好听天由命。漫道温柔消壮志，醇酒妇人亦英雄，于是他以吃喝嫖赌来更加迅速地堕落自己。

再也没有什么比王金发的死更窝囊的事情。王金发似乎忘记了自己处在双重的危险之中。在1915年的5月，也就是在他去北京投诚的五个月以后，袁世凯接受了日本政府对中国的“二十一条”，准备称帝前夕，王金发忽发奇想，“以调查旧部动静，并消弭乱萌为辞”，向上海的镇守使郑汝成请示，要去浙江一游，并打算在西湖边上建别墅。郑汝成批准了王金发的要求，亲自打电报给浙江都督朱瑞，请其保护接洽。上海镇守使郑汝成是袁世凯在南方的心腹，陈其美领导的上海二次革命，就是惨败在他的手下。郑是革命党人的心腹大患，陈其美后来不得不派人将其暗杀。而浙江的第三任都督朱瑞，却是一位变质的老革命党人，他早在1907年，就由秋瑾介绍参加了光复会，辛亥革命率领新军攻打杭州时，曾和王金发并肩作战。

按说王金发和朱瑞真应该有些旧交情。从王金发去杭州时要请示，要保护，说明他当时被软禁监视，也害怕革命党人行刺。王金发犯的一个最大错误，就是没想到昔日情同手足的战友会加害自己。他没想到早在自己没去杭州以前，朱瑞便密电袁世凯，说王金发“来杭意图叵测”。王金发到杭州后，挥金如土，会客请酒，相续不绝。过了三天，一向躲着不见面的朱瑞，忽然决定在百井坊巷自己的公馆，宴请王金发。有人劝王金发，说朱瑞可能没安好心，此去弄不好便是鸿门宴，还是不去为妙。王金发也心存蹊跷，但是想到朱和自己毕竟有过交情，绝不会如此负义。席至半酣，朱瑞拿出袁世凯的电报，很痛苦地说：“上峰有令，我已无法帮忙。”就这样，王金发被关进了陆军监狱，一关就是二十多天，至6月2日下午4时，惨遭杀害。

我曾见过王金发临刑前的照片，照片上的王金发毫无恐惧，两个眼睛瞪得大大的。他被绑着双手，捆在用树棍搭起的架子上。行文至此，我又一次找出了这张照片，不由得百感交集。这张照片曾登在报纸上示众，当年一定很轰动，鲁迅的二弟周作人没见过王金发本人，第一次看到他，也是见的这张照片。对于大多数人来说，对王金发记忆最深的莫过于这张照片。这张照片是王金发传奇一生的终结，是他不平凡人生的一个句号，一个很不圆满的句号。王金发实在不应该是这样死的。

王金发被杀，当年那位被他释放的章介眉，曾起了推波助澜投井下石的作用。这位为杀秋瑾女侠出谋划策的千古罪人，此时又混到北京的总统府里当秘书，掌管机要，王金发当年没有痛打落水狗，饶他不死，他却不肯感恩放过王金发，据说他曾急电政府，振振有词，“有稂莠不去，嘉禾不生，恳即明断，以张纪法”，促成了袁世凯下决心杀王金发。这好像又是个农夫和蛇的故事。为此，鲁迅几次写文章警世，最著名的就是《论“费厄泼赖”应该缓行》。此文曾经被选入“文化大革命”中的中学课本。那时候上中学的人，都应该读过这篇文章。“费厄泼赖”是宽容的意思，对敌人宽容必吃苦头，王金发的教训就是例子。不过一个小小的章介眉，究竟能起多大作用，还可以提出疑问。朱瑞身为一省的都督，想杀王金发，也必须是有了袁世凯的电报才敢动手，把王金发之死赖在章介眉身上，可能也是觉得这样更有戏剧性。

5

王金发这样的莽男儿，最适合马革裹尸当英雄。他应该是黄花岗七十二烈士之一，应该是徐锡麟和秋瑾，应该死于前清时的捕役，应该死于光复时的枪林弹雨。历史让王金发选择了一个最不应该的死，不死于节，不死于义，偏偏死于投诚之后的鬼魅官场。王金发死得不明不白，死得冤枉。他糊里糊涂地送了命，不管后人如何为他辩解，他一生的名誉随“投诚”二字而毁。这真是一个最糟糕的死法。历史的经验值得注意，应该死而不死，往往不是件好事。譬如汪精卫，他正好和王金发同年，如果在刺杀摄政王未遂后，当真被判了死刑，立地正法，了却他“引头成一快”的心愿，也不会在后来留下一辈子的骂名。晚节不保向来就是个严重问题，很多人都是小事清醒，大事糊涂，一失足成千古恨。

大事万万糊涂不得，王金发死了以后，颇有大快人心的一面。人们自然会很轻易地相信报纸所说，除了极少数的亲友之外，大多数人都觉得他死有余辜。据说在绍兴，人们开会庆祝，坚信这是王金发“祸绍”的报应。前清的遗老们心头一定很痛快，弹冠相庆，因为大清的江山，就是被王金发这样的乱党推翻，杀一个王金发虽不足以解恨，但是杀总比不杀好。最让人心疼的，是昔日并肩作战的革命党人，也觉得王金发活该，这就是投诚和变节的恶果。王金发被杀的一个重要罪名，是他不肯出卖昔日的战友，换句话说，他的投诚有些莫名其妙，毫无“诚”字可言。他从北京回上海以后，政府“派员赴沪监督，意延宕数月之久，迄未捕获一匪，反与乱党随时往来”。于袁世凯的角度，杀王金发也没杀错。

袁世凯是一个很懂得利用舆论的高手，他知道如何不惜重金，收买那些无聊的文人，编造一连串的谎言，颠倒黑白，搅乱是非。既然要杀一个人，就必须彻底把他搞臭。王金发冤枉，就在于所有的人都觉得他该死。人总是容易轻信那些无中生有的东西，日本的古屋奎二所撰《蒋介石秘录》，就为当时报纸上的谎言所蒙骗，其中有一段，煞有介事地说蒋介石在上海，因为王金发的告密，差一点落入袁世凯的侦探手中。这样的小道消息，蒋介石自己是否相信，不得而知。

蒋介石所以能够成为中国近代史上比王金发著名得多的人，很重要的一点，是他比王金发更有眼光。尽管他们的经历差不多，年龄相仿。蒋介石的故乡奉化，和王金发的故乡嵊县相邻，但是蒋介石的展望未来，要比王金发远得多。作为战士，辛亥革命成功，王金发的革命生涯也就走到头了；而对蒋介石来说，虽然不时也去过妓院，对前途也沮丧失望过，但是醇酒妇人并没有消亡他。他们的起点差不多，发展的轨迹也有许多相似之处，但是结局完全不一样。历史证明王金发这样的莽男儿，绝对不会成为蒋介石那样的人。我们可以为王金发辩护，说他是假“投诚”，说他胸有大志，还想东山再起，然而美好的愿望，毕竟不能代替血写的事实。

吴越争霸的故事中，越王勾践是最终的胜利者，然而从感情上来说，我不喜欢勾践。这也许和小时候看过的故事有关，我记得在林汉达先生所写的《春秋故事》中，写到越国失败以后，勾践为了麻痹吴王夫差，不仅俯首听命“请为臣”，而且还把老婆献出去“妻为妾”。更有装孙子到了丧心病狂的一步，竟然用嘴去品尝夫差拉的屎。吴王夫差生病许久，有一天勾践说，大王的病就要好了，因为我尝过大王拉的屎，味道有些酸，说明大王的消化系统已经有所改善。吴王夫差很感动，觉得勾践对自己很忠心，从此放松了警惕放虎归山。结果勾践卧薪尝胆，发愤图强，终于打败吴国，杀了夫差。我不明白勾践的行为有什么可称道的，士可杀不可辱，说什么也不应该吃屎，也不应该牺牲西施，搞美人计，更不应该把自己的老婆贡献出去。对于有些人来说，最终的结果是最重要的，但是如果过程那么无耻，再好的结果又有什么意义？

差不多同样的道理，王金发身上有许多比蒋委员长更可爱的地方。王金发之为人，任其天然之性，嬉笑怒骂，皆露本真。他一生中最大的失误，就是在最后关头，不自量力地强学越王勾践。勾践并不是什么人都能学的，以王金发的莽撞和修养，要学也只能半截子，画虎不成反类犬。不会演戏就别演戏，演戏演到一半，想下台，也下不了。谢震《王季高君行述》在结尾部分说得非常好：

凡人当常提自觉心，与其硬学智巧，何如率其本真。

学勾践只学一半，临了还把命给搭进去，这就是王金发的悲剧。脸皮不够厚，就别去做那种丢人现眼的事。王金发硬学智巧，以己之短，去和工于心计的袁世凯斗，结果就只能是找死。事实上，王金发已不可能卧薪尝胆，他的思想已经变质，妇人和美酒已经消磨了他的壮志。王金发已经彻底落伍了，他注定应该是被历史淘汰的对象。

王金发死的时候，只有三十三岁，在他死后的一年左右，辛亥革命时期的几位重要人物相继去世。先是陈其美，被袁世凯派人刺杀。紧接着是袁世凯自己，因为称帝众叛亲离，在国人的唾骂声中死去。然后是黄兴和蔡锷的病逝，两人仅相差八天。人都有一死，这些如此了得的人物集中地离开，预示着辛亥革命作为一个时代，已经真的结束了。黄兴和蔡锷功不可没，他们死后不仅享受了国葬的待遇，而且修建了十分壮观的坟墓，供后人缅怀和瞻仰。国民党人曾力争要为陈其美举行国葬，国葬不成，于是就募款厚葬，在陈其美死后的第二年，在他的家乡湖州，建造了一座美丽的英士公园。袁世凯的死也颇让人咀嚼，虽然有豪华的葬礼，有很不错的墓穴，但是从他死的那天开始，他的骂名就没有停止过。

我的这篇小说，其实可以加一个小小的副标题，那就是“重温辛亥革命”。王金发这个人物是小说的圆心，半径便是整个辛亥革命时期。有人流芳百世，有人遗臭万年。至此，我不由得想起黄兴写给袁世凯的一封信，这是在武昌起义的一个月以后，袁世凯刚复出不久，黄兴希望袁世凯以“拿破仑、华盛顿之资格，出面建拿破仑、华盛顿之功”，如果他能做到这一点，“南北各省人民都将拱手听命”。历史不止一次赋予袁世凯极好的际遇，早在戊戌维新的时候，如果他不出卖谭嗣同，无论变法成功与否，他都是名垂千秋的人物，可是袁世凯偏偏选择了告密，在自己身上留下一个极大的污点。同样，现成的民选大总统不当，非要过一把皇帝瘾，前后做了几十天皇帝，结果连三岁的小毛孩，都知道他不是个东西。历史不能假设，他要是早死几年，说不定还真成了中国的拿破仑和华盛顿。狗肉不上台盘，竖子不足为谋，在流芳和遗臭之间，袁世凯咎由自取选择了后者。不妨把杨度悼蔡锷的挽联借来一用：

魂魄异乡归，如今豪杰为神，万里江山空雨泣；

东南民力尽，太息疮痍满目，当时成败已沧桑。

这是一个失意者发自内心深处的感叹。豪杰为神，所谓一死重如泰山，黄兴也好，蔡锷也好，包括陈其美，这些人都是死得其所。杨度因为拥护袁世凯称帝而臭名昭著，因此他的挽联在赞颂别人的时候，仍然嵌着小小的骨头。和黄兴、蔡锷以及陈其美这些共和元勋相比，王金发就要寒酸得多。王金发后来被安葬在西湖边的卧龙桥畔，地方固然是个好地方，可是只要想一想美丽的西湖边，葬的都是什么人物，便会觉得王金发有些僭越。葬在西湖边上的应该是精忠报国的岳飞，是挽救明朝于危亡之中的于谦，是慷慨就义的鉴湖女侠秋瑾，王金发如何配和这些人齐名？青山有幸埋忠骨，王金发葬在西湖边上，是他沾了西湖的光，因为他似乎还不够为西湖增色的格。

王金发注定成不了神，他的身上只有传奇，没有神话，人都有一死，一了百了，所谓“当时成败已沧桑”。辛亥革命留给我们最重要的话题，就是推翻了帝制，却没有来得及铲除封建思想的基础。王金发毫不犹豫地革了别人的命，偏偏忘了革自己的命。即使没有投诚这件尴尬事，王金发的前程也不容乐观，他的思想境界上有着严重的问题。辛亥革命本质上仍然是改朝换代。这也就是为什么对后来的五四运动会有更高的评价，尽管五四运动本身，只是学生运动，然而治疗满目疮痍，还得靠学生们开出的两剂药才管用，这两剂药便是“科学”和“民主”。要想救中国，必须靠德先生和赛先生。在中国的历史教材中，现代史的开端，历来有两种主张，一是从辛亥革命始，一是从五四运动始。过去我一直倾向于前一种说法，虽然在我读书的年头里，标准答案应该是后一种，课堂上考试必须这样答题才能拿满分。写完了手头的这部小说以后，我由衷地赞成后一种说法。

王金发这样的莽男儿，只是结束了一个顽固的旧时代。真正的新时代，的确应该是从五四开始。我们常常以为结束旧的，自然便是新的开始，事实有时候并不是这样简单。还是以柳亚子先生写的《莽男儿》来做结束语，对于王金发这样的旧人，以旧题诗结尾为最好：

功罪何当付盖棺，纷纭谣诼总无端。
秦人倘识苻生枉，蜀老难为葛相宽。
败寇成王谁定论，恩牛怨李此旁观。
荒坟鬼哭鸱鸺叫，一卷丛残带泪看。

1997 年 5 月

故事：关于教授

第一章

1

我初次见到苏抑匠教授，是在1978年的秋天。那时候，我终于离开远在郊外的小工厂，踏进盼望已久的大学门槛，对用功读书有着无限的热情。我向往着成为陈景润那样的人物，在学问的蓝色海洋里能有一番作为。记得是在一场雨后，秋老虎的余威已不复存在，天高气爽，我捧着祖父最新出版的一本旧作，在学校宿舍区向人打听苏教授家的确切位置。尽管我所在的这所大学，历史悠久，人数众多，是全国著名的高等学府之一，但是宿舍区的脏乱，至今回想起来，仍然让人感到恐怖。

我的手里捏着写有地址的小字条，可是挂在大楼上的红底白字搪瓷标牌，都让小孩用弹弓给射坏了。这是“文化大革命”留下来的典型场景，原来的蓝底白字的标牌，由于容易让人联想到国民党的青天白日，在运动初期都换了象征革命的粉红底色。看上去仿佛是有计划的破坏，因为所有的射击，都是以让人认不出标牌上的编号为目的。粉碎“四人帮”已经两年了，科学的春天正在来临，但是这个庞大的宿舍区，还保留着“文化大革命”刚刚过去的痕迹，用暗红色油漆写的毛主席语录随处可见，而且最让人哭笑不得的，是这么大的一个宿舍区，竟然也像大杂院一样，被称做某某“向阳院”。我找到了居委会，一个负责人模样的老太太，不信任地看着我，一个劲儿地摇头。她说她并不知道谁是苏抑匠教授，在这一大片房子里，教授副教授和看上去像教授的多如牛毛。

我手上的小纸条，表明苏教授不是住在27幢，就是37幢。老太太觉得在居委会里说不清楚，她拉着我的手，将我带到十字路口，指指东面，然后又掉过头来指指西面，告诉我这两幢楼的位置，在两个完全不同的方向。两个方向我恰恰已经都去过了，于是，我又一次陷于摸不着头脑的茫然之中。如此混乱的宿舍区，现在已经很难见到，八年以后，作为留校的青年教师，我有幸成为这个宿舍区的居民，几乎所有来找我的人，都有过我初次拜访苏教授时问路的尴尬。从两层一幢的小洋楼，到正在修建的七层楼，从只有一个单元门一个公用厕所的仓库式建筑，到有五个单元的新式大楼，各种规格应有尽有。大学里的房子永远不够住，据说自从1949年蒋介石离开大陆以后，或者说从1927年蒋介石来到南京这城市以后，这个宿舍区就没停止过盖房子，但是从来都是小动作，零打碎敲，滴滴答答不急不慢，结果不同的年代里，就盖出了许多不同风格的房子。

最后带我找到苏教授的，是一位留着披肩长发、身穿一身黑衣服的姑娘。印象中，她应该是穿了一身黑的丝绸衣服，上身是民族风格的小褂，下面是一条飘逸的喇叭裤，一双黑颜色的高跟皮鞋。她涂着鲜红的唇膏，描着极细的黑眉毛，浑身上下都散发着一股进口香水的味道。时至今日，我对自己当时的印象，常常产生了很大的疑问，因为这毕竟是在陈旧的1978年，这样的打扮不仅可疑，而且完全对不上号。我已经记不起自己当时怎么鬼使神差，就很信任地跟着她走了，在苏教授住的那幢楼下，她突然转过身来，指了指四楼关着的窗户，然后扬长而去。这时候，夕阳西下，一幢幢宿舍大楼，拖着长长的阴影，让人有一种置身森林的感觉。

黑衣姑娘消失在楼群之中。我沿着窄窄的楼梯道往上走，满脑子都在想那黑衣服的姑娘。这一年我二十一岁，脸上仍然不断地长青春痘。改革开放和解放思想的口号，好像就是在这一年提出来的，我毕竟是在一个保守压抑的年代里成长起来的小伙子，由于和女孩子一说话就脸红，事实上我都没仔细地看过那姑娘一眼。我根本就没看清那姑娘究竟长得什么模样，只是匆匆扫了她一下，然后胆战心惊地跟在她后面。事实上，从一开始，我就是用想象在猜度和完善，我只是想当然地觉得她应该怎么样。每当我想起和苏教授的交往，就忍不住会想到这位神秘莫测的黑衣姑娘。时隔差不多二十年，关于黑衣姑娘的记忆，已经带很大的想象，甚至有着非常严重的错误，我总是把她和现在街面上最时髦的姑娘混同起来，然而我就是忍不住要想。

老式的教授楼陈旧不堪，黑黑长长的楼道里，堆满了弃之可惜留着无用的杂物。到处都是灰尘，看得出已经很久没人打扫过。听得见有人在咳嗽，那是一种干咳，是那种没有痰可咳可不咳的习惯性声响。二楼的一家门敞着，收音机里正用记录速度播放着天气预报，这种具有鲜明时代特色的播音，现在再也听不到了。我终于到达了四楼，在苏教授家的门前，我犹豫了一下，找到了门铃按钮，轻轻地揿着。

2

就像人有意无意总要回味自己的第一次性经验一样，我对苏教授的初次拜访，始终保持着一种亲切的记忆。和苏教授的交往，是我人生轨迹中非常重要的一段经历。也许在当时，自己并没有意识到它的重要，因为最初不过是一次偶然的拜访，我不过是奉父亲的命令，送一本祖父的书给苏教授。这完全是一次礼节性的拜访。苏教授曾和我的祖父有过短暂的交往，我接到大学录取通知以后，父亲去北京出差，祖父告诉父亲，说我将要去读的那个大学，有一位叫苏抑卮的教授很有学问。祖父并没有让我前去拜师的意思，他知道我们这一代人的学问功底实在太浅，根本就不配给苏教授当学生。祖父当时只是随口向父亲提到了苏抑卮这个人。

自从 1957 年被打成“右”派以后，我父亲最大的遗憾，就是自己选择了作家这个行当。他对我没有别的要求，唯一的希望，就是让我千万不要子承父业，再去当什么倒霉的作家。在上大学以前，我是一家街道的小工厂的工人，也许是在过去的二十多年里，父亲一直过得很坎坷，他对我能成为工人阶级队伍中的一分子，感到十分欣慰。他为自己的家庭终于有了工人阶级感到自豪。工人阶级是中国的领导阶级，多少年来，无论是教科书，还是报纸上，都是很认真地这么说。虽然一代人有一代人不同的想法，对世界有不同的看法，然而我的父亲总觉得我不想继续当工人的念头，十分幼稚十分错误，而且隐隐地潜藏着几分危险。他觉得我迫不及待地想投考大学的欲望，有些过分，有些不可理喻。他觉得我完全没理由，也没必要把上大学那么当回事。一个人，在什么地方都可以发展，大学从来就不是唯一的出路。我的祖父没有上过大学，我的伯父没有上过大学，我的父亲没上过大学，我的三个堂哥也没上大学，按照这种推理，我即使不上大学，一样也可以做出成就。

我所在的工厂，离家很遥远，每天总是一大早就出门。几乎要穿过整个城区，到了郊区，还要沿一段土路骑十分钟车。雨下大，为了不迟到，我不仅要提早出门，而且不得不在泥泞的土路上，推着甚至扛着自行车前进。我的工作是操作牛头刨床，这是一种较为落后的金属加工，程序十分简单。进厂以后，一位改行不久的中年妇女当了我的师傅，她教我怎么操作，过了一个月，我便完全熟练地掌握了操作。在做学徒的第一年里，因为是和师傅共同操作一台刨床，显得很清闲，我们轮流工作，闲着的那个人，可以躲在一旁看书，或是打毛线。车间里就只有一台刨床，原来已经有了两位师傅，一个夜班，一个白班，现在添了我和另外一名徒弟，人手多了，便考虑再添一台刨床。

一年以后，新的一台刨床买回来了。除了新一点，这台刨床在外形和性能方面，和老的那台机器没有任何区别。新刨床安装好了以后，我的师傅和我开玩笑，说这台新机器就是我的嫁妆。我记不清自己当时如何回答的，只是心里感到不是滋味，我又不是什么女孩子，要什么嫁妆。坦白地说，我当时并没有觉得做工人有什么不好，我感到不痛快，是因为我所干的工作，实在没有什么技术可言。我意识到自己正在逐步成为机器的一部分，每天固定的就是那么几个简单的动作，夹紧加工部件，按动操作按钮，加工开始加工完毕，然后继续重复。我觉得自己仿佛陷入了包办婚姻的沼泽，这台新刨床只是我不得不娶的一个小媳妇。我对这台金属的机器毫无感情。

在我成为小说家以后，我写的小说，很少反映这一段生活。四年的工人生活，真正让我感到亲切的地方，并不多。如果硬要我说老实话，我就不得不承认自己不喜欢当工人。我没办法讴歌工厂的生活，因为我知道，大多数的工人和我一样，并不热爱他们所干的活。我知道很多年轻的工人和我一样，既不觉得做工人有什么不好，但是也不觉得当了工人就一定伟大。这世界上如果没有工人，肯定不行，也许恰恰是这一点，才能像名牌的商标一样，一针见血地说明工人的伟大。事实上，在我做工人的那个年代里，工人与其说伟大，还不如说幸运，这种幸运是和下乡的知青相比，和农村的农民相比。

不能不承认工人的生活，其实是最单调的。在机器轰鸣的八个小时里，我不得不将自己变成这台牛头刨床的附加部分。如果是加工那种小零件，每道工序很快就结束，我不得不站在刨床旁边，不停地换上换下。如果是大的加工部件，则意味着一旦加工开始，我可以有很长的等待时间。有一点是不容怀疑的，刨床一旦开动，我便被机器拴死了，我的神经必须高度紧张。越是那种看上去技术不很强的操作，越容易疏忽出事，我的师傅就是因为干活时偷偷地打毛线，导致了刨床的牛头和加工部件相撞，结果她那部刨床不得不提前大修。

活儿永远干不完，想偷懒也不行。每人都有一台机器，谁的机器停下来，都会引人注意。车间里，人和人之间交往，也就是吃饭那短暂的一会儿，要不就得等到交接班的时候。在工厂的四年，我几乎没有交过一个朋友。我的性格本来就有些内向，四年的工人生活，使得我的脾气变得更加古怪。我继续保持着在中学时的传统，坚决不和同年龄的女孩子交谈。我读中学的那个年代里，男孩子和女孩子是天敌，从来不进行对话。那个时代的男孩子都是清教徒，所有和女孩子搭讪的小伙子，都将受到蔑视和嘲笑，而女孩子如果主动和男孩说话，那必是轻薄和不自重。

我不得不承认自己总是情不自禁地注视一位操作磨床的青年女工。我承认自己对她有着非同寻常的好感。这是一个比我早两年进厂的女孩子，在我的印象中，她永远都是戴着大口罩，因此始终带有一种神秘感。磨床和刨床一样，操作起来都是非常简单，唯一不同的是磨床所产生的金属灰尘，要比刨床大得多。我们的机床紧紧挨着，在轰隆隆的机器声中，我们时不时地眉来眼去。我一直在偷眼看她，注视着她的一举一动，同时觉得自己的举动，也都在她的监视之下。为了引起她的注意，我十分多余地做出一连串莫名其妙的举动。她显然已意识到我的不同寻常的目光。在中学时，我曾用同样的目光，留意过一个梳着小辫子的姑娘。和我同年龄的小伙子，在青少年时期，一定有许多像我一样，根本没有什么了不得的恋爱经历可以回忆。我们的青春期，和“文化大革命”紧密地联系在一起，在那个特定的时代里，爱情问题是一个很可笑的话题。“爱”这个字眼，在我们这一代人眼里，意味着不学好，意味着下流的色情。所有的爱情歌曲，在当时都是黄色歌曲。我们早年的爱情生活，说白了，也就是脉脉含情地看看女孩子。

然而在车间里，老工人却可以肆无忌惮地说荤笑话，甚至在大庭广众之下动手动脚。不同年龄层次的男人，都愿意和我师傅调笑，而她似乎也很乐意从中得到一种乐趣。有传闻说师傅的丈夫是阳痿，男人们在背后窃窃私语，得出了一致结论，三十如狼，四十如虎，师傅既然从丈夫那里得不到正当的性爱，很自然地便会寻找另一种途径发泄。我刚做学徒的时候，师傅还有所忌惮。她总是假装生气地将男人不怀好意的手打开，把那些围着她转的男人轰走。但是，她很快地便忘却了我的存在，口无遮拦地说起粗话，张口男人的家伙，闭口女人的玩意儿。她真心地喜欢开那种粗俗的玩笑，喜欢别人和她动手动脚，喜欢被人吃豆腐。她喜欢那种被男人围绕的感觉，这是一种近乎于车间女王的待遇，在短暂的交接班期间，在吃饭期间，在偶尔的停电休息的时候，她成了男人们注意的中心。一阵阵插科打诨，一阵阵欢声笑语，所有的名词和动词都有了新的意义。

渐渐地，这种玩笑甚至扯到了我的头上。那些人根本不管我是否脸红，十分露骨地和师傅调笑，说她想吃童子鸡。师傅越是想保护我，他们就越起劲儿，叫喊得越凶。师傅很愤怒，说："你们他妈的真不要脸，再不像话，别怪我说出不好听的话来。"

他们就说："你什么不好听的话，我们没听过？"

师傅说："我徒弟就跟我儿子一样。"

他们便话里有话地说："像儿子和是儿子，究竟不一样！"

类似的玩笑永远没个够。一旦从机器的桎梏中逃离出来，大家没别的乐趣可找，于是就靠打情骂俏调节情绪。说荤话和荤段子，是车间里调剂身心健康的工间操，是大家相互交流感情的润滑剂，有伤风雅无伤风化。师傅最看不惯那些假装正经的女人，她的脾气是有什么话，立刻直截了当地说出来。"我告诉你，越是不声不响的女人，骨子里越骚。"师傅显然注意到我对离我们不远处那位磨工的目光，十分善意地提醒我，“我是过来人，女人不吭声，这是砂锅里煨肉，闷‘骚’，你要是谈对象，可千万不要找这样的货色。”

事实似乎也证明了师傅的英明判断。十年以后，我已经离开工厂，正读着研究生，有一次，遇见当年车间里的同事，听他谈起这位一度让我丢魂失魄的青年女磨工。这位已经当了车间主任的同事，十分惊讶我对她的风流韵事，竟然一无所知。他一口气报了一大串名单，其中有好几个男人我都熟悉。他告诉我当年那位神秘的、常常一声不响的女磨工，对于婚外的爱情，有一种病态的嗜好。他不无感叹地说：“她可是来者不拒，真枪真刀，不像我们厂的那些老女人，光是在嘴上耍流氓。”

3

出来开门的是苏教授的夫人李老太太。从打开的门缝里，我首先看到了一张布满皱纹、满脸不耐烦的老太太的面孔。音乐门铃在我松手之后好半天，还在叮叮咚咚地响着，由于电池不足，那拖长的声音非常古怪。最初的见面，显而易见地让人感到不愉快。李老太太紧绷着脸，不友好地冷眼看着我，我的解释和说明，对她似乎没有任何作用。要是我能知道苏教授老夫妇正在赌气，我身上所有的局促不安也许会荡然无存。经过后来连续十年的弟子生涯，习惯成自然，我已经完全熟悉了李老太太的坏脾气，但是第一次会面，我的确让她弄得非常狼狈。她的神情是根本就不想理睬，当我问起苏教授是不是住在这儿时，她的脸上没有任何反应。

我几乎是从李老太太肥胖的身躯旁边硬挤进去的。我不明白她为什么会对我这么反感。明摆着我的手肘碰到了她的什么地方，只是轻轻地碰了一下，我听见她充满怨气地哼了一声。我回过头，想说声对不起，然而她虎着的脸却让我又把话赶快咽了回去。苏教授的小书房正对着大门，里面灰暗而且黯淡。事实上，在一开始，我就从打开的门缝里，看见苏教授端坐在书房里。听见我的声音，苏教授随手拧开了台灯，嘴里大声招呼着，站了起来。台灯将苏教授细细长长的身影，像打幻灯似的投在迎面的墙壁上。墙壁上的教授像一头巨熊，摇摇晃晃地走出书房。

苏教授留给我的第一印象，就是高，一种很瘦的高。在我的记忆中，上了年纪又有学问的老人，十有八九都是矮个子。我的祖父就很矮，他的很多充满智慧的老朋友也很矮。我不由得想起南京一家十分有名的中医院，那里面的权威老中医，都是矮得像日本人。苏教授已经七十多岁了，但是看上去并没怎么老态龙钟。他的打扮很有些滑稽，穿着一件睡衣似的宽大绒线衫，上面绣着虎皮一样的紫色花纹。天气并不太冷，他已经披上了一条长得有些过分的大围巾，脚上是白色的棉袜，搭配了一双红颜色的塑料拖鞋。一切都显得那样的不协调，我发现自己好像正面对着一位电影或话剧舞台上的人物。

我向苏教授说明了自己的来意，硬着头皮自我介绍，然后将祖父的书递给了苏教授。苏教授接过书，带着我往书房里走。在我们走进书房时，三只猫从里面轰地一下蹿了出来，着实吓了我一大跳。养猫没什么奇怪的，我只是不明白为什么要养三只，而且那三只猫都是成年猫，一只比一只巨大，两只偏黑，一只发黄，肉乎乎的，在房间里匆匆跑过，像出了什么大事一样。苏教授若无其事地拿起老花眼镜戴上，伏在台灯下，匆匆地翻了翻我祖父的那本书，抬起头来，很平静地说："噢，这书当年我曾看过。"

接下来，是令人尴尬的沉默。苏教授对我并没有表现出多大的热情，而我又不知道应该找些什么话出来敷衍。也许是我打着招牌的自我介绍，让苏教授感到有些不快，他的脸上阴沉沉的，让你明显地觉得他有什么不高兴。多少年来，不管我自己是否乐意，别人介绍我时，总喜欢添上注解，说明我是谁谁谁的孙子，谁谁谁的儿子。这种介绍不仅容易引起别人的反感，而且也让我感到别扭，感到不自在。我变得十分敏感，总觉得这种介绍中，隐隐地包含了指责我的不学无术。做一个普普通通的无名之辈，并没有什么太大的不好，可是非要同时扮演名人后代的角色，就要吃力得多。

苏教授在很多年前，曾和我祖父共过事，有一度曾经看着我父亲成长，因此，我一旦踏进苏教授所在的这所大学门槛，父亲首先想到的，便是如果我有什么困难，完全可以向苏教授请教。这种一厢情愿的幼稚想法，颇有些像想学戏，就去拜梅兰芳为师，想踢足球，就去当贝利或马拉多纳的徒弟，完全是自说自话，完全是想当然。老实说，隔行如隔山，苏教授究竟有多大的能耐和学问，父亲也不清楚。多年来，父亲仗着和苏教授原来就认识，又一直居住在同一个城市里，断断续续地有过几次接触，而苏教授又因为祖父的关系，对他一向很客气，因此父亲只是凭直觉，认定我去麻烦麻烦苏教授，算不上什么太大的冒昧。

经过一段令人尴尬的沉默之后，我对苏教授说，今后如果遇到一些问题，可能会向他请教。苏教授没有接我的茬，我们的谈话简直就没办法继续下去。事实上，我还不知道自己今后究竟会遇到一些什么样的问题，这些问题既然尚未形成，苏教授自然也无话可说。时隔很多年，重新回忆往事，我想自己当时一定有许多年少气盛的地方。我毕竟刚刚跨进大学的门槛，在苏教授这样的大师面前，无论我怎么故作谦虚，仍然忍不住小人得志，仿佛“天降大任于斯人”，而国家的前途民族的希望，就真的寄托在我们这一代大学生身上。毫无疑问，我当时显然踌躇满志，一头一脸大有作为的模样。为了摆脱冷场，我开始夸夸其谈，描绘自己今后的打算。书房里就只有一个沙发，苏教授客气地让我坐沙发，结果他自己便只好坐在写字桌前的硬板凳上。

对苏教授的第一次拜访，纯属礼节性的。我意识到他对我空洞的宏伟蓝图没有任何兴趣。我和我的书呆子父亲一样，对苏教授根本没什么了解，不过是泛泛地知道他很有学问。作为一个刚进入大学门槛的年轻学子，我对什么叫学问，还弄不清楚，事实是我们之间还不具备对话的资格。在第一次拜访时，我们恐怕都没想到，在以后的十年里，我们的关系会如此密切。这不过是一次偶然的碰撞，当时并没有产生什么火花，我们似乎都没有给对方留下太深刻的印象。初次见面的一个多小时里，苏教授回忆起和我祖父有过的短暂交往，说了一个关于我父亲小时候的笑话，然后就把话题扯开了。事实上，那天苏教授和我谈得最多的，是他的身体状况，他说自己可能已经感冒了，说着说着，就接二连三地擤起了鼻涕。在十分钟内，他令人难以相信地连吃了三次药，每吃一种药，都非常认真地向我说明药的名称和用途。多吃药肯定有副作用，年老多病又不能不吃药，他不厌其烦地解释着自己的两难处境，说到后来，像玩杂技一样地向我高举起了他穿着白色棉袜的脚，在半空中摇着晃着，然后告诉我一个秘密，这就是人一旦老了，最先感到的不安，便是火气不足。

苏教授说："你知道人什么地方最怕冷，对了，是脚底心。"

4

很长一段时间内，我给人留下的印象，是读书不仅认真，而且勤奋。在车间里，虽然我和别人一样埋头干活，但是由于我常常利用吃饭和停电的空隙看书，人们便觉得我不安心于当工人。物以类聚，人以群分，在那个特殊的年代里，我的行为在旁人看来十分做作。其实我当时的读书完全是盲目的，因为我的性格内向，是一个羞涩的不善于和人打交道的小伙子，读书只是我排遣无聊的一种方法。记得那时候什么书都看，除了八小时上班，我的精力都放在了阅读各种不同的书籍上面。我的家庭环境，让我处于一种永远也不会感到书籍匮乏的状态。由于我们家原来的住房，被造反派占用了一间，我不得不住在一间压缩了的书房里面。我的周围放着密密麻麻的书架，书架上放满了，多余的书就堆在地上。事实上，小小的书房里，除了我的那张小钢丝床，其他地方都是书。

从高中开始，我的人生经验，差不多都来自书本。由于没有兄弟姐妹，父母常常要下乡体验生活，我变得越来越孤僻，越来越书呆子气。胡乱看书，成了我生活中很重要的一个组成部分。我开始没完没了地阅读外国小说。我知道了雨果、托尔斯泰、巴尔扎克，也知道了海明威、萨特、加缪、爱伦堡、帕斯捷尔纳克。一种叫做黄皮书的内部出版物，无意中引起了我的阅读兴趣，我对这些书之所以会入迷，就是因为它们是非法读物。这些书是以“仅供批判”的名目，由国家级的正式出版社内部出版内部发行，它们是毒草，然而正因为是毒草，像鸦片一样诱惑力也就越大。除了小说，我对诗歌也有些发痴，既看古典的唐诗宋词，也看外国人写的现代诗。一段时间里，我的脑子里塞满了外国诗人的名字，什么洛尔迦、阿赫玛托娃、马雅可夫斯基、巴尔蒙托，我对那些疙里疙瘩翻译过来的句子，充满了莫名其妙的好感，我总是很矫情地默默背诵着勃柳索夫的《致青年诗人》：

> 脸色苍白目光如烧的青年！
> 我现在给你三个约言。
> 请接受第一：别过现在的生活，
> 只有未来——才是诗人的领域。
> 记住第二条：谁也别同情，
> 自己无限地爱自己。
> 牢守第三条：崇拜艺术，
> 只崇拜它。不加思考，没有目的……

我的兴趣不停地变换着，捞到什么就看什么，越是禁书越想看，越想弄明白为什么不让看。阅读不仅让我不再感到孤独，而且还让我处于自以为是的感觉良好之中。我年纪轻，火气旺，精力过盛，阅读量与日俱增。能读的书实在太多，越读书，越觉得自己还有许多书可以读。我与当时十分封闭和压抑的环境，显得有些格格不入。老气横秋是免不了的，同时又有些自怨自艾，我觉得自己已经懂了许多事，然而还有许多事仍然一窍不通。我开始很猥琐地偷看一本《赤脚医生手册》，这本厚厚的书籍，是父亲准备下放去农村时买的，后来下放没有成为事实，这书也就被他忘却了。既然我没有办法从其他地方得到正常的性知识，于是就恰到好处地把这本《赤脚医生手册》，当做了解女人的入门教科书。

仅仅是阅读小说上的爱情章节，已经满足不了我的好奇心，文学作品中那些生动的色情描写段落，开始让我感到不安。我在这本印数极大的《赤脚医生手册》上，寻找着自从童年时，就困扰我的男女差别的答案。我总是很快地就找到“产科和妇科疾病”这一章。通过这一章，我不仅纸上谈兵地了解了女性内外生殖器的解剖学，而且还无师自通地顺带学习了有关接生小孩的知识。我像研究军事地图一样地琢磨着手册上的插图，对照着带有阿拉伯数字的注解。我忘不了当时的惊奇，在接触这本手册之前，我了解的女人，只是穿开裆裤的小女孩和断了胳膊的维纳斯。我记得自己曾经一度感到很不高兴，理由是女人如果真像手册上所说的那样，便有一种说不出的遗憾。

我的秘密活动让我感到自卑。虽然从来没有被人揭穿过，但总是有一种犯罪的恐慌。我知道自己这是不学好，是下流，是心中的魔鬼在作怪。在很长的一段时间里，我变得很恍惚，社会上的许多重大事件，仿佛跟我都没什么太大关系。我沉浸在个人的小秘密中，无论是邓小平出山后的整顿，还是后来针对他的“反击右倾翻案风”，以及周恩来朱德毛泽东这些老一辈革命家的逝世，甚至包括惨绝人寰的唐山大地震，都让我觉得自己永远是个局外人。我开始意识到自己胡乱翻书，不是什么好事，因此为了督促自己，我开始没完没了地去夜校上课。我当时还未满十八岁，是一个失学青年，夜校让我有机会向往着重新去做一个好学生。在读中学的时候，从来没感觉到学习有什么好，可是一旦走上社会，才知道做学生是多么幸福。

在我当工人的那个年代里，所有的夜校都是免费的。那个年代，绝对不会一切向钱看。既然我在中学没有好好地上过课，那么为什么不在夜校中得到补偿？我对夜校情有独钟的重要原因，是即使在上夜班的日子里，也可以理直气壮地请两个小时假，这种假是法定的，是工厂里对要求上进的青年工人的奖励。因为上了夜校，在应该上夜班的那一周里，我实际上要比别人少上 12 小时的班，这样的便宜不占白不占。夜校的生活让我感到充实，让我觉得人活在世界上，除了守候在机床旁边，真是有许多东西可以学。当然，还有一个让我对夜校痴迷的原因，是我被排除在了本厂的工人大学之外。这件事，一度使我的自尊心大受伤害，每当我回想起来，心口就感到一阵阵发疼。

我所在的那个小工厂，在我进厂第二年，办了一个当时十分流行的“七·二一工人大学”，这种工人大学半脱产性质，目的是为了提高青年工人的文化技术。条件自然很简陋，在厂里胡乱找一间办公室，请一两个教师来上课。记得消息刚传出来的时候，我非常激动，因为和夜校相比，这毕竟是一个更好的学习机会。一开始报名的人很少，人太少了，就没办法开课。为了促成这件好事，我热心过度地在车间里活动，挨个动员同车间的青工报名。由于平时我和别人接触很少，突如其来的游说收获不小，很多人觉得不妨给我一个面子，反正是占用上班时间。报名之类的事情向来容易引起连锁反应，车间里有好几位青工公开向我许诺，如果我能帮他们写申请书，他们就报名。在短短的数分钟里，我用不同的字体，一气写了四份申请书，分别签上那些青工的名字。

结果是车间里所有报名的青工，都录取了，唯一的例外就是我。我不知道应该怎么形容当时的心情才算恰当，才能准确无误地再现自己曾经有过的沮丧。事实上，那次落选的，在全厂范围里也就只有我一个人。记得当时人一下子就晕了，脑子里一片空白，最初的反应，是自己的名字可能被不小心地遗漏。我已经做好了一切准备，甚至连教材都买好了，这样的结局实在出乎意料。大家都相信这是个误会，开学那天，我还有些将信将疑，不死心地厚着脸皮去询问，答案是名额已满，我的眼睛不太好，没什么培养前途。不存在任何误会，我是唯一一名被刷掉的青工。工人大学是工会出面办的，由工会的一位姓吴的领导具体负责，他敢做敢当，自说自话地就把我的名字给划掉了。

我知道这位姓吴的负责人对我心存疙瘩，但是做梦也没想到，他会如此赤裸裸地和我作对。自从我进厂以后，这个姓吴的工会领导人，就没停止过向我借书。他借书从来不还，所谓借书，其实就是变相地要书。什么时候都有那种脸皮特别厚的人，在“文化大革命”那样的年代里，我的家庭总是十分容易地就成为勒索对象，借钱不还是常事，更何况借书。尽管我所住的房间里，堆满了书，但是我的父亲对自己的藏书，就像巴尔扎克笔下的老葛朗台一样吝啬。一而再再而三的有借无还，老实巴交的父亲开始感到忍无可忍，他很气愤我这个儿子和他一样没出息，一样软弱可欺，为什么就不能堂而皇之地予以拒绝，为什么不能义正词严地说一个“不”字。

时至今日，我还是想不明白，当时为什么只是一个小小的厂工会领导，就会那么横行，就会那么让我们感到为难。有种人，你越是忍让，他越要进攻，越是得寸进尺。那时候毕竟是“文化大革命”后期，经过风雨见过世面，我父亲觉得也可以挺起腰杆做回人，他决定不再借书给那位姓吴的工会领导。如果那天这位姓吴的工会领导，只是一个人上门借书，父亲的拒绝也许还不会引起太大的愤恨。问题是那天他竟然还带了一个女人上门，这个女人究竟和他是什么关系，我一直没有弄清楚。然而有一点不容怀疑，工会领导想向这位女人证明，他和我们家有非同一般的关系，因此，他不仅自己要继续借书，还要让我父亲借书给这位神秘莫测的女人。这女人是“文化大革命”中的文学青年，正借调在机械局的一个什么写作班子里面，她对我父亲很客气，言必称老师。我父亲犹豫了一下，用商量的口吻说：

“你们要借书，先把以前借的书，还了再借，怎么样？”

工会领导的脸色立刻很难看，他退了一步说：“这次我不借，你只要借给她就行了。”

接下来，又说了一些什么，我已经记不清，反正那位女士很不好意思，一个劲儿地打起了退堂鼓，后来两人就告辞了。第二天上班，工会领导在厂门口等着我，看见我，气鼓鼓地丢了一句话：“你们家不就是有几本书，有什么大不了的!”我没想到他会这样，无话可说，只有不理他。老实说，我从来就没有真正地害怕过他，我只是从内心深处讨厌他。过去之所以借书给他，是因为我们家向来没有拒绝人的习惯。我的祖父总是教育我的父亲，永远不要拒绝那些向你求助的人，只要有可能，就不应该轻易拒绝别人。父亲也是用同样的方法教导我的，这种家教的直接后果，就是在现实生活中，屡屡让自己陷入非常被动和尴尬的境地。其实拒绝也是一门艺术，一个不懂得如何拒绝别人的人，永远也别想过上安稳的日子。

我没有去找那位工会领导讨饶，也没有去吵架。讨饶和吵架都不是我擅长的。我知道那位工会领导是个欺软怕硬的家伙，只要送一包香烟，或是威胁要揍他一顿，他便立刻没有任何原则。事实上，工会领导一职，在我们那个二百号人左右的集体所有制的小工厂里，是个最不起眼的位置。而那个赶时髦办的工人大学，也没多少天就偃旗息鼓。剥夺我上厂工大的权利，也许是这位工会领导在自己的职权范围里，干的最成功最有出息的一件事。我的心在流血，总觉得这是对自己很沉重的一个打击，但是事实证明并没有多严重。一个人真要想学习是阻挡不了的。对于我来说，失去同样意味着得到，既然厂里的工人大学没有我的份儿，我只有继续到夜校去寻找满足。

那个时期，我几乎成了夜校专业户，天天晚上都不放弃。从机械制图到古典文学知识，从解析几何到微分积分，从电工基础到机床维修到液压原理，只要时间允许，什么样的课我都上。

我的近乎疯狂的好学精神，给车间主任留下了非常良好的印象。车间主任是个留着络腮胡子的中年人，他偷偷向我许诺，说一旦有了机会，就调我到车间办公室里去当技术员。多少年来，我一直在设想，如果不粉碎“四人帮”，不恢复高考制度，像我这样的书呆子会怎么样。我想自己既然那么不安心当刨床操作工，也许真会混到车间办公室里去当个技术员。不管怎么说，我除了好学之外，在车间主任眼里，还是一个听话的大孩子。我没有像别人那样，在学徒期间就谈恋爱，在停电的时间里喝酒，给车间主任起绰号，上夜班时在车间角落里撒尿。事实上，我比厂里任何一位上工大的青年工人都用功，都勤奋。我当时唯一的念头，就是渴望读书。我唯一的念头就是想当学生，像海绵一样什么知识都吸收，像向日葵渴望阳光那样渴望学习。根据我当时的处境，只要有可能，我会永远在夜校里读下去。

第二章

1

也许正是由于我们这一代人中间，有很多人被剥夺了上大学的机会，当时的社会上，有一大批像我这样削尖了脑袋，有什么书都想读的书呆子。靠推荐才能去的工农兵大学生名额，显然不会落到我的头上。我所在的工厂太小了，就算老天爷开眼，有了这样的好事，机会也肯定属于那些比我更具有竞争能力的人。我在厂里没有什么后台，家庭成分仍然还有些问题，在夜校里待的时间越长，我上大学的欲望也就越强，然而这毕竟只是一种可望而不可即的梦想，就好像是爱上了电影上的美人一样。社会上流传着种种如何获得工农兵大学名额的传闻，开后门已经成为一种公开的秘密。一提到工农兵大学生，人们就不可避免地怀疑他有来头，怀疑他是公社书记的儿子，或者某某厂长的千金。

夜校成了想上大学，却无大学可上的人的福地。不管学了究竟有没有用，对于很多人来说，只要能有机会坐在教室里，重温学生时代的情景就行。学习成了大家的寄托，成了单纯的奋斗目标，代替了很多精神上的东西。我忘不了恢复高考的消息传开以后的动人情景，夜校沸腾起来，一时间，大家都被这突如其来的好消息惊呆，激动得都没办法继续上课，人们窃窃私语，对即将来临的高考，作着种种想当然的猜测。上课铃已经响了半天，同学们还是不肯回到自己的座位上，围着兼课老师喋喋不休。兼课老师是一个戴着深度近视眼镜的中年人，他不得不停止上课，也显得十分兴奋，和学生共同探讨高考可能会怎么进行，具体会考哪些课程。这位老牌的大学生，甚至情不自禁地回忆起“文化大革命”前的高考。作为过来人，他几乎立刻成为大家心目中的英雄。

所有和高考有关的课程，顿时身价百倍，夜校在转眼间，顺理成章地成为高考补习班。那些和高考无关的课程，开始都不同程度地受到冷落，时间是那么的紧迫，事到临头，大家突然发现自己在夜校里，其实学了许多根本没必要学的东西。恢复高考，大家一下子都变得现实起来，突然发现夜校的学习，只是属于带有理想色彩的浪漫主义。当务之急，是如何货真价实地考进大学，不管白猫黑猫，能考进大学，就是好猫。记得刚恢复高考的那一段时期，除了激动之外，我变得非常浮躁，变得心神不定犹豫不决，我对自己到底是准备考文科，还是考理科，打不定最后的主意。学什么已经完全不重要，只要能上大学，只要能踏进大学的门槛，文科理科本科专科都无所谓，问题的关键在于我吃不准，自己究竟考什么把握更大。

我参加了也许是中国有史以来，人数最多的一次高考。这是一次空前绝后的考试，情形十分壮观。当时所有的中学、小学、专科学校，都成为临时考场。由于是第一次恢复高考，从“文革”中的老三届，到应届的毕业生，过去的十几年间从中学里走出来的想继续读书的人，都抱着美好的大学梦，浩浩荡荡涌向了考场。人们从知识的沙漠里，一下子看到了知识的绿洲。我记得自己当时因为想上大学，已经有些走火入魔，任何妨碍我考大学的人和事，都被当做仇敌，都被当做是故意刁难。与考试无关的话题，我已经听不进去，与考试无关的活动，能不参加就坚决不参加。我的脑子里充满了考试题目，上班时精神恍惚，下了班拼命做习题。中学毕业以后，尽管表面上一直还在继续读书学习，但是一旦真正的高考来临，我发现自己平时学的那些鸡零狗碎，对高考根本没有什么实际帮助。

我不得不临时抱佛脚，背诵那些自己平时不屑一顾的所谓复习材料。随着考期的临近，我终于决定报考文科，这个断然决定，意味着我必须没完没了地死记硬背，必须死记硬背一大堆对我来说完全陌生的东西。没有死记硬背，我肯定进不了大学的殿堂，也不可能一次次通过大学里的考试，而且后来考上研究生。从这一点说，我是死记硬背的受益者，应该感谢死记硬背，然而如果换一个角度，死记硬背给我带来的伤害，丝毫也不比它能带来的成功逊色。时到今日，我一见到中心思想、历史意义以及文学史地位之类的提问，便会产生一种仿佛吃了苍蝇的恶心。我讨厌那些强加于人的标准答案，讨厌那些注明了阿拉伯数字的要点。死记硬背是对一个人想象力的残酷扼杀，是把人变得越来越无知的凶手之一。

我所在的那个小工厂，竟然有将近二十个人报名参加高考。厂长很着急，因为这意味着有近二十个年轻人，不肯安心工作。尽管国家规定，凡是报名投考大学的人，都可以有半个月的复习时间，但是厂长以生产任务太重为借口，毫不手软地剥夺了应该属于我们的半个月时间。这一招无异于釜底抽薪，大家本来就觉得时间不够，立刻义愤填膺。胆大的开始混病假，请事假，胆小的只好硬着头皮上班。我忘不了自己一边干活，一边偷偷背书的狼狈情景。牛头刨的刨刀来回削着金属，我守候在刨床旁边，心里一遍遍地默诵考试要点。由于晚上睡得太少，到了吃饭时间，我总是狼吞虎咽，然后抓紧时间，头枕在工具箱上呼呼大睡，车间里男男女女的说笑，那种赤裸裸的荤段子，对我已经没有任何妨碍。

考试的日期越来越近，我和家里的关系也开始紧张起来。父亲觉得我的行为像个赌徒，把自己一生的希望，都押在高考上有些莫名其妙。一个人如果为了上大学，结果弄坏了自己的身体，这将得不偿失。身体是革命的本钱，没有了这个本钱，干什么事都不行。母亲嫌我一点家务事都不做，还没有上大学，就有这么大的架子，真的上了大学，那还了得。我为父母变得唠唠叨叨，感到很烦、很苦闷，越唠叨越敌对，越敌对越要唠叨。那真是一段疯狂的日子，我觉得这世界上所有的人，都在与我为敌。我天天看书到深更半夜，废寝忘食，上班想，下班想，骑自行车在路上也想，没出什么事真算幸运。到了休息日，我便骑车去公园，胡乱找一个角落，捧着复习资料，像个机器人一样，嘴里振振有词，在一个极小的范围里，来来回回兜圈子。书越背越难背，越背越发现有不通的地方，然而越是难背越是不通，越是不得不背。我意识到自己正在进入一个怪圈。

2

要不是考上大学，我就不会认识马路，要不是认识马路，我和苏抑卮教授之间，就不可能建立那么亲密的关系。世界上很多事情，都是有意无意地联系在一起的，我们常常说到连锁反应，说到多米诺骨牌的效应。时隔了许多年，我对自己当年能考上大学，仍然感到意外和庆幸。在上大学之前，我一向认为自己运气很差，是个不折不扣的倒霉蛋，总有一种说不出的自卑。我的青少年时期，由于史无前例的“文化大革命”，家庭受到前所未有的冲击，我成为大家取笑和捉弄的对象，因此心灵深处一直有层抹不了的阴影。我羡慕别人都有兄弟姐妹，有了兄弟姐妹，在父母被关进牛棚的日子里，自己便不至于那么孤立无援。刚进大学的时候，我变得很矛盾，一方面，人的性格绝不会轻易就改变，我仍然有些内向，仍然不善于和同学打交道，另一方面，因为进了大学门，我难免感觉良好，开始有些忘乎所以。

就在这时候，我和马路的关系，逐渐密切起来。马路是连接我和苏教授的桥梁，没有他，我的大学生涯，也许就是另一回事。很长一段时间内，我的学习方向，显然都和马路的引导有关。尽管大家都是大学一年级新生，尽管大家的学习都很用功，可是马路的实际水平，在班上鹤立鸡群，远远高于其他人。马路是一名来自广东沿海的考生，是老三届，他入学成绩不仅是全班最高分，年龄在班上也最大，比我整整大了十岁，和班上的应届考生相比，马路的岁数大得几乎可以做他们的爹。事实上，他的确也已经结过婚了，而且还有了两个小孩，是一儿一女。从一开始，马路就表现出了和大家的截然不一样，他显得过于成熟，与其说是像个学生，倒不如说他更像一位老师。事实也是如此，马路在一所公社中学，已经教了十年的数学，他虽然考的是文科，他的数学得分是98分，这样优异的成绩，在当年报考数学系也绰绰有余。

我和马路的关系之所以会密切起来，是因为他无意中听说，我竟然去拜访过苏抑危教授。说老实话，我当时对苏教授的了解，还远不能和马路相比。那时候，苏教授甚至都不和我们在一个系。我对苏教授的第一次拜访，带有非常大的偶然成分，正像前面已经说过的那样，我的拜访完全是因为父亲的意思，而父亲也是糊涂到不知道苏教授的人事关系，其实并不在中文系。苏教授是文科教授中的万金油，他的学问太大了，什么课程都可以教，多少年来，除了中文系，他在外语系待过，在哲学系待过，最后又在历史系退休。据说他是在“文化大革命”前夕，调到历史系去的，调他的目的，是去帮助当时研究欧洲史的学生，讲述欧洲历史文献。他调到那里一年多，轰轰烈烈的“文化大革命”开始了，他稍稍受了些冲击，就退休在家养老。那时候他大约六十刚出头。

是马路最初向我说起了苏教授超人的学问，我没想到他会知道那么多的关于苏教授的事。我没想到苏教授是马路心目中的偶像，也没想到他不远千里，之所以投考现在这所大学，完全是因为这所名震东南的名牌大学，曾经有过一位大名鼎鼎的苏抑危。苏抑危应该是传奇中的人物，马路对苏教授的崇拜，就像我们小时候崇拜抛头颅洒热血的革命先烈，我忘不了马路谈起苏教授时的神情，他以十分仰慕的口吻说着，眼睛一阵阵地发亮。虽然我根本就没有和马路开玩笑的意思，但是他似乎还心存疑窦，不太相信我真能和苏教授这样的历史性人物发生联系，并且在不久前，竟然去他家拜访过。马路的相貌看上去有几分苍老，表情永远是很认真，他的脸上有好几道竖着的纹路，总让人觉得他内心深处，隐藏着什么了不得的苦难。最有趣的是，多少年来，马路一直以为苏教授早就不在人世，他以一种难以置信的口吻说：

“你知道，苏抑卮教授竟然还活着，这本身就是一个奇迹！我总以为他不是死了，就是去了台湾。”

说起来也可笑，马路谈起苏教授来头头是道，如数家珍，然而所有有关苏教授的知识，又都是从当年他所任教的那所公社中学的语文老师那里“贩”来的。这位语文老师是一位旧式的老先生，抗战前毕业于上海某个教会大学。老先生自己的学问十分了得，可是一提到苏抑卮的学问，立刻五体投地赞不绝口。马路对苏教授的崇拜，正是从这位老先生处传染的，那时候，马路借调在公社中学里教数学，对古文却情有独钟，课余常常向老先生请教，老先生一肚子旧学问，正愁没有用武之地，很乐意收马路作为私淑弟子。在那个地处偏僻的南海边，一切就仿佛现代桃花源里的情景，什么都落后，中学生的实际水平，不过和小学生差不多，唯一的好处，是天高皇帝远，和外面世界你死我活的阶级斗争，没有多大的直接关系。老先生自得其乐，读旧书，写旧诗，临了，还收了马路这么一位半路出家的学生。谈到学问，老先生言必称苏抑卮如何如何，马路因此一直以为苏抑卮应该是老先生师长一辈的人物。他做梦也没想到苏教授不仅还活着，其实只比他拜师的老先生长了两岁。

马路决定拜苏教授为师，可能是害怕遭到拒绝，他一定要拉着我一起去见苏教授。他显然觉得有了我，把握会更大一些。马路反复向我说明人生中，投拜名师的重要性。人生中会有许多难得的机遇，对于一个求学的人来说，能遇上名师是最幸运的事情。人生有几难，所谓好人难做，佛门难进，名师难遇。放过好机会也是最大的犯罪。有传闻说苏教授这个人很难亲近，马路不仅决定自己要拜苏教授为师，而且不遗余力地说服我和他一起成为苏门弟子。马路是班上的学习委员，他的学识要比我们高得多，是我们大家都想效仿的榜样。我想自己当时能够被说服，与其说是想向苏教授学，还不如说是为了向马路学。我终于糊里糊涂地答应了马路，完全忘记了自己实际的学习水平。

“我们究竟能向苏教授学什么呢？”尽管已经答应了马路，然而我忍不住还是要提这种在马路看来极幼稚的问题。

“学什么？”马路充满了感叹，他的眼睛茫然地看着我，“他的学问，我们一辈子，不，我们几辈子都不可能学完。”

“学不完，干吗还要学呢？”我笑着说。

3

苏抑卮教授一生桃李满天下，他的学生多得数不清。不管怎么说，在他晚期的弟子中，我和马路应该算是比较特别的两位。苏教授曾因为马路的英年早逝而老泪纵横，在和我谈起马路的时候，他不止一次地说过，马路的相貌，有古人之遗风。古人究竟长得什么模样，现在的人很难说得清楚，然而苏教授对于人的外貌，始终有非常独特的见解，他认为今天的人和古人，无论身高还是脸部轮廓，都有着非常本质的不同。历史在变，人心在变，人的相貌必然也在变，他曾用自己保存的图片资料，向我和马路论证他的观点。

我和马路很容易地就成为了苏教授的弟子。一切都是那么轻而易举，已经退休在家的苏教授，十分乐意我们前去向他请教。那时候，苏教授还很寂寞，还没有被人当回事，不像再过几年，他将像出土文物一样被重新发现，声名显赫，光是研究生就好几十位。苏教授终于在垂暮之年，一下子得到了许多辉煌的头衔，他时来运转，成了学校的金字招牌，成了中文系的镇系之宝，然而在我们刚去拜师的时候，苏教授除了是一名退休十几年的老先生之外，什么都不是。他早就被人忘却了，正在平静地等待着自己的末日。记得那天苏教授正坐在书桌前，举着放大镜，十分吃力地读原版的莎士比亚著作。由于我和苏教授已经见过面，加上很乐意想向马路表明这一点，在一开始，我和苏教授像老熟人一样地说着话。与前一次的经验全然不同，这一次苏教授的情绪似乎特别好，他可能是看书看得疲倦了，正好希望有人来聊聊天，调节一下情绪。

马路在旁边一言不发，事后他告诉我，他为自己最初的表现感到很不安。他觉得自己完全像一个不学无术的乡巴佬，笨嘴笨舌，肯定已给苏教授留下了十分恶劣的坏印象。马路问我是否注意到，当苏教授问起我们的年龄时，听说马路已经三十多岁了，竟然无意识地皱了皱眉头，然后故意把头扭向了别处。“苏抑卮在我这年纪，早就是学已有成的名教授，而我呢，刚刚是一个大学一年级的新生！”马路垂头丧气，不无感叹地说着。从苏教授家出来，马路一直闷闷不乐，他显得很沮丧，脸上竖着的纹路加深了许多。去食堂吃饭，他排队站在我前面，临到打饭的时候，将饭盒递给服务员，好半天说不出话来。

看得出马路是真心地感到不愉快。苏教授是他心目中的偶像，他似乎明白自己无论怎么用功，都不可能达到苏教授的境界。马路告诉我，这一段时期，他特地去图书馆，查阅了一些有关苏教授的资料，经过对这些资料的研究，他对苏教授有了进一步的全新认识。事实上，苏教授要比马路想象得更有学问。正是从马路那里，我第一次听说了做学问也讲究童子功。马路告诉我，早在二十八岁以前，苏教授便遵从其恩师黄侃的要求，读完了唐以前的所有典籍。黄侃是章太炎先生的大弟子，是当代著名的大学者，他所以对苏教授提出这样的要求，是觉得唐以前留下来的典籍并不多，容易读完，又是非读不可的书，有了这个基本功，往后研究任何一门学问，就好办得多。据说为了检验苏教授的学力，黄侃曾让他重新圈点《十三经》。苏教授花了大约四个月的时间，终于圈点完毕，这样的故事如今听起来仿佛天方夜谭。

大学前三年留给我的印象，是大家都拼命用功。“文化大革命”这场噩梦已经结束了，百废待兴，同学们的经历差不多，好不容易有了学习机会，谁都想把虚度的年华尽快弥补过来。我们这一代人，是少年失学的一代。和苏教授这样有真才实学的人相比，我们几乎都是文盲。世界上最珍贵的，永远是那些失去的东西，因为失去，所以珍贵，因为珍贵，就格外珍惜。追回失去的时间是当时的主旋律，我永远忘不了当时刻苦用功的情景，到晚上十点钟，是规定拉闸的时间，寝室里的灯灭了，几乎没有人立刻睡觉，人们捧着书来到楼道上，围坐在昏黄的路灯下继续看书，窄窄的过道人满为患，有的人干脆钻到厕所里去用功。我不知道女生宿舍的情况怎么样，反正在男生宿舍里，能憋在厕所里看书的人，必须有非凡的忍受能力才行。那么多的大男人共用一个厕所，那里面的尿臊味弥漫，熏得人睁不开眼睛，划一根火柴说不定就能点着。虽然大学里永远会有刻苦用功的学生，但是像恢复高考那几年的不要命的，也许是有史以来不多见的。

苏教授最初给我们讲解的是《古文观止》。由于对我和马路的实际水平，缺少一个最基本的了解，苏教授决定从这本旧的古文入门教材开始。在正式开讲之前，他好像只是挺随意地点到了这本书，让我们回去好好准备，说遇到不懂的地方，自己逐一查字典找注解。说好了下一讲，是讲解诸葛亮的《前出师表》，时间定在一个星期以后。在这一个星期里，我只是把书找来了，然后在临睡觉前，匆匆地看了一遍。相比之下，马路要比我认真得多，他一本正经地准备着，显然想向苏教授证实自己的水平。看得出马路稍稍有些不快，因为他觉得《古文观止》里的很多文章，自己不光是看过，而且有许多已经能背诵，好不容易拜了师，只是教这些浮浅老掉牙的文章，颇有一点不甘心。这显然又是一种中学老师的教法，马路觉得以苏教授的学问，应该和我们讲莎士比亚，讲东西方文学的比较，讲西方的《红楼梦》研究，或者讲美国人的敦煌考证。

一个星期以后，我和马路正式去苏教授处上课。我做梦也没有想到，从这节课开始，除了寒暑假，我和马路风雨无阻，坚持在每周的同一时刻，去苏教授家听他讲课。我们本来的目的，只是想开个小灶，从苏教授那里偷学一些东西，然而没想到苏教授讲得实在太精彩了，于是去他那里听课，反而成为我们很重要的一件事情。

换句话说，听苏教授讲述已经成为我们的主课，我们从苏教授那里得益匪浅。第一次上课，由于我没有做准备，苏教授让我把全文先通读一遍，结果我大出洋相，有几个字念错了，还有好几个根本不知道怎么念。苏教授不动声色，让马路纠正我的讹音，然后又让他给我串讲。马路尽其所能地粗粗讲了一遍，这篇文章他曾经背过，在水平上，一下就和我拉开了很大的距离。苏教授依然不动声色，既不批评我，也不表扬马路，等马路说完了，他点了点头，就“臣亮言，先帝创业未半，而中道崩殂”这一句，侃侃而谈，一口气说了一个多小时。

我忘不了第一次课后，从苏教授家出来，马路脸上洋溢着的幸福感。由于马路有着比我好得多的基础，他对苏教授讲学的精到之处，有更深的体会。他承认自己在来上课以前，曾经一度怀疑过苏教授的真诚。他承认自己曾怀疑苏教授答应给我们上课，很可能是一种敷衍，只不过是糊弄糊弄中学生。事实让马路再度对苏教授充满激情，现在，他开始十分具体地感受到了苏教授的博大精深。苏教授的讲学，从表面上看，带有一种非常随意的闲谈性质，他口若悬河，引经据典，同时又是绝对的深入浅出，常常考虑到我们的实际水平，是不是能真的弄懂。苏教授的本事就在于，就任何一个字，任何一个短句，都可以由此及彼，带出一连串的有趣话题。在后来的讲课前，他总是要我们先精读原文，去查一切可以查到的注解，认真比较前人解释的不同之处。在正式开讲前所做的准备工作，永远是越多越好。事实上，他教给了我们一种全新的学习方法，这个方法就是，千万不要轻易地肯定或否定古人的观点，要举一反三，触类旁通。譬如通过学习诸葛亮的前后《出师表》，从史学看，可以触类旁通三国史，从文体看，对“表”的写作方法，可以作一系列瞻前顾后的比较，区别出异同，从文风看，又可以认识与两汉以及先秦文章，在遣词造句上的差别。

在那段时间里，我实际上同时拜了两位老师，一位是苏教授，一位则是马路。每当我有什么疑问的时候，总是先直截了当地向马路请教，马路不仅是我学习上的老大哥，而且成了我偷懒取巧的活字典。人和人之间的水平差异，只有通过比较才能知道。只有通过学习，然后才能知道不足，只有通过学习，然后才能知道别人的学问究竟有多大。马路在学习上的刻苦精神，一直让我感到深深的恐惧，我觉得自己无论如何用功，都不可能像他那样玩命地学习，因此也就永远不可能像他那么杰出。我本来就不如他，而我们之间的距离，似乎正在越来越大。就像他觉得苏教授深不可测一样，我对马路也感到一种无奈的敬佩。马路无疑是我们中间最出类拔萃的人物。在我们被乱七八糟的课程压迫得喘不过气来的时候，马路居然还能分出精力，去哲学系旁听德国古典哲学，此外，受苏教授能掌握多门外语的影响，他还开始了第二外语的学习。

马路足以成为我们这一代人的楷模。那是一个被誉为“科学的春天”的时代，知识突然变成了最重要的东西，当时活跃在莘莘学子心目中的偶像，是进行哥德巴赫猜想的数学家陈景润。一时间，书呆子再也不是骂人的话，知识突然成为衡量一个人价值的砝码，由于马路骄人的学习成绩，他成了我们这一代学子心目中的当代英雄。

4

马路死于大学四年级，现在回想起来，马路只是死于贫血，这实在有些不可思议。大家心目中，马路是班上的一面旗帜，他刻苦用功，废寝忘食，有着用不完的旺盛精力。时代在进步，大家似乎不太相信，这世界上竟然还有什么叫做贫血的毛病，就算是有，好像也应该是女人的专利。一个人死法可以有许多种，可以死于癌症，死于艾滋病，死于意外的车祸，但是无论怎么样，也不应该跟说笑话似的死于贫血。这是一种应该属于旧小说上的疾病，应该和旧社会的长袍马褂联系在一起。没人注意到马路的脸色十分难看，在那个玩命死读书的年代里，很多学子脸上都是面如菜色。校方已经意识到这样下去的危险，一再警告大家要加强体育锻炼，身体是革命的本钱，没有了健康的身体，便意味着失去一切。

不管怎么说，校园永远是充满青春活力的地方，这里永远也不该成为年轻人的墓地。这里将向社会源源不断地输出人才，不断地产生出最新最活跃的想法。美好未来和辉煌前途，正在不远处等待着大家，为了不辜负社会的厚望，同学们都以不同的方式，进行着各式各样的体育锻炼，有人学打拳，有人去练单杠双杠，还有人打排球。大多数的人却是跑步，这显然是一种最简单省时，又非常有效的锻炼方法。记得那时候，每天天刚蒙蒙亮，马路总是第一个爬起来，穿着那种裤腿很小，小腹部开着小便开口的旧式棉毛裤，哆哆嗦嗦地从过道跑过，然后沿着宿舍楼，一气跑上三圈。谁都没有意识到，他的身体状况正越来越差，他总是越跑越慢。先还是一路小跑，后来就只剩下跑步的下意识动作，到最后完全已是散步。谁也没有意识到，他身上的生命之火，正在慢慢地熄灭。他跑得实在太慢了，也许正因为如此，马路从来不和大家一起锻炼，体育课测试一千五百米，他比别人少跑了近一圈，成绩仍然是不及格，还差一点昏倒在操场上。

也许是做了父亲的缘故，马路的衣着打扮，显得有些过于随便。他不修边幅，永远是差不多的打扮，就那一身外套，就那一双鞋。上体育课时，他总是喜欢脱去外套，穿着一身到处都开始绽线的白色棉毛衫裤，堂而皇之地招摇过市。他的行为难免有伤风化，小腹部的小便开口像一张裂开的小孩嘴，嚣张而且放肆地张开着，十分显眼地露出了里面的旧花短裤。最过分的是，旧花短裤甚至会突出一块，挤在那张开的小嘴里。操场上有很多女生，有本班的，也有外班的，他自己无动于衷，别人见了，忍不住要为他着急。没人从经济上去找原因，那时候大家都是一门心思死读书，没时间去琢磨别人的私生活。同学们只是在事后，在回想中，才突然想明白他当时实在是太不容易。大家突然十分感叹，觉得他苦苦地读了三年书，什么也没得到，就这么说走就走了，真是太冤枉。

作为两个孩子的父亲，马路当时的生活来源，主要是靠他妻子那份极其微薄的工资。马路虽然已经当了十年的公社中学教师，由于他从来就不是什么正式的教师编制，因此享受不了工作五年可以带薪读书的待遇。换句话说，马路是靠老婆养着才上大学的。他和班上那些比他小得多、仍然要靠父母寄钱养着的同学一样，每个月都盼着邮局汇钱来。通过回忆，大家突然想到了他的生活在当时有多艰难。马路总是像和尚一样吃着长素，早饭和晚饭常常只是最简单的白馒头，有时加上一点食堂里卖的那种酱菜。就算是如此节省，他仍然时不时地要向同学借钱，在整理马路的遗物时，有人在他的笔记本上发现一份记录十分详细的账单，上面写着他向同学们借的每一笔款项，多则十元，少则五元，甚至是两元，从借款数额到日期，都写得清清楚楚。

在我的记忆中，马路用得最多的一笔钱，就是与我各人拿出二十块钱，买了一个送给苏教授的生日蛋糕。这是一笔他觉得绝对不能再省的钱。虽然相当于他一个月的生活费用，但是看得出这钱他花得十分开心。马路病故以后，马路的妻子带着两个小孩前来奔丧，和马路显得苍老如出一辙，他的妻子看上去也要比实际年龄大许多。现在回想起来，马路的妻子在当时也不过三十多岁，但是她留给我们的印象，更像一名饱经了沧桑的中年妇人。如果马路是我们的老大哥的话，马路的妻子看上去，便仿佛是马路的老大姐。马路的两个孩子已经很懂事，大的那位十二三岁模样，神态很像马路，两个大眼睛滴溜溜直转，到什么地方都保护着自己的小妹妹。

我陪同着马路的妻子一起去看望苏教授。让我感到惊奇的，是她自从来到学校以后，一直是在无声地抹着眼泪。她的平静让同学们感到不解和疑惑，即使是在太平间里，面对着马路的尸体，她也没有放声大哭。倒是那些陪她去医院的同学，忍不住号啕起来，大家不敢相信，一个活生生的人，怎么不明不白地就结束了自己的一生。马路的英年早逝，像导火索一样，使得班上良好的学风顿时大变。在过去的三年里，人们寒窗苦读，废寝忘食，而从那时起，一种厌学的情绪，正在悄悄地积累。大家开始设想不要命的学习，究竟值不值得。眼看着就要毕业了，四年的大学生活，到底能给大家带来什么样的实惠，人们不得不在内心深处，重新进行盘算重新进行估价。社会风气正在悄悄地发生着变化，随着改革开放的深入，发愤读书，已经不再是什么时髦的事情。成功的道路有许多种，人们已经开始认识到，陈景润那样的“书呆子”走过的道路，在当时并不是唯一的一条路。

苏教授对马路的早逝，感到十分悲伤。在苏教授的晚年，他的各种名目的弟子，多得连他自己也弄不清。随着他的地位越来越高，他的弟子也跟着吃香喝辣，在学问的小圈子里，开始小有名气。然而真正能得到苏教授真传，却绝无仅有，这也就是为什么每次提到马路，苏教授都有一种无名的悲哀。毫无疑问，马路才是苏教授最称职的弟子，因为在那么多位弟子中，只有马路对纯粹的学问，能爆发出巨大的热情，只有他能真正地坐稳在冷板凳上。做学问没有一点死脾气还真不行，苏教授常常不无感叹地说：“为学务精习，韦编三绝，所以才会有一点成就。”他对其他弟子的不满意，关键就在于一个个都是聪明有余，而吃苦精神不足，不吃苦永远不会成为大学问家，不吃苦永远是个半吊子。苏教授一生都以自己是黄侃的弟子感到自豪，一提起先师黄侃，他的崇敬之情油然而生，他总是不厌其烦地用黄侃苦读的故事教诲我们，不厌其烦地说黄侃当年“日读礼经数纸，展转比勘，至夕，每觉头眩，是以知其苦也”。学问只能从困苦中来，离开“困苦”二字，也就不会有什么学问。

当我陪着马路的妻子走进苏教授家以后，苏教授竟然像小孩子一样哀恸起来，他嘴里振振有词念叨着，说了什么，我听不清楚。这种过激的表现，大大出乎我的意料，以至于一段时间内，我很有些尴尬，不知道怎么办才好。苏教授平时并不和蔼可亲，他对弟子，尤其是对马路十分严厉，由于我和马路是他晚年生涯中最先拜他为师的学生，马路当之无愧地可以成为大弟子。我的印象中，苏教授几乎从没有当面表扬过马路。有时候作为鼓励，苏教授对我的回答，还能笑一笑，给个面子，然而对于马路，不管对错与否，苏教授总是板着脸。在对待弟子的态度上，苏教授多少还有些恪守旧传统，他显然是讲究师道尊严的，越是看重的学生，要求越严格。马路死了以后，我一度有望破格升为苏门大弟子，有那么一两年，苏教授对我也十分严格，他对我不苟言笑，布置了很沉重的学习任务，但是渐渐地就表现出了失望，他看出我并不是成为大学问家的料子，不仅是我，其他的弟子也是一样的不争气。

如今回想起来，苏教授在马路逝世后所表现出的极度悲哀，可以说是他有一种预感。他预感到这些年来，做学问再一次被大家突然重视，很可能只是昙花一现。大师自有大师的过人之处，事实的发展果然不出苏教授的预料。在后来的日子里，虽然做学问的佼佼者越来越被尊重，地位越来越高，住好房子，出门有车，被授予各种灿烂辉煌的头衔，然而这丝毫不能表示学问本身有所提高。学习的风气说变就变了，而学问是旷日持久的事情，不可能仅仅因为风气的一时变化，就能彻底改变和颠覆。自古圣贤皆寂寞，这“寂寞”二字，可以有好几层意思。马路生前就对“寂寞”二字，做出有

“难得”之义的独到见解，这见解颇得苏教授首肯。人生一世，真正能遇上做学问的机会，并不多，能持之以恒的机会更是百年难遇，所以寂寞也属难得。大家一窝蜂地刻苦学习，其结果只是一种表面的热闹，是热闹就不可能长久，是热闹注定昙花一现。做学问永远是少数人的事情，既然少数人的事情，就不应该指望能得到多数人的效仿。人们不可能一直都在熄灯后，坚持在窄窄的过道上看书，人们迟早会有一天，忍受不了那厕所里的尿臊味。

马路的妻子终于受了苏教授哀恸的影响，捧着脸哇哇痛哭起来。两个小孩也跟着一起哭。苏教授的夫人李老太太，不动声色地在一旁看着。大家尽情号啕一阵，马路的妻子开始安慰苏教授，我也跟着在一旁劝慰。苏教授像小孩似的，越哭越伤心，用手帕一边抹眼泪，一边擤鼻子，抽噎着说：“白发人哭黑发人，此乃人间至痛。”

马路的妻子说：“苏老师，你不要哭了，你这样，马路他知道了，心里会难过的。”

苏教授让她这么一说，眼泪又刷刷地流出来，叹气说：“人都死了，马路又怎么知道难过！”

5

苏教授曾为马路写过一副挽联：

往日列师门最怜年少多才常指青云期远到

朔风传噩耗顿触老人旧感重回白首忆前游

随着大学里学习风气越来越不像话，苏教授对于已故的马路之厚望，也水涨船高地越来越重。在给研究生上课时，他总是情不自禁地提到马路，他总是以马路的捷悟和善于苦思，来挑剔其他弟子的不足。在回忆中，马路变得越来越完美，越来越高大。在后来的岁月中，每到马路的忌日，苏教授一定让我寄一笔钱给他的遗孀。当年马路妻子带着马路的骨灰离去时，苏教授就给过她一千元钱，这钱还是我帮着去银行取的。虽然苏教授在后来没有中断过寄钱，但是马路的妻子一去杳无音讯，从来都没有给苏教授回过信。

对于我来说，马路夫妇之间，总是有些解不开的谜。首先，马路似乎并不怎么爱他的妻子，大学的四年里，他从没有回老家探过亲，也从未向我流露过自己如何想念妻子儿女。不能仅仅以经济的原因来解释，事实上，马路很少向我提过他的家庭，偶尔提到，每次都带有掩饰不住的不满。有一次，马路甚至向我提到了他妻子曾经有过的所谓不忠。马路的妻子在与马路结婚前，曾和自己的表哥谈过恋爱，当然不是一般的谈过，两人的关系一直是马路心头的耻辱。繁忙的学习生活期间，马路能与我促膝倾谈家事，这本身就是一件很不容易的事情。在这次一吐为快的谈话中，马路告诉我许多不为人知的个人隐私，由于他的家庭成分不好，他能够去公社中学教书，完全得力于未来的老丈人。马路的老丈人是公社的副书记，他有两个女儿，有意招赘喜欢读书的马路为自己的乘龙快婿，他想让他成为自己的小女婿，可是结果始料未及，马路却成为他的大女婿。

在大学三年级的时候，有一个亲戚来学校看过马路，他就是马路妻子的表哥。三天里，这位表哥吃住都在学校里，白天吃食堂，晚上和马路睡同一张床上。他们之间看上去很客气，用一种十分怪的家乡口音对着话，大家都听不懂他们说什么。那位表哥已是一个地道的中年人，他的小孩已经成人。我和马路之间仅有的那次有关他家庭的谈话，就发生在送走了表哥的当天下午。我们从苏教授家出来，已经是吃饭时间，匆匆去食堂填饱了肚子，马路突然提出来要我陪他一起散散步。我们沿着校园走了一大圈，他显得十分疲惫，神色黯然，走走歇歇，一路都在谈那位表哥。越说越没有办法平静，越说越刹不住车，越说越沮丧。我们的谈话是从沿海一带的走私开始的，马路叹着气告诉我，说他家乡现在的走私活动非常厉害，那位表哥靠贩卖走私录音机，捞了不少钱。在80年代初期，最流行的走私商品，是日本的SANYO手提录音机，这位表哥此行的目的，是考虑到大学里有许多人在学外语，想让马路为他在大学生中推销他的走私录音机。

送马路妻子去火车站回老家的时候，我们在车站又一次遇到了她的表哥。因为来过学校，有许多人曾经都见过这表哥，大家都为这不期而遇感到高兴，觉得孤儿寡母的，一路上有个熟人照顾，毕竟是件好事。由于我是唯一知道其中秘密的人，因此只有我一个人清楚地知道，这绝不会是一次偶然的相遇。和一年前相比，这位表哥现在是真正地阔了，手上戴着一个大的黄灿灿的戒指，金光闪烁十分耀眼，虽然他故作正经，然而我还是能看出他有些慌乱。马路逝世以后，班上同学曾经慷慨解囊，为他的遗属募捐集资。每当我想起当时的募捐，或者是去邮局帮苏教授替马路的遗孀汇钱，我便情不自禁地想起那位躲藏在背后的表哥。我永远也忘不了当时在车站的情景，那位表哥伸出那只带着金戒指的手，去接马路的骨灰盒，那一瞬间，我仿佛听到了骨灰盒里马路痛苦的呻吟。

多少年来，大学同学重新回忆起当年的寒窗苦读，必然会谈起马路。大家必然会旧话重提，再一次谈论像马路那样，把性命都搭了进去，究竟值不值。马路是读书时代的一种终结，他是班上的一面旗帜，是时代的一个标签，他的死，实际上也是宣告了一个特定时代的结束。对于我们这些人来说，要想在社会上立足，有一张大学的文凭就足够了，书本上的东西在现实生活中往往找不到用武之地。事实证明，大学里苦苦学到的绝大多数东西，走上社会后并没有任何用处。马路死了六个月以后，系领导召集班上的同学开会，作毕业分配动员的形势报告。大家突然发现，四年的大学生活已经到了尽头。我们被一本正经地告知，由于社会上对人才的需要，我们这些毕业生的前景十分看好。未来的社会，将非常看中一纸文凭，有了文凭，我们可以昂首挺胸、通行无阻地走向社会。

让同学们耿耿于怀的，是在这次形势大好的尾声部分，系党支部的一位胖子书记站了出来，笑容可掬地动员大家献血。献血并不是什么坏事，但是选择的时机似乎有些不妥。大家不得不把献血和具体的毕业分配，牵强附会地联系在一起。经过四年的学习，肚子里的学问多少增加了一些，然而这并不意味同学们的思想觉悟，就一定会跟着提高。由于措辞听上去不是那么入耳，这位大胖子书记的话，很容易让别人产生别的联想。他的话很容易让人引起误会，这就是是否积极参与献血，将影响校方对一个人的看法，而这种看法最终将决定一个人应该去什么地方。大胖子书记说完以后，一个瘦瘦的医生出来说话，他的风格和前者截然相反，他像哄小孩一样地哄着大家，一个劲地说献血怎么无害。过多宣传献血无害，物极必反，人们反而要在肚子里产生疑问。没人会相信献血竟然比不献血更有利于健康，人血不是水，大学生毕竟不是小孩子，光说不负责任的大话蒙他们显然不对。

班上的大部分同学都参加了义务献血，不能说都是心甘情愿，也不能说是因为担心不献血，会影响自己的毕业分配。有一点无可回避，这就是大家的心头，普遍地感到不太痛快。大家觉得应该换两个人来动员大家，换两个说话中听一些的人来，换两个懂得尊重别人的人来。这是一个弄巧成拙的典型事例，大家想到胖书记和瘦医生说话的样子，就反感，就觉得自己受到愚弄。在中心血站，同学们高高地捋起了袖子，看着自己的鲜血流进针筒，不能不又一次地想到因为贫血而死去的马路。要是我们献的血能把马路救活就好了。事实上，对于一个健康的人来说，贡献点血，真算不了什么大事，献血以后，每个同学都拿到了三十块钱的营养费，在当时，三十块钱也不是什么小数字，反正就要毕业了，留着钱也没用，因此大家一起去上馆子，痛痛快快地大吃了一顿。

第三章

1

苏教授在我们大学三年级的时候，重新回到了中文系，这一年他已七十六岁。事实上，他已经在家赋闲了十几年，工资关系等等一直都放在历史系。中文系师生为他开了一个欢迎会，请他说几句，他的开场白，便是称自己为“出土文物”。然后又即兴对“文物”二字，进行了一番考定。他笑着说，后世的人，一提到文物，就难免想到它是否值钱，其实今人所说的文物，和古人所说的文物，早就不是一回事了。今天的文物，是指那些遗留在社会上，或是仍然埋在地底下的历史文化遗物，是已经消失的往日的一部分。古人的文物，却是礼乐和典章制度的统称，他随口就举了一个例子，《左传·桓公二年》中有这么一句：“夫德，俭而有度，登降有数，文物以纪之，声明以发之，以临百官，百官于是乎戒惧而不敢易纪律。”苏教授总是出口成章，然而毕竟是面对着几百号人，场面热闹，很多人对他的话似懂非懂，只是从心里知道他很有学问。

那天苏教授的情绪特别好，大家起哄，要他表演节目。老师中有他昔日的弟子，便提议他来一段昆曲。苏教授也不推托，说自己嗓子不好，只能轻轻地哼几句，于是拉开嗓子就唱，有板有眼，而且声音并不低。同学们那时候还是第一次听到昆曲，都觉得怪怪的，一个个笑得十分开心。唱完了，一位教《欧洲文学史》的中年女教师站了起来，要求苏教授分别用英文法文德文朗诵雪莱的诗歌，说这是苏教授当年在外文系和同学们联欢时的绝活，话音刚落，大家热烈鼓掌。苏教授笑着说："表演节目，应该是你们年轻人的事情，况且又是在中文系，老朽断无在这里卖弄洋文的道理。"女教师不肯放过，说不朗诵雪莱的诗，那就来一段莎士比亚的。苏教授拗不过她，于是当真又来了一段丹麦王子的自白。

联欢会以后，我和马路送苏教授回去。学校说好派小车接送，然而那小车就是迟迟不来，打电话去，说车早就出来了，可是一等再等，依然不见小车的影子。再去打电话，那边已不耐烦，说车子已经开出来了，什么时候到，跟他们没关系。苏教授在系办公室里坐了半天冷板凳，很知趣地说："我走回去，这点路没问题。"说了，怕系领导不放心，又安慰他们，"有马路他们送，就可以了。"那天苏教授的精神特别好，一路上有说有笑。从系里去他家也确实不远，苏教授走走歇歇，很快就到了。

苏教授回到中文系，发挥所谓余热，目的是让他挂名带研究生。系里有两位中年的副教授，看到这几年比较文学颇时髦，因此想开设比较文学专业，抢占这门学科在全国的领先地位。在我们读书的年代，教授还十分稀罕，副教授就算是有学问，不像现在，教授副教授甚至博导，多如牛毛。根据当时教育部的有关规定，副教授不能授予硕士学位，不能授学位便不能吸引学生，因为大多数学生考研究生，与其说是想多学一些东西，还不如直截了当地说是为了学位。这两位副教授是明白人，知道要卖出狗肉，必须先挂羊头的重要性，于是想到把早就退休的苏教授请回中文系，挂苏教授的牌子招生。以苏教授在学术界的显赫地位，他的招牌绝对有号召力。事实上，中文系的其他专业，也正在动把苏教授请回来的念头。

苏教授好为人师，在回到中文系之前，前去向他请教的学生，只有马路和我。即使他回了中文系以后，真正登门求教学问的也不多。这两位副教授捷足先登，联袂上门，慷慨陈词，好一番游说，苏教授禁不起诱惑，很冒昧地就答应了。然而结局却是大家都不愉快，因为双方为人处事的原则完全不一样。苏教授这人做事一向顶真，不明白只是让他挂名，和让他实际带研究生是两回事。首先在录取上就有严重分歧，按照苏教授的观点，考研究生就得有研究生的实际水平，因此录取这一关马虎不得。其次读研究生，仍然应该是以打扎实的基础为主，不能急着写文章，急着发表那种半吊子的论文蒙人。这一年的比较文学专业，招了四名研究生，两名是往届的工农兵大学生，一名“文化大革命”前学理科的，还有一名所谓自学成才，是个作家，虽然没上过大学，但是发表了一些有反响的作品，得过一个省级的文学奖，因此被破格录取。

苏教授在家里替这几位研究生上课，让我和马路跟着旁听。在一开始，这几位研究生和苏教授就有些格格不入，因为他们觉得我们只是本科生，不应该去蹭他们的课，让本科生和他们一起上课是看轻他们。尽管他们的平均年龄并不比我大多少，甚至比马路还小，但是他们很有些看不起我们的意思。他们嫌苏教授的讲课有些落伍，老是把别人当做了小学生，动不动就讲训诂，动不动就引经据典，天南海北没有任何重点。他们觉得苏教授太老了，对国外的最新思潮根本就不了解，对流行的现代派无动于衷，对诺贝尔文学奖获得者极不尊重。最让他们容忍不了的，是苏教授坚决反对师生间的对话，他总是自顾自地说着，每当他的研究生向他提出什么问题，他便流露出不屑一顾的神情。事实上，苏教授压根就不赞成比较文学成为一门专业，他觉得比较是做一切学问的基础，把比较文学独立出来，有些莫名其妙。他身上有着太多老派的做法，不管学生怎么想，他要求弟子必须“恪守师承和博学多闻”，先把老师身上的本事学到家，然后融会贯通，再去研究别的学问。

苏教授给我们上课的时候，谈到做学问的基础，常常把扎实的基础比作旧时代的八股文。苏教授始终认为，八股文并不像后人所说的一无是处，没有一篇好文章。正像《儒林外史》上鲁编修曾说过的那样：“八股文章若做得好，随你做什么文章，要诗就诗，要赋就赋，都是一鞭一条痕，一掴一掌血。”反过来，“若是八股文章欠讲究，任你做出什么来，都是野狐禅。”这观点有些迂腐，然而也不无道理。苏教授谈起自己的学问，言必称师承，情不自禁地就会说到，当年章太炎怎么说的，黄侃又是怎么说的，他提起那些往日的大师们，脸上总是闪烁着一种童真的光芒。他希望我们都能像他一样，把大师的精神发扬光大，在学问上能够更上一步台阶。

几位研究生听苏教授的课，精神总是集中不起来，尤其是那位作家，脸上屡屡露出不屑一顾的神情。据说他喜欢开夜车写小说，写那种当年一度很流行的伤痕文学，有一次，在听苏教授谈屈原的时候，他竟然闭上眼睛睡着了。苏教授大为光火，喊他到隔壁卧房里去睡，或者是回自己的宿舍。苏教授说话的声音有些颤抖，憋了半天，悻悻地说：“你既然不是做学问的料子，跑到我这儿来混什么？”那位作家很不好意思，脸上有些发红，嘴里嗫嚅着，谁也听不清他说什么。苏教授不依不饶，说："有什么话，你大声一些，我快八十岁的人了，耳朵背，听不见。"作家不敢吭声，其他的人也不敢插嘴。课于是上不下去了，苏教授不愿意继续往下说，我们很无趣地坐在那儿，等了好一会儿，苏教授说："我刚刚说到哪儿了？"没人接他的话茬，苏教授又说："你们都不在听我说什么，今天就讲到这儿，下次的课也不要上了。"

2

我是在大学毕业后的第二年，考取了苏教授的研究生。这时候，苏教授的弟子，不仅多，而且杂。时间已经到了1983年，改革开放继续深入，社会风气似乎又变了不少。我留校成为一名大学教师，初出茅庐，还不够资格给学生上课，便当新生的辅导员。和我们当初上大学截然不同，现在的大学生都是应届生，他们是各个中学的尖子，个人履历表上，中学时代几乎是清一色的三好生。他们看上去都还像是毛孩子，一个个聪明绝顶，充满了灵气。和他们相比，我们当年都应该算做是老夫子了。

辅导员的主要责任，是负责学生的日常生活，我的职权范围，也就是管管考勤，发发肉贴。由于我从小没做过什么官，在小学中学，在工厂，上大学，都是基本群众，当辅导员也就是我一生中最大的官了。我对学生采取了听之任之的态度，他们想怎么就怎么。我在读大学的四年里，从来就没有和辅导员打过什么交道，既没有麻烦过他，他也没有要求过我们什么，因此我觉得现在的大学生，也应该和我们当年一样，自己管理自己。这一年的辅导员生涯，实在没什么可以记录下来的，在前面的半年，我的精力放在准备考研究生上，后面的半年，我知道自己已经可以被录取，辅导员的工作想干也干不长了，系里不得不考虑物色接替我的人选。

我选择的方向是研究六朝文学。对于我来说，研究哪个朝代的文学都行，都差不多，说穿了，也就是一篇万把字的学位论文。我所在的这个学校，并不特别看重研究生的论文。述而不著，是这所学校保留下来的一个优良传统，或者说是我所在的这个系的老习惯。很多学校的研究生，早在读一年级时，就迫不及待地考虑论文怎么写，而在我们系的教授眼里，这是绝对的歪门邪道。按照苏教授的见解，研究生一定要写学位论文，本身就是一种有害无益的形式主义。研究生仍然应该以打基础为主，基础扎实了，才可以考虑盖房子，才可以考虑盖高楼大厦，冒冒失失就老气横秋地写论文，结果肯定是贻笑大方。

一段时间里，我似乎很得苏教授的器重，自从马路逝世以后，苏教授常常遗憾再也得不到像他那么肯用功的弟子。短短的几年中，苏教授便有了一大群弟子，各个专业都争先恐后地打他的牌子，然而他似乎也开始明白，自己作为招牌的实际意义，也就是让系里多招一些研究生。他并没有几位嫡传弟子，在联合招生的幌子下，他不过是那些副教授们招揽学生的商标。很多专业和学科的研究生，从表面上看和他都有关系，什么古代文献专业，训诂专业，前秦文学史，唐宋诗词，明清小说等等，但是实际的指导教师都不是他。苏教授再次成为万金油似的人物，给人的印象是无所不通，他甚至还要给中文系之外的研究生开讲座，讲述中国古代哲学，讲述流落在西方的汉学文献，讲述汉唐职官考证。对于一个快八十岁的老人来说，他显得有些精力过剩。

我在苏门弟子中显得比较重要的原因，并不是因为我拜师最早，也不是因为年龄最大，事实上，许多比我年级低的研究生，岁数都比我大。我所以显得重要，是因为我追随在苏教授左右，做了许多辅助性的跑腿工作，这在当时难免引人注目。随着苏教授的名声越来越大，学校里想一睹他的风采的人也越来越多，于是不得不一次次安排讲座，让本系和别的系的同学听课。这样的讲座，一般早在几天前，就在校门口贴出了巨幅的海报。苏教授总是坐在那儿讲，说到什么字，或者引用了某一段古文，某句古诗词，为了让大家都明白，得有一个弟子帮他写在黑板上，而这个弟子恰恰是选中了我。除此之外，虽然来回都有小汽车接送，但是必须得有一个人和司机联系，要算准时间，要事先知道教室，这种事同样也落在我头上。苏教授给人造成的一个印象，这就是他在公开场合离不开我，我成了苏教授晚年生活中的一根拐棍，只要他在大众场合露面，通常也就能见到我的身影。

在苏教授的晚年生涯中，人们喜欢在背后议论的有一点，是苏教授对招收女弟子，一直抱有极大的热情。据说每次招生时，苏教授都特别关照，要求对女学生要有所优待，要特殊照顾。说苏教授人老心不老，这已经成为一个半公开的笑话。老实说，苏教授在公开场合举办的讲座，有时候并不精彩，他的演讲太专业了，那些慕名而来的学生，常常听了一半，就溜之大吉。这使得苏教授很不高兴，也使那些主办者有些下不了台，然而仍然不影响他对下一次讲座的热情，因为只要是女学生，或者是女教师登门请求，他就一定不会拒绝。对于苏教授来说，最好的糖衣炮弹就是女人。苏教授喜欢讲台底下坐着一排排女学生，瞪着眼睛看着自己的气氛。

苏教授从不掩饰他对女学生的好感，讲课时，有没有女弟子，他的状态完全不同。同样是弟子，他的态度也总是男女有别。可惜那些招来的女研究生，十有八九对苏教授的讲课不感兴趣，而且最让人失望的，是在我读研究生的那几年里，来中文系读硕士学位的女学生，一个比一个更不会打扮，容貌通常既无古典美，也没有现代美。漂亮的女大学生，反正已经有了本科文凭，一个个赶紧嫁人，剩下来考研究生的，有许多都是嫁不了人的老姑娘。我们这些做弟子的，在宿舍里，谈起苏教授对女学生的态度，一致认为他在年轻时肯定风流得不像话。俗话说，从小一看，到老一半，通过童年的窗口，可以窥见一个人的未来，反过来的道理也应该一样，在老年人的窗户里，同样可以看见那些失去的时光。我记得马路曾经偷偷地告诉过我，说苏教授在四十年代追求某位校花，一度成为小报上十分热门的花边新闻。在背后议论自己的导师，很有些不恭敬，但是为人师表的苏教授，在对女学生的态度上，显然也不够检点。

几乎所有的弟子，都注意到了这样一个有趣的事实，无论什么时候，只要有女人上门，李老太太总是保持着一种特殊的警惕。只要有女人在场，无论是女弟子，还是前来办事的徐娘半老的女教师，我们的师母李老太太，总是虎视眈眈地在一旁监视。我记得力翠华去苏教授家上课，出来时讲的第一句话，就是：“苏教授的老太太，一双眼睛真厉害，她怎么了？”

透过近视眼镜凸起的镜片，力翠华十分敏感地意识到了李老太太那种不可遏制的醋意。力翠华的年龄比我大了将近一岁，作为苏教授的研究生却比我低一届。这位毕业于师范学院外语系的女学生，在当时相对而言，就可以算做是苏门弟子中让大家眼睛发亮的一枝花了，她在李老太太的眼神下面，显然很难做到自然。李老太太喜欢搬一张小椅子，坐在书房对面的小房间，看着我们上课，这当然是在有女士的情况下。刚开始，她的这种古怪行为，经常分散我们的注意力。这是一个从不开口的老太太，我们每次主动和她打招呼，她都是爱理不理。她永远都处在不高兴的状态中，总是让我们能感觉得到，她和苏教授中间，有着深深的不可调和的对立。在苏教授的诸弟子中，虽然我服务性的义务尽得最多，常常为苏教授打杂，然而李老太太对我，丝毫也不见得比其他人客气。

苏教授的博学，常让他的弟子感到他是无所不知。他常常以一个很简单的问题发问，从简单入手，显现出他深厚的学问功力。有一次，他讲累了，为了休息一会儿，让我们替“手心”注解，用文字说明什么叫手心。大家觉得这不应该成为问题，答案就在嘴边，可是偏偏找不到恰当的话语。这颇有些像“脑筋急转弯”上的提问，大家苦思冥想，仍然不得其解。也许没有人不知道什么叫手心，然而真要用文字简明扼要地表达，却是十分的困难。苏教授让我们明白了一个规律，这就是一个人要想把自己知道的事情都说出来，并不是件容易的事。艺术的本质，就是为了找到一种非常简单的表达方式。艺术有时候可以简单地理解为寻找表达。苏教授看见我们已经黔驴技穷，便把手指握了起来，很认真地说：

“手指握紧，所触及的地方，就是手心。”

这是一个很难让人信服，但是想来想去，又不得不信服的唯一正确答案。这个小例子，充分说明了文字表达的难度，否则的话，就只能画一个图，用箭头说明手心的所在。学问常常会让人感到自以为是，也常常会让人看不起，因为真要做学问，有时候就难免要钻牛角尖。苏教授讲课的最大好处，在于能深入浅出，无论多深奥的学问，他都能尽量让它简单化，同样无论多么浮浅的话题，经他一点拨，立刻化腐朽为神奇，有了一番新的意义。譬如在对“食色性也”这四个字的释义上，苏教授把“食”和“色”归结为“欲”，“欲”的本义是“想要”，引申为情欲时，便产生了会意的一个异体字，这就是在“欲”下面有个“心”，即“慾”，由此可见，食和色皆源于心，用现代的话来说，食色都有其生物学的基础。这是简单的一面，人们一目了然，而不简单的一面在于，食和色却有着不同的层次，有不同的层次就有差别，即“食”不能简单归结为吃饱，“色”不能简单归结为男女。《礼记·曲礼上》说过：“欲不可从。”所谓“从”，就是纵，因为“从”和“纵”相通，欲如果得到放纵，便将一发而不可收，所以古人要强调“发乎情，止于礼”。

苏教授从欲，过渡到礼，然后大谈女性美的演变。苏教授说，古人谈到美好的形容时，有“黄绢幼妇”之说，这不过是一种拐了弯的说法，黄绢，乃是一种有颜色的丝，丝和色相加，是“绝”，幼妇则是少女，“少女”这两个字合在一起，是“妙”，因此“黄绢幼妇”就是“绝妙”的意思。何为绝妙，从来就是一个说不清楚的话题。苏教授以“黄”这个字，大加发挥，他说中国人提到黄脸婆，通常是说一个人的美貌不在，因此黄脸婆暗含昔日姿色尚可的隐义。黄脸婆意味着今昔的对比。西方把下流称之为黄色，把东方人的崛起称为黄祸，而今日国人也习惯于觉得黄不是好的颜色。其实在古代，例如六朝至宋代，脸色恰恰以黄为美，号称“佛妆”。梁简文帝诗中有“异作额间黄”，唐温庭筠诗中有“额黄无限夕阳山”，李贺诗有“宫人正靥黄”，所有这些诗句，苏教授都是脱口而出。他还提到在辽时，燕俗女子生得漂亮的，称为细娘，面皆涂黄色。宋彭汝砺有诗为证：“有女夭夭称细娘，真珠络髻面涂黄，南人见怪疑为瘴，墨吏矜夸是佛妆。”由此可见，美也不是一成不变的，于肤色如此，于人之五官的审美标准，同样此一时彼一时。高鼻子大眼睛烫头发，此好莱坞之审美也，今人深受其影响，以西俗为美，有时就难免可笑了。

3

我和力翠华之间的关系，可以说是苏教授的一手策划造成。我已经说过，苏教授对女弟子，总是出乎寻常的关心。当他听说力翠华还没有男朋友时，几乎是立刻就决定要成全我们。他自说自话地作了安排，让我主动向力翠华表示一下，因为在这一类事情上，男的这方面似乎不应该太退缩。我永远也忘不了那次十分滑稽的谈话，苏教授直截了当地问我有没有一辈子当光棍的打算，如果没有，就得赶快采取行动，而目标就是力翠华。苏教授笑着说：

"饮食男女，大欲存焉。按照古人的说法，她已经是怨女，你则是旷夫，大家都用功读书是好的，耽误了婚姻大事，也不对。"

我弄不清苏教授是怎么对力翠华说的，从一开始，他就显得十分自信，好像稳操胜券，好像这事已经定了下来。他吃准了我们一定会买他老面子。事实也是如此，我们虽然都没有一口答应，但是也没有拒绝苏教授的好意。我们表现得都很听话，只不过是做出有些不好意思的样子。既然德高望重的老师觉得我们是天生的一对，我们为什么不试试看是否真的有缘分。大家的年龄已经都不小了，既然在生理上都没什么毛病，尝试一下男欢女爱，总没有什么过分。于是，我采取了最老式的交女朋友法，这就是请力翠华看电影。看的也是老片子，是三十年代赵丹和周璇主演的《马路天使》。看完了，从电影院出来，力翠华说："你请我看电影，我请你吃一碗小馄饨吧！"

于是我们就坐在校门口的一副馄饨担子前，无拘无束地吃着馄饨。吃到一半，力翠华无意中告诉我，我们看的这部片子，她两天前刚刚看过，说了，脸上的表情，颇有些后悔告诉我的意思。我怔了一下，脸顿时就红了，十分尴尬地说："你既然看过了，为什么不说一声？"力翠华说："你票都买了。"说完，见我眼睛多大地看着她，好半天都不把目光移开，自己的脸也红了。我意识到自己不该这么看她，就埋头吃馄饨，一边吃，一边忍不住暗笑。力翠华起了疑心，说："你笑什么？"

我笑着说："没笑什么，我在笑自己。"

多少年来，对这件事情，我一直记得很清楚。如果力翠华当时拒绝了我，后面的爱情故事，都将不复存在，因为她如果说自己已经看过这部电影，我一定会认为她是不乐意和我交朋友。我会认为这是一次求爱的失败，是又一次失恋的记录。就算我有贼心，我也不可能有贼胆，贸然发起第二次攻势。尽管我已经快三十岁了，在男女问题上，我毕竟还是一个涉世不深的大男孩，仍然没有丝毫和女孩子打交道的经验。也许我天生就不善于和异性打交道。在过去的岁月里，我一直依靠发愤读书，来排遣自己对异性的渴望。我知道自己身上那种被称之为欲望的东西，一点也不比别人弱。事实上，一个人越是道貌岸然，越是拼命地想压抑自己生命的本能，他身体内部的欲望之火，也就可能越强烈。我必须坦白地说，一个看上去十分用功的读书人，脑子里的下流念头，就算不比别人多，也绝不会比别人少。

就像在当工人时，对那个戴着大口罩的磨床女工充满好感一样，读大学本科期间，我在那不多的几位女同学身上，也轮流寄托过幻想。由于班上的男女比例严重失调，捷足先登者，早就把班上的女同学据为己有。我迟迟没有女朋友，不是不想，而是无能。我显然给高不攀低不就的择偶态度耽误了。我不急不慢的样子，很容易给人造成误会，这就是我已经有了对象。多少年来，我一直天真地盼望着，盼望有一个爱我的女孩，横空出世从天而降。我想力翠华的情形和我如出一辙，由于她是在师范学校，那里的女生大大地多于男生，因此她对异性的企盼，也只能和我一样伤感无望。她喜欢的人不喜欢她，喜欢她的人她又不喜欢。在择偶上，再也没有比八十年代初期的大龄女大学生，更尴尬更无可奈何。那个时候的女大学生，都希望找一个比自己更出色的男人，然而出色的男人大都有了对象，因此女大学生一不留神，就成了老姑娘。

当我和力翠华的关系正式确定以后，我们像谈别人的艳史一样，谈着自己被美化加工过的爱情遭遇。我们显然都在互相抬高自己，把自己从情场上的失败者，硬打扮成春风得意的胜利者模样。力翠华习惯于叙述不同版本的有关她的追求者的故事。她处处要让我感觉到，我是一个中了大奖的幸运者。苏教授为我们提供了一个不得不在一起的机会，这就是要我们互帮互助，让我辅导力翠华的古文，让力翠华提高我的外语。力翠华从入学一开始，就发誓要研究李清照，她觉得自己作为女人，研究李清照有着得天独厚的优势。她身上充满了那种让人生畏的女才子气，然而也许是四年大学时的兴趣太杂，或者毕竟是外语系出身，她的古文水平实在不怎么样。我始终弄不明白她为什么要报考中文系的研究生。

既然一起看了第一次电影，接下来便有第二次第三次。苏教授为自己的一手策划即将成为事实感到由衷地高兴。我的生活也陡然变得丰富起来，以往我只能做一个书呆子，力翠华也差不多是女书呆子，现在两个书呆子加在一起，负负得正，发现有许多读书之外的事情可以做。那段时间可以算做是我进大学以后最不用功的日子。我们并没有像苏教授所期望的那样，因为爱情问题的解决，在学业上得到进一步的飞跃。我们之间根本谈不上互帮互学，恰恰相反，我们反而从对方身上看到，一个人如果仅仅是做学问，实在是太可笑。我们仍然去图书馆看书，仍然上各式各样的课，但是我们开始心不在焉。

古代一位大名士谈到人生的几大快乐，其中有一条便是“闭门读淫书”。这是古人的雅兴，大学里的学子，却没有这样的方便。大学里的一切生活都是敞开的，都在意想不到的眼睛监视之下，人们无门可闭，无秘密可言。因为有做学问这块金字招牌，研究生可以堂而皇之去特藏部借书，可以大胆老脸地借《金瓶梅》和《肉蒲团》。八十年代的前期和中期，大学里的气氛依然十分保守。那时候，地摊上还没有乱七八糟的书卖，学校的周围还没有什么卡拉OK厅、录像厅，学校大礼堂也不会放那种有裸体镜头的内部片。我敢说绝大多数研究生，都在做学问的幌子下，趁机阅读过馆藏的淫书。特藏部的图书不能外借，只能坐在图书馆的冷板凳上，在管理员小姐目光监视之下，做贼心虚地翻阅。《金瓶梅》和《肉蒲团》究竟是不是淫书，这是另外一个话题，问题的实质在于，很多学子都是奔淫书而去。

我不知道做学问的女研究生，是否会像男研究生一样无聊。这个秘密只有在图书馆的管理员小姐才知道。当我和力翠华的关系非同一般以后，有一次在公园散步，我曾向她流露过自己的好奇心。那时候，我们已经开始有了搂搂抱抱，开始在远离游人的地方，像国产电影上那样胡乱亲吻几下。我忘不了我们第一次接吻的滑稽场面，那完全是触景生情，受了别人的影响和感染。突然间，我的胆子大了起来，冒冒失失地直奔主题。我们坐在沿湖的一张椅子上，离我们不远处，另一张椅子上，一对情侣正在忘情地接吻，热烈得仿佛能让人听见咂嘴声。我和力翠华情不自禁地向他们扭过头去，看着看着，我很矫情地在力翠华的脸上啄了一下。力翠华没什么反应，我又小鸡啄米似的来了几下，她回过头来响应我，我们的脸撞在了一起，她的眼镜突然掉了下来。

“我们很笨，连接吻都不会。”她把眼镜戴好了，不动声色地说。力翠华从来就不是一个有幽默感的人，在我的记忆中，这是她表现得最幽默的一次。然而我却表现得毫无幽默感，在这关键时刻，我完全是小人得志，一头一脸地得了便宜还要卖乖的腔调，我说自己担心她会拒绝我。力翠华说：“我是应该拒绝，要不然，你会觉得太容易就得到我了。”

“我不是这个意思。”

“你就是这个意思！”

我很快为自己的不会说话付出了惨重的代价。这以后的三四个月里，力翠华一直保持着矜持，再不让我越过雷池一步。可以说，在一开始，我们之间的进展还算迅速，然而自从第一次接吻后，我们的关系反倒停滞不前。力翠华显然是为了证明自己不太容易让别人得到，表现出了巨大的克制力，她总是很煞风景地粉碎我的进一步企图。她表现得像一个骄傲的公主，允许我吻她，然后又从一下两下的接吻，发展到可以抚摸，可以肆无忌惮地抚摸，但是她就是不让我做那件事。

4

多少年来，我一直不认为，力翠华跟我谈对象，有什么明显的功利目的。我们两个人走到一起的根本原因，是我们都感到寂寞，是我们都需要异性来安慰自己。我们是乘坐同一班晚点列车的人，一切都比别人慢了一拍，在应该读书的日子里，我们过早地走向社会，在别人应该谈情说爱的日子里，我们又埋头读书。这以后就一直在赶时间，永远是赶，紧追慢赶，永远也赶不上。最容易产生美妙爱情故事的岁月已经一去不返，同年龄的差不多都已结婚，就是没结婚，也很少有像我们这样对异性一无所知。我们在一起，既不是郎才女貌一见钟情，也不是渐渐地在对方身上发现了什么爱。面对具体的情和爱，我和力翠华都有些茫然。我不得不承认，对于我来说，那些称之为生理现象的欲望，那些自少年时代起就开始的蠢蠢欲动，那些从《赤脚医生手册》上想探寻的秘密，那些通过阅读有性描写的文学作品的有关章节，譬如偷看《金瓶梅》和《肉蒲团》之类所产生的不安分，所有这一切，都是促使我们的关系确定下来的催化剂。

力翠华是一个来自江南小城的女孩子，和我有着差不多的禁欲经历。她生长在一个单亲家庭里，早在六岁的时候，她的母亲就离家出走，从此再也没有过联系。与其说力翠华在男女问题上是保守，还不如说她只是有些矫情，这么说可能不太恭敬，然而我还是不得不说，她其实对异性和我有着一样的热情。在我们初次接吻的三或者四个月以后，她终于给了我越过雷池的机会。可惜我们之间的磨合期实在太长久，而且最终还是没有解决问题。今天的人实在难以想象，办一件人类最基本的事情，对于我们来说，竟然会那么困难。也许双方都是生手，也许缺少必要的好环境，也许力翠华有异于常人的生理构造，在校园礼堂前的大草地上，在附近公园的角落里，我们总是功亏一篑浅尝辄止。

几年以后，1989年春天，此时力翠华已是一个孩子的母亲，陪同丈夫辜宏先生从美国回来，参加“苏抑卮教授教学生涯六十年学术研讨会”。在宾馆里，苏门弟子济济一堂，畅谈过去几年校风的变化。稀奇古怪的事情说了不少，其中谈到校风变化最有说服力的一个例子，就是勤杂人员在清扫礼堂前的大草地时，竟然戏剧性地找到了九只湿漉漉的避孕套。说的人一边说，一边比画，一边忍不住要笑，听的人也跟着笑。力翠华做出不相信的样子，说这掌故的人便让我作证。力翠华说：“凭什么他作证，我就应该相信？”我无话可说，只好继续傻笑，笑得很不自然。力翠华在国外待了好几年，已是见过世面的人，白了我一眼，笑着说：“你傻笑什么，女孩子用安全套，说明她们懂得保护自己，这有什么不好？”

苏门弟子都知道我和力翠华之间的纠葛。当年我们相好，别人不嫉妒，后来我们分了手，也没有人觉得惋惜。没人明白我们为什么好端端的，就突然像陌生人一样分了手。甚至我自己也有些稀里糊涂，因为事实上，对于这样预想不到的事变，不用说是旁观者，即使是我这个当事人，也没有任何心理准备，力翠华仿佛煮熟的鸭子似的飞走了，最后突然成了辜宏的妻子。毫无疑问，这是引起苏教授晚年心头不痛快的一件事，因为我和力翠华确定的恋爱关系，曾给苏教授带来了很大的安慰。他一直觉得这是他亲手策划的一件好事。苏教授自己的子女，和他们老夫妻几乎没什么来往，因此年近垂暮的苏教授，大有从我们身上享受天伦之乐的意思。在苏教授的晚年，围绕在他身边的，也就只有我们这些不争气的弟子了，虽然在学业上，我们远不能让他老人家感到满意，但是有我们这些弟子围绕在左右，毕竟减轻了他的许多寂寞。

事情是在我即将留校前夕发生变化的，那一年辜宏以访问学者的身份，从美国来到我们学校讲学，住在学校新盖的宾馆里。到了八十年代中期，学校里的访问学者逐渐多了起来。辜宏是已移民美国的台湾人，当时已快五十岁，是美国某大学的教授，对苏教授的学问十分佩服。他此次来大陆的目的，是坚决要拜苏教授为师。对于这次拜师，可以说蓄谋已久，早在一年前，他就利用自己在美国的影响，同时也利用苏教授在美国汉学界的影响，把已经八十岁的苏教授，弄到大洋彼岸去讲了一次学。半个世纪前的苏教授，曾在美国留过学，并且获得过学位，这次为期半个月的讲学，虽然只是旧地重游，然而却成为学术界一件意想不到的盛事，因为在美国的汉学界，有好几位资深教授，解放前在国内上大学时，都听过苏教授的课，是苏教授的忠实崇拜者，他们在国外讲学，贩卖的正是苏教授的学问。他们中间不止一个人自称是苏门弟子，上课时言必称苏教授。苏教授做梦也不会想到，在远离中国本土的异域美国，竟然还会有那么多的人知道他的名字。

苏教授对这位谦恭的辜宏，谈不上喜欢，也谈不上不喜欢。大学里校风日新月异，随着苏教授的名声越来越大，不断追加的头衔越来越多，越来越显赫，他的为人也稍稍跟着有了些变化。首先是架子开始大起来，他再也不是那种只要有人登门求教，就会立刻感到高兴的和蔼老人。对弟子再也不像过去那样严格要求并寄予厚望，他开始变得越来越现实，辜宏替苏教授添置了全套日本进口的家用电器，这些东西都写在一张提货单上，然后由我们这些在校的弟子踩着三轮货车，去江边的供应站提货。出手阔绰的辜宏，既显示出了我们这些穷弟子的寒酸，又暗示着我们可能有的美好前景。在和我们第一次见面的时候，辜宏就很郑重其事地许诺，将让我们中间的某个幸运者去美国留学，去攻读他的博士学位。像辜宏这样来自美国的汉学教授，学贯中西显然不容怀疑，然而他的学问究竟高明到了什么地步，老实说我们一直弄不清楚，他的书都是用英文撰写，因为阅读的对象是美国人，他的专著在美国人看来太深奥，中国人读起来又太浅显。他的一本专著已经翻译成了中文，是有关《老子》和《易经》在西方的传播，正文前面有一篇用文言写的自序。

苏教授对这部专著不作任何评价，只是对那篇自序有些微词，他告诫我们这些做弟子的，以后写作绝对不许用文言文，因为文言文是一种死亡的语言，既然已经死亡了，就不要玩什么借尸还魂的把戏。一个学者可以而且应该精通古文，但是绝对没必要制造新古董蒙人。苏教授的恩师黄侃对白话文一向不屑一顾，可以说他是始终站在“五四”以来的新文化的对立面上。在苏教授一生中，也许仅有这一点有违师训，他坚决反对用古文写作，坚决反对生产那种半通不通的伪古文。辜宏在大陆一共只待了一个月，这期间，他还去了上海北京以及西安。他在我们学校的宾馆里，前后加起来也不过住了半个月的时间，如果说这半个月能向苏教授学到什么，那肯定是骗人的胡话。他是个道道地地的活动家，有兴趣的只是拜苏教授为师这件事，看中的是一块招牌，除此之外，就是顺带找个女人。我不知道他为什么要选中力翠华，也许他觉得自己光成为苏教授的弟子还不过瘾，一定要娶到了苏门的女弟子，才算功德圆满。从一开始，他就对力翠华大献殷勤，送化妆品，请她上高档的馆子，让她做游山玩水的导游。究竟是他追力翠华，还是力翠华追他，对于我来说，将永远是个谜。就那么极短的时间，就那么有限的几次接触，力翠华像演戏一样，突然向我宣布了她的决定。她告诉我，我们之间的那种关系已经完了，因为我们之间缺少真正的吸引力。她说，虽然我们已经觉得我们是相爱了，但是并不是真的。

“我们之间该有的事，差不多都有了，可是你想过没有，有一个字，有一个最重要的字，我们却从来也没有说过。”力翠华十分平静地说着，她的过分平静影响了我，以至于我也像她一样平静。我奇怪自己在当时为什么激动不起来，我明知故问，明知道她说的那个字是“爱”，故意问她说的是什么。“这个字你没对我说过，我也没对你说过，你说说看，没有了这个关键的字，我们之间的关系是什么呢？难道仅仅就是同志关系，是共同学习的同谋，就是一起去上图书馆，一起去查资料，然后做那件你一直想做的事。难道你就不觉得应该遗憾？”力翠华又一次犯了书呆子脾气，她提出了一连串的问号，这些问号归根结底变成一句话，那就是既然我们已不能真正地相互吸引，还不如干脆分开。

“我们之间究竟出什么事了？”我做出有些委屈的样子。

“问题是，我们之间，什么事也没有出！”

力翠华在当时并没有告诉我，她已经决定要嫁给辜宏。她从来没有正面和我说过这件事。我无疑还蒙在鼓里，等到我知道的时候，生米早已煮成熟饭，想挽回也不可能。力翠华竟然中途退学，匆匆和辜宏结了婚，毅然去了美国。一切都像是在玩游戏，说变就变。我们已经商量好了，等我一毕业留校，分到了单间的宿舍，两人就去领结婚证书。我们甚至连生小孩的日子也安排妥了，那就是让她理直气壮地挺着大肚子，去参加学位论文的答辩。我们所有的计划都带着些书呆子气。为了写论文，我满脑子的六朝人物，力翠华满脑子的李清照，高雅得仿佛都不知道什么叫做人间烟火。我们的确从来没有用到过“爱”这个字眼，不知为什么，一提到“爱”字，我们就觉得它有些俗不可耐。

转眼不过三四年的时间，力翠华已成了一个孩子的母亲，丝毫也没有显老，恰恰相反，她的脸色和过去相比，要健康和滋润得多。她的儿子是一个虎头虎脑的小男孩，喜欢坐在地毯上，专心致志地拼装他的玩具，那是一种很高档的玩具，只有从美国来的小孩才玩得起。由于大家都知道我们的往事，我尽可能避免单独和力翠华在一起，然而我们终于还是有机会单独相对。生活中会有许多小插曲，有时候，一不留神，小插曲就反串成了主旋律。看得出，力翠华和辜宏在一起十分幸福，爱情，事业，富裕的生活，像她这样的女文化人所向往的东西，几乎都同时得到了。让我感动的，是力翠华对儿子流露出来的母爱，在和我说话的时候，她常常情不自禁地注视着自己的小孩，看得出来，她是那样爱她的儿子。爱一时间变得如此具体实在，我意识到自己面前是一个完全陌生的力翠华，我深深地为她的爱所感动。我突然意识到我们当年的确忘却了爱，在恋爱的季节里，我们做的都是和爱没关系的事情，真是太愚蠢了。

第四章

1

我的学位论文题目是“六朝人物的状态”。我读了许多这方面的书，由于想法太多，计划过于庞大，事实上到了答辩的时候，我的论文连一半都没有完成，结果只得从其中抽出一部分来应付。谁都知道我是苏教授的高足，是苏门弟子中的佼佼者，没人愿意站出来挑我的刺，无论是本校的教授副教授，还是从校外聘请的学者，大家都一个劲儿地说好话。由于我论文中的注释部分远远多于正文，而且有许多都是冷僻的典故，参加答辩的导师们盛赞我的考据功夫，说颇有乃师之风。他们一致认为，我的一条条注释，只要稍加发挥，兑上一点水，便可以写成很好的文章发表。事实上，与其说他们在表扬我，还不如说在恭维苏教授，因为我的论文写作方式，完全是模仿苏教授，当然只是学了一些皮毛，可就是这些皮毛和花拳绣腿，虽然不能像苏教授那样笑傲江湖，但是也足以蒙人了。苏教授在论文答辩到一半的时候才到，大家热烈欢迎，然后安排他坐在一张巨大舒适的沙发上。答辩继续进行，有人提问，我侃侃而谈。苏教授聚精会神地听着，一声不吭，既不点头，也不摇头。

苏教授对弟子要求很严，对外却难免护短。弟子有什么不是，他自己可以批评，可以挖苦和嘲笑，然而别人真提出一些意见，打狗不看主人，他的脸上立刻就有些挂不住。大家知道他这脾气，都不敢惹他不高兴，没人愿意和他这么个倔老人斗气找不自在。晚年的苏教授，在系里渐渐地表现出了一种不可一世的霸气。教授往往是越老越值钱，越老越有脸面，像苏教授这样学贯中西的大学者，不用说是学校里绝无仅有，就是在国内同领域里也罕见。校方这些年来，一直在不遗余力地塑造着苏教授的权威形象，他被逐渐塑造成为国宝级的新闻人物，成为名震海内外的国学大师。“苏抑扈”已成为如雷贯耳的三个字，就连他的弟子也跟着沾光。

我亲眼目睹了晚年的苏教授在性格上发生的一系列的戏剧性变化。在一开始，他已经退休在家，孤傲寂寞与世隔绝，乐于教人却没什么人向他请教，每天靠吃一大把药维持生命。那时候，他的生命似乎已经走到了尽头，只要有人肯虚心地向他求教，只要有人乐意想学点什么，他总是不厌其烦地说上一大通话，举出一大堆甚至是毫不相干的例子。他给人留下的印象，是好为人师诲人不倦，没有任何大教授的架子。渐渐地，他成了出土文物，成了国宝，仿佛枯死的老树四处发出了新芽。苏教授被越捧越高，越捧越忘乎所以，他开始喜欢热闹，喜欢各种名目的讲座，喜欢被采访，喜欢上电视，喜欢漂亮甚至并不漂亮的女学生。他喜欢听好话，喜欢别人当面吹捧他，晚年所有的毛病，都是越老越天真，越老越像一个小孩。在公开场合，他不仅爱出风头，而且越来越任性，常常让那些当面对他说好话的领导下不了台。别人越是让他，越是恭维他，他便越得寸进尺，越不知天高地厚。

苏教授性格的变化，折射出了一种社会风气的变化。高级知识分子开始得到社会的普遍尊重，文凭热像病毒性感冒一样到处流行。女孩子谈对象，首选便是大学生，高考成为教育大合唱的指挥棒，所有的家长都期望自己的小孩，将来可以成为一名大学生。上大学成为一条通往成功的独木桥，大家挤在独木桥上，不是把别人挤掉下水，就是自己扑通一下扎下去。进入八十年代中期，经商下海大潮如火如荼，但是丝毫不能改变人们对踏进大学校门的热情。和刚恢复高考那一阵相比，人们想上大学的念头有增无减，竞争的激烈程度更加白热化，唯一的区别就在于，进入大学以后的学习风气，已经完全改变。书呆子似的陈景润，再也不可能成为大家效仿的英雄，对于高考刚恢复时期的大学新生来说，进入大学只是苦学生涯刚刚开始，他们失学多年，好不容易又一次逮到了学习机会，仿佛没见过钱的穷人，好不容易发了些小财，很自然地会过分珍惜，不用功也得用功。对于后来那些直接从中学考入大学的佼佼者来说，他们身经百战，过五关斩六将，从题海和没完没了的考试之中，杀出了一条血路，这些人一旦进入大学，像开国功臣一样功成名就，激烈的竞争仿佛已经到了尽头，苦学也就随之结束。

多少年来，我一直在傻想，从恢复高考的七十年代末，一直到八十年代后期，如果大学里的风气一成不变，如果大家始终能像上大学时，或者上大学前，那样用功，那样保持苦学状态，结果又会怎么样。校风真是变了，晚自习时，教室里空荡荡的，熄灯以后，再也不会有人跑到厕所里去用功。除了想继续考研究生，想出国留学，还稍稍地花死工夫读些死书，现在的大学生远比我们当年潇洒，远比我们更懂得怎么享受生活。他们不仅占着年龄上的优势，而且对社会的认识也比我们成熟，更比我们深刻。他们知道人生很丰富，知道自己有许多事情可以做，知道什么好事都有名额限制，世界上有许多陈景润似的人物，能成为代表的总是极个别。学生和学生不一样，教师与教师也有着严重区别。和苏教授形成尖锐对比的，是那些已经五十出头、直奔六十的中老年教师。这些人一般都是副教授，学校里有一大批，一个比一个寒酸，一个比一个潦倒。他们的工资不高，住房条件极差，家庭负担却特别重；落实知识分子政策，与他们总有一段距离；和老的相比，他们太年轻，和年轻的相比，他们又太老。

苏教授曾经非常形象地举过一个例子，说自己是“三千宠爱在一身”。各个大学里，像他这样老牌子的名教授，差不多都是硕果仅存。物以稀为贵，越少越值钱，无论给他们什么样的荣誉，都没人气不服站出来较劲儿。他们的地位日益提高，与其说社会开始重视他们的知识和学问，还不如说社会开始有意识地推崇他们的身份。他们成为高级知识分子受到良好待遇的典型，成为象征学校实力的花瓶，成为太平盛世里的一个小摆设。人们总是习惯于锦上添花，因为雪中没有那么多的炭可以送，学校里盖了最高规格的教授楼。在苏教授的晚年，他总是不停地折腾，隔几年就搬一次家。尽管苏教授对更高规格的住房没什么要求，但是没人敢僭越住比他还好的房子。只有让苏教授搬进了好房子，别人才可以跟着水涨船高，使自己的居住条件也得到改善。劝说苏教授最后一次搬家，差不多成了系里重要的攻关项目，分房小组好话说尽，最后只差跪下来哀求。

2

苏教授在我研究生即将毕业的时候，才正式成为博士生导师。

早在前两年他就应该是，但是由于他坚决不肯去体检，结果就为这点小别扭活生生耽误了。说起来真好笑，晚年的苏教授经常表现出一种小孩子般的倔强，他常常产生一种很可笑的逆反心理，故意和别人对着干。根据国家教委的规定，博士生导师在正式任命之前，必须经过身体检查这种形式。换句话说，从理论上来讲，一定要有了足够的健康证明，似乎才能担当培养博士的大任。苏教授的晚年，离不开大把地吃药，然而坚决反对去医院，无论别人怎么解释，一次又一次说明利害关系，苏教授坚决不去医院。

“我的身体没什么问题，要是你们不相信我的话，偏要相信医生的一纸证明，那我也没什么办法。”

苏教授把前来劝说的系主任，像撵淘气的小孩一样轰走，然后若无其事地继续给我们讲课。苏教授总是十分地陶醉于自己的这种任性。他总是要让我们这些弟子觉得，一个人真有了学问，就有了威风和尊严。谁也没想到会在体检这种小事上动真格，苏教授不让步，博士生导师点就果然批不下来。事情就这么僵着，道高一尺，魔高一丈。博士点是学校的大事，关系着学校的地位和名声，系领导特别重视。等到下一次机会来临，系里不想由着苏教授的性子胡闹，玩了个小滑头，也不说是博士生导师体检，只说这次全校的教职员工，不管男女老少，一概都要体检。理由是在过去的一个月里，全校突然死了四位中年骨干教师，为了对知识分子的健康负责，学校医院要开展防患于未然的全面检查。

在四位教师中，最年轻的刚满四十岁，最年长的也不过才五十七岁，由于死亡的时间过于接近，其中还有两位是在学校医院咽的气，当我陪同苏教授去医院体检的时候，整个医院都在谈论这些事。很多人都在议论教师待遇问题，议论来议论去，最后都怪死者太玩命，不懂得保护自己的身体。一位女医生用听诊器给苏教授听着心脏，一边听，一边还在和别人说话，说完了，便在体检表上签字。苏教授十分孩子气地看着女医生，想听明白她说什么，女医生让他看得不好意思，笑着说："老先生，你再活二十年都没问题！"

苏教授心花怒放，只要是和女性在一起，他的情绪立刻就会好起来。"还能活二十年？好，我就再活二十年。"

接下来是去外科，一位医生查得十分仔细，上上下下前前后后都得看。苏教授有些尴尬，他不知所措地站在那，总算弄明白了医生的意思，很不情愿地解着裤带。那用来束腰的进口皮带，平时也没用过，紧急关头却松不开，最后还是我上前帮忙，才把他的裤子解了下来。医生戴上橡皮手套，很认真地检查着苏教授缩得很短的阴茎，然后又捏了捏他的睾丸。苏教授很恼火，差一点要发作。我在一旁想笑，又不敢笑，连忙把头别向另一边。医生检查了前面，又要看肛门，苏教授终于失去了耐心，说："我不检查了，行不行？"

医生有些不解地看着苏教授。他显然不知道苏教授是什么来头，把脸转向我，那意思是这病人究竟怎么回事。我连忙对医生耳语，向他说明苏教授的身份，以及这次检查的目的，那医生听我说完，也懒得再检查，摘了手套，在表格上飞快地打着钩。从一开始，我就觉得这位医生有些眼熟，突然间，我想起当年马路晕倒在半路上的时候，我们将他送到学校医院，正是这位医生负责接待的，他不得要领地检查着，然后让我们送马路去外面的大医院。马路那时候已经苏醒过来，人非常虚弱，我们借了一副担架，正准备走，这位医生又啰哩啰嗦地说了一大堆话，一张十分简单的病历，半天都没有填写好，班上有个同学性子急，当时就和他吵了起来。

苏教授仍然有些不高兴，板着脸和我一起离开外科，到了走廊上，他非常生气地说："所以我不肯来医院，有什么好检查的，多此一举！"好在接下来一切顺利，我有了经验，每到一个地方，先打声招呼，于是一路绿灯下去。体检表交了上去，这最后一道形式完成，苏教授的博导资格很快批了下来。老实说，当时我也有些心动，正好是毕业阶段，系里已经决定安排我留校。苏教授明确向我表示，不希望我考博士生，他觉得既然已经留校，继续跟他学习的条件仍然存在，就没必要读什么博士。苏教授对博士的头衔，似乎并没有什么好印象，在此后的几年里，他多次向我表示，如果真按照他的愿望，他才不想招什么博士呢。

苏教授的博士点虽然已经设立，然而连续两年，都没有招到博士生。不是没人报名，而是所有的报考者，苏教授全不满意。和挂名招硕士生的情况不一样，苏教授对于招博士生显得过于挑剔，他总是用各种借口，把考生淘汰掉。有传言说苏教授是想招一个女博士，因为对于每一个女考生的材料，他都表示出不同寻常的兴趣。可惜报考博士的女性太少，就是有，水平又实在太差，差得绝对不可能录取。大家在背后议论，说可惜力翠华嫁人去了美国，她要是还在，这机会无疑便会属于她。到了第三年，系里决定不再由着这个倔老头的性子胡闹。根据国家教委的规定，批下来的博士点，在一定的期限里不招生，就要自动取消这个博士点。好不容易争来的机会，不能随随便便地就失去，苏教授看不上，系里就专门组织了一个班子代替他把关。由于前两年没有招生，第三年索性跟搞批发似的，一下子招了四个博士生。

我又一次挂名为学生的班主任，这仿佛是留校者的必然选择。中文系给留校的年轻教师，向来只有两条路，一条是给一年级新生上写作课，另一条就是当班主任。再也找不到一所学校，比我所在的这个大学更看轻写作这门课；根据多少年留下来的传统，谁要是在中文系做不出什么学问来，对他的惩罚，就是调到写作教研室去教写作。相形之下，做班主任要比上课容易得多。这次分配给我的，是个收费的作家大专班，我依然用当年的老办法，对学生听之任之。作家班的学生，血液中的盐分要高一些，比正式招生进来的本科生，胆子要大出许多，名士气也更重，几乎都谈不上用功，常常要闹一些男男女女的事情。系里觉得我能力不够，怕出大事，又派了一个行政人员专门监督他们。

除了挂名班主任，我的另一份差事，是帮着苏教授整理他的著作。马路的英年早逝，让苏教授一想到心口就隐隐作痛，在所有的苏门弟子中，只有马路是最称职的弟子，也只有马路会最心甘情愿。毫无疑问，如果马路还在，他显然是一个比我更合适的人选。虽然苏教授看上去仍然还很健康，然而系里正在为他的身后之事悄悄作着安排。苏教授也完全明白这层意思，他开始口述自传，让我笔录下来，誊清以后，由他修改，然后再誊清，再改。与口述自传同步的，是他的自订年谱，苏教授是个非常认真的人，他的记忆力惊人，但是还是有许多细节，仍然需要仔细核对。为了核对这些细节，我一次次地跑图书馆资料室，跑历史档案馆查阅文献。苏教授的口述自传和自订年谱，都是要在他死了以后才能问世，因此苏教授特别看重这两部书。为了写好这两部书，苏教授特地让我为他找到新出版的同时代人所撰写的自传，譬如冯友兰先生的《三松堂自序》、钱穆的《八十自述》，以及旧版的由王国维门生赵万里编撰的《王静安先生年谱》、章厥生的《天行草堂主人自订年谱》、梁启超的《三十自述》、钱钟书的叔叔或伯伯钱基厚的《孙庵老人自订五十以前年谱》、他的孪生兄弟即钱钟书的父亲钱基博的《潜庐自传》，还有吴芳吉的《白屋自订年表》等等。有些虽然知道书名，然而我费了九牛二虎之力，还是找不到，譬如《叶德辉自订年谱》，譬如姜亮夫先生编的有关章太炎的《章先生年谱》。苏教授有一个野心，想让自己留下来的两部书，前无古人，后无来者。苏教授想留给后人的，绝不是什么个人私事的回忆录和大事记，他想通过这两部书，写出本世纪的学术思想史的演变。

从一开始，我就怀疑自己是否能胜任这项工作。由于苏教授对自己做的事情，永远不会满足，他的修改也就永远没有完结。我们总是处于不停地变化之中，苏教授沉浸在对历史的回忆里，他谈到了自己的师承关系，学术思想之由来，反复地谈到自己的恩师，然后通过恩师，再往前推移或者向周围扩展，拿自己恩师的学术观点，和同时代的知名学者进行比较。一般性地谈论，和用笔记录下来，有着本质的不同。平常讲课的时候，苏教授口无遮拦，兴之所至，对于前人对于同时代的人，该贬则贬，要骂就骂，然而真正落实成了文字，不得不有所收敛，一收敛，想说的话就打折扣，这样又觉得太不过瘾。他一再向我表示他的心愿，这就是既要为贤者讳，又要维护真理的严肃性。事实上，苏教授的为贤者讳，只不过是表现在对待自己的恩师黄侃身上，对其他的人并不客气，他的文风充满了一种煮酒论英雄的气概，指点江山，嬉笑怒骂，畅所欲言，也许这正是他坚持要在自己死后，才让两部书问世的重要原因。他坚信这两部书会让后人一直喋喋不休下去。

3

苏教授一向信奉“治学先从继承入手”，所谓“笃学而不趋新，征实而不蹈虚”。二十世纪的风气，就其大趋势来说，始终都在追求一个“新”字。苏教授受其恩师黄侃的影响，对“五四”以来的新文化，对新文化中的前辈人物，如陈独秀，如胡适，以及鲁迅和周作人等颇有微词。在新派人士的眼睛里，苏教授完全是不折不扣的遗老遗少似的旧式人物。他自己对别人把他放在旧派的阵营中也从不反感，因为许多被新派人物大骂的顽固派，在苏教授心目中，始终都是有学问的大师。他终生敬仰这些大师，因此情愿跟在他们后面挨骂。有趣的是，苏教授似乎情愿自己落伍，情愿自己不合潮流，在做学问的几十年里，他骂不还口，懒得和别人斗嘴吵架，从一开始，他坚持的原则就是惹不起、躲得起。

苏教授生于1905年，他的祖父是前清的官僚，当过两江总督一类的大官。在和苏教授接触的过程中，多少能够感受到一点，这就是他对于门第颇有些讲究。他很在乎弟子的家庭出身，因为家庭出身往往决定一个人的性格和教养。苏教授的父亲是大清政府和民国初期的外交官员，自甲午中日战争以后，长年出使在欧美。苏教授自童年起，在中西文化方面，就打好了十分坚实的基础。那时候，像苏教授这样的人家，教师都是请到家里来教的。最初替苏教授启蒙的是一位姓宋的先生，当时苏教授才三岁，学的是《论语》，每次讲四五句，方一上口，即能背诵。早在童年时期，苏教授就表现出了非凡的记忆力，到五岁的时候，读古诗，竟然能过目不忘，其祖父不相信，当场进行测试，结果老人家感叹不已，对这个孙子刮目相待，居然乐滋滋地亲自教苏教授作旧诗。

苏教授童年时期的另外一个神话，就是他过人的学习外语能力。最初教苏教授英文的，是一位来自南洋的华侨，这人几乎不会说什么中国话，那时候苏教授大约七岁。苏教授的父亲长年留洋，娶的一个姨太太在国外待久了，也能说一口流利的英文，这位姨太太自己没有生育，于是视苏教授如己出，因此在一开始，苏教授就等于有了两位英文教师。在民国初年，苏教授的父亲一度赋闲在家，经常有些相识的洋人前来做客，他自己虽然在国外待了许多年，洋文却不过关，除了些日常用语，其他的要靠姨太太在一旁当翻译。苏教授屡屡被放在这样的场合里进行锻炼，小孩子没什么顾忌，也不知道难为情，对话的能力神速进展。到十三岁的时候，苏教授被送往上海的教会学校读中学，他和那些在华的洋人子弟一起读书。语言上已经没有任何障碍。他不仅能说一口流畅的英文，而且已经开始学习法文。

通过协助苏教授撰写自传，我有机会比较详细地了解他的生平。

我知道了自传和年谱这两部书之外的很多事情。苏教授年轻时的学习条件，现代人根本不可能与其相比。我们今天常讲现在的中小学生学习负担太重，其实苏教授小时候，学习的负担又何曾轻松过。那时候没什么重点中学，上大学只要有银子就行，苏教授一生和清贫无缘，他常说自己的学问，都是用白花花的现大洋堆出来的。苏教授从小就习惯于自己被当做神童，他所处的环境，让他除了不停地学习之外，没有别的任何事情可以干。在上海读教会学校时，苏教授的祖父害怕他学了洋文，忘了祖宗的遗训，又特地在上海替他请了位遗老教古文做法，每周法定要听两次课。四年以后，苏教授中学尚未毕业，遵父亲的指示，去美国弗吉尼亚州立大学旁听，很快转为正式学生，然后又去了哈佛，受教于该校当时著名的学者白璧德教授。

苏教授在美国待了差不多六年，然后又去欧洲周游了两年，先后就读于柏林大学、巴黎大学和伦敦大学。八年后他回到中国，从一个游学的公子哥儿，摇身一变，进入南京中央大学担任外文系最年轻的教授，讲授英文文法。也就是在这一年，一个偶然的机会，他又成为当时也在中央大学教书的黄侃先生的私淑弟子。早在出国前，苏教授就听说过黄侃的鼎鼎大名，那时候他的年岁还小，苦于没有机会结识，现在终于遂了心愿，并且十分后悔自己去国外浪费了八年时间。一位外文系的教授拜中文系的教授为师，这在当时是一个很重要的话题，它意味着中国文化对西方文化的一次战胜。虽然苏教授追随在黄侃先生左右，也就四年多的时间，然而这四年多的学习生涯，奠定了此后一生的努力方向。他对训诂产生了极大的兴趣，并且几十年一以贯之，在这门学科方面，深得恩师黄侃的真传。黄侃先生1935年秋天病逝，据说在晚年的弟子中，苏教授是侍奉老师最殷勤的一位，他当时不仅每日登门求教，而且亲自过问黄侃的生活起居。黄侃先生嗜酒，名士气很重，他的逝世和伤酒有关，苏教授力劝老师戒酒不成，每逢喝酒总在一旁把关，不让他多喝，为此屡被责骂，有时甚至当众被黄侃轰走，然而下一次酒宴上，苏教授依然如故。

多少年来，苏教授一直以博学卓识著名。在1952年以前，他始终是外语系教授，除了英文文法，开授的课程还有莎士比亚导读、英国诗歌、西方哲学的演变等等。很难说什么是苏教授的真正特长，外文系没人敢怀疑他的英文有任何问题，中文系的教授也从来不敢小觑他的国学，因为事实上，他厚实的国学基础，足以证明他绝对不比他们中间任何一位逊色。人们敢说他的恩师黄侃保守、顽固，却很少用同样的词汇攻击他。人们常说，苏教授所以胆敢不趋“新”，不靠贩卖“新”的时髦来显示自己的学问，和他在国外期间见惯了太多的“新”有关。温故而知新，只有真正地了解了旧，才可能实实在在地理解新。苏教授这一生中，似乎只对做旧学问有兴趣，很难找到像他这样执着于死啃书本的学者，有关他如何用功苦读的故事，有很多生动的版本。譬如在抗战期间，他就住在图书馆楼上，在书堆里搭一个铺，每周至多下一次楼去讲课，连续有两年，吃饭用厕甚至敌机轰炸，都坚决不离开一步。天才常常是通过勤奋体现出来，学问之外的事情，很少有能让他动心的。苏教授不止一次拒绝担任系主任，无论是在外语系，还是后来在中文系，他对涉足官场不感兴趣。

苏教授唯一的一次出仕，是在抗战前夕，他担任了当时中央大学校长罗家伦的校长助理。说来很可笑，苏教授对于官僚，从来没什么好印象，但是对于仅比自己大了八岁的罗家伦却很推崇。有很多理由都应该让苏教授不喜欢罗家伦。罗家伦是胡适的学生，在“五四运动”时是著名的学生领袖，曾先后留学于美国的普林斯顿大学、哥伦比亚大学，而且和苏教授一样，也在欧洲的一些知名大学就读过。在历史教科书上，罗家伦被称之为国民党的政客，最后好像是客死在台湾，然而苏教授对他却从无贬词。苏教授始终认为他是自己所遇到的最想办一所好大学的校长。由罗家伦担任校长的中央大学，是当时国内最好的大学，所开设的学科、学生和教职员人数，以及年度经费，都相当于当时同样是名牌大学的清华大学、交通大学、武汉大学、浙江大学四校的总和。罗家伦的野心，是把中央大学办成美国的哈佛、英国的牛津、日本的东京大学，他的雄伟计划，不仅打动了对仕途不感兴趣的苏教授，而且让当时还很年轻的苏教授立刻走马上任，为实现这一理想奔走卖命。

担任校长助理的苏教授，为罗家伦贡献的第一个良策，就是将中央大学从市中心迁移出去。因为当时的校本部面积，只有三百亩，很难有进一步的发展，参照国外的名牌大学，中央大学若想发展，必须从城市中突围，搬到空旷的郊区去。罗家伦十分重视苏教授的观点，让他率人立刻踏勘南京四郊，最后选定了中华门外的石子岗一带为新校址。这一带风光明媚，在二水三山之间，北面遥望紫金山，南面是当年岳飞大胜金兵的牛首山，东南面则是名为方山的一死火山，登高可西眺长江，又有秦淮河的一条支流从中穿过，山抱水环，充满了灵气。罗家伦对这一选择十分满意，新校址初次征收土地就有八千亩，并由教育部出面，聘请国内建筑方面的顶尖人才设计，可惜这庞大宏伟的计划，刚动工两个月，就发生了卢沟桥事变，抗日战争全面展开，迁新校址的计划也因此夭折。

苏教授又恢复了做学问，他常说八年抗战，是自己当教授以后，面壁读书的第一个最佳时期，他所在的大学一路颠沛流离，西迁到了重庆。很多人在国难当头的形势下，开始感到读书再也没什么用处，有的热血青年当兵去了，有的在鬼混，还有的去做买卖，剩下的也不肯太用功。苏教授当时有一句名言，这就是打仗乃是国军的事情，大学师生最好的抗日，就是埋头做学问，把学问做好，力争让自己的学校水平，超过日本的东京大学和京都大学，能超过就是抗日战争的胜利。他的观点一时成为大学里的笑柄，进步学生一提到他，就嗤之以鼻。

4

苏教授在1952年高等院校大调整时，调到了中文系。据说当时外语系希望他走，中文系又不想要，弄得他很尴尬。在过去的几十年里，苏教授以窝囊闻名，他之所以没有在历次运动中吃什么苦头，很关键的一点，就是他自从解放以后，一直老老实实，善于伪装，善于夹着尾巴做人。很多和苏教授共过事的人都觉得奇怪，一向城府很深的苏抑扈，怎么到了晚年，突然恃才傲物忘乎所以，突然把什么人都不放在眼里。1949年以后，苏教授就没摆过什么教授的架子，他显得与世无争，坚定不移地听党的话，像万金油一样被学校安排来安排去。在大家的印象中，再也没有比苏教授更容易摆布的教授，在过去的多少年里，总是组织上要他做什么，就乖乖地绝无怨言地做什么，从来不说一个“不”字。大家都知道他学问很大，但是他永远给人留下虚心的印象。大智若愚，他仿佛已经修行修到了家，一方面，深厚的学问功底，好像自己无所不知，无所不能，另一方面，学问之外的事情一概糊涂，什么都不关心。他保护自己的最好办法，就是永远唱低调，不管自己有多大的学问，对任何人都尽量保持着一种非常谦虚的态度。

也许是苏教授历史书读得多的缘故，1949年以后的历次政治运动中，苏教授差不多都是顺利过关。他总结自己的经验，可以用一句话概括，这就是以不变应万变。和苏教授形成尖锐对比的，是中文系另一位著名的老教授莫国康。莫教授是楚辞专家，是一名地地道道的老运动员。在国民党统治时期，他差一点成为国大代表，然而大学生举行反饥饿反内战的游行，他又走在队伍的最前列。解放后，莫教授成为中文系第一位参加共产党的高级知识分子，反胡风时又是第一个写文章口诛笔伐，1957年反“右”前夕，因为公开地反对苏联老大哥，于是第一个被打成“右”派。莫教授一生不甘寂寞，他相信适者生存，习惯于顺变，结果他的一生果真也就十分地不寂寞。他保持着中文系许多第一名的纪录，第一个被打成“右”派，第一个摘帽，“文化大革命”中第一个被揪出来，第一个戴高帽子游街，第一个挨揍，然后又是第一个被解放，第一个被结合进当时的最高权力机构，即学校的革命委员会。在“批林批孔”的运动中，莫教授第一个跳出来骂孔老二，他的文章因为登在当时的《人民日报》上而名震遐迩。等到“四人帮”被粉碎的消息传来，又是他第一个拄着拐杖赶到中文系，让学生赶快上街游行庆祝。

让我难以理解的，是莫教授这样的人，竟然会是苏教授终生甚至唯一的好友。莫教授是我进入大学的那一年过世的，曾见过一次面，却没有留下什么深刻印象。他生得矮矮胖胖，走路要人扶，和新生见面时，好像已无话可说。老先生的口碑显然不太好，大家谈起他来，话都有些不太好听。莫教授有一个绰号叫“奶油老生”，那意思是他太爱出风头，很多举动都有些演戏的味道，是个典型的风派人物。在过去的岁月中，莫教授虽然在古典文学研究方面，成绩卓越，是当仁不让的专家，然而在做人上留下了许多把柄。很难想象，一个对政治过于热心、成天想着顺应时代变化的莫教授，怎么能和一个对政治极度漠视、不管风云如何变化我自岿然不动的苏教授成为莫逆之交。这两个人的性格反差如此巨大，南辕北辙，怎么也不应该走到一起。

在苏教授的自传中，屡屡提到了莫教授这个人。莫教授是社会的晴雨表，他的一举一动，或上或下的沉浮，十分精确地反映着时代的变化。他是研究楚辞出身，国内屈指可数的研究《离骚》的专家，受屈原大夫的影响，时时刻刻都想着尽忠报国。苏教授曾经带着很刻薄的口气，调侃过他的老友，说莫教授这一生中，几次想跳汨罗江都没跳成。莫教授太容易表态，而且难免自作聪明，屡屡做一些过头的事情，因此常常失去人格。在莫教授一而再、再而三地要求进步的参照下，苏教授显得保守和落后，显得顽固和不开化，学校的师生说不上喜欢他，但也说不上恨他。政治觉悟太低，有时候反而能成为行之有效的保护色，政治运动一来，苏教授自然而然地便处于接受教育的小学生地位，他好像什么也不明白，好像什么都得重新学习。他总是把自己放在一个很低很低的位置上，让任何人在他面前，都能产生出一种优越感。他总是以自己的无知，去获得别人的同情，总是以自己的幼稚可笑，去放松别人的警惕。

“文革”中，一张批判莫教授的大字报，顺带说到苏教授，把苏教授说成是隐藏在幕后的老狐狸。这是中文系的一位青年教师写的，说苏教授总是躲在莫教授身后出谋划策，煽阴风点毒火。高级知识分子在“文革”中，统统都是资产阶级的牛鬼蛇神，大家都是坏人，无一幸免。莫教授运动中吃尽了苦头，因为忍受不了污辱，差一点跳楼自杀。苏教授不过是跟着沾光，他受到的那点冲击，和旁人比起来小巫见大巫，根本算不了什么。苏教授淹没在那些被打倒了又踩上一只脚的人群中，几乎感受不到太大的压力，别人的罪行一个个都太严重，比较起来他仿佛就没有罪名。铺天盖地的大字报是一片海洋。有一天，苏教授终于走出书斋，像有经验的老校对寻找错别字一样，非常认真地在大字报上寻找着和自己有关系的字句。最让他满意的，还是这段有关“老狐狸”的文字，事隔多少年以后，苏教授对我重新提到这个比喻，仍然按捺不住一种搔到痒处的得意。

苏教授认为他完全有资格称得上老谋深算，生姜永远老的辣。《韩非子·喻老》上有：“三年不翅，将以长羽翼。不飞不鸣，将以观民则。虽无飞，飞必冲天，鸣必惊人。”《史记·滑稽列传》也说过：

“此鸟不飞则已，一飞冲天，不鸣则已，一鸣惊人。”自从抗战爆发以后，苏教授这只老鸟，不飞不鸣足足有四十多年，一直快到八十岁才真正出山。在晚年写自传的时候，苏教授总结人生经验，对自己四十多年来能保持沉默，尤其是在解放后的三十年里韬光养晦，给予了非常高的评价，不是有大志者，绝对做不到这一点。三十年的沉默，使他有了绝对平静的心态，沉默既是能够潜心做学问的保证，又是躲避政治风雨延年益寿的秘方。事实证明，只有耐得住寂寞的人，才是真英雄，谁熬得住，才是最后的胜利者。

我想苏教授和莫教授，所以能够成为莫逆之交，和莫教授从来不把他们之间私人谈话的秘密泄露出去有关。在五十年代，苏教授在莫教授家长期包伙，因为那时候他是单身一个人，几乎成为莫教授家庭的正式成员。当时的中文系里，还有好几位全国知名的老教授，他们和苏教授的恩师黄侃是一辈的，和这些老教授相比，苏教授显得有些年轻，但是由于苏教授雄厚的学术功底，中文系最牛气的老教授也不敢小觑他。莫教授似乎是苏教授唯一可以说说话的人，论年龄，莫教授要比他大四五岁，论资格，莫教授被聘为教授，却又要迟了四五年。性格上的差异往往能够互补，人们会成为好朋友，有时候并不是因为性格接近，而是由于恰恰相反。据说苏教授和莫教授之间无话不谈，在莫教授的小饭厅里，莫教授口无遮拦，苏教授也不再保持沉默。他们在这儿喝酒，说古说今，借古讽今，一顿饭总是要吃好几个小时。由于莫教授好激动，爱出头，动不动就要跳出来，却又缺少最基本的判断能力，说苏教授躲在莫教授身后出谋划策，出馊主意一点也不过分。

在五十年代初期，莫教授和苏教授曾经一起学过俄语。在学外语方面，他远没有苏教授的灵气，苏教授精通英语法语德语，除此之外能掌握的还有西班牙语和世界语。学俄语几乎成为建国初期轰轰烈烈的一场政治运动，苏教授不仅借那个机会掌握了俄语，而且还顺带学会了捷克语。而莫教授因为在学俄语方面一无进展，睡不着觉怪床歪，对苏联老大哥因此也牢骚满腹。在吃饭的时候，他们开始攻击苏联现行制度的种种不是，对学校里敬若神明的苏联专家也嗤之以鼻。莫教授的特点，是有话就要说，绝对舍不得烂在肚子里。他的嘴上没有锁，脑子里少根弦，有些什么糊涂想法，迫不及待一定要在公众场合表现出来。好在他从来不把苏教授牵连进去，出什么事捅什么纰漏，都是好汉做事一个人承担。可笑的是，他自恃思想觉悟要比苏教授高，总觉得自己是党员，看问题自然就会比苏教授深刻。每次政治运动来临，莫教授都会错误地估计形势，他永远分不清小饭厅和大众场合的区别，必定忍不住要乱说。结果就只能是在事后一再后悔，后悔没听苏教授的劝，后悔自己又一次地说漏了嘴。

从 1952 年的高等学校院系调整，到 1966 年的“文化大革命”，一共十四年，苏教授把这段时期，称为自己埋头做学问的第二个黄金时期。这段时间里，很多从事文科教研的人，受到突出政治的干扰，都没办法按照原来的路子继续研究。有的人放弃，有的人投机，只有苏教授像苦读的大学生一样孜孜不倦。由于具有什么样的学问都能做的特殊本事，即使在后来最左的年头里，他还能给外语系的学生，讲解马克思恩格斯的经典原著，给中文系的工农兵大学生，开办法家代表作品今译的讲座。对于苏教授来说，没有不能利用的时间，哪怕是僵硬的政治学习。他总结自己和莫教授在人生态度方面的最大差别，一个是以进为退，一个是以退为进，目的都是为了找到一种适应时代的方法。从一开始，他们就都感觉到了自己的落伍，无论进或者退，都不是目的，都只是手段。他们的步伐已经踏不上时代的节拍，于是都想用自己的办法，寻找到一种新的生存方式。和莫教授的沉浮相比，频繁的政治运动，没有过多地干扰苏教授近乎封闭的学术研究，恰恰相反，反倒提供了一个苦心潜读的机会。既然能凑合着做学问就是苏教授最大的乐趣，他还有什么不满足的。

5

过去我一直错误地认为，在苏教授这样的老头子身上，一定会有一大堆了不得的爱情故事。他年轻时期风流倜傥，这一点不容怀疑，因为任何人都可以一眼就能看出他的好色。苏教授对女性的偏爱非常外露，总是一见到女人，眼睛就滴溜溜发亮。他不是不想掩饰自己的这种偏好，事实是狐狸的尾巴实在太长，他根本掩饰不了。在自传中，苏教授十分坦然地承认自己有贾宝玉癖，所谓寡人有疾，疾在好色。然而苏教授引以为庆幸的，是自己好色而不淫。当然，此处的“淫”，不是它的原义“过分”，而是它的引申义“淫乱”。好色而不失分寸，发乎情止乎礼，这是苏教授的为人原则。苏教授对自己的男女关系，出人意料地坦白。这一点他似乎是受了西方大作家的影响，觉得自传如果不真实，犹如亵渎神灵。

苏教授的好色，只是一种精神上的泛爱，这种爱是剔除了肉欲的，和性爱没什么关系。据说多少年来，苏教授对莫教授年轻貌美的太太吴美秋，一直情意绵绵，他之所以坚持在莫教授家搭伙，很重要的原因，就是为了能够天天见莫太太几眼。莫家上下无不知道他的用心，都知道他的毛病，因此从来没人和他认真计较。不仅莫教授莫太太没当回事，甚至莫教授的子女也习惯当自然，有时竟然会拿这种微妙关系，开无伤大雅的玩笑。有一段时候，苏教授得了什么小病，莫太太便亲自做了藕粉送去慰问，藕粉是苏教授的喜爱之物，是最好的灵丹妙药。苏教授告诉我，由于他当时是单身，莫教授夫妇一度曾十分热心地为苏教授做媒。在五十年代中，不止一位女士对苏教授动过心，有年轻的女学生，也有在资料馆工作的小寡妇，但是只要是一动真格的，苏教授便吓得逃之夭夭。那时候，鳏居的苏教授已到了知天命的岁数，他对于再婚充满了恐惧。

在苏教授的自传和自订年谱已经粗具雏形的时候，他忽然决定把两部书合二为一，变成一本书。他为这本书取名叫“河西草堂随年录”，并毅然决定把原来已经记录下来的很多个人隐私，作了大量的删节。苏教授忽然意识到，个人的私事并不足以传世，过多的生活细节描写，反而会因文害义，损害了学术思想的阐述。事实上，在苏教授的生平中，并没有太多风花雪月的故事值得记录在案，对于他来说，不成功的婚姻困扰了他的一生。作为一名追随在晚年苏教授身边的弟子，我有机会知道了许多他从不愿意对别人流露的秘密。这些秘密是苏教授曾经拥有过的生活的一部分，知道了这些秘密，对于了解他的学术思想，也许并没有什么帮助，但是要想全面地了解苏教授这个人，这些秘密却又是绕不开的。

苏教授是在回国的那一年，和李斯蔷女士完婚的。李斯蔷和苏教授同年，在国内等候苏教授许多年，当时就算是老姑娘。虽然那时候新思想已经十分流行，然而像苏教授那样的家庭，婚姻仍然还是遵循旧例，首先双方家庭背景要仿佛，老人们互相中意，一切都定下来以后，再通知两个小辈。苏教授十七岁出国，这门婚事是他在国外时定的，他看见照片上的姑娘还算漂亮，糊里糊涂就答应下来，并断断续续给从未见过面的未婚妻，写了几封热情洋溢的信。一开始似乎没什么太大的不好，都是到岁数的人了，就等着男婚女嫁，那个时代有很多人都是结了婚以后再恋爱。李斯蔷也是大学毕业，和孪生妹妹李斯薇同时在北京女师大读书，苏教授回国时，李斯蔷大学已毕业，正在一所女子中学教书，苏教授既然回国，于是就赶快结婚，婚后不久有了身孕，李斯蔷从此辞了工作在家当太太。

苏教授的婚姻很不圆满，前后一共有三个小孩，三个小孩忍受不了家庭中的不和谐气氛，都是很早就独立，一走上工作岗位，然后再也不愿意和苏教授夫妇来往。几乎所有的苏门子弟，都知道苏教授夫妇之间的不和谐。苏教授曾十分坦率地告诉我，他一生中只和两个女人有过那种关系，这两个人就是自己的太太李斯蔷，以及他的小姨子李斯薇。李斯蔷和李斯薇虽然是孪生姐妹，性格却有着截然的不同，一个性格内向保守，另一个性格热情奔放。由于苏教授在国外留学耽误了婚期，因此当苏教授结婚的时候，孪生姐妹中的妹妹李斯薇已经是一个三岁孩子的母亲，在婚礼上，做妹妹的对姐姐处处表现出过分的关照。作为过来人，她不仅教姐姐如何对待新婚第一夜的恐慌，而且还细腻地描绘自己曾经有过的深切感受。从一开始，李斯薇和苏教授关系就过于亲密，姐夫长姐夫短地缠着苏教授，李斯蔷越是不高兴，她的玩笑就越是开得过分。

过了没多久，苏教授就发现自己和小姨子之间，并不只是在开玩笑。这是个阴差阳错的故事，苏教授十分惊奇地发现，李斯薇和李斯蔷有非常接近的饮食习惯，在对旁人的态度上，她们总是联合起来，一致对外，然而孪生姐妹之间，却又是天敌。她们永远要相互作对，没完没了地拆对方的台。李斯薇走了一条和姐姐截然不同的道路，李斯蔷做了一辈子的家庭妇女，李斯薇则要求进步，和共产党的一些头面人物都熟悉，抗战期间，她一度曾在重庆的新华日报社工作，并秘密参加党组织。解放后，李斯薇成了一名司局级的干部，在北京工作了一段时间，后来又调到南京，在省委的一个机关里当领导。她长期和苏教授生活在同一个城市里，据说在五十年代末，还专程到学校来看过一次苏教授，说话很带有一些官腔。

苏教授和李斯薇初次越轨，是在苏教授担任罗家伦的校长秘书期间。他领着她坐一辆1936年出厂的奥斯汀小汽车，奔驰在南京郊区的土路上。这是一次公私兼顾的地形考察，当时李斯蔷刚生了第二个女儿，正在坐月子，对丈夫产生的异心没有任何察觉。那是一个万物复苏的春天，秀丽的风光加上李斯薇的热情奔放，苏教授的头脑也开始发热，他们像情侣一样陶醉在山水之间，最后竟然十分冲动地去开了旅馆。事后，两人山盟海誓，相约各自回家离婚，重建恩爱家庭。从此无心爱良夜，任他明月下西楼。在大约半年的时间里，他们度过了一段如漆似胶的日子。苏教授遵守诺言，开始了艰难和漫长的离婚道路，直到八年抗战结束，李斯蔷才最后答应签字离婚。苏教授和李斯薇在抗战初期分手时曾郑重相约，两人不离婚不再见面，但是等到苏教授真离了婚的时候，情况早就发生了变化，李斯薇和自己的丈夫已重归于好，两人一起去了解放区。

李斯蔷就是我们后来所见的李老太太。倔强的李老太太在1945年的年底，与苏教授正式签字离婚，又在1962年春天复婚，中间整整相隔了十七年。这十七年，李斯蔷和丈夫藕断丝连，仍然靠苏教授养着。苏教授每个月领了薪水，所做的第一桩事情，就是匆匆赶到前妻李斯蔷那里，毕恭毕敬一言不发，缴清了赡养费，然后掉头就走。无论是在初结婚的日子里，还是后来将近八年的分居，十七年的离婚期，以及再后来复婚，直到最后走完一生的路，他们中间的对话，都是少得不能再少。不是冤家不碰头，李斯蔷和苏教授之间的敌对，超过了所有人的想象。苏教授最小的女儿，生于他们正式离婚的五个月以后，这是一次令人难堪的意外，它意味两人的婚姻关系，刚有一些改善的苗头，就立刻迅速恶化。自从苏教授和小姨子通奸的丑闻传开以后，李斯蔷与苏教授之间，从来就没有真正地改善过关系。他们一直存在着认识上的障碍，无论是在离婚前，还是在复婚以后，他们始终没有真正地和解。一开始，李斯蔷以拒绝离婚来和苏教授作对，最后当离婚已经失去实际意义，又突然改变了不同意离婚的初衷。

许多人为苏教授夫妇的复婚出过力。人们总是先去征求李斯蔷的意见，她和三个小孩子都同意了，再来做苏教授的工作。苏教授对于复婚一直抱着坚决的反对态度，最激烈的时候，谁若是敢对他提“复婚”二字，他便毫不犹豫地断绝和谁的来往。事实上，苏教授对小姨子李斯薇，仍然存在着眷恋之情，她才是他一生所真正钟爱的女人。直到生命的最后时刻，苏教授还向我偷偷地流露，想见一见这位仍然健在的老妇人。他已经有很多年没有她的任何消息，李斯薇的丈夫在六十年代初期逝世，此后一直没有再嫁过。据说这位当年热情洋溢的女子，现在已成为一个很左的老太太，她在“文化大革命”初期，着实吃了一些苦头，然而在后期，又以善于整人而闻名。她自己既是被迫害的对象，同时也狠狠地迫害过别人，因此苏教授听到的，都是关于她为人不怎么样的传闻。

饮食男女，人之大欲，其中“饮食”二字，又要比男女重要得多。苏教授十分坦白地承认，自己的复婚是犯了非常愚蠢的错误，是一次失去理智的让步。他承认完全是为了解决吃饭问题，才无可奈何地选择了复婚这条路。在三年自然灾害期间，很多人都在饿肚子，这样特殊的年头里，大家也只能自顾自，苏教授似乎已不太合适继续在莫教授家搭伙。莫教授家小孩子多，为了节省口粮，甚至已经将家中的保姆辞去。在口述自传的过程中，苏教授向我强调复婚的动机，一再声明不是为了男女，因为他自觉心如枯井，对男人的基本欲望已经没有多大兴趣，关键的问题和问题的关键，是他总不能亲自做饭。学校食堂的伙食，糟糕到了几乎不能下咽的地步，偏偏苏教授自小娇生惯养，是那种在吃上面绝对不能马虎的人，食不厌精，脍不厌细，据他自己坦白，他之所以对莫教授夫人有好感，一个重要原因就是莫太太的菜烧得好。

李斯蔷不是第一流的烹调师，但是做的红烧肉却是异常地好吃。有一次，苏教授去送赡养费，厨房里的红烧肉的香味，引诱他留下来吃了一顿饭，正是这顿大快朵颐的午餐，动摇了苏教授坚决不复婚的念头。十七年前，正是抗战结束前夕，也是去付赡养费，也是一顿准备好的美味佳肴，苏教授方寸大乱，结果李斯蔷怀上第三个小孩。现在，苏教授十七岁的小女儿，已经离家去了边疆，只剩下李斯蔷孤零零地一个人在家，她显然有意识地又一次为苏教授准备好了鸿门宴，不过这次不是宴请刘邦，而是反过来宴请项羽。红烧肉的扑鼻香味，再次让苏教授付出了惨重的代价，尽管他仍然不能忘情于李斯薇，尽管他得到风声，说李斯薇的丈夫已经病入膏肓，很快就要离开人世，但是红烧肉的巨大诱惑，让久已不知肉滋味的苏教授，不再犹豫地选择了复婚。

复婚以后的苏教授夫妇，仍然处在尖锐的敌对状态。他们貌合神离，同住在一套公寓里，像两个无话可说的陌生人，二十多年如一日。他们的子女从来不和他们来往，一离开学校的大门，这三个孩子的共同选择，就是离开南京，然后最好永远也不再回来。他们不喜欢自小就抛弃他们的父亲，对一手把他们带大的母亲，也没有任何好感。他们的性格都有些怪僻，既不和父母往来，互相之间也不联系。离开家庭以后的唯一一次聚会，是大家不约而同地赶来参加苏教授的葬礼，他们匆匆而来，又匆匆而去，没有一个人乐意留下来陪伴老母亲。最后的结局出乎所有人的意料，因为在最后真正达成谅解的，反倒是李斯蔷和李斯薇这对孪生姐妹。这两个昔日的冤家，这两个已经八十多岁的孤老太太，带着对对方的好奇心，跟玩似的来往了几次，临了便共同请了一个保姆，在苏教授留下的公寓里安度晚年。

第五章

1

苏教授一向反对别人说他不关心政治，他反复强调自己对政治从来就有热情，而且有着非同寻常的热情。每个人对政治都有不同的理解，不同的理解决定了不同的态度，苏教授认为，学问归根结蒂，也是一种政治。在谈到师承关系的时候，苏教授一再向我强调他的先师和先太师的革命伟绩。先太师章太炎的辉煌经历不用多说，谁都知道他是辛亥革命不能不提到的人物。至于苏教授的恩师黄侃先生，早在 1906 年，也就是辛亥首义的前五年，就投身于反对种族压迫的民族革命，是湖北著名的革命党人之一，后来的许多国民党元老，都是他当年一起革命的战友。苏教授津津乐道的一件事，是黄侃的一名学生，秘密参加了共产党，被国民党抓住判了死刑。黄侃通过自己的老友居正，硬是将其保释了出来。居正曾当过司法院院长，也算是当朝的一品大员。当时的情形很紧张，苏教授陪同黄侃来到居正的寓所，时间已是晚上十点多，听说居正还在办公室，他们连忙赶到司法院，正好遇上准备下班回家的居正。由于黄侃的干涉，居正不得不亲自出面说情，那名学生终于获救，而其他一起被抓的人，三天以后统统被枪毙。

章太炎和黄侃在所投身的革命成功以后，抱着功成身退的态度，都没有进入官场。他们没有躺在革命的功劳簿上，而是把满腔的革命热情，投入到了做学问上，这也是后人对他们十分敬重的根本原因之一。就像社会需要不断革命一样，学术思想同样企盼着革命。苏教授一向以自己是黄侃的忠实弟子自称，是章黄学派在学术思想上进行革命的继承人。在《河西草堂随年录》中，苏教授对别人把他誉为“国学大师”很不以为然。按照苏教授的观点，人们今天所说的“国学”，在章黄之后，就不可能再有什么大师，后人所做的事情，只是在章黄指出的道路上继续向前深入。国学的提法从来就有自说自话的味道，人们总是习惯把中国传统的东西，加上“国”字号的头衔以示威风，譬如称京戏为国剧，称乒乓球为国球，称民族音乐为国乐，称武术为国术，其实章黄二师从来就不喜欢“国学”这两个字，因为国学压根就是外来语，是上个世纪末，从日本归来的一些留学生胡乱翻译的，所谓国学就是日本人讲的“支那学”，准确地说叫“中国学术”。中国学术瀚如烟海，章太炎和黄侃作为一代大师，博学过人，也不过是在其中某一个领域作出了特殊贡献。

苏教授谈到自己的学术理想时，曾表示他想尽最大的可能，打通古今中外学问的界限。他希望自己能在前辈的基础上，发扬光大，开创一代前所未有的学风。事实上，苏教授在治学上，言和行有着严重的不一致，一方面，他总是强调循规蹈矩的师承，一字一句都要有来历，所谓“疑事毋质，直而勿有”，另一方面，他更喜欢天马行空，屡屡好说前人不曾说过的话，“大胆假设，小心求证”。受恩师的影响，苏教授谈到胡适时，常常流露出不屑一顾，然而他的治学方法，往往和胡适的提倡暗合。

在苏教授过八十四岁生日那一年，也就是1989年的春天，苏教授重回中文系八年以后，学校里搞了一次规模盛大的活动，既为苏教授祝寿，同时庆贺他的执教生涯六十年。苏教授十分兴奋，虽然在过去的几十年里，他曾像一名隐士一样生活着，然而晚年的苏教授从来不反对热闹。活动以研讨会的名义进行，苏教授被安排住进了学校的宾馆，在一个接一个的庆祝活动里露脸。差不多所有能沾上边的弟子，都从四面八方赶来了，祝贺电报像雪片一样纷飞。校方为了配合庆祝活动，安排了一系列的讲座，分别由苏教授的弟子讲授。我分配到的讲题是“苏抑卮教授的治学方法及他在国学研究上的地位”，这是一个吃力不讨好的话题，大而无当。我所面对的听众，大都是来自文科各系的本科生，和他们对话，深不得，也浅不得。他们中间的很多人，只是觉得好玩，只是来凑热闹，对我所说的什么“小学”知识，什么“古文”和“今文”，不仅没有任何兴趣，而且看上去也确实没有多少了解。

我的冤枉还在于苏教授认为我不应该开这样的讲座，他觉得我至多知道一些皮毛，并且在公开场合吹捧自己的导师，有些肉麻当有趣。我没办法向他解释自己是遵命之举，因为苏教授的脾气，是越解释越不高兴。不久前，学校出版社以苏教授做顾问的名义，编辑了一套“国学大师小丛书”，重点介绍本世纪在国学研究上有杰出贡献的学者专家，苏教授对这套丛书采取了顾而不问的态度。然而有一天忽然听说丛书中收了某某的著作，此人在苏教授眼中，向来是不学无术，他立刻让我去出版社声明，取消他的顾问头衔。这时候，丛书已经在印刷之中，一时间很狼狈，双方僵持着都不肯让步。最后，苏教授把他的不满，统统发泄到了我们做弟子的身上，他觉得是我们这些弟子把关不严，害得他被别人利用了。

苏教授在晚年，一再表明自己不愿被别人利用。他常常向我们这些弟子表示，他的心里其实很明白，他明白别人总是在利用他。整个庆祝活动期间，苏教授一直处在高度的兴奋当中，他毕竟已经八十四岁了，没人想到他会突然出意外，没人会想到好端端的喜事，会突然逆转变成丧事。大家都被他的超常状态所蒙蔽，在一次接一次的宴会上，苏教授的胃口奇好，甚至比我们这些年轻人都要强。我们当时一致认为，苏教授显然是饿狠了，这说明身为教授夫人的李老太太，对家庭的烹饪，肯定十分简单和马虎。只要想一想李老太太板着的那张脸，不难想象她平时是怎么对待苏教授的。在整个庆祝活动中，苏教授的食量显得惊人，不仅能喝酒，而且能吃菜，能吃荤菜。在庆祝活动结束前夕，苏教授终于闹了肠胃炎，没有人太当回事，谁吃多了都会不自在，何况一个八十多岁的老人。

2

苏教授出事前，没有任何预兆。我们几个同届的弟子，正聚在他房间里闲聊。有一位弟子两年前下海经商，大获成功，成了腰缠几百万的大款，这次庆祝活动有一大笔钱，就是他赞助的。人有了钱，说话的腔调也不一样，他大谈商战中的尔虞我诈，仿佛在说天方夜谭中的故事，说得我们一个个都很吃惊，也很佩服。苏教授同样饶有兴致地听着，突然起身，进了卫生间，一坐在马桶上，从此就没有站起来过。我们等了许久，不见他出来，到卫生间门口冲里面喊也没声音，推门一看，他已经屁股朝天，跌倒在地上，正在抽搐。我们手忙脚乱地把他抬了出来，用最快的速度送他去医院，到了医院赶快接氧气，然后是灌肠，然后是这样那样的抢救。校长很快也赶来了，除了校长，还有副校长、党委书记，以及系领导。我们几个像审贼一样地被反复讯问，没人想到事情一下子会这么严重，苏教授说不行就不行了，突然有一个人得到消息，说苏教授咽气了，然后这消息就迅速地传开了。

由于我在晚年的苏教授身边，一直扮演着跑腿的角色，我是“苏抑卮教授教学生涯六十年学术研讨会”会务组成员，苏教授突然逝世，我又成为苏抑卮教授治丧委员会的主要工作人员之一。为了筹办研讨会，我已经整整忙了一个月，这件事尚未结束，一系列新的事情又开始了。我不得不和李老太太打交道，在过去的十一年中，虽然常常和这位老太太见面，然而我和她之间，说过的话不会超过一百句。每次见面时我都是喊一声“李先生”，这是苏门弟子约定俗成的统一称呼，既然我们叫苏教授是苏先生，对李老太太似乎也没有别的更好的称呼。事实上，无论我们喊她什么，她从来都不理睬我们。我不能说苏教授逝世了，李老太太没有任何悲哀，但是我也不能说她真的有什么悲哀。我向她提了许多问题，她回答我的永远是一句话：

“你们看着办吧！”

我花了很大的气力，才和苏教授的三个子女联系上，他们总算都答应来，然而仿佛事先统一过口径一样，在电话里一致表示，他们说走就要走，绝不耽搁。在通知我去接他们的班次时，他们让我替他们事先买好回程票。对苏教授的遗产，三个子女都没什么兴趣，因为他们觉得所有的遗产，应该归他们的母亲。至于苏教授留下的手稿，应该由学校安排处理，他们对这些东西隔行如隔山，看不出多少价值所在。让治丧委员会感到尴尬的，是苏教授的三个子女竟然不曾表示一点谢意，在追悼会上也拒绝代表家属说话。

苏教授的葬礼可以称得上辉煌。学校里所有的头面人物，都出席了遗体告别仪式。仅仅是对照名单上的名字在花圈上写小挽联，就把我们这些跑腿的年轻弟子忙得死去活来。花圈多得放不下，最后只好把差不多的人合并同类项，都挤到同一个花圈上。大幅的挽联也特别多，都是有身份的人撰写的，都得挂在醒目的地方。苏教授这些年来名声越来越响，几乎所有从这所学校文科出去的学生，都可以沾光算做弟子，因此送花圈和挽联的，不仅有省一级的领导，还有来自北京的重要官员。要说做教授最露脸，也就是在追悼会上，因为只有在这时候，才能体现出桃李满天下的丰收盛况，只有在这时候，才能显现出教书育人的风光。

追悼会在下午三点钟进行，我们上午十点不到，就赶到火葬场布置会场。追悼会结束以后，我们又是最后才走。我们将苏教授一直送到焚尸炉前，看着工作人员把尸体放进炉子，合上了电闸，然后仿佛听到了火苗的呼呼声。这时候，已经快到下班的时间，工作人员纷纷拿着换洗衣服和肥皂盒去洗澡，很快洗好了，又一个接一个地哼着流行歌曲，焕然一新地回来，梳头抹香，做着下班前的准备。看见我们还不离开，一位穿一身黑衣服的女工作人员，让我们赶快回去，让我们明天上午再来取骨灰。她告诉我们，能轮到每天最后一炉，也是一种待遇，因为尸体将在焚尸炉里放一夜，这样有助于彻底的火化。

那天晚上，苏教授的弟子们，在学校的宾馆里进行最后的聚餐，吃完了，又去力翠华的房间聊天。力翠华夫妇住的是个套间，是学校宾馆里最豪华的房间，我们聊天的时候，学校的一名副校长为互访的事，赶来看望辜宏，于是大家分开来谈话，各谈各的。我们这些苏门弟子能谈论的话题，也无非是这些年校风的变化，大家都带着些伤感，同时又有些骄傲，回忆起当年刻苦用功的情景。好汉不提当年勇，往事已不再，我们这一茬人，上大学时就不年轻，转眼又是十一年过去了，如今各自结婚成家，为人父或人母，响当当的立业却一个也谈不上。实在没什么可以夸耀的，能谈的也就是当年怎么怎么样，现在怎么怎么样。说来说去，无非是今不如昔的老话。苏教授在我们的年纪，已经做了许多年的教授，而且名声赫赫，可是我们这些人都只是刚刚评上讲师，或者刚刚评上相当于讲师的职称。十一年以前，我们中间有很多人，都想成为陈景润似的人物，现在没有一个人实现了理想，大家对陈景润也已经忘得差不多。此一时，彼一时，科学的春天也该结束了，人类历史千变万化，不能老是春天。

那天晚上，真轮到我说话的机会并不多。我不想成为九斤老太，倚老卖老地大发感叹，跟着说一代不如一代。江山代有才人出，我们这一代人不如苏教授，后面的一代自然会比我们强，这一点不应该有什么疑问。每一代人都有权利选择自己的方式挥霍青春，用不着我们老气横秋地指手画脚，告诉他们应该怎么样。大学生可以死读书，也可以逃学，可以躲在寝室里打麻将，可以在草地上胡乱扔下避孕套。大学生已是成年人，应该自己明白怎么回事，自己不明白，别人怎么说也仍然不明白。既然我们的脑子里想的，已经不只是读书这一件事，就用不着去要求别人怎么做。看不到前途，永远是一个站不住的借口，因为即使是能看到的光明前途，未必就是真的前途。种瓜得瓜，种豆得豆，不同的选择，会有不同的结果，不同的结果才能显出人生的丰富。前途渺茫，一个人只有对自己负责，也只能对自己负责。人生千姿百态，人生没有回头路，人生不需要假设，更没必要预支，走一步看一步，这是一种没出息，然而真能走一步，看一步，也没什么不好。

那天晚上，我们没有谈苏教授的学问，也没有谈他在晚年获得的那些显赫的头衔。轮到我说话的时候，我把话题从现在，扯回到了过去，突然回忆起当年的迁校计划。我向大家描述了苏教授当年当校长秘书时的宏伟蓝图，说起那已经征收的八千亩地，说起已经开工两个月的新校雏形。我之所以会结结巴巴地谈到这个话题，翻出这么一段陈年旧账，是因为当年迁新校址选的地点，恰恰就是今天苏教授火化的地方。多么好的一块风水宝地，由于历史原因，终于没有机会成为中国的剑桥，没有成为中国的哈佛，也没有成为位于北京西郊的北大和清华。这里终于没有成为源源不断输出人才的基地，成为培育一代人杰的摇篮，结果有些杀风景，这里成为南京这座古老城市唯一的火葬场。全南京的人都将来这里告别，在这里升天。如果苏教授有灵，在他升天的时候，俯瞰脚下这片大地，不知会作如何感想。

1997年8月7日

后　记

三十多年前不明白什么叫中篇小说，印象中只有长短之分。有人问高尔基，长篇和短篇哪个更容易，他说长篇是大炮，短篇是手枪，都属于武器，都可以用来杀人，都不容易，无论长短，把它们货真价实地写好，这个才是最重要。

刚开始写小说，我对怎么写，写多长，全无心计。想写就写，无知必胆大，短篇中篇长篇，一口气写很多年，写了一大堆文字，转过头来往前看，总结回顾，发现自己最多的还是中篇。两年前短篇结集，收在一起勉强三本。这次出版中篇小说，轻而易举就是五本。还有一些因为版权，暂时未收入这个系列，如果照单全收，差不多又可以五本。

这套书的责任编辑杜晗来信，问能否将余华和苏童写过的两段文字印在封底，我立刻回信拒绝，理由是不能一而再，没完没了地让人家受累。当年拉大旗做虎皮，已经沾光太多，现在还要人家亮相站台，明显有些欺负老朋友。

然而在最后，我还是忍不住，要把杜晗转来的两段文字写在这里：

兆言的故事总是引人入胜，我想这是来自于他写作时令人尊敬的诚实，正是这样的诚实让他的才华和叙述中的人物故事熔于一炉，让他的故事张开了，让我们的阅读迅速投入进去，并且不能自拔。

——余华

叶兆言近年来的写作彻底放下了架子，越来越多地考虑小说的可读性和耐读性，经过多年的摸索和调整之后，其小说空间更显明朗而宽大，俗中见雅，对人性的探索也抵达了令人满意的深度。

——苏童

引用这两段文字，已不仅仅是做广告，而是怀念过去的美好时光。按年龄，我比余华苏童略长，文学辈分上却是同一拨人。一起成长，一起度过写作青涩期，我们的名字常放在一起，荣辱与共，既是互相提携的好友，更是良性竞争的对手。坦白说，羡慕他们的才华和成绩，想追上并且超过他们，一直是梦想，是我持续不断写作的动力。

因此，在这个后记中，首先要感谢中篇小说，它丰富了我的写作人生，让文学梦想变得如此充实。其次要感谢一起打拼的文学战友，感谢所有批评过我的人，感谢那些近乎客套的鼓励和督促，感谢我们拥有的共同岁月。

最后，当然更要感谢读者，没有读者阅读，我们曾经的蹉跎，曾经的风风火火，可能什么都不是。

2012年5月2日于南山

三本新的中篇集又要和读者见面了，心里有种说不出的高兴。该说的已都说过，只能再次表示感谢，感谢编辑，感谢那些读到这些文字的读者。

2015 年 7 月 29 日　河西